Laatste dans

Karen Kingsbury

Laatste dans

Roman

Vertaald door Roelof Posthuma

 Voorhoeve

Voor alles wat er gebeurt, is er een uur, een tijd voor alles wat er is onder de hemel... Een tijd om te huilen en een tijd om te lachen, een tijd om te rouwen en een tijd om te dansen.
Prediker 3:1,4

© Uitgeverij Voorhoeve – Kampen, 2008
Postbus 5018, 8260 GA Kampen
www.kok.nl

Oorspronkelijk verschenen onder de titel *A Time to Dance* bij Thomas Nelson, Inc. P.O. Box 141000, Nashville TN 37214-1000, USA.
© Karen Kingsbury, 2001

Vertaling Roelof Posthuma
Omslagillustratie Steve Gardner/Pixelworks Studio
Omslagontwerp Bas Mazur
ISBN 978 90 297 1901 8
NUR 302

Een

Het was zonder enige twijfel het moment waarop Abby Reynolds haar hele leven had gewacht.

Onder de schijnwerpers van de vrijdagavond in het grootste stadion van Illinois stond Abby's man op het punt zijn tweede kampioenschap van de scholencompetitie football binnen te halen. En hij zou dat grotendeels te danken hebben aan het talent van hun oudste zoon, die als quarterback in het team speelde.

Abby trok haar blauwgrijze jack strakker om zich heen en wenste dat ze een dikkere sjaal had omgedaan. Het was tenslotte al begin december, en hoewel er al meer dan een week geen sneeuw was gevallen, bleef de lucht snijdend koud. 'Footballweer,' zei John altijd. Koud en droog, een geschenk uit de hemel. Ze staarde naar de sterrenhemel. *Zelfs het weer werkt vanavond met je mee, John.*

Haar blik dwaalde over het veld en ze zocht haar man die langs de zijlijn stond, het hoofd iets naar achteren geknikt, zijn lichaam voorovergebogen, zijn handen op zijn knieën, zijn volle aandacht op het spel gericht. Ze herinnerde zich duizenden middagen waarop zijn ogen twinkelden van plezier, maar nu stonden ze hard en gericht. Zijn gezicht was een en al concentratie, getekend door de intensiteit van het moment, terwijl hij zijn aanwijzingen in tien richtingen tegelijk schreeuwde. Zelfs op haar plek hoog op de volle tribune kon Abby de energie voelen die van John uitging in de laatste minuten van zijn belangrijkste wedstrijd.

Geen twijfel aan, coachen was zijn talent.

En dit was zijn gloriemoment.

Was al het andere maar niet zo...

'Kom op, Eagles, jullie kunnen het!' Abby's dochter Nicole klapte in haar handen, klemde haar tanden op elkaar en kneep iets harder in de hand van haar vriend Matt, terwijl ze al haar aandacht en energie op haar jongere broer richtte.

Er brandden tranen achter Abby's ogen die ze met moeite tegenhield. *Kon ze dit moment maar bewaren, de tijd hier en nu stilzetten…* Ze draaide zich opzij en kneep in haar vaders knie. 'Ik voel het, papa. Ze gaan winnen.'

Haar vader, een oude man die nauwelijks meer leek op de man die haar opvoedde, hief zijn trillende vuist een klein stukje in de vrieskou. 'Je kunt het, Kade!' Zijn hand viel slap terug op zijn schoot.

Abby klopte zacht op haar vaders arm en zette haar handen als een toeter aan haar mond. 'Doe je best, Kade! Kom op!' Haar vingers balden zich samen tot vuisten, waarmee ze in een snel en hard ritme op haar knieën sloeg. *Als hij dit nu maar voor elkaar kreeg.*

Na deze avond zouden er voor geen van hen nog veel leuke momenten zijn weggelegd.

'Jammer dat het zo afgelopen is,' grinnikte haar vader, die haar met waterige ogen aankeek. 'Al die jaren van samen football spelen. Die jongen is geweldig, even goed als zijn vader.'

Abby keek naar haar zoon en haar mondhoeken krulden iets op. 'Altijd al geweest.'

'Vind je het ook niet vreemd, mam?' Nicole liet haar hoofd tegen Abby's schouder zakken.

'Wat bedoel je, lieverd?' Ze nam de vrije hand van haar dochter en vocht tegen de neiging om haar ogen dicht te doen. Het voelde zo goed, in de opwinding van dit moment, omringd door familie…

'Dit is Kade's laatste wedstrijd voor de schoolcompetitie.' Nicole's stem was gesmoord en er sprak een tedere verontwaardiging uit, alsof ze zich plotseling een verlies realiseerde waar ze niet op was voorbereid. 'Dan is het zomaar afgelopen. Volgend jaar zit hij in Iowa, en niets zal meer hetzelfde zijn.'

Abby's ogen begonnen weer te prikken en ze slikte haar emoties weg. *Als je eens wist, lieverd...* 'Het is nooit hetzelfde.'

Nicole staarde naar het veld. 'Ik bedoel, dit is de laatste keer. Hierna zal hij nooit meer voor papa spelen.' Ze keek naar het scorebord. 'Al die trainingen en wedstrijden, en over een paar minuten is het voorbij. Niets meer dan een doos vol herinneringen en oude krantenknipsels.'

De brok in haar keel groeide. *Nu niet, Nicole. Laat me van het moment genieten.* De tranen vertroebelden haar blik. *Kom op, verman je. Het leven zit vol met zaken die ooit ophouden.* Ze kneep in de hand van haar dochter en lachte kort. 'We horen ze nu aan te moedigen, weet je nog? Ze hebben nog niet gewonnen.'

Nicole stak haar kin naar voren en schreeuwde zo hard als ze kon: 'Kom op, Eagles! Jullie kunnen het!'

Abby's ogen zochten het veld weer af, waar Kade midden in het spel stond en als spelverdeler voor zijn vader optrad. Nog vijfentwintig meter voor de 'touch down'. Er was nog een goede minuut speeltijd en Marion stond drie punten voor. Dit punt – en Abby voelde dat het gescoord zou worden – zou de winst bezegelen.

'Kom op, Eagles!' Ze klapte in haar handen en tuurde geconcentreerd naar het veld. *Kom op, Kade. Rustig aan, zoals je het al wel honderd keer hebt gedaan...*

Haar stevige zoon veroverde de bal en vond met geroutineerde gratie het gat waardoor hij kon ontsnappen. Hij rende tot hij zijn doel zag en schoot met de vloeiende beweging van de getalenteerde zoon van een topcoach de bal tussen twee verdedigers door om hem bijna als door een wonder in de handen van een eigen aanvaller te laten belanden.

Het publiek sprong overeind.

Boven het geschreeuw van tienduizend fans uit legde de stadionspreker de situatie uit: de Eagles scoorden een punt, met nog minder dan een minuut te spelen.

De tegenpartij nam een time-out en Abby haalde langzaam en diep adem. Als ze dit moment had kunnen inblikken om het voor altijd te bewaren, had ze het gedaan. Hadden ze niet altijd van dit moment gedroomd sinds Kade's geboorte? Eerst hadden ze er grappen over gemaakt, om zich vervolgens jaar na jaar meer te realiseren dat het werkelijkheid zou kunnen worden. Tientallen herinneringen vochten om haar aandacht. De eerste keer dat ze John in footballtenue zag... hoe zijn ogen van haar hielden toen zij elkaar hun jawoord gaven en op de toekomst dronken... Nicole die in de achtertuin speelde... de stralende ogen van de veertienjarige Kade toen hij zijn eerste football kreeg... de grote vreugde van Seans geboorte zeven jaar later... de jaren van ontmoetingen op de aanlegsteiger aan het eind van de dag... de muziek die ze...

Er klonk een fluitsignaal en de spelers namen hun posities weer in.

Abby slikte. Haar gezin had een leven lang hiernaartoe gewerkt. Twee decennia van herinneringen, waarvan vele te maken hadden met een met witte lijnen afgezet veld van honderd meter vol modder en gras.

Het publiek bleef staan, maar ondanks het oorverdovende lawaai had Abby een stil plekje in haar hart waar ze de lach van haar kinderen hoorde, van lang geleden, en waar ze de stoeipartijtjes van John en de kinderen zag op het speelveld van Marion High School, na de training. Jarenlang had John intuïtief geweten hoe hij hun kinderen als coach moest benaderen en hoe hij het spel aan het eind van de dag moest loslaten. Het beeld en de stemmen veranderden en het lawaai van het stadion werd een achtergrondruis.

'Dans met mij, Abby... dans met mij.'

Daar stonden ze, op de aanlegsteiger. Ze dansten de dans van het leven, zwierden op het ritme van de krekels en de krakende planken, lang nadat de kinderen naar bed waren, op avonden dat de zomer nooit meer leek op te houden.

Een windvlaag zond een rilling over haar armen en ze verdrong de herinneringen. Hoe hij haar ook had verraden en wat er ook zou gaan gebeuren, er was geen betere vader voor haar kinderen te vinden dan John Reynolds.

Een andere herinnering diende zich aan. Zij en John dobberden in een oude vissersboot op het meer, een jaar nadat Kade was geboren. *'Abby, op een dag zal Kade voor mij spelen, en dan gaan we naar de top. Naar de echte top, schat. We zullen alles krijgen waar we ooit van droomden en niets zal ons kunnen tegenhouden. Niets...'*

En nu zaten ze hier – het leek niet meer dan een ogenblik later.

Kade kwam uit de kluwen naar voren met de bal in zijn handen.

Kom op, Kade. Dit is jouw dag. 'Zet hem op, Eagles!' schreeuwde ze.

De bal schoot als een kanonskogel uit Kade's handen en vloog met een grote boog door de winteravond, zoals Kade zelf ongeveer door hun leven was gevlogen, in een waas van beweging. *Kom op, vang hem...* Abby zag hoe Kade's beste vriend T.J. aan de andere kant van het veld naar de bal sprong. *Het past,* dacht ze. Het was als het perfecte einde van een perfecte film. Ze realiseerde zich dat alles wat met Kade, John en hun footballjaren te maken had – zelfs deze laatste wedstrijd – op een of andere manier vanaf het begin al zo bepaald was geweest.

T.J. greep de bal vast, drukte hem tegen zijn borst en landde languit achter de lijn.

'Touch down!' Abby's hart sloeg over en ze sprong op en neer, haar vuisten hoog in de lucht. 'Ongelooflijk! Het is gelukt! We hebben gewonnen!' Ze trok haar vader en Nicole tegen zich aan en sloeg haar vlakke hand tegen die van de tien jaar oude Sean die drie stoelen verder zat. *'High Five!* We zijn kampioen van Illinois! Ongelooflijk!'

Op het veld vierden de spelers het extra punt voordat ze hun posities weer innamen. Nog vijftien seconden en Marion High School zou regiokampioen zijn – en het team van vader en zoon Reynolds zou voor altijd een plaats krijgen in de annalen van de schoolcompetitie in Illinois.

John, jullie hebben het voor elkaar gekregen... jij en Kade.

Omwille van alles wat ooit was geweest – omwille van de stralende lichtpunten die hun liefde en gezin waren geweest – voelde Abby niets dan pure, onbezwaarde vreugde voor haar man.

Twee tranen ontsnapten uit haar ooghoeken en baanden zich een brandende weg over haar koude wangen.

Niet nu, Abby. Niet op het moment dat er iets gevierd moet worden. Het publiek schreeuwde als met één stem: 'Vijf... vier... drie... twee...'

Terwijl de tribune leegliep het veld op, in een kolkende massa van blauw en grijs, brulde Abby's vader zoals hij nooit meer had gedaan sinds hij in een tehuis was terechtgekomen. Sean rende achter Nicole en Matt aan van de trappen af om zich bij de anderen te voegen.

Abby zat als versteend en dronk het moment in. Ze keek naar de massa tot ze John ontdekte, die als een wilde zijn cappie afrukte en op Kade afrende. Hun omhelzing was voor Abby de druppel en haar tranen begonnen stil te stromen. John nam hun zoon stevig in zijn armen, in een gebaar dat ieder ander uitsloot: teamgenoten, trainers, pers. Alleen zij tweeën. Kade greep zijn helm in zijn ene hand en legde zijn ander arm om zijn vaders nek.

Toen gebeurde het.

Terwijl Abby nog van het moment genoot, kwam Charlene Denton achter John staan en sloeg haar armen om zijn schouders. Een steen plofte op de bodem van Abby's maag en werd zwaarder en zwaarder. *Niet nu... voor het oog van iedereen die we kennen.* John en Charlene stonden zeker vijftig meter van Abby vandaan, maar dat maakte geen verschil. Ze zag de scène glashelder voor zich alsof ze er vlak naast stond. Haar man maakte zich los van Kade, draaide zich om en omhelsde Charlene kort. De manier waarop John zijn hoofd dicht bij het hare bracht en zijn hand op haar schouder legde, liet iets zien van de gevoelens die hij voor haar koesterde. Gevoelens die hij al lang voor haar had. Charlene Denton, collega-docent op Marion High School en Johns grootste struikelblok.

Abby knipperde met haar ogen en plotseling leek al het mooie, goede en nostalgische van deze avond goedkoop en gekunsteld, een scène uit een slechte film. Zelfs de tederste herinneringen hielden geen stand tegenover de realiteit die ze voor zich zag.

Abby's vader zag hen ook en hij schraapte zijn keel. 'Ik red me hier wel, lieverd. Ga jij maar naar John.'

Ze schudde haar hoofd, maar haar blik bleef op haar man en Charlene gericht. 'Nee, ik wacht.'

Haar ogen waren nu droog en de opkomende woede vulde haar hart met kille, lege bitterheid. *Wegwezen, dame. Dit is ons moment, niet dat van jou.* Abby staarde vol haat naar Charlene. Johns stem klonk weer in haar hart, maar deze keer hadden de woorden niets met dansen te maken.

Ze spraken van een scheiding.

Dit was het weekeinde waarin ze het aan de kinderen zouden vertellen, het weekeinde dat ze de misvatting in hun familie zouden rechtzetten dat zij en John misschien wel het gelukkigst getrouwde stel ter wereld waren. Ze zuchtte. Hoe het ook voelde om John met Charlene te zien, de werkelijkheid was dat hij met elke lerares, of met welke vrouw ook, contact kon leggen. Over een paar maanden zou hij immers weer alleenstaand zijn. Net als zijzelf. Ze sloeg haar armen stevig om zich heen en probeerde het misselijke gevoel weg te drukken dat haar maag deed omdraaien. *Waarom doet het nog steeds zo veel pijn, God?*

Er kwam geen antwoord en Abby wist niet of ze liever wilde wegkruipen of het veld oprennen, zodat Charlene zich te ongemakkelijk zou voelen om erbij te blijven staan.

Ik dacht dat ik dit stadium voorbij was. We hebben al samen besloten om apart door te gaan. Wat gebeurt er met mij? Ze tikte met haar voet op de betonnen vloer van het stadion, verschoof en ergerde zich aan het smetteloze, mooie en jonge uiterlijk van de andere vrouw, die niet de sporen van twintig jaar huwelijk meedroeg. Hoe moest ze dit gevoel benoemen? Jaloezie?

Nee, het voelde eerder als spijt. Abby's hart klopte sneller. Dat kon toch niet? Waar zou ze spijt van moeten hebben? Hadden ze niet *beiden* ingezien waar ze stonden, en waar het naartoe zou gaan?

Of zou ze altijd dit gevoel houden als ze John met een andere vrouw zag?

Haar blik werd troebel en weer hoorde ze Johns stem van lang geleden. *'Dans met me, Abby... dans met me.'*

De stille woorden vervaagden weer en ze knipperde de verse tranen weg. Eén ding was zeker: als gescheiden zijn zo voelde, kon ze er maar beter aan wennen.

Hoe vreselijk ze dat ook vond.

Twee

Het stadion was leeg en lag bezaaid met platgetrapte kartonnen bekers en half opgegeten hotdogs. Op de studententribunes waren allerlei resten blauw en grijs te zien, een teken dat de Marion Eagles er inderdaad waren geweest en dat John en Kade hun levenslange droom hadden verwezenlijkt door samen regiokampioen te worden.

Abby liep de stadiontrappen af en stak het veld over in de richting van de kleedkamers. John zou nog binnen zijn om de pers te woord te staan, met de andere coaches de wedstrijd te analyseren en met zijn team na te genieten.

Vlak voor de bezoekersingang stond een bankje waar Abby ging zitten om over het lege veld te staren. Kade, Nicole, Matt en Sean hielden een tafel voor hen vrij in Smokey's Pizza, een straat verderop. Haar vader wachtte in de auto. Ze keek naar de modderige lijnen en de trots oprijzende doelpalen aan weerszijden van het veld. Was het echt nog maar een uur geleden dat het hele stadion vol zat en de hele massa de adem inhield terwijl Kade het laatste doelpunt scoorde?

Abby huiverde en stak haar handen diep in haar zakken. De temperatuur was flink gedaald, maar dat had weinig te maken met de angstige kilte die ze in haar hart voelde.

Een assistent-coach van de Marions kwam naar buiten en bleef staan toen hij haar zag. 'Hallo, Abby.' Hij grijnsde van oor tot oor. 'Wat zeg jij van die Eagles?'

Ze grinnikte. Hoe pijnlijk de komende gebeurtenissen in haar leven ook zouden zijn, ze zou zich hun footballperiode als een

heerlijke tijd blijven herinneren. Elke speler, elke coach, elk seizoen... het was een kleurrijk mozaïek dat ze altijd zou blijven
koesteren. 'Geweldig. Een droom die uitkomt.'

De man zuchtte zacht en schudde zijn hoofd, terwijl hij de winternacht in tuurde. Het was de grootste coach van het team, een
voormalige speler die de reputatie had de jongens hard aan te pakken. Maar hier, in de stille schaduwen van het stadion waarin het
gejoel van het publiek en het gekreun van zestig in oorlogstenue
geklede tieners was verstomd, zag Abby de tranen in zijn ogen
glanzen. Hij schraapte zijn keel en keek haar aan.

'Ook al word ik honderd, ik zal nooit vergeten hoe John en
Kade deze avond samenwerkten. Ze zijn geweldig, die twee.' Hij
sloeg zijn armen over elkaar, staarde naar de stadionverlichting en
probeerde zichzelf te beheersen. Even later keek hij haar weer aan.
'Wat een geschiedenis, vind je niet, Abby? Ik ben blij dat ik erbij
kon zijn.'

'Ik ook, coach.' Haar mondhoeken krulden iets omhoog terwijl
de tranen haar blik vertroebelden. Ze wees naar de kleedkamers. 'Is
hij bijna klaar?'

'Ja, de laatste verslaggevers zijn een paar minuten geleden vertrokken. Hij is zijn spullen aan het verzamelen.' De man glimlachte
en nam afscheid. 'Nou... ik zie je volgend jaar.'

Abby knikte, bang dat haar stem haar zou verraden als ze probeerde te spreken. *Voor ons... voor mij zal er geen volgend jaar zijn.*

De assistent liep verder en Abby moest aan John denken en hun
trouwdag, meer dan eenentwintig jaar eerder. Wat was er gebeurd
met de mensen die ze toen waren geweest, het paar dat samen
door het vuur ging en er aan de andere kant alleen maar sterker
uitkwam?

Vergeet het, Abby. De coach had gelijk. Het was voorbij en zij moest
blij zijn dat ze erbij was geweest. Abby wenste hartstochtelijk dat
ze terug kon gaan in de tijd, al was het maar een uur, naar het
moment voor die laatste *touch down* waarmee Johns levenslange
dromen waarheid waren geworden.

Op één na.

Vijf minuten later kwam John naar buiten en zag haar zitten. Abby dacht aan Charlene en haar armen om Johns middel, na de wedstrijd. *Moet ik hem omhelzen, zoals zij deed? Moet ik alleen maar vriendelijk knikken?*

Er heerste een ongemakkelijke stilte terwijl hij haar aankeek.

'Abby…' Hij zei het zacht, maar zijn woorden waren geladen met opwinding. 'Het is gelukt!' Zijn ogen fonkelden en er zouden weken overheen gaan voordat de sprankeling weer zou wegebben – en zij kon geen weerstand bieden aan hun verleiding. Onontkoombaar kwamen ze bij elkaar en Abby sloeg haar armen om zijn nek, begroef haar gezicht tegen zijn schouder.

'Niet te geloven! Regiowinnaar!' Ze genoot van het troostende gevoel van zijn hart dat in zijn borst bonkte en ze bedacht dat het maanden geleden was dat ze elkaar zo hadden omhelsd.

'Fantastisch, hè?' Hij liet haar los en zijn ogen waren even vol van leven, hoop en belofte als twee decennia eerder.

Er zat een modderspoor op zijn wang dat ze teder weghaalde met haar duim. 'Jullie zijn de beste, jij en Kade. Ongelooflijk.'

Hij trok haar weer tegen zich aan en ze bleven dicht tegen elkaar aan staan, lichtjes heen en weer wiegend. Zijn armen rustig om haar middel, haar armen iets steviger om hem heen dan gewoonlijk.

Momenten doordrenkt van een wanhopige eindigheid.

John liet als eerste los en Abby sloeg haar armen om zichzelf heen om de plotselinge kilte tegen te gaan. 'Heb je die laatste *touch down* gezien?' Hij pakte zijn sporttas van de bank en grijnsde. 'Kade was uniek…'

Abby glimlachte. 'Het was prachtig.'

John staarde naar het veld alsof hij voor zijn geest een herhaling liet afdraaien. 'Ik heb altijd van deze dag gedroomd sinds Kade zijn eerste bal gooide.'

Ze liepen naar de stadiontrappen, hun voeten in een vertrouwd gezamenlijk ritme. John hing de tas over zijn schouder. 'Abby, wat dit weekeinde betreft…'

De steen in haar maag werd zwaarder. 'Wat?'

Hij keek naar de grond. 'Het voelt niet goed..., ik bedoel, de kinderen...' Hij keek haar aan terwijl ze verder liepen. 'Het kan me niet schelen wat de deskundigen zeggen; we kunnen het ze nu niet vertellen.' Zijn voorhoofd rimpelde van bezorgdheid. 'Niet na deze avond. Ze blijven het tot aan Kerst vieren, Abby. Daar hebben ze toch recht op?'

Abby voelde haar schouders verstrakken terwijl de nerveuze spanning zich als een tinteling door haar lichaam verspreidde. 'Ze hebben het recht om de waarheid te horen.'

Zijn ogen waren zwaar van pijn en verdriet. 'We vertellen het ze gauw genoeg.' Hij ging langzamer lopen en keek haar intens aan, smekend om begrip. 'Kom op, Abby. Dit is de gelukkigste dag in Kade's leven. Voor je het weet, is het al Kerstmis. Kan het niet nog even wachten?'

Ze bleef staan en staarde haar man aan, een hand op haar heup. 'Wat moeten we dan, John? Oeverloos blijven doen alsof er niets aan de hand is?'

Zijn kaak verstrakte, maar hij zei niets.

Stop, Abby. Een vriendelijk woord verdrijft de woede.

Ze hoorde de zachte stem ergens in een hoek van haar ziel, maar schudde haar hoofd. John was de oorzaak van dit alles. Waarom zou ze hem nu in bescherming nemen?

'Wat heeft het voor nut om te wachten?' Ze sloeg haar armen over elkaar en snoof. 'We hadden het ze vorige maand al moeten vertellen.' Ze aarzelde. 'Je kunt niet altijd de goede vent blijven uithangen, John.' *Zeg het niet, Abby...* 'Ook al zijn jullie kampioen geworden.'

'Daar gaan we.' John zette zijn honkbalpet af en haalde zijn vingers door zijn donkere, vochtige haar. 'Wat wil je. Abby? Ruzie? Hier en nu? Aan de zijlijn?'

Er schoten wel tien venijnige commentaren door haar hoofd, maar ze hield haar mond. 'Ik zeg alleen maar dat we het hun al lang hadden moeten vertellen. De papieren gaan in januari de deur uit, John. Als we niet snel iets zeggen, weten ze niet wat hen over-komt.'

Zijn gezicht vertrok en ze dacht dat hij zou gaan huilen. Hij zag eruit als een klein jongetje dat zijn beste vriendje was kwijtgeraakt; een ogenblik lang wilde ze niets liever dan hem in haar armen nemen, hem smeken te blijven en het uit te maken met Charlene – om de rest van zijn leven alleen nog van haar, Abby, te houden. Haar hart ontdooide. *We zitten allebei fout, John. Is wat we hebben op-gebouwd geen tweede poging waard?* Maar het gevoel verdween voor-dat ze de moed vond om de woorden uit te spreken. *Ik lijk wel krankzinnig. We zijn veel te ver heen voor een tweede kans…*

Niets is onmogelijk bij God, kind.

Abby sloot haar ogen en was er zeker van dat de stem die ze van binnen hoorde uit de hemel kwam. *We hebben het geprobeerd. Dat weet U… Maar zelfs U geeft mij toch een uitweg uit deze situatie… dat staat toch in Uw woord?*

Scheiden is mij een ergernis… Niets is onmogelijk bij…

Het is te laat… Ze deed haar ogen weer open. 'Luister, ik wil dit gewoon achter de rug hebben.'

Hij keek haar nog steeds aan, maar zijn verdriet had plaats-gemaakt voor vastberadenheid. 'We kunnen de papieren ook in februari inleveren. We hebben al tot nu gewacht. Laten we het over de Kerst heen tillen.'

Het beeld van John en Charlene tergde haar. 'Ho, ho, ho,' fluis-terde ze.

'Wat?' Johns stem werd een halve toon hoger.

Ze hield haar hoofd schuin. 'Laten we maar zeggen dat ik niet zo in de stemming ben voor de feestdagen.'

John knarste met zijn tanden. 'Echt, Abby, jij kunt ook alleen maar aan jezelf denken. Het gaat om Kerst, weet je nog? Dat bete-kende ooit iets voor jou.'

Doe me dit niet aan, John. Doe niet alsof het iets betekent als er niets van waar is. Er kwamen beelden op van hoe zij en John de laatste jaren door de gangen van hun huis dwaalden… zwijgend, gespannen, liefdeloos. 'Ja, dat was toen *ik* nog iets betekende voor *jou.*'

Ze stonden als aan de grond genageld tegenover elkaar en de kloof werd met elke ademtocht dieper. Abby verbrak de stilte als eerste. 'Je kunt mij niet alle schuld in de schoenen schuiven. Ik wil hun Kersmis ook niet vergallen.' Ze gebaarde naar zichzelf. 'Ik probeer alleen maar realistisch te zijn.'

'Je bedoelt egoïstisch?' Hij deed moeite om niet te gaan schreeuwen.

'Nee, *realistisch!*' Haar woorden kwamen er als kwaad gesis uit. 'Ik houd niet van doen alsof!'

Johns kaakspieren bolden op. 'Denk je dat ik het leuk vind? Ik heb het hier niet over ons, Abby. Ik heb het over de kinderen. We zeggen het ze na de vakantie, en daarmee basta.'

Hij liep verder en Abby wilde het wel uitschreeuwen. 'Wacht!'

Hij bleef staan, draaide om en kwam terug. 'Wat?'

Ze ademde uit en probeerde haar emoties onder controle te houden. Ze kon zich niet voorstellen dat ze het nog een moment in huis uithield met John terwijl die verliefd was op een andere vrouw... en dan met de Kerst?

Toen bedacht ze dat het in de vakantietijd toch drukte alom zou zijn. Haar schouders zakten. Wat maakte het ook uit? Misschien had hij wel gelijk. Misschien was het niet zo erg als de kinderen minder tijd kregen om aan het idee te wennen. Misschien kon ze die maand nog wel uitzingen omwille van hen. Als de scheiding er daarna maar snel zou komen. 'Goed... akkoord. Na de Kerst.' Ze aarzelde. 'Maar blijf in het openbaar alsjeblieft van Charlene af, wil je? In elk geval tot we het de kinderen hebben verteld.'

Johns ogen werden groot en zijn woede sloeg om in verontwaardiging. 'Wat heeft dat te betekenen?'

'Ach, schiet toch op...' Abby's mond zakte open. Waarom wilde hij per se tegen haar blijven liegen? Wat was het nut? 'Het betekent dat ik niet van plan ben de andere kant op te kijken terwijl jij met je *vriendinnetje* rondloopt, alleen maar om de kinderen een fijne Kerst te bezorgen.'

John deed een stap in haar richting en zijn ogen werden hard en koud als staal. 'Weet je, ik ben het zo zat dat je Charlene hier steeds de schuld van geeft. Ons besluit om te scheiden, staat los van mijn vriendschap voor haar. Het heeft te maken met het feit dat jij bent veranderd… dat wij veranderd zijn.' Hij zuchtte en keek de maannacht in. Abby vroeg zich af of hij daar antwoorden zocht – zoals zij zo vaak had gedaan. Ze zag zijn kaak weer verstrakken en wist dat hij probeerde zijn woede te bedwingen. 'We zijn niet meer de mensen die we toen waren, Abby.'

Ze rolde geërgerd met haar ogen. 'Vertel me alsjeblieft niet dat het niets met Charlene te maken heeft. Hoezeer we ook veranderd zijn, we hadden eruit kunnen komen; het was onze plicht om eruit te komen. Maar toen jij met Charlene begon, was het voor mij tijd om op te stappen.' Ze lachte kort en vreugdeloos. 'Ik weet toch wat ik zie, John. Vertel me alsjeblieft niet dat je geen verhouding met haar hebt als ik bij jou de klas binnenloop en haar in jouw…'

'Dat was gewoon om haar te troosten!' John snauwde de woorden tegen haar. 'Ik heb je toch gezegd dat ze over haar toeren was vanwege…' Zijn stem verstomde en Abby voelde haar bloeddruk stijgen. Hoe durfde hij het te ontkennen terwijl ze hem op heterdaad had betrapt en na die tijd uit wel tien verschillende bronnen bevestiging voor hun verhouding had gekregen?

'Troosten, hè? Je meent het.' Haar stem droop van sarcasme. 'En waar moest ze vanavond voor getroost worden toen ze voor de ogen van tienduizend mensen om je nek hing?'

John boog voorover alsof hij de strijd opgaf. 'Laat maar.' Hij stak zijn handen diep in zijn zakken en liep resoluut verder. 'Geloof maar wat je wilt.'

Abby was ziedend. Hij loog natuurlijk, zoals hij al honderd keer eerder had gedaan. Ze rende een paar meter om hem in te halen en ging naast hem lopen. 'Ik geloof mijn vriendinnen en die hebben hetzelfde gezien als ik.'

Hij zei niets, bleef recht voor zich uit staren en liep stug over de stadiontrappen in de richting van de auto.

Pummel. 'Goed, dan zeg je niets. Maar maak er geen spektakel van met haar, wil je? Als we tot na de feestdagen moeten wachten, kun je me dat op zijn minst gunnen.'

Ze kwamen boven aan de trap. John bleef staan en keek op zijn horloge. 'Voor mijn part.' Zijn stem verried geen enkele emotie. 'Ik zie je over een paar uur in het hotel.'

'Wat?' Haar hart sloeg over. *Doe me dat niet aan, John, niet vanavond.* 'Jij gaat met mij mee. De kinderen wachten op ons.'

Nog voordat hij antwoord gaf, wist Abby dat ze te ver was gegaan. Haar man keek de straat in, los van haar, hun kinderen en alles wat een uur eerder nog aanleiding voor een feest was geweest. 'De coaches komen in de pub een straat verderop bij elkaar. Zeg maar tegen de kinderen dat ik ze later wel spreek.'

Zonder haar nog aan te kijken en zonder het minste teken van spijt of berouw, zonder zelfs maar een keer om te kijken, liep John de nacht in. Verbijsterd keek Abby hem na.

Draai je om, John; kom terug en zeg dat je van me houdt; zeg me dat dit absurd is en dat het op een of andere manier weer goed zal komen.

Hij liep door. *Laat hem alsjeblieft stoppen, God. De kinderen hebben hem vanavond nodig.*

Stilte.

Ze zag hoe John naar twee kanten keek of hij kon oversteken, in looppas naar de overkant van de straat snelde en zijn weg vervolgde over het trottoir. *Goed. Laat hem maar gaan.* Ze draaide zich om, knipperde haar tranen weg en weigerde de pijn in haar hart te koesteren. Het werd tijd dat ze eraan wende om hem te zien weglopen. Het was alles wat er tussen hen over was, alles wat zij in de toekomst zouden zijn: twee mensen, twee vreemdelingen die in verschillende richtingen de koude, donkere nacht van hun toekomst tegemoet liepen.

Zij wist het, en John wist het.

En op zeker moment na Kerstmis zouden hun kinderen het ook weten.

Drie

Het mooiste van een jeugd aan een privémeer, althans volgens Nicole Reynolds, was niet de eindeloze grasvlakte die zich uitstrekte tussen de achterdeur en het water of de oude, houten aanlegsteiger waar ze duikwedstrijden hielden of samen zongen in de nacht. Dat waren prachtige dingen die natuurlijk voor altijd tot haar dierbare herinneringen aan thuis zouden horen. Maar het mooiste was het bospad dat tussen de bomen en het dichte struikgewas door kronkelde om uiteindelijk bij het water weer in het open veld te eindigen. Toen ze nog kinderen waren, fietsten Nicole en Kade langs het water en speelden ze dat ze vreemde landen verkenden of door vijandig gebied naar een veilige toevluchtshaven moesten zien te komen – meestal het huis aan het meer van een van hun vrienden of vriendinnen.

Met twintig jaar was Nicole te oud voor dit soort spelletjes, maar het bospad was nog steeds haar favoriet. Tegenwoordig was het de plek waar zij en Matt Conley aan het studentenleven konden ontsnappen om hand in hand te lopen en steeds meer over zichzelf aan elkaar toe te vertrouwen.

In vroeger jaren had Nicole het pad het mooist gevonden in de zomer, wanneer de grond warm was en alle bomen en struiken blad droegen. Maar nu, met Matt naast haar, had het pad zelfs midden in de winter nog iets heerlijks.

Die woensdagmiddag, bijna drie weken na de Kerst, kwam Nicole vroeg thuis van de universiteit, stak de open haard aan en bereidde de lunch voor. Matt zou een uur later komen. Hij had haar iets belangrijks te vertellen, iets heel belangrijks. Ze haalde het brood uit de koelkast en scheurde twee stukken keukenpapier van de rol. Ze hoorde zijn dringende en zelfverzekerde stem weer, die haar vertelde dat zij elkaar na college absoluut moesten spreken, ongeacht wat er die dag verder nog gebeurde.

Haar handpalmen waren vochtig en ze veegde ze af aan haar spijkerbroek.

Ik maak me geen zorgen. Ze dacht even na over de woorden. Waar zou zij zich zorgen over moeten maken? Zij en Matt waren onafscheidelijk geweest sinds ze elkaar twee jaar eerder op de debatteerclub van de universiteit hadden ontmoet. Hij was toen een ouderejaars geweest. Sindsdien was elke nieuwe dag weer mooier geweest dan de vorige en hun verkeringstijd was vervuld van romantiek en vrolijkheid. Hun worsteling was kenmerkend voor mensen van hun leeftijd – mensen die God wilden dienen en Hem op de eerste plaats wilden zetten. Om die reden hadden ze onmiddellijk grenzen gesteld toen hun vriendschap iets meer begon te worden. Maar Nicole had geen moment in al die twee jaar de angst gehad dat Matt het zou uitmaken.

Dat kan het niet zijn.

Ze draaide het potje mayonaise open en pakte een mes. Matt was altijd zo attent. Hij verraste haar met haar favoriete lunch met gerookte kalkoenfilet en Zwitserse kaas, bracht boeketten wilde bloemen mee en gunde haar de ruimte als ze moest blokken voor haar examen Engels.

Ze dacht aan de band die zij en Matt hadden en diep in haar borst voelde ze een stekende pijn. Hij zou toch niet met iemand anders uit willen gaan? *Nee, onmogelijk.* Ze pasten veel te goed bij elkaar. Matt was vierentwintig en zat in het laatste jaar van zijn rechtenstudie. Hij was een sportman met een scherpe geest en hij gaf haar het gevoel dat ze veilig en geborgen bij hem was. Hij was sterk, zelfverzekerd en smoorverliefd op haar. Hoewel Nicole wist dat hij haar lichamelijk aantrekkelijk vond, leek hij nog het meest te vallen voor de manier waarop ze hem aan het lachen maakte. Nicole was op de middelbare school cheerleader geweest en was verzot op gek doen en vrolijk zijn. Ze was speels, aanhankelijk en

22

vond het heerlijk hem achter zijn studieboeken weg te halen en mee naar buiten te nemen voor een sneeuwballengevecht of een wandeling over het bevroren bospad. Hij was haar rots in de branding; zij was zijn inspiratiebron die hem eraan herinnerde dat het leven genoten moest worden.

Ze pasten perfect bij elkaar – of niet?

Is er iets mis met onze verkering, iets dat ik niet zie?

Wees stil en weet dat ik God ben, dochter.

Nicole haalde langzaam en diep adem. Ze hield van die innerlijke, hemelse stem die haar zo prompt en met liefdevolle autoriteit uit de diepten van haar ziel toesprak. Al jaren voelde zij deze band en de zekerheid van Zijn aanwezigheid, Zijn stem gaf een vertrouwdheid aan hun verhouding die de rots was waarop Nicole haar leven bouwde. Als God wilde dat zij zich geen zorgen maakte over deze afspraak met Matt, dan wist ze diep van binnen dat ze ook niets te vrezen had.

Dank U, God. Maar zorgt U ervoor dat mijn hart niet ontploft van nieuwsgierigheid, wilt U?

De hele lunch lang leken Matts ogen van pure opwinding wel te dansen. Maar hij praatte alleen over zijn colleges en de projecten waar hij mee bezig was. Eerst speelde Nicole het spelletje mee, maar toen de lunch voorbij was, veegde ze haar mond af en legde haar servet gedecideerd neer.

'Goed… genoeg.'

Hij grinnikte. 'Wat bedoel je?'

Ze voelde een glimlach rond haar mondhoeken spelen maar zette niettemin een barse toon op. 'Jij had mij iets *heel belangrijks* te vertellen, weet je nog? Daarom ben je hier.'

Hij leunde achterover, tuurde met twinkelende ogen uit het raam en haalde diep adem. 'Eens kijken, iets heel belangrijks…' Hij mompelde het zacht voor zich uit alsof hij zijn hersens pijnigde. 'Wat zou dat moeten zijn…?'

Nicole's geërgerde steunen verbrak de stilte. Ze greep zijn rechterarm met haar beide handen en trok hem als een vervelend kind overeind. 'Matt, dit is niet leuk. Ik meen het. Ik heb de hele dag zitten wachten.'

Hij grinnikte weer, maar zei niets.

Ze snoof. 'Goed, dan zal ik ernaar raden. Je verhuist naar Antarctica om een leven als ijsvisser te beginnen? Ga je naar Zimbabwe om zendeling te worden? Houd je op met rechten en ga je met het circus mee?'

Ze lachten beiden en lieten hun voorhoofden tegen elkaar zakken. 'Jij bent grappig.' Hij wreef zijn neus tegen de hare. 'Weet je dat wel?'

'En jij bent een naar ventje.' Haar stem was een fluistering. Hun gezichten raakten elkaar nog steeds en binnen een ogenblik sloeg de stemming om. Matt legde zijn handen om haar nek, tilde haar hoofd op zodat hun monden elkaar vonden en gaf haar een tedere kus die al snel van een groter verlangen getuigde.

Niet doen!

De stem was duidelijk, zoals altijd in dit soort omstandigheden. Een leeg huis, een warm vuur, de sneeuw die zacht viel en niemand die binnen een uur werd terugverwacht.

Ze maakten zich los en keken elkaar aan, hun gezichten slechts centimeters van elkaar verwijderd.

'Laten we een stukje gaan wandelen…' Matts stem klonk krampachtig.

'Nu? Ik dacht dat je wilde praten.' Nicole haalde diep adem en leunde achterover in haar stoel.

Hij knikte en gebaarde naar de achtertuin. 'Buiten, op het pad.'

Nicole haalde haar schouders op. 'Goed.' In haast plechtige stilte liepen ze naar buiten en het pad op, genietend van elkaars aanwezigheid, nog denkend aan de kus van een paar minuten daarvoor. Toen bleef Matt staan alsof hij het zo had bedacht en veegde de sneeuw van een omgevallen boom. Hij deed zijn sjaal af om die over het natte hout te leggen en keek vervolgens Nicole indringend aan.

'Ga zitten.' Het was geen bevel, maar onderdeel van een soort fascinerend ritueel dat Nicole niet herkende en waaraan ze nooit had deelgenomen.

Ze liet zich langzaam op de boomstam zakken en keek Matt aan. 'Ja…?'

Alsof het een vertraagde film was, reikte Matt in zijn jaszak en haalde een klein pakketje in goudpapier tevoorschijn. Het glinsterde in de schaduw en plotseling viel het Nicole zwaar haar armen en benen nog te voelen. Het was alsof ze zweefde, als in die droom die ze al van jongs af aan had gehad. De tranen brandden in haar ogen, terwijl haar blik van het pakje naar Matts ogen dwaalde. 'Matt?' Haar stem was nauwelijks hoorbaar maar vol liefde, vragen en ongeloof.

Zonder enige aarzeling boog hij naar voren, plantte een knie stevig in de sneeuw en hield het pakje naar voren. Als een geschenk. Voorzichtig, met bevende handen in haar handschoenen, nam ze het doosje aan en staarde ernaar. Kon het waar zijn? Had hij deze dag uitgekozen om haar te vragen? *God, help mij het strikje los te maken…*

Ze werkte zich door het papier heen en opende het blauw fluwelen doosje dat eruit tevoorschijn kwam. De diamanten ring ving het licht en zond zijn stralen in duizend richtingen uit terwijl Nicole's adem in haar keel stokte. Het was een trouwsetje bestaande uit een eenvoudige verlovingsring en een bijpassende trouwring met een rijtje kleine diamanten. *O God, ik geloof mijn ogen niet.* De tranen begonnen te vloeien en trokken een dampend spoor over haar wangen. 'O, Matt…' Ze trok hem tegen zich aan en hield hem vast tot hij zich voorzichtig losmaakte en haar aankeek.

'Nicole Michelle Reynolds, ik houd meer van jou dan van het leven zelf.' Teder veegde hij met zijn gehandschoende duim haar tranen weg. 'Ik houd al van je sinds die eerste dag… en elke keer dat we bij elkaar zijn, wordt mijn liefde dieper.'

Hij zweeg even en weer drupten er twee tranen op haar wangen. Dit was het dus… hij deed haar een aanzoek.

Dank U, God, dank U voor deze man.

Ze wachtte terwijl hij zijn woorden zocht. 'Mijn hele leven ben ik bang geweest om me te binden, was ik bang dat ik, als ik me aan een vrouw bond, op een dag zou eindigen als mijn vader... boos en eenzaam en... nou ja, zielig, denk ik.' Hij veegde een haarlokje uit haar oog. 'En toen ontmoette ik jou.'

Nicole wilde wel honderd dingen zeggen, maar ze zweeg, dronk het moment in, grifte het in haar geheugen omdat ze wist dat ze het nooit meer zou vergeten.

'Ik zag hoe jouw ouders hun liefde hebben opgebouwd in, hoeveel was het, eenentwintig jaar?'

Nicole knikte en een glimlach doorbrak het tranenspoor. 'Wat zij hebben, Nicole, wil ik ook voor ons. Een gezin en een huis waar tradities en herinneringen worden gemaakt, waarin we samen een leven opbouwen dat voortduurt tot God een van ons naar Zijn huis brengt.'

Haar geluk kookte over en ze lachte opgetogen. 'O, Matt... ik houd zoveel van je!' Ze wilde hem weer omhelzen, maar hij stak zijn hand op zodat ze niet dichterbij kon komen. Ze keek hem aan en zag dat zijn ogen vochtig waren. In al die dagen en maanden die ze samen waren geweest, had ze hem nog nooit zo serieus gezien.

'Nicole, ik wil graag dat je mijn vrouw wordt.' Hij legde zijn vingertoppen om haar gezicht en zij voelde zich zo veilig onder zijn blik. Hij zweeg zo lang dat het in Nicole's beleving wel een jaar leek. 'Wil je met me trouwen?'

De tranen stroomden nu harder en ze sloeg haar armen om zijn nek om hem vast te houden zoals ze hem de rest van haar leven zou vasthouden. Hoe kostbaar, perfect en mooi waren Gods plannen voor Zijn mensen! Ze bedacht hoe haar moeder in de loop der jaren wel honderd keer had gebeden over haar toekomstige man, en nu was hij hier. Zij was er klaar voor – zuiver en heel, zoals God het bedoelde – om naast Matt te staan en zijn vrouw te worden. Precies zoals haar moeder had gevraagd. Ze kon nauwelijks wachten om het haar ouders te vertellen.

O God, dank U… ik word overweldigd door dankbaarheid. We kunnen het mijn ouders deze week tijdens de familiebijeenkomst vertellen!

'Ja, Matt.' Ze zou zich dit moment haar leven lang herinneren.

'Ja, ik wil zielsgraag met jou trouwen…'

Vier

Het was vrijdagavond, een paar uur voor de familiebijeenkomst op zaterdag, en Abby was volkomen uitgeput. Ondanks een reeks gezamenlijke sessies met hun hulpverleners hadden zij en John geweigerd op het laatste moment toch nog een soort overeenkomst te sluiten. In plaats daarvan hadden ze afgesproken in een restaurant buiten de stad om de details door te spreken en een scenario op te stellen dat voor de toekomst werkbaar zou zijn.

Abby zou in het huis blijven wonen en John zou een eigen onderkomen zoeken. De kinderen waren oud genoeg om geen problemen te krijgen met de voogdij. Sean zou door de week bij Abby blijven wonen en in de weekeinden of vakanties, eigenlijk wanneer hij maar wilde, bij John kunnen zijn. Verder zou het leven vrijwel op dezelfde voet doorgaan. Kade zou in de zomer naar de campus van de universiteit van Iowa verhuizen en Nicole zou thuis blijven wonen en colleges volgen aan de universiteit van Zuid-Illinois.

Abby's vermoeidheid was begrijpelijk. Jarenlang hadden John en zij alleen maar de schijn opgehouden, zich voorgedaan als het gelukkige echtpaar, maar de laatste weken was die schijnvertoning Abby enorm gaan tegenstaan. Ze had wel tegen John, de kinderen of wie er ook maar wilde luisteren, willen schreeuwen dat ze er genoeg van had een leven te leiden dat weinig meer was dan een toneelstukje.

De kinderen waren volkomen opgegaan in hun opwinding van Kerstmis: Sean had nieuwe ski's gekregen en Kade een speciaal voor hem gemaakte ring, compleet met de insignes van een football-kampioen. Nicole ging op in haar eigen leventje van colleges die moeilijker werden nu ze ouderejaars was en vrije tijd die ze vooral met Matt doorbracht.

Zoals John al had voorspeld, was de opwinding over de kampioenstitel nog steeds hét gesprek in de familie. Nog elke week kreeg hij telefoontjes van verslaggevers en coaches die hem wilden feliciteren en die over de wedstrijden wilden praten, misschien in de hoop dat iets van het succes van coach Reynolds hen zou inspireren en ideeën zou geven die ze zelf konden gebruiken. De mensen dachten kennelijk dat John antwoorden had voor alles en iedereen.

Voor iedereen behalve voor haar.

Abby zuchtte zacht en trok een oud flanellen nachthemd uit de kledingkast. Zij en John deelden nog steeds een huis, maar niet het bed. Al maanden niet meer. Zij kleedde zich om in de badkamer, poetste haar tanden en sloop naar de logeerkamer beneden als ze zeker wist dat de kinderen sliepen of te druk waren om het op te merken. En omdat ze er 's morgens altijd als eerste uit was, had niemand het ooit gemerkt.

Het was nog vroeg en John was naar een vergadering van de footballbond. Hij zou pas na tien uur terug zijn. *Des te beter. Dan slaap ik al voordat hij terugkomt.*

De ijzige wind huilde buiten terwijl ze haar kleren uittrok, de nachtjapon aandeed en zich realiseerde dat ze koude voeten had. *Binnenkort zal ik mijn eigen sokken moeten kopen.* Maar voor nu, deze laatste nacht, kon ze die van hem nog gebruiken. Ze waren groter en dikker en konden haar voeten zelfs in de koudste nachten warm houden.

Nadat ze het de kinderen verteld zouden hebben, zou John met een bevriende coach praten en vragen of hij voorlopig in diens huis mocht wonen tot alles definitief was en hij een eigen stek kon vinden. Hoe dan ook, hij was van plan binnen een week uit huis te verdwijnen. Abby trok de la open en woelde er met haar hand in, op zoek naar het dikste paar sokken dat ze kon vinden. Maar haar vingers gleden over een gevouwen stukje papier. Ze trok het velletje uit de la en staarde ernaar. Ze had alles toch pas een paar weken tevoren opgeruimd? Haar hart bonkte in haar borstkas en waarschuwde haar het gekreukelde vel weg te leggen en de boodschap niet te lezen. Ze sloeg er geen acht op, liet zich op de hoek van het bed zakken en vouwde het papiertje open. Het handschrift was niet dat van haar, maar wel overduidelijk dat van een vrouw. Ze begon te lezen.

John, dankje voor het gesprek van laatst. Ik zou niet weten wat ik zonder je moest. Ik meen het. Jij bent de beste vriend die een vrouw zich kan wensen. Abby weet niet wat ze kwijtraakt. Hoe dan ook, ik zie je vrijdag vroeg, zoals gebruikelijk. Ik kan het nauwelijks afwachten. Liefs, Charlene.

Abby staarde naar het briefje terwijl de woede opwelde in haar maagstreek. Niet in staat zichzelf tegen te houden, las ze het nog een keer – daarna scheurde ze het briefje keer op keer doormidden, tot er niets meer te lezen was van de woorden.

Ze wist niet of ze naar de badkamer moest rennen of een gat in de muur moest slaan. Uiteindelijk deed ze geen van beide en bleef alleen maar op het puntje van het bed zitten, gegijzeld door de pijn in haar hart. *Hoe kon je, John? Kun je niet wachten tot na de scheiding? Is wat wij deelden niet minstens dat respect waard?*

Abby hoorde weer de verontwaardigde en verdedigende stem van haar man bij elke gelegenheid dat ze over Charlene begon: 'Ze is gewoon een vriendin… gewoon een vriendin…'

Ze snoof en keek naar de papiersnippers. Alleen maar een vriendin… laat me niet lachen. Andere leden van de club hadden Abby diverse keren verteld dat zij John en Charlene samen in zijn lokaal hadden gezien. En minsten één keer was er iemand binnengelopen die hen in een omhelzing had gezien. 'Ze had een zware dag… ze staat er alleen voor… ze is gewoon een vriendin.' De excuses waren eindeloos.

Goed. Na de dag van morgen kon John zoveel vriendschap aan Charlene geven als hij maar wilde. Als hij maar het huis uitging en ophield met die vreselijke schijnvertoning van de laatste maanden.

Ze raapte de papiersnippers op, nam ze mee naar de badkamer en spoelde ze door het toilet. Toen ze weer naar buiten liep, zag ze haar gezicht in de spiegel. Was zij niet mooi genoeg? Was ze de laatste jaren zo veranderd? Abby bestudeerde zichzelf en wist dat het niet aan haar gewicht lag. Ze had nog altijd dezelfde maat 36 als altijd en met haar één meter vierenzeventig was ze slanker dan de meeste vrouwen die de helft jonger waren dan zij. Ze ging elke morgen joggen en lette goed op wat ze at.

Het moet mijn leeftijd zijn.

Ze inspecteerde haar huid en zag de zichtbare poriën en rimpeltjes die er tien jaar eerder nog niet waren geweest. En hoe oud was Charlene eigenlijk? Tweeëndertig, drieëndertig? Ze zette haar vingers tegen de haarlijn en trok de huid omhoog. Haar gezicht kreeg het uiterlijk waar ze vertrouwder mee was: het uiterlijk dat ze als tiener en jonge vrouw had gehad.

Was dat waar hun liefde toe leidde? Na zo veel uitdagingen, zo veel vreugde, nadat ze samen een gezin hadden grootgebracht... was het nu werkelijk tot dit gekomen? Moest ze haar man verliezen omdat de huid van haar gezicht wat slapper werd?

Ik heb je die jaren gegeven, John...

Ze deed een stap achteruit en keek weer naar zichzelf. Haar korte haar was iets waarvoor mannen nog altijd hun nek omdraaiden. Oudere mannen, misschien, maar niettemin mannen. En met een beetje hulp van de kapster was haar haar ook nog steeds blond. Ze hield haar gezicht schuin naar alle kanten en probeerde zichzelf te zien zoals John haar zag. Goed, ze was net eenenveertig geworden, maar wat dan nog? Charlene zou op een dag ook eenenveertig zijn. Dat kon niet de reden zijn dat het tussen hen niet meer ging.

Abby fronste. Ze stelde zich aan. Dat zij gingen scheiden, had niets met haar uiterlijk te maken. De ware reden was dat hun huwelijk al jaren eerder een sleur was geworden, een oude sok die op de belangrijkste plekken zozeer was doorgesleten dat bewaren of herstellen geen zin meer had.

Ze wendde zich van de spiegel af en liep stilletjes via de slaapkamerdeur en de gang naar de logeerkamer. Zonder het licht aan te doen, sloot ze de deur en klom in bed. Ze sliep binnen een paar minuten.

De herfstwind blies door de bomen en strooide bladeren van elke kleur op het trottoir rondom een overdreven groot stadion. Abby zat binnen te schreeuwen. *'Kom op, Blauw! Kom John, je kunt het!'* Hij zwaaide naar haar vanaf het veld, een indrukwekkende quarterback van één negentig met donker haar en waterblauwe ogen – de knapste speler op het veld.

'Wacht even, Abby... ik moet je wat vertellen... wat vertellen.' John haalde uit met zijn arm en gooide de football in het publiek, waar hij al suizend en stuiterend uiteindelijk in Abby's handen belandde om daar te veranderen in een boeket witte en roze rozen. Er trok een grijns over Johns gezicht en Abby zag dat de andere spelers in de tijd bevroren leken. Toen rende John met zijn rinkelende en rammelende uniform de stadiontrappen op, naar haar toe, alsof het de gewoonste zaak van de wereld was. Hij kwam dichterbij en het publiek, de tribunes en de spelers verdwenen. In hun plaats verscheen een goedgeklede menigte die hen strak aankeek, glimlachte en haar en John naar elkaar toe gebaarde.

'En, Abby, wil je met me trouwen... Nou? Wil je, Abby?' Ze keek op en in plaats van zijn uniform droeg John een zwarte smoking. Ze keek zenuwachtig naar haar spijkerbroek, haalde haar schouders op en begon haar gelofte op te zeggen.

'Ik, Abby Chapman, beloof je lief te hebben en...' Voordat ze uitgesproken was, rende er een dokter de kerk binnen. Hij zwaaide met zijn handen en schreeuwde: *'Het is een meisje! Het is een meisje!'* Achter hem liepen drie verpleegsters en de middelste had een pasgeboren baby op de arm. De gemeente verdween en ze stonden in een ziekenhuiskamer. Abby huilde alsof haar hart in tweeën brak en nam de baby aan van de verpleegster. Maar het was de baby helemaal niet, want nu stond Nicole naast haar en

John hield de hand van hun kleine meisje vast. De kleine baby, in Abby's armen, bewoog niet en ademde niet.

'Ik weet niet wat er is gebeurd. Ze deed haar middagslaapje, net als elke dag en toen ik haar wakker wilde maken, was ze...'

'Een jongen, Abby. Kun je het geloven? We hebben een zoon!' Ze keek weer. De dode baby was er niet meer en Nicole was ouder geworden, danste rond in haar balletjurkje, liep op haar tenen en maakte pirouettes terwijl ze een liedje zong dat Abby niet kon verstaan. Zonder waarschuwing werden Nicole's pirouettes een wervelwind die overging in een woedende en dreigende tornado die elk moment in kracht toenam. In de verte kon Abby haar moeder zien lachen en zwaaien.

'Gefeliciteerd, Abby, je hebt een pracht van een zoon. Gefeliciteerd, Abby... Gefeliciteerd...'

De tornado veranderde van richting en zette koers naar Abby's moeder. De bodem dreunde en de wind maakte het geluid van duizend voortdenderende vrachttreinen.

'Mam! Red jezelf... rennen! Weg daar voordat de tornado je grijpt!'

Plotseling was de kamer leeg, op een gat in de vloer na. John kroop uit het gat, met de baby in zijn handen. Kade... het was Kade; Abby wist het. Ze liet een vinger over het voorhoofd van de baby glijden en zag Nicole ook uit het gat klimmen.

'Nicole, je bent in orde!' Ze omhelsde haar dochter, snikte het uit en streelde haar gouden haar. Voordat Nicole iets kon zeggen, maakte de baby in Johns armen een hard geluid. Abby richtte haar aandacht op hem. Maar nu was hij al drie jaar oud en deden John en hij midden in de woonkamer een wedstrijdje boeren. Abby keek John aan en ze lachten met zijn tweetjes tot de tranen over hun wangen liepen. Ze keek naar buiten en zag dat hun huis midden op het footballveld stond. Door een van de veldlijnen liep een weg en midden op de weg speelde Nicole, zich niet bewust van de auto die in volle vaart kwam aanrijden.

'Nicole!' Abby's stem galmde door de nacht en ze was doodsbang, volstrekt alleen tot ze armen om zich heen voelde. Warme,

sterke, beschermende armen. *Hij is er... hij is gekomen.* Ze draaide zich om en omhelsde hem. *O John, ik houd van je... God zij dank dat je er bent...*

Het volgende ogenblik baadden ze in het schijnwerperlicht van de vrijdagavondwedstrijd van Marion High School, aan de doelkant. Er groeide langzaam een afstand tussen hen, waardoor John op het veld terechtkwam en zij op de tribunes op de achterste rij: ze moest turen om te zien wat er gebeurde. Het publiek was uitzinnig en de Eagles stonden een punt achter in wat Abby wist dat de belangrijkste wedstrijd van het jaar was. *Pauze... het moet pauze zijn.*

Iemand las via de luidspreker een brief voor:

'Meneer Reynolds, volgens mij bent u de slechtste footballcoach die er ooit is geweest. Misschien dat onze jongens nog een wedstrijd of twee kunnen winnen als we iemand aan het roer krijgen die wist wat hij deed... wist wat hij deed... wist wat hij deed...'

De woorden echoden over het veld en Abby rende zo snel ze kon de trappen af naar John toe. Maar het duurde langer dan gewoonlijk en ze was gedwongen om uren te lopen voordat ze de kloof tussen hen kon overbruggen. Toen, terwijl iedereen toekeek, sloeg ze haar armen om zijn nek. *'Het is goed, liever... God heeft hier een bedoeling mee. Het komt allemaal goed... jij hebt een gave en op een dag zal de hele wereld dat weten...'*

Plotseling was ze in de fitnesszaal op school en liep ze in de richting van Johns kantoor. Hij zat aan zijn bureau. *'John...'*

Er stonden tranen in zijn ogen toen hij zich naar haar omdraaide. *'Zeg het niet, Abby. Het is al moeilijk genoeg geweest, zeg het alsjeblieft niet... zeg het niet... zeg het niet...'*

Ze kwam achter hem staan en legde haar handen op zijn schouders. 'Het is mijn werk om dit te doen, John... ook al is het het slechtste nieuws dat je ooit zult horen. Ik moet je vertellen...'

Zonder waarschuwing weerklonk het geluid van duizenden juichende toeschouwers. *'En nu,'* bulderde de luidspreker van het stadion, *'wil de staat Illinois coach John Reynolds en het team van Marion belonen met...'* John hield hem tegen voordat hij uit kon spreken. *'Wat ik echt wil,'* zei hij, *'is mijn vader. Die zou hier moeten zijn. Als iemand hem misschien kan zoeken... kan zoeken... kan zoeken...'*

'Gefeliciteerd! Hier is hij...' Maar de stem was niet meer die van de stadionomroeper maar weer van een arts... in een groene jas en met een vreemde bril op. Abby bevond zich niet meer op de tribune, maar op een operatietafel. *'Het is een jongen... een jongen... een jongen...'*

Sean glimlachte naar zijn ouders en stak zijn beide duimen op. Maar voordat Abby hem kon vasthouden of kon genieten van het donzige haar op zijn pasgeboren wangetjes, zaten ze allemaal in de auto, de oude sedan die ze hadden toen ze nog maar net getrouwd waren. Bij het stoplicht wees John naar een gebouw in de verte. *'Wat is dat, Abby? Ik heb het eerder gezien maar ik weet het niet meer...weet het niet meer...'*

Het kostte haar een minuut om het gebouw thuis te brengen. Het was hun kerk, waar zij samen les hadden gegeven op de zondagsschool, waar ze hun kinderen naartoe hadden gebracht toen ze nog jong waren. Maar het gebouw zag er nu anders uit en John trok zijn wenkbrauw op. *'Zo zag de kerk er niet uit, Abby. Weet je het zeker? Weet je het zeker?'*

Ze stopten en stapten uit de auto. Abby hield Nicole en Sean bij hun handen vast, terwijl Kade naast John stond. Plotseling verscheen er een scheur in de grond, die hen scheidde. Hij werd steeds groter.

'Snel, John! Spring!'

Hij staarde haar vreemd aan. *'Spring jij maar, Abby. Ik vind deze kant leuk.'*

'Maar hier is het beter! Ik houd van mijn kant... spring!' Haar stem klonk schril en paniekerig terwijl de afstand tussen hen met een alarmerende snelheid groeide. Ten slotte kon ze niet meer verstaan wat hij zei, alleen nog dat hij probeerde te praten.

'Kom op, John. Geef je dan niets om mij? Spring! Spring, John, voor het te laat is!'

Nicole begon te huilen en Sean deed zijn ogen dicht. *'Ik ben bang, mama. Laat hem terugkomen. Laat papa terugkomen...'*

Toen greep John een lang stuk touw, en hoewel de ruimte tussen hen met de seconde groeide, gooide hij het met al zijn macht over wat nu een regelrechte afgrond was. In een fractie van een ogenblik werd het touw een stevige loopbrug.

'Ik heb me bedacht, Abby. Ik kom... ik kom!'

Zonder nog een ogenblik te aarzelen, renden John en Kade zo snel ze konden over de brug. Ze waren er bijna, bijna op de veilige plek waar Abby, Sean en Nicole wachtten, toen de brug begon in te storten. Kade greep zijn vaders arm en samen sprongen zij de laatste meters en landden ternauwernood op de grond.

'O John, je had wel kunnen omkomen...' Abby rende naar hen toe en omhelsde eerst Kade, daarna John. *'Je had daar moeten blijven, waar het veilig was.'*

Hij keek haar intens aan, trok haar naar zich toe en kuste haar als in de tijd toen ze pas verliefd waren. *'Ik moest bij jou zijn, Abby. Ik houd van je! Ik zal altijd van je houden... altijd van je houden... altijd van je houden...'*

Zijn woorden weergalmden keer op keer: *'Altijd van je houden... altijd van je houden...'* Maar de stem werd anders. Abby maakte zich los en keek.

Nee! Dat is onmogelijk!'

Snel en in paniek maakte ze zich helemaal los. Het was niet John die haar vasthield maar een pop die op hem leek. *'Altijd van je houden... altijd van je houden...'* Er speelde een bandje in de levensgrote pop en toen Abby naar achteren stapte, viel het gevaarte met opengesperde ogen op de grond. *'Altijd van je houden... altijd van je houden...'*

Abby's gil sneed door de nacht en happend naar adem zat ze rechtop in haar bed, met een hart dat in haar keel bonkte. Wat was er gebeurd? Wat had ze zojuist gehad? Een droom?

Nee, een nachtmerrie. Een vreselijke, afschuwelijke nachtmerrie.

Ze schudde haar hoofd en probeerde de vreemde woorden en beelden af te schudden die haar nachtrust hadden verstoord. Alles aan de droom – de stemmen en gevoelens, de manier waarop ze in Johns armen had gelegen – het was allemaal zo echt geweest. Ze worstelde om op adem te komen.

In de stilte van de nacht keek ze op de wekker naast haar bed. Kwart over vier. Er speelden nog steeds stukjes en brokjes van de beelden door haar hoofd en ze liet zich op haar kussen terugzakken. Waren er ooit twee andere mensen geweest die zo veel hadden meegemaakt als John en zij en die ook besloten hadden om het allemaal weg te gooien?

Abby dacht van niet.

In de stille uren voordat zij en John met hun kinderen in het huis waar ze waren opgegroeid zouden gaan praten en hen over de scheiding zouden vertellen, treurde Abby om alles wat ze geweest waren, gedaan hadden, om alles wat ze na deze dag niet meer zouden zijn of doen.

Het treuren ging over in een stil huilen. Ze snikte op een manier zoals ze in geen jaren meer had gedaan, tot ze de ochtendgeluiden hoorde van John die in de keuken pannenkoeken bakte en de kinderen die verderop in de gang gingen douchen. Toen ze zich uit bed hees had ze het gevoel dat ze die nacht tientallen jaren ouder was geworden. Ze veegde haar tranen weg en ademde een paar keer diep in.

Het had geen zin in het verleden te blijven hangen. Het was tijd om de toekomst onder ogen te zien.

Vijf

Abby trok een T-shirt aan, een bijpassend sweatshirt en een spijkerbroek. Ze kon maar beter iets gemakkelijks aantrekken nu ze het
grootste deel van de dag in diepe gesprekken verwikkeld zouden
zijn, de tranen van hun kinderen zouden wegvegen en vage toe-
zeggingen zouden doen dat alles op een of andere manier weer
goed zou komen.

Het was kouder in huis dan Abby prettig vond en nadat ze naar
beneden was gelopen, deed ze om de hoek de verwarming aan.
*Het huis zal in elk geval warm zijn, ook al kunnen wij wederzijds geen
warmte meer opbrengen.*

John keek op van het fornuis. 'De pannenkoeken zijn klaar.'

Abby staarde hem aan en knipperde met haar ogen. Deed deze
dag er dan helemaal niet toe? Was het voor hem zo makkelijk geweest om laat thuis te komen, rustig te slapen en vroeg uit de veren
te komen om pannenkoeken te bakken alsof alles koek en ei was?
'Ik heb geen trek.'

Ze draaide zich om en liep de woonkamer in waar de familie
een uur later bijeen zou komen. Alles was netjes en schoon, maar
in het ochtendlicht zag ze een laagje stof op de oude foto's die op
de boekenplanken stonden – ingelijste foto's uit de tijd dat ze jong
waren en net begonnen. Abby dacht erover een stofdoek te halen
om ze schoon te maken, maar schudde daarna haar hoofd. *Het is
tekenend dat ze onder het stof zitten, net als onze levens.*

Ze deed even haar ogen dicht en dacht aan de enorme reikwijdte
van de mededeling die ze gingen doen. *Is dit alles, God? Stoffige foto's
en stoffige levens? Hoe hebben we er zo'n rommeltje van kunnen maken?*

Zoek eerst het koninkrijk van God en al deze dingen…
Abby's antwoord kwam snel en hard. *We hebben U gezocht en kijk eens wat er gebeurd is.* Ze had onmiddellijk spijt van haar reactie. *Het spijt me. Het is niet Uw schuld.* Ze kneep haar ogen half dicht en keek uit het raam naar het gazon dat zij en John zelf hadden aangelegd. Het leek eeuwen geleden dat zij samen hadden kunnen lachen en elkaar hadden kunnen liefhebben op de manier waarop zij hoopten een heel leven van elkaar te houden. En nu…

Nu waren hun levens onontwarbaar in de knoop geraakt, te verward om het nog te begrijpen, laat staan op te lossen.

Abby voelde dat er nog iemand was binnengekomen en draaide zich om.

'Ik denk dat we moeten praten.' De hoeken van Johns ogen vertoonden rimpels. Misschien maakte hij zich toch meer zorgen dan ze had gedacht.

'Waarover? Hebben we het niet al honderd keer doorgepraat met de therapeuten erbij?' Ze sloeg haar armen over elkaar en gaf zichzelf een standje omdat ze hem aantrekkelijk vond. Na alles wat hij haar had aangedaan, al de leugens die hij vertelde… maar zelfs nu, een uur voor hun grote aankondiging, kon ze zichzelf niet dwingen om onbewogen te blijven als ze hem zag.

John zuchtte en liet zich in de dichtstbijzijnde stoel vallen, zette zijn ellebogen op zijn knieën en liet zijn hoofd hangen. Na een paar seconden keek hij naar haar op en zijn blik was zo intens dat ze niet met haar ogen kon knipperen, ook al had ze het gewild. *Moeten jouw ogen altijd zo blauw zijn?*

'Luister, Abby… wat ik wil zeggen is… weet je het zeker? Weet je zeker dat we dit moeten doen? Weet je zeker dat dit het juiste is?'

Abby verplaatste haar voet en lachte kort. 'Ik ben er absoluut zeker van dat het niet het juiste is. Dat is tenminste wat de Bijbel zegt.'

John zat volkomen stil, zijn blik in de hare gehaakt. 'Waarom, Abby… waarom laat je het dan gebeuren?'

Ze had er altijd een hekel aan gehad dat haar ogen prikten als de eerste tranen kwamen. Het was deze keer niet anders. '*Ik* heb niets laten gebeuren, John, en dat weet jij ook. *Wij* lieten het gebeuren. En op dit ogenblik – om heel eerlijk te zijn – laat *jij* het gebeuren. Jij met mevrouw-ik-zie-je-vrijdag-zoals-gebruikelijk.'

'Wat?'

'Kijk niet zo verbaasd, John. Jij bent degene die haar briefjes in je sokkenla bewaart. Was je soms vergeten dat ik degene ben die je was d…'

'Stil.' Hij onderbrak haar midden in haar zin. Het contact was weg en hij staarde naar zijn voeten, zijn schouders voorovergebogen. 'De kinderen zijn zo klaar en Matt kan elk moment voor de deur staan.'

Wat? Abby had het gevoel dat ze een klap in haar gezicht kreeg. 'Matt? Waarom komt hij?' Dit was onvoorstelbaar! Het ging hier om de moeilijkste mededeling die ze ooit moesten doen en nu moest dat ook nog ten overstaan van een vreemde? John was niet goed wijs dat hij Nicole had toegestaan…

'Blaas toch niet zo hoog van de toren, Abby! Nicole wilde hem hier hebben voor het eerste deel van de bijeenkomst. Hij wil ons waarschijnlijk iets vragen. Praat met *haar* als je zo gefrustreerd bent.'

'Houd op mij overal de schuld van te geven.' Ze ging in een stoel tegenover hem zitten en sprak zacht. Zelfs hierover konden ze het niet eens worden. 'Jij doet net alsof ik gek ben als ik alleen onze kinderen hier wil hebben bij de mededeling van onze scheiding. Neem me niet kwalijk, John, waarom heb je de hele buurt niet uitgenodigd? We zouden kaartjes kunnen verkopen en popcorn. Ik weet niet hoor, maar ik dacht min of meer dat dit een privéaangelegenheid was.

'Dat wordt het ook.' Zijn stem was een nauwelijks beheerst gesis. 'We nemen een pauze nadat Matt zijn woordje heeft gedaan en dan vertrekt hij weer. Nicole zei dat hij nog honderd dingen te doen had.'

'Waarom moet hij dan naar onze familiebijeenkomst komen?'

John zuchtte en schudde zijn hoofd. Hij grinnikte op een volkomen humorloze manier. 'Laat jij nooit los?'

'Ik weet het, ik ben de kwaaie pier, de onophoudelijke drammer. Goed. Het zij zo. Maar waarom moet hij naar die bijeenkomst komen?'

'Laat maar!' John stond op en keek haar woedend aan. De intensiteit was uit zijn ogen verdwenen, het zoeken en vragen in zijn hart dat hem ertoe had gebracht om zich hardop af te vragen of zij de beslissing om hun huwelijk te beëindigen echt moesten doorzetten. Ervoor in de plaats was nu weer de man verschenen met wie Abby dezer dagen beter vertrouwd was – de man die niet van haar leek te houden en zich weinig aan haar gevoelens gelegen liet liggen. 'Vraag het Nicole maar.'

Hij draaide zich om, maar Abby vloog overeind. *Niet zo snel, John. Jij bent met dit gesprek begonnen.* 'Wacht!'

Hij draaide zich om, zijn uitdrukking koud als nat cement. 'Wat?'

Zeg het niet... een vriendelijk woord verjaagt de woede...

Ze kneep haar ogen half dicht. 'Je vroeg me zojuist iets.'

John wachtte zwijgend af.

'Je vroeg me of ik er zeker van was dat we de juiste beslissing namen.' Er kwamen opnieuw tranen in haar ogen, die ze wegslikte. Ze voelde een beklemming in haar borst en begreep wat het was: haar hart verkilde.

'En...?' Johns blik was van koud veranderd in ongeduldig en ze wilde hem wel tegen zijn schenen schoppen. Misschien dat hij dan iets van de pijn zou delen die zij voelde.

'Het is de juiste beslissing, John.' Haar stem was verstikt, nauwelijks harder dan een fluistering, terwijl ze tegen haar tranen bleef vechten. 'Zolang jij achter mijn rug om met anderen slaapt, is dit het enige dat we *kunnen* doen.'

Zijn ogen schoten vuur en zijn kaak verstrakte. 'Ik slaap niet met haar, Abby. Ze is een vriendin.'

'Hoe kun je daar zo tegen me staan liegen?' Ze schudde haar hoofd en keek even woedend terug. 'Ik bedoel, dit is niet te geloven. Er ligt een liefdesbrief van die vrouw tussen je sokken en jij wilt me wijsmaken dat ze niets meer is dan een gewone vriendin? Kom op, John. En als de kinderen vragen waarom, zorg er dan voor dat je jouw zwak voor zielige, eenzame vrouwen niet vergeet te noemen, wil je?'

Er vlogen allerlei emoties over Johns gezicht en zijn kaken verkrampten. Maar hij zei niets, draaide zich alleen om en verdween in de keuken.

Abby stond daar, zag hem weglopen, en kreeg een vreemd, treurig gevoel over zich. Op dat moment leek haar verharde, onbuigzame hart een ondraaglijke last diep in haar. *'Ze is een vriendin... ze is een vriendin... ze is een vriendin.'* Johns woorden hamerden in haar hoofd tot ze haar ogen sloot om ze te laten ophouden.

Hij *sliep* toch met Charlene, zeker? Dat moest wel.

Laat degene die zonder zonde is de eerste steen werpen...

Nee! Ze schreeuwde in stilte tegen de woorden die in haar hart kwamen. *Ik heb die man zelfs nooit ontmoet.* Waarom wilde God nu dat zij zich schuldig zou voelen? Ze had die vriendschap nodig, zeker nu John al zijn aandacht aan Charlene wijdde.

Dochter, luister. Laat degene die zonder zonde is...

Abby sloot haar ogen en verdrong de woorden uit haar geest. *Goed, prima. We zijn beiden schuldig. Maar het is Johns fout. Hij is degene die het vertrouwen het eerst beschaamde.*

Abby dacht aan de vele malen dat zij van andere bronnen had gehoord dat John en Charlene samen waren, en plotseling kwam het beeld van die twee na de footballwedstrijd weer levendig voor haar geest. Het was verbijsterend dat de kinderen niets van hun vaders verhouding merkten.

Zoals het oude spreekwoord zei: waar rook is vuur. En wat Charlene en John betrof, was er genoeg rook geweest voor een regelrechte vuurzee.

Vertrouw op de Heer met heel je hart, steun niet op eigen inzicht...

Waarom had ze de laatste tijd die indringende stem in haar hart? Sinds de footballwedstrijd. Het moest wel de gewoonte zijn en haar vertrouwdheid met de Bijbel, en niet de aanwezigheid van God die contact met haar zocht. Het was tenslotte al jaren geleden dat ze regelmatig naar de kerk gingen, en minstens even lang dat ze met enige regelmaat de Bijbel lazen en baden. *Wat zou God nu met mij willen? Nu John en ik tegen alles in zijn gegaan wat Hij voor onze levens had bedoeld?*

Er kwam geen antwoord en ze liet haar ogen weer naar de stoffige foto's dwalen. Elke keer als er een kans was geweest om de zaken recht te zetten, hadden John en zij op een of andere manier weer ruzie gemaakt. *Had je niet voor één keer je mond kunnen houden, Abby? Had je niet gewoon naar hem toe kunnen lopen en hem jou laten vasthouden, zoals vroeger?* Ze dacht er even over na en besefte dat het antwoord 'nee' moest luiden. Woordenstrijd was alles wat voor hen was overgebleven.

Ze hadden nu geen andere keuze dan de scheiding door te zetten en te bidden dat God – als Hij nog naar hen zou willen luisteren – hun zou vergeven en zou helpen nieuwe levens op te bouwen, zonder elkaar.

Sean en Kade waren al in de woonkamer beneden, maar Nicole lag nog in bed haar Bijbel te lezen en had het gevoel dat ze zou gaan zweven als ze opstond. Ze keek naar de spiegel in een hoek van haar kamer en besefte dat ze zich nog nooit zo mooi had gevoeld. Zij was waarachtig een dochter van de Koning, en Hij had haar voor dit moment uitgekozen. Het was overweldigend.

Ze nam de bladzijden van Jeremia 29 door tot ze het vers vond dat ze zocht, het vers waarmee zij geleefd had en waarin zij had geloofd sinds ze een klein meisje was geweest: *Mijn plan met jullie staat vast …Ik heb jullie geluk voor ogen, niet jullie ongeluk: ik zal je een hoopvolle toekomst geven.* Nicole liet haar ogen een paar keer over de woorden glijden. Haar toekomst had er nooit mooier uitgezien dan op dat moment, en dat had alles te maken met de aard en trouw van de almachtige God. Ze liet de Bijbel bij die passage openliggen en haalde het blauwfluwelen doosje tevoorschijn dat ze in haar sieradenlaatje had opgeborgen. Ze liet de ring soepel om de juiste vinger glijden en keek ernaar. *God, ik ben het gelukkigste meisje ter wereld.* Ze hield de vingers van haar linkerhand gekromd zodat de ring niet zou opvallen, danste de trap af en keek in de woonkamer waar Matt, Kade en Sean naar het voorprogramma van een footballwedstrijd keken. 'Waar zijn pap en mam?' Het was al na negenen en Nicole kon haast niet langer wachten. Als ze niet snel met de bijeenkomst begonnen, zou ze misschien zomaar op de keukentafel springen om haar nieuws uit te schreeuwen voor wie het maar horen wilde.

Kade haalde zijn schouders op en bleef gewoon naar de televisie kijken. 'Boven misschien.'

Nicole ving Matts blik en keek hem glimlachend aan, terwijl zijn ogen honderd stille woorden spraken. Hij stond op, liep de kamer door en kuste haar zacht op haar wang. 'Je ziet er zo mooi uit.'

Sean greep een kussen van de bank en gooide het naar Matt. 'Alsjeblieft, hou op, wil je. Voor de middag geen klef gedoe op de zaterdag, begrepen?'

Nicole giechelde en Matt pakte haar hand vast om haar de kamer in te leiden. Hij gaf Sean een klopje op zijn hoofd. 'Op een dag begrijp je het wel, broertje.'

Iedereen lachte en Nicole's liefde voor de man aan haar zijde groeide nog verder. Haar ouders zouden het heerlijk vinden om te...

'Goed, mensen, televisie uit.' Mam en pap kwamen samen binnen en even voelde Nicole een frons over haar gezicht trekken. Waren ze kwaad op elkaar? Ze had het wonderlijke gevoel dat er iets vreemds tussen hen in stond – iets van spanning, een muur of een kloof. Iets groots.

Ze vermande zich, knipperde het verontrustende beeld weg en keek haar ouders nog eens aan. Kijk, nu zagen ze er normaal uit.

Ze glimlachten en gingen naast elkaar zitten. *Het was vast mijn verbeelding. Te veel dingen aan mijn hoofd.*

De kamer werd aangenaam stil. Zij en Matt zaten op een bank, Sean en Kade op de andere en haar ouders op stoelen naast de banken. Haar vader nam als eerste het woord.

'Goed, we gaan beginnen. Jullie weten allemaal hoe druk het footballseizoen altijd is, en zeker dit laatste. Nu alles weer een beetje tot rust is gekomen, zijn er een paar dingen die we als gezin moeten bespreken. Allereerst zou ik graag...'

'Gaan we niet beginnen met gebed?' Nicole keek van haar vader naar haar moeder en weer terug. 'We beginnen onze familiebijeenkomsten toch altijd met gebed?'

Ze zag hoe haar moeder haar vader een betekenisvolle blik gaf en weer was daar dat gevoel van dreiging. Hij keek nerveus... veroordeeld zelfs. Een angstig gevoel overviel haar. *Ik kan er niet bij dat hij het zomaar vergat, God... wat is er met hem aan de hand?* Ze schudde haar zorgen weer af. Alles was in orde. Haar ouders waren solide, rotsen in de branding. Waarom moest ze problemen zoeken waar ze niet waren?

'Je hebt gelijk, Nick.' Haar vader keek haar aan en het ongemakkelijke gevoel van een ogenblik daarvoor verdween. Ze vond het heerlijk als haar vader haar zo noemde. Hij was de enige die dat deed. 'Zou jij willen voorgaan?'

Ze haalde haar schouders op en keek naar de gezichten om haar heen. 'Natuurlijk.' Ze boog haar hoofd en concentreerde zich volledig op God, Zijn genade en goedheid en de plannen die Hij in haar leven wilde verwerkelijken. 'Vader, wij komen bij U als één geheel, één gezin, vastbesloten om onze handelingen, voornemens en beslissingen in overeenstemming te laten zijn met uw plannen voor ons. Zegen deze tijd dat wij als gezin bij elkaar zijn en breng ons nader tot U en tot elkaar. Dank U, Heer. In de naam van Jezus, amen.'

Het werd even stil en Nicole kon het voorgevoel dat er iets naars stond te gebeuren niet van zich af zetten. *Kom, pap, zeg eens iets*

grappigs, zoals je altijd doet. Dit begint echt heel vreemd te worden.
Haar vader schraapte zijn keel en keek in haar richting. 'Matt, we beginnen met jou, zodat jij daarna verder kunt met je activiteiten, terwijl wij hier andere zaken bespreken.'
Matt knikte en kneep in Nicole's hand – de hand met de verlovingsring.
'Nou…' Hij keek haar aan en ze wist dat ze nooit zou vergeten hoe zijn ogen twinkelden. 'Eigenlijk hebben wij samen, Nicole en ik, jullie iets te vertellen.'
Nicole keek hoe haar moeder reageerde en zag haar blik veranderen van kille spanning in verbazing en ongeloof. Haar vaders gezicht was nog een groot vraagteken, maar dat was niets bijzonders.
Nicole haalde diep adem en keek Matt verwachtingsvol aan. 'Wil jij het ze vertellen?'
'Kom op, jongens… de spanning wordt ons teveel.' Haar vader sloeg zijn benen over elkaar, leunde achterover en glimlachte geforceerd en stijfjes. *Waarom is hij zo zenuwachtig? Of is hij dat niet?* Nicole kon maar niet over het nare gevoel heen komen dat er iets niet in de haak was. *Ik zoek het later wel uit. Nu is er iets belangrijkers.*
Matt grijnsde en keek alle gezinsleden aan. 'Goed, hier komt het…' Hij hief Nicole's hand op zodat iedereen de ring kon zien. 'Ik heb Nicole gevraagd met mij te trouwen.'
Nicole sloeg haar andere arm om Matts nek en omhelsde hem snel. Verzonken in Matts ogen en zonder haar familie aan te kijken, zei ze: 'En ik heb ja gezegd.'
Ze draaide zich om en zag dat haar ouders perplex waren. Hun monden hingen open en hun ogen waren groot als schoteltjes.
'Mam, pap… hebben jullie het gehoord? Wij hebben ons *verloofd*!' Nicole schreeuwde het haast uit en plotseling sprongen haar ouders op om haar tegelijk te omhelzen. Haar moeder gilde en haar vader deed een stap achteruit om Matt een hand te geven.
'Dat is nog eens een klapper…' Hij schudde Matts hand tot hij besefte dat dit moment om iets meer vroeg. 'Kom hier.' Hij greep

zijn aanstaande schoonzoon vast en trok hem in een omhelzing tegen zich aan.

Op hetzelfde moment pakte Abby Nicole's schouders vast en kuste haar op haar wang. 'Nicole! Dit is een verrassing! Wanneer is het gebeurd?'

Alle dreigende voorgevoelens losten op als de morgenmist boven het meer; Nicole was dolgelukkig. 'Woensdag. Matt nam me mee op het bospad en heeft me knielend in de sneeuw gevraagd met hem te trouwen.'

Haar moeder omhelsde Matt en feliciteerde hem ook. Daarna kwam Kade naar voren die Nicole en Matt een arm om de nek legde en ze naar elkaar toe trok. 'Wat zijn dat voor manieren, om zoiets geheim te houden?' Hij gaf Matt een speelse stomp tegen zijn schouder. 'Geweldig, Matt. Welkom in de familie.'

De omhelzingen hielden uiteindelijk op en iedereen ging weer zitten. Nicole straalde en keek haar vader aan die nerveus met zijn vingers op de leuning van zijn stoel trommelde. 'Kom op, pap, vertel me nu niet dat je verrast bent. Matt vertelde me dat hij je dit al lang geleden eens had gevraagd en dat je hem jouw zegen had gegeven.'

Haar ouders wisselden een ongemakkelijke blik. 'Echt?' Haar moeder trok een wenkbrauw op en gaf haar vader een vreemde grijns. *Wat is er met mam? Waarom doen ze zo vreemd?* 'Daar heb ik niets over gehoord.'

John lachte nerveus en keek van Nicole naar haar moeder en weer terug. 'Matt zei dat het... nog jaren kon duren. Ik dacht... nou ja, ik had geen idee dat hij ons dit hier vandaag wilde vertellen.'

Matt pakte Nicole's hand weer vast en zij ging dichter naast hem zitten. Alles zou zo uitkomen als zij het zich altijd in haar dromen had voorgesteld. Ze liet haar schouder tegen zijn veel sterkere arm zakken en keek hem aan. Hij was echt uniek, met alles wat je maar kon wensen. Precies de man waar haar moeder voor gebeden had.

Matt rechtte zijn rug en keek haar ouders aan. 'Eerlijk gezegd, had ik geen idee dat ik er al zo snel aan toe zou zijn.' Hij keek even naast zich en zijn glimlach drong door tot het diepste van Nicole's wezen. *Hij houdt van mij! Dank U, God, hij houdt van mij!*

Matt wendde zich weer tot haar ouders. 'De doorbraak kwam ergens in de zomer, of misschien in de herfst. Ik begon erover na te denken dat ik in juni klaar zou zijn met mijn studie, dus waarom zouden we deze zomer niet trouwen? Nicole kan gewoon verder studeren. We vinden het beiden een goed plan dat ze haar studie afmaakt, zodat ze les zou kunnen geven, als ze dat wil.'

Nicole vond het heerlijk zoals hij dat zei. *Als ze dat wil...* Door haar huwelijk met Matt zou ze dus echt de keus hebben. Het was bijna te mooi om waar te zijn.

Haar moeder knikte en keek van Nicole naar Matt. 'Dat is heerlijk. Ik ben zo gelukkig voor jullie!' Ze aarzelde even en Nicole keek naar haar ogen. Ze stonden leeg en de blijdschap in haar stem leek gemaakt. *Waarom straal je niet, mam? Dit is mijn grote geluk.* Ze wilde zeggen dat deze hele dag en dit nieuws de vervulling waren van het gebed dat haar moeder zo vaak had uitgesproken toen zij nog een jong meisje was. Maar op een of andere manier was dit er het moment niet voor.

'Hebben jullie al een datum in je hoofd?' Haar vader keek hen nieuwsgierig aan en ook in zijn ogen ontbrak de blijde weerkaatsing van hun nieuws.

Nicole en Matt keken elkaar aan en grijnsden voordat ze haar moeder weer aankeken. 'We hebben het gisteravond bedacht. Veertien juli. Op jullie trouwdag, mam en pap! Is dat niet mooi?'

Matt sloeg zijn arm om Nicole heen en keek haar ouders indringend aan. 'Het komt erop neer dat Nicole en ik graag het soort huwelijk willen dat jullie hebben.' Hij keek weer naar zijn verloofde. 'Een huwelijk dat met het jaar beter wordt.'

Nicole's moeder stond op en glimlachte vreemd... ongemakkelijk. 'Wat lief van je.' Ze keek naar John en Nicole geloofde dat ze een soort onuitgesproken boodschap overbracht. 'Ik ga water opzetten voor thee. Nicole? Matt? Willen jullie ook?'

Kade stak zijn hand op. 'Ik wil ook wel, mam.' Hij trok een zeer formeel gezicht. 'Engelse thee met een wolkje melk zou zeer welkom zijn.'

Sean barstte uit in een schaterlach en kietelde zijn broer tot ze beiden over de vloer rolden. Nicole glimlachte naar haar moeder. 'Graag, dankje, mam.'

Zonder nog een woord te zeggen, zonder naar haar toe te lopen voor een omhelzing of haar te vragen mee te gaan, haastte haar moeder zich de kamer uit naar de keuken.

Haar vader stond ook op. 'Ik help je.' Hij aarzelde en keek hen vreemd aan. 'We zijn zo terug.'

Kade en Sean stoeiden nog op de grond en toen haar ouders buiten hoorafstand waren, draaide Nicole zich naar Matt toe. 'Ligt het aan mij, of doen mijn ouders echt zo vreemd?'

Hij haalde zijn schouders op. 'Ik denk dat ze gelukkig zijn.' Er trok een bezorgde blik over zijn gezicht. 'Dat zijn ze toch?'

'Ja, dat zou je wel denken.' Nicole dacht na over haar moeders reactie en glimlachte toen ze dichter tegen Matt aan kroop. Natuurlijk waren ze gelukkig. *Het is gewoon mijn verbeelding.* 'Mijn moeder is waarschijnlijk gewoon overrompeld. Ik bedoel, ze is net vorige week eenenveertig geworden en nu ga ik trouwen. Dat moet je wel even verwerken.'

Matt lachte. 'Zoals ik je moeder ken, springt ze straks door het hele huis als de boodschap echt is doorgedrongen.'

'Ja.' Nicole liet haar vinger langs zijn gezicht glijden. 'Jij bent de vervulling van onze gebeden.'

Zes

Het lawaai van de worsteling van Sean en Kade in de woonkamer was hard genoeg om Abby's snikken te camoufleren. Ze stond aan het aanrecht in de keuken en staarde door het raam naar het bevroren meer. Naast haar, met zijn rug naar het raam, stond John, zwijgend, zijn armen over elkaar geslagen, zijn blik naar de grond gericht.

Haar hart was zo zwaar dat ze het nauwelijks meer kon dragen. *Help me, God. Ik heb me nog nooit zo eenzaam gevoeld. Wat moeten we nu doen?*

Wat God heeft verbonden, mag een mens niet scheiden, mijn kind.

O, houd toch op! Abby was alle dooddoeners moe. Dat kon toch geen antwoord zijn? Niet als Hij wist wat er gebeurde tussen John en Charlene. *Ik heb echte antwoorden nodig, God. Alstublieft.*

Stilte.

Haar tranen stroomden harder en ze verborg haar gezicht in haar handen. Nicole zou over zes maanden gaan trouwen – op hun trouwdag nog wel – precies op het moment dat de scheiding zijn beslag zou krijgen. Het leek wel een vreselijke nachtmerrie. Zou de pijn van hun liefdeloze huwelijk dan nooit een einde nemen?

Twee minuten lang zeiden ze geen van beiden iets. Abby keek op naar John en voelde de haat in zich opborrelen. *Zie hem daar nu stommerdje staan spelen. Zeg iets! Omhels me of zeg me dat we toch een manier zullen vinden om de kinderen het nieuws te vertellen, ondanks Nicole's plannen. Iets. Kom op, John. We zouden daarbinnen de vreugde met hen moeten delen, niet hier buiten de kring moeten staan, waar er geen antwoorden zijn, geen uitwegen.*

John verzette zijn voeten en keek van opzij naar haar. 'Je moet je beheersen, Abby. De kinderen kunnen elk moment binnenkomen.'

Ze staarde hem met open mond aan. Snapte hij het niet? Begreep hij niet dat de aankondiging van Matt en Nicole alles veranderde? Ze rukte een stuk keukenpapier van de rol, veegde haar ogen droog, snoot haar neus en gooide de prop met een woest gebaar in de afvalbak onder de gootsteen. Toen ze opkeek, ving ze zijn blik en probeerde die te begrijpen.

'Mezelf beheersen? Jij wilt dat ik mezelf beheers terwijl onze kinderen daar Nicole's verloving vieren?' Ze lachte kort en hard en schudde haar hoofd. 'Heb je dan niet *gehoord* wat ze zeiden? Ze willen net zo'n huwelijk als het onze, John. Ze trouwen zelfs op onze trouwdag! Denk je heus dat we nu naar binnen kunnen gaan om onze scheiding aan te kondigen?'

John klemde zijn kaken op elkaar en staarde naar de grond terwijl hij met zijn rechterhand zijn nek masseerde.

Ga rechtop staan en kijk me aan! Abby sloeg haar armen over elkaar en keek hem woedend aan. Hij wreef altijd over zijn nek als hij een of ander probleem had, maar het was nu te laat.

'Kun je helemaal niets zeggen?'

John hief zijn hoofd langzaam en Abby was niet voorbereid op de helderheid van zijn ogen en het verdriet dat ze daar zag. 'Het spijt me zo, Abby. Ik voel me... ik weet het niet. Ik ben tekortgeschoten, denk ik. Tegenover jou, tegenover God. Tegenover iedereen.'

Ze had verwacht dat hij terug zou snauwen, maar dit... deze gebroken man die voor haar stond, was iemand die ze bijna tien jaar lang niet meer had gezien.

Vergeet Charlene niet.

De drammerige stem prikte in haar ziel en liet haar medelijden als een zeepbel uit elkaar spatten. *Goed punt. We zijn al te ver heen om nog medelijden met elkaar te hebben. Niet met...*

Zeg het niet, dochter. De tong is een wereld van onrecht.

'Bewaar je bekentenissen maar voor Charlene.'

Zodra ze het gezegd had, wilde ze dat ze de woorden weer uit de lucht kon grijpen, inslikken en zuiveren. Ze herinnerde zich iets dat haar vader haar had gezegd: *onvriendelijke woorden proberen terug te nemen, is net zoiets als tandpasta proberen terug te duwen in de tube: het lukt niet en door het te proberen, wordt de puinhoop alleen maar groter.*

Abby liet haar armen zakken en trommelde met haar vingers op het aanrechtblad. 'Het spijt me. Dat was niet erg aardig.'

John hield zijn hoofd schuin en keek naar haar. 'Nee, dat was het niet, maar we zijn de laatste tijd ook niet bepaald erg aardig voor elkaar geweest.'

Abby voelde weer tranen opkomen toen ze de waterketel pakte en op het vuur zette. 'En wat moeten we nu?'

'We moeten ons vermannen, weer naar binnen gaan en opgetogen doen voor onze dochter. Niets meer, niets minder.' Johns stem klonk rustig en vastberaden, zoals hij altijd klonk als er geen discussie meer mogelijk was.

'En *onze* aankondiging dan?' Ze voelde de paniek in haar borst opkomen – ze moest nodig frisse lucht hebben. Ze konden die schijnvertoning niet nog eens zes maanden volhouden, toch? En dan ook nog in de schaduw van de huwelijksvoorbereidingen van Nicole en Matt? *Help me, God, ik...*

Ze pakte zichzelf aan. Wat had het voor zin God om hulp te vragen als Hij toch geen antwoord gaf? Dat wil zeggen, niet het antwoord dat zij nodig had.

'We kunnen het de kinderen na de bruiloft vertellen.' John trok een ongelovige frons. 'Heus, Abby, denk je echt dat we nu naar binnen kunnen gaan om Matt weg te sturen en daarna onze scheiding aan te kondigen? Nicole zou waarschijnlijk haar spullen inpakken en ervandoor gaan. Zij mag meer van ons verwachten dan dat.'

'En dat is dus de reden dat ik me niet kan beheersen.' Haar woorden dropen van pijn en sarcasme en Abby vocht om niet naar hem te gaan spugen. 'Jij gaat onder mijn neus uit met een andere vrouw, en nu moet ik nog weer zes maanden net doen alsof er niets aan de hand is.' Hij keek wanhopig naar het plafond terwijl zij verder ging. 'En dat niet alleen, ik moet zelfs doen alsof ons huwelijk een lichtend voorbeeld is voor onze dochter en haar verloofde, terwijl we haar trouwjurk uitzoeken en bloemen bestellen. Dat is genoeg om mij compleet te laten doordraaien, John.'

'Alsjeblieft, Abby. Ik ga niet met haar!' Tot dan toe had John niet zo hard gepraat. Abby keek naar de keukendeur en richtte zich weer tot hem.

'Zachtjes, alsjeblieft. En houd op met die leugens.' Als de kinderen nu zouden binnenkomen, zou ze niet weten wat ze zou moeten zeggen om hun ruzie in de keuken te verklaren.

John praatte verder alsof hij haar niet had gehoord. 'Goed, wil je de waarheid weten? Ik heb haar gekust. Alsjeblieft, ben je nu gelukkig?'

Haar wereld tolde om haar heen terwijl ze hem aanstaarde. Hij gaf het eindelijk toe; ze had al die tijd dus gelijk gehad. John had een verhouding, en dat kon maar één ding betekenen, namelijk dat hij verliefd was op Charlene. Ze wankelde achteruit tot in de hoek van het L-vormige aanrecht. Ze had hem vaak beschuldigd, dat was waar, maar ergens diep van binnen had ze altijd gehoopt dat het niet zo was, dat Johns voortdurende ontkenningen, althans ten dele, waar waren.

'Je hebt haar *gekust*?' Haar woorden klonken hees en zwak, als de woorden van een stervende, oude vrouw. De ketel begon te fluiten en Abby draaide het gas uit zonder naar het water om te kijken. Vergeet de thee maar. Haar hoofd tolde te hard om aan eten of drinken te denken.

John kwam een stap dichterbij, met een vastberaden trek op zijn gezicht. 'Ja. Je had gelijk. Ben je nu blij? Wilde je dat zo graag horen? Ik heb het gedaan. Ik kuste Charlene op een avond na de training omdat ik dom was en zwak en niet goed kon nadenken.' Nog een stap in haar richting. 'Maar ik heb nooit met haar geslapen, Abby, en ik heb geen verhouding met haar.'

Ze sloeg haar ogen neer, naar de plaats waar hun voeten nu tegenover elkaar stonden, zoals zo vaak eerder. Hij loog, ze kon het in haar merg voelen. Met korte, schokkerige beweginkjes schudde ze haar hoofd. 'Ik geloof je niet...' Een nieuwe woedegolf overviel haar en ze vond de kracht om hem weer recht aan te kijken. 'Jij hebt haar gekust? Waarom vertel je me niet de hele waarheid, John? Dat je een verhouding met haar hebt en verliefd bent.'

Zijn lippen vormden een smalle, strakke lijn en alle tekenen van berouw en medegevoel verdwenen uit zijn gezicht. Hij sloeg hard met zijn hand op het aanrecht.

Er werd geklopt. 'Hé... is er iets?' Nicole's bezorgde stem uit de kamer.

Abby dwong zich tot een normaal en vrolijk antwoord. 'Nee, lieverd, je vader liet een kopje vallen. Alles is in orde, hoor.'

Ze keek John beschuldigend aan en hij kneep zijn ogen half dicht.

'Geloof wat je wilt, Abby. Ik heb je de waarheid verteld. Het maakt mij niet uit hoe je daarmee wilt omgaan, maar we moeten wel een plan maken.' Hij zweeg en de spanning verdween van zijn gezicht. 'Ons besluit om te scheiden heeft niets meer met Charlene te maken dan met jouw mailvriendje Stan. Het ging al jaren verkeerd tussen ons beiden.' Iets van de warmte keerde terug in zijn ogen. 'Laten we niet op deze manier uit elkaar gaan, met ruzie en wederzijdse haat.'

Er kwamen weer tranen in haar ogen. Ze staarde naar de vloer en sloeg haar armen strak over elkaar. Hij had gelijk, tot haar ergernis. Stan was haar redacteur en vriend, niets meer. Maar haar huwelijk was al lang op een dood spoor voordat Charlene op het toneel verscheen. Hoe hadden ze iedereen in vredesnaam zo lang voor de gek weten te houden? Zelfs de kinderen? De routine, dacht ze. Een leven van liefhebben om alle juiste redenen, was afgesleten tot een patroon van vaste gewoonten. Nachten van diepe gesprekken en gelach hadden plaatsgemaakt voor zwijgend isolement, urenlang televisiekijken en oude tijdschriften herlezen om de tijd te doden en de leegte te vullen.

En nu stonden ze hier.

Ze knikte en veegde een traan weg voordat die over haar wang kon glijden.

John zuchtte. 'Ik zal Charlene zoveel mogelijk mijden. Ik bedoel, het feit dat ik met haar werk, kan ik niet veranderen. Maar ik zal mijn best doen.' Voorzichtig tilde hij met een hand haar kin omhoog en Abby voelde al haar spieren, tot in haar rug toe, verstrakken. Hij raakte haar nooit meer zo aan. Nu ze het erover eens waren dat het voorbij was, gaf ze de voorkeur aan zijn boze onverschilligheid boven deze... deze herinnering aan hoe het ooit was.

'Kun je dat, Abby? Zes maanden?'

Ze hield haar adem in, zocht een andere uitweg en besefte dat die er niet was. Dit was Nicole's seizoen, haar rijping en bloeitijd. Abby zou niets doen om dat te verstoren, ook al ging ze aan de schijnvertoning ten onder. Ze draaide iets met haar hoofd en John begreep de hint. Hij liet zijn hand zakken. Maar het oogcontact bleef. 'We zullen wel druk zijn, denk ik, met alle voorbereidingen.'

John knikte lichtjes. 'Ja. De weken vliegen voorbij, en later – als ze terug zijn van hun huwelijksreis – kunnen wij onze plannen uitvoeren.'

Abby dacht erover na en besefte dat het de enige mogelijkheid was. Haar gedachten dwaalden af naar Charlene en haar hart sloeg over. 'Maak mij geen mikpunt van spot, John.' Voor het eerst die morgen klonk er iets van angst en kwetsbaarheid in haar stem.

Weer bracht John zijn hand omhoog en veegde een haarstreng voor haar oog weg. 'Ik respecteer je, Abby. Je hebt mijn woord.'

Ze wilde zijn vingers, zijn vriendelijkheid, wegduwen en schreeuwen dat het daar te laat voor was, maar op dat moment had ze zijn aanraking harder nodig dan ze zelf begreep. Ze draaide haar hoofd weer iets en John liet zijn hand weer zakken. 'Het blijft dus ons geheim? We vertellen het aan niemand?'

'Precies.'

Ze keek op en staarde naar de zijden bloemen op haar keukenkastjes. 'Het maakt toch niet veel uit, denk ik. De volgende zes maanden draait alles natuurlijk om Nicole en Matt.'

'Klopt.' Hij aarzelde en zij keek weer naar hem op. 'Bovendien... we zijn in wezen al gescheiden. We gaan onze eigen weg, zitten bij verschillende vriendengroepen, slapen in verschillende kamers. Het enige waar we op wachten, is het moment waarop we het aan de kinderen kunnen vertellen.'

Abby knipperde met haar ogen. Johns beschrijving van hun leven klonk net zo aantrekkelijk als zure melk en ze moest zich dwingen de tranen uit haar ogen te verbannen. Maar het was toch ook zo? Zij waren verschillende mensen met aparte levens. 'Laten we proberen er zonder al teveel ruzie doorheen te komen, goed?'

'Helemaal mee eens...' John grinnikte een beetje en Abby's stekels stonden onmiddellijk recht overeind. Wat dacht hij wel? Was zij altijd de oorzaak van ruzies? Ze hield zich deze keer in voordat ze met een bijtend antwoord kwam. *Diep ademhalen, Abby.* Als ze geen ruzie zouden maken, moest dat nu beginnen. Met haar.

Er schoot haar iets te binnen. Als hij zich erbij neerlegde dat ze alles gescheiden deden, kon hij ook geen commentaar meer leveren op het feit dat ze niet bij elkaar sliepen en geen intimiteit meer deelden. Dat was natuurlijk al zes maanden niet meer het geval – sinds de eerste keer dat ze hem en Charlene in zijn lokaal had betrapt. Maar dat had John er niet van weerhouden nu en dan een steek onder water te geven. Vooral na sessies met hun therapeut. Ze keek hem bedachtzaam aan. 'Dus de komende zes maanden zijn we welwillende kamergenoten, maar niets meer. Akkoord?'

John liet zijn wenkbrauwen zakken, kennelijk niet wetend wat hij van haar verklaring moest denken. 'Goed.'

'En dus ook geen opmerkingen meer als: leuke vrouw die in een andere slaapkamer slaapt. Begrepen?'

Johns ogen werden donker en de intimiteit die er even daarvoor nog was geweest, verdween. 'Maak je geen zorgen, Abby, ik wil niets van jou.'

Zijn woorden bleven als een steen op haar maag liggen en echoden keer op keer door haar hart. Ze verontschuldigde zich en liep naar de badkamer om haar gezicht met koud water te wassen. *'Maak je geen zorgen, Abby, ik wil niets van jou.'* Was dat niet het echte probleem? Dat ze geen van beiden nog iets van de ander wilden? Abby wachtte tot haar ogen weer helder waren en het ergste rood uit haar gezicht was verdwenen. *'Ik wil niets van jou... van jou... van jou...'*

Ze hield de overige tranen tegen en staarde naar zichzelf in de spiegel. Johns woorden deden misschien pijn, maar ze waren zeer terecht.

Op dit moment had ze namelijk niets meer over om hem te geven.

Ze haalde diep adem en liep weer naar binnen, om samen met John naar de kinderen in de woonkamer te gaan. Niemand van hen leek iets te merken en Abby ging weer in haar stoel zitten; ze richtte al haar aandacht direct op Nicole, die ze een stille uitnodiging doorseinde.

Nicole begreep haar onmiddellijk en reageerde door rechts naast haar te komen zitten. 'Alles in orde?'

Och, kind, als je eens wist. 'De stoom van de ketel liet mijn make-up uitlopen. Ik kreeg het in mijn ogen, maar nu is het weer goed.'

De opluchting was op haar gezicht te zien. 'Gelukkig. Ik begon al te denken dat je er niet zo blij mee was. Met ons, bedoel ik.'

De jongens waren opgehouden met stoeien en hadden de televisie weer aangezet voor de eerste van twee footballwedstrijden in de competitie. Door het lawaai van de wedstrijd sloeg niemand acht op hun gesprek en Abby was er dankbaar om. Ze had tijd met Nicole nodig, tijd om haar vanaf het begin te laten weten hoe geweldig ze haar aanstaande huwelijk vond.

Ze streelde Nicole's donkerblonde lokken. 'Lieverd, ik ben zo blij voor je. Matt is een fantastische jongen. Echt.'

Haar dochter glimlachte. 'Hij is echt geweldig, hè?'

Abby voelde weer tranen opkomen en deed niets om ze tegen te houden. Tranen om Nicole's geluk waren toepasselijk; tranen om de dood van haar eigen huwelijk en de grafsteen die ze zes maanden in de kast verborgen zouden houden, waren niet toegestaan. Althans niet in het openbaar. 'Ik kan haast niet geloven dat je al zo volwassen bent.' Een eenzame traan liep over Abby's wang. 'Mijn kleine meisje, op het punt om uit te vliegen en een eigen nest te bouwen.'

Nicole's ogen stonden plotseling ook vol tranen. Ze pakte Abby's hand. 'Weet je wat ik vandaag heb gelezen?'

Abby glimlachte door haar tranen heen. 'Wat dan?'

'Jeremia 29:11… "Mijn plan met jullie staat vast … Ik heb jullie geluk voor ogen, niet jullie ongeluk: ik zal je een hoopvolle toekomst geven" …Ken je die nog?'

De woorden troffen Abby als bakstenen. Nog kennen? Hun voorganger had exact die woorden uitgesproken bij hun eigen huwelijk, meer dan twintig jaar eerder. Ze slikte moeilijk. *Hoe ga ik hiermee om, God? Wat moet ik tegen haar zeggen?*

De waarheid zal je bevrijden, dochter…

Abby was er niet zeker van of het antwoord uit de hemel kwam, maar ze handelde wel naar de woorden. Wat kon dat ook voor kwaad? 'Ik herinner me het heel goed. We lazen die tekst op mijn trouwdag, lieverd. Wist je dat wel?'

Nicole's ogen schitterden. 'Dat meen je niet! Ik dacht altijd dat het mijn speciale vers was. Dat is wonderlijk.' Ze dacht even na. 'Misschien moeten wij die ook gebruiken.' Ze wilde opstaan om Matt midden onder de footballwedstrijd naar de Bijbeltekst voor hun trouwdienst te vragen, maar ze bedacht zich en ging weer zitten. 'Ik zeg het hem later wel. O ja, mam, dat vergat ik bijna. Ik heb een *Bruid en Bruidegom* gekocht, je weet wel, dat tijdschrift. Zullen we daar straks in kijken, als Matt weg is?'

'Prima.'

De melancholie gaf Abby steken in het hart. Ze herinnerde zich hoe ze met haar eigen moeder de details van haar trouwdag doornam, de receptie plande en de perfecte trouwjurk uitzocht…

Zou ze zich de volgende zes maanden elke dag zo voelen? Steeds weer pijn en verdriet hebben zodra ze naar het verleden terug werd gevoerd en de dagen herbeleefde toen John en zij de grote stap hadden gezet? Ze zuchtte stilletjes. Als ze het in het juiste perspectief zette, zou het niet zo vervelend zijn om zich die periode van haar leven nog eens te herinneren. Zoiets als het terugdenken aan een te vroeg overleden vriendin. Ja, dat was precies zoals hun huwelijk erbij stond. De herinneringen zouden het niet kunnen terugbrengen, maar er was niets op tegen om de leuke tijden te onthouden.

Sean onderbrak haar gedachten door het geluid van de televisie plotseling uit te zetten en verwachtingsvol naar John en vervolgens naar Abby te kijken. 'Wanneer is de familievergadering afgelopen?'

John keek de kamer rond. Abby wist niet goed wat ze moest zeggen, en dus keek ze terug met een blik die zei: *bedenk snel iets, het wordt er zo niet makkelijker op.*

Even lichtte er angst op in Johns ogen toen hij zijn keel schraapte en rechtop ging zitten. Hij haalde zijn schouders een beetje nonchalant op en forceerde een gemaakte grijns. 'Plannen voor de zomer.' Hij keek weer naar Abby. 'Nietwaar, lieverd?'

Abby voelde zich als een acteur in een slecht toneelstuk. 'Ja, zomerplannen.'

John klapte in zijn handen alsof hij een boek dichtsloeg. 'En aangezien Nicole en Matt ons hun nieuws al hebben verteld, geloof ik dat de zomer al vol is met plannen.'

Sean keek tevreden, en een snelle blik door de kamer overtuigde Abby ervan dat de anderen hem ook geloofden. 'Mag ik dan naar Ben? Alsjeblieft?' Sean was opgesprongen en liep al in de richting van de garderobe. 'Hij heeft een nieuwe spelcomputer gekregen met Kerst. Je zou die footballwedstrijden daarop eens moeten zien, pap!'

Abby moest ondanks zichzelf lachen. 'Goed, ga maar. Maar voor het eten terug.'

'Goed... en zorg dat je de quarterback bent,' riep John hem

achterna, terwijl hij naar de grijnzende Kade wees die nu languit op de bank lag. 'De Reynolds zijn altijd quarterback!'

'Reken maar, pap!' Sean verdween in een waas van flapperende sjaaluiteinden en een half dichtgeknoopte jas.

Matt stond op en nam na nog een ronde felicitaties afscheid om zijn andere taken en dringende studiewerk te gaan doen. Abby keek hem na en huiverde diep van binnen om het toneelspel dat John en zij opvoerden, en om het feit dat de kinderen erin geloofden, al maanden lang. *Alsof alles in orde is.* De hele familie denderde op een enorm catastrofe af en niet een van hun kinderen had ook maar het geringste idee wat hun boven het hoofd hing. Wat zouden de kinderen denken als ze erachter kwamen? Zouden ze zich bedrogen voelen? Belogen? Ze zette de gedachte uit haar hoofd. Welke prijs zij en John ook zouden moeten betalen, ze zouden er pas na het huwelijk mee geconfronteerd worden.

John en Kade waren zodra de deur was dichtgevallen alweer in de wedstrijd verdiept. Nicole keek naar hen en giechelde. 'Dat verandert ook nooit, hè?'

'Nee.' Abby moest plotseling denken aan een feestje van lang geleden – een doorbraak in Johns carrière waar ze al jaren op hadden gewacht – in een tijd dat zij en John enorm verliefd op elkaar waren. Johns armen hadden om haar heen gelegen en alles zag er perfect uit. Ze kon het hem nog steeds horen zeggen: 'Ik had het niet zonder jou gekund, Abby... had het niet zonder jou gekund...'

Stop! Het stille, barse bevel legde de herinnering het zwijgen op. Het was één ding om eraan te denken hoe John en zij elkaar hadden ontmoet, hoe ze verliefd waren geworden en waren getrouwd, maar het was iets heel anders om recentere herinneringen op te halen, glimpen uit hun gelukkige periode samen, toen ze nog halverwege *altijd* waren.

Nicole kneep in haar hand. 'Hoorde je wat ik zei?'

Abby ging rechtop zitten. 'Het spijt me, lieverd, ik zat weg te dromen.'

'Ik zei: laten we dat tijdschrift gaan bekijken.'

Nicole liep vooruit en Abby keek of John hun vertrek opmerkte. Ze had beter kunnen weten: hij zat natuurlijk aan de buis gekluisterd voor deze belangrijke wedstrijd.

In haar kamer gooide Nicole het blad op bed en Abby kwam naast haar liggen.

'Ik heb wel een behoorlijk idee wat ik wil met de jurk, maar ik ben niet zeker over de neklijn, begrijp je?'

Abby liep haar vingers over de plaatjes glijden van frisse, jonge bruiden in prachtige jurken. 'Keuze genoeg.'

Nicole ging zitten en sloeg haar benen over elkaar. Haar ogen straalden van verwondering. 'Is het niet ongelooflijk hoe trouw God is, mam? Dat hij Matt in mijn leven brengt als antwoord op al die jaren van gebed.'

Abby kwam ook overeind en trok haar knieën hoog onder haar kin op. Wat wilde Nicole zeggen? Er was natuurlijk maar één juist antwoord mogelijk: 'Hij is altijd getrouw.'

Inderdaad, God had haar gebed verhoord om Nicole een gelovige man te geven.

Maar aan de andere kant was er iets dat Abby absoluut niet kon begrijpen terwijl ze met haar dochter naar de plaatjes van trouwjurken zat te kijken. Als God hun gebeden voor Nicole verhoorde, waarom gaf Hij dan geen antwoord op de gebeden voor haarzelf?

Zeven

John had geen idee hoe hij zes maanden lang de schijn zou kunnen ophouden dat Abby en hij gelukkig getrouwd waren, maar hij wist een ding zeker: als dit probleem hem zou blijven bezighouden, zou hij voor de klas niets waard zijn.

Hij zette zijn ellebogen op het propvolle blad van zijn bureau achter in het sportlokaal en deed zijn ogen dicht. Hij moest vier lessen gezondheid geven, twee lessen krachttraining, 152 leerlingen beoordelen of testen en voorbereidingen gaan treffen voor de competitie die over tien weken alweer begon. En ondertussen moest hij Charlene Denton mijden. Iemand liet in het lokaal naast het zijne een gewicht vallen en hij keek op. Zijn blik bleef hangen op een kerstfoto van zijn gezin uit… welk jaar? Hij keek wat beter. Sean was twee, dus de foto moest acht jaar eerder zijn gemaakt.

God, hoe heeft het allemaal zo uit de hand kunnen lopen?

Het was zo lang geleden dat hij een woord tot God had gericht dat de stille vraag vreemd aanvoelde. Schuldgevoel trof hem als een pijl in zijn hart. Misschien was het zijn fout. Hij hoorde ten slotte de spirituele leider te zijn. Misschien dat alles anders was geweest als hij maar…

Er werd op de deur geklopt en John draaide zich om. Daar stond Charlene.

Ah, Charlene… Wat moet ik met jou aan? Hij hield de vraag voor zich en glimlachte breed toen hij de deur opendeed. 'Hoi, hoe is het?'

Ze zwierde de kamer binnen en ging op een stoel tegenover hem zitten. John keek even naar haar en genoot van de ontspannen manier waarop ze met elkaar omgingen. Eigenlijk was het niet zozeer dat ze zo mooi was… ze had iets over zich wat maakte dat hij graag bij haar was, om haar tegen de gevaren van het leven te beschermen.

'Zullen we koffie gaan drinken?' Haar ogen twinkelden, en zoals al honderd keer eerder vroeg John zich af of het tussen hen misschien iets zou kunnen worden over een jaar of twee. Zij wilde wel – dat had ze hem met zoveel woorden wel duidelijk gemaakt. Maar hij was er niet zeker van: hij had al een huwelijk in het honderd laten lopen.

Hij verzette zich tegen de drang om haar hand vast te pakken. 'Vandaag niet.' Hoe moest hij dit zeggen? 'Luister, Char, ik moet je iets vertellen.'

Haar uitdrukking veranderde en John zag dicht onder de oppervlakte iets van angst. 'Zeg het maar.'

'Het gaat over Abby en mij.'

Charlene verschoof op haar stoel. 'Ik luister.'

'We stellen de scheiding uit.' John zag hoe ze rechter ging zitten, afstandelijker, verder van hem af, alsof de woorden haar als een dolk in haar hart hadden getroffen. Toen ze niets zei, ging hij verder. 'We hadden dat niet zo gepland. Nicole en Matt vertelden zaterdag dat ze zich verloofd hebben, net voordat wij ze wilden vertellen dat we gingen scheiden.'

Charlene bewoog haar hoofd zachtjes op en neer en John wist dat ze probeerde sterk te zijn. 'Goed, en hoelang duurt dat uitstel? Een paar weken?'

Een paar weken? Had ze dan geen idee hoe moeilijk dit zou worden voor zijn kinderen, zijn familie? Hij lachte ongelovig. 'Nee, tot de trouwdag voorbij is. Op zijn minst zes maanden.'

Ze klemde haar handen om de leuningen van haar stoel. 'En jij wilt dat ik zes maanden wacht?'

Haar stem was niet kwaad, maar het scheelde niet veel. John deed zijn ogen dicht en wenste dat hij duizend kilometer verderop zat – er moest toch ergens een plek zijn waar het leven stil was en ongecompliceerd... misschien een footballveld, waar het er alleen maar om draaide hoe de jongens het spel speelden. Toen hij zijn ogen weer opendeed, zat ze stilletjes te wachten. 'Wat jij doet, is jouw keuze. Ik heb je nooit iets beloofd.'

'Ik beteken meer voor jou dan zij, dat weet ik gewoon.' Charlene klonk als een drammerig kind en John voelde iets als een spoortje twijfel. Dit was een kant van haar die hij niet eerder had gezien. 'Sinds Rod vorig jaar is weggegaan, was jij er altijd voor mij.' Haar stem verried dat ze haar zelfbeheersing had hervonden. 'Je weet wat ik voor je voel, John.'

Ja, dat wist hij. Zij was verliefd op hem. Als hij dat voor die tijd niet zeker had geweten, nam haar reactie nu zijn laatste twijfels weg. 'Ik wilde alleen je vriendschap, Charlene. Het spijt me als ik je het gevoel heb gegeven dat er meer tussen ons zou zijn.'

Deze keer was zij degene die lachte. 'Wie houd jij voor de gek? *Jij* was toch degene die mij die avond na de training kuste, of niet? Vertel me niet dat je toen alleen maar vriendschap wilde.'

Daar had je het weer. Alsof er iemand anders de kamer binnenkwam met Charlene's huid aan. Hij zuchtte diep. 'Ik weet helemaal niet meer *wat* ik eigenlijk wil, maar dit weet ik wel: ik kan geen toekomst met jou — of met wie ook — opbouwen als ik mijn verleden niet heb afgesloten.'

De geïrriteerde trek verdween van haar gezicht, alsof ze werd gerustgesteld door het feit dat hij een toekomst met haar kennelijk niet voor onmogelijk hield. 'Je hebt gelijk. We hebben beiden tijd nodig om over alles na te denken.' Ze grinnikte en tikte speels met haar voet tegen de zijne. 'Bovendien, het is niet alsof we elkaar helemaal niet zullen zien.'

John voelde zijn nekspieren weer ontspannen. Dit was de Charlene die hij kende, de vriendin waarmee hij lol kon maken. Degene die hem eraan herinnerde hoe Abby vroeger was geweest. Hij leunde voorover en legde zijn onderarmen op zijn dijen. Hij hoopte dat Charlene nog steeds zou lachen als zij hoorde wat hij verder nog te zeggen had.

'Char… Ik heb Abby beloofd dat ik zoveel mogelijk bij je uit de buurt zou blijven.'

Ze trok haar wenkbrauwen op. 'Weet ze van ons?' Haar mondhoeken krulden iets omhoog en de blik in haar ogen werd zelfverzekerd, alsof ze een of andere overwinning had behaald. John wist niet precies waarom, maar haar reactie stoorde hem.

'Hoe zou ze het niet kunnen weten, Charlene. Wij zijn de hele tijd samen. Mensen praten, weet je?' Hij dacht even na.

Wat er nog over was van Charlene's frustratie en angst verdween nog verder naar de achtergrond en in haar ogen zag hij weer de zorgeloze, jeugdige uitbundigheid die hij zo enorm waardeerde in haar. 'Dus ik moet uit de buurt blijven?'

Zoals hij haar daar zag zitten, met het donkere haar over haar schouders en haar groene ogen die zelfs in het fluorescerende licht van zijn kleine kantoor fonkelden, wilde hij haar het liefst in zijn armen nemen en… Het beeld van hun kus kwam hem weer voor de geest en hij klemde zijn kaken op elkaar. *Een beetje zelfbeheersing, Reynolds.* 'We moeten *beiden* bij elkaar uit de buurt blijven. Ik heb het Abby beloofd.'

Haar mond krulde op tot een volledige glimlach toen ze opstond om weg te gaan. 'Goed, als het op die manier moet.' Ze drukte snel een kus op twee vingers, waarmee ze even zijn lippen aanraakte. 'Wat er ook gebeurt, ik ben er voor je. Als je wilt praten, of wat dan ook. Ik woon alleen, weet je nog? Ik kan ervoor zorgen dat niemand erachter komt. Op die manier kun jij je belofte aan Abby houden.'

Daarop draaide ze zich om en liep heupwiegend weg, tussen de trainingsapparaten en gewichten door. Ze keek niet één keer om.

De adem ontsnapte langzaam uit Johns longen toen hij de honkbalpet van zijn hoofd rukte en op zijn bureau gooide. Charlene's woorden klonken na in zijn hoofd: *ik kan ervoor zorgen dat niemand erachter komt. Op die manier kun jij je belofte aan Abby houden.*

Als ze er echt zo over dacht, had Charlene er geen idee van wat het betekende een belofte te houden. De twijfel begon te knagen in Johns geweten. Wat voor toekomst dacht hij te kunnen opbouwen met een vrouw die zo makkelijk kon liegen? Die zonder enige scrupules een verhouding recht kon praten? Hij had geen behoorlijk antwoord op die vraag.

Een beeld verscheen plotseling voor zijn geestesoog – hij kuste Charlene in het maanlicht in het lege Marion High School football-stadion – en hij liet zijn hoofd hangen. Hij was niet in de positie om haar te veroordelen, want ook hij had geen idee wat het betekende om een belofte na te komen. *Ze is in elk geval weg. Misschien dat ze tot de herfst wegblijft, en dan...*

Dan zouden hij en Charlene misschien een manier vinden om het te laten slagen; misschien dat ze een betere relatie zouden kunnen opbouwen omdat hij had geleerd van zijn eerste huwelijk met Abby.

Hij richtte zijn aandacht weer op de stapel tentamens over voedingssupplementen die op de stapel spelersprofielen, kampaanvragen en advertenties voor footballbenodigdheden lag. Gewoonlijk kostte het hem minder dan een uur om zulke tentamens na te kijken: het waren multiplechoicevragen of antwoorden van één woord. Maar vandaag had hij er al twee uur aan gewerkt en was hij nog niet eens halverwege.

Hij concentreerde zich op zijn werk, kneep zijn ogen half dicht en begon te lezen, maar de enige aan wie hij kon denken, was Charlene – hoe ze eruit had gezien en had geroken en hoe vanzelfsprekend ze ervan uitging dat hij in zou gaan op haar aanbod van beschikbaarheid en heimelijkheid.

Ik kan ervoor zorgen dat niemand erachter komt... dat niemand erachter komt... achter komt...

Wie zou ooit hebben gedacht dat het zo gecompliceerd zou worden met Charlene Denton? Als een antwoord hoorde hij Abby's stem van jaren eerder: *'Ik houd er niet van zoals zij naar je kijkt, alsof het haar niets kan schelen dat jullie allebei getrouwd zijn.'*

Hij legde zijn pen neer en leunde achterover, zijn handen achter zijn hoofd, zijn ogen dicht. Vergeet die tentamens. De enige manier om uit te vinden hoe alles zo gecompliceerd was geworden, was door terug te gaan naar de herfst van 1993, het jaar dat Charlene als lerares op Marion High School kwam werken. Hetzelfde jaar waarin de relatie tussen hem en Abby veranderde van vrolijk en onvergetelijk in druk en stressvol.

Nicole was dat jaar dertien geworden en elk uur dat het meisje op de middelbare school doorbracht, leek twee extra uren van Abby's tijd te vergen om haar problemen door te nemen en haar de pijn van het opgroeien te laten verwerken. En dan was er natuurlijk nog de sport. Kade was dat jaar tien en bouwde een naam op in de teams van de juniorencompetitie football in Zuid-Illinois. En als er geen football was, was er wel honkbal of basketbal.

Abby was altijd met Kade naar een of andere plaats onderweg en Nicole was ook altijd druk. Zij moest naar jeugdgroepen, zwemles, pianoconcerten en voetbalwedstrijden. En dan was er nog Abby's vader. De man woonde nog op zichzelf, maar was veel van zijn zelfstandigheid kwijtgeraakt nadat de ziekte van Parkinson bij hem had toegeslagen. Hij had zijn oude huis in Wisconsin en het grootste deel van het meubilair in 1993 verkocht en was met een paar bezittingen in een bejaardentehuis komen wonen op tien minuten afstand van het huis van John en Abby. Naast de drukke agenda's van de kinderen maakte Abby dus ook een paar keer per week tijd vrij om haar vader op te zoeken. De uren die Abby en hij ooit samen op namiddagen in het weekeinde naar footballwedstrijden keken, spendeerde ze nu aan haar vader.

Meestal was Abby zo druk dat ze de driejarige Sean bij hem in het sportlokaal bracht om haar onvoorstelbare schema van de dag te kunnen afwerken.

Het was een enorm verschil met de vroegere jaren, toen de kinderen nog jong waren en Abby hen elke middag meenam naar Marion High School om ze op de grasheuvels te laten rondrennen en te laten kijken naar de trainingen van het schoolteam. In de herfst van 1993 was Abby niet alleen te druk om hem en zijn team te zien oefenen, maar had ze ook geen interesse meer: *'Het is elk jaar hetzelfde... bovendien, het is te koud op die heuvel.'*

Hij hoorde haar argumenten weer en zelfs nu, na al die jaren, deden ze nog pijn. Vroeger kon ze niet wachten om te horen wie er wel of niet in het team kwam. Ze bestookte hem altijd tot lang na de training met vragen over de spelers, strategieën en komende wedstrijden.

De goede oude tijd.

John deed zijn ogen weer open en nam drie grote slokken uit zijn fles water voordat hij die terugzette en weer naar de kerstfoto keek. Waarom was zij veranderd? Was het football minder interessant? Of was ze hem op een of andere manier zat geworden? Hoe dan ook, tegen de tijd dat Charlene als lerares op Marion begon te werken, was het leven in huize Reynolds weinig meer dan een voortrazende trein van dagelijkse routines. Minstens vier van de vijf avonden zagen Abby en John elkaar pas lang nadat het donker was geworden, om vervolgens snel iets te eten en de kinderen naar bed te brengen.

De late avonden – de uren die Abby en John ooit voor elkaar reserveerden – werden de enig mogelijke tijden om de afwas weg te werken en de was op te vouwen. Of voor Abby om een tijdschriftartikel te redigeren dat de volgende dag klaar moest zijn. Elk jaar hielden ze zichzelf voor dat het allemaal minder hectisch zou worden, dat het niet anders *kon* dan dat het rustiger zou worden.

Maar het werd alleen maar drukker. En hoe drukker het werd, hoe eenzamer het leven voelde.

John herinnerde zich de voorbereidende trainingen, drie dagen voordat de school begon in 1993. Charlene verscheen daar ook en stelde zich aan hem voor. Ze was toen vijfentwintig jaar jong en een frisse meid die beslist de aandacht van de oudere leerlingen zou trekken. John had de andere coaches over haar horen vertellen, maar zelfs hun loftuitingen konden hem niet voorbereiden op de indruk die ze in levenden lijve maakte.

'Hallo, ik ben Charlene Denton. Jij moet coach Reynolds zijn.' Ze stak haar hand uit en hij pakte die, verbluft over haar directheid.

'Ik zie er kennelijk uit als een coach Reynolds...' Hij grijnsde, en zij lachte op een manier zoals Abby het al lang niet meer deed. 'Regiokampioen, 1989; kwartfinales 1990. Ik ben een grote fan van de Eagles, coach. Iedereen weet wie jij bent.' John dacht nu over haar opmerkingen na. Misschien dat hij zich daardoor zo tot Charlene aangetrokken voelde. Ze was een footballliefhebster, en *zijn* fan. Op dezelfde manier als Abby dat was geweest voordat de heuvel te koud werd en de trainingen te zeer een sleur.

Hij herinnerde zich hoe hij die middag was opgegaan in de blik van haar grote ogen. 'Kijk, kijk, het is me een eer kennis te maken, mevrouw Denton. Een extra fan is altijd welkom op Marion High School.'

Daarmee zou het afgelopen moeten zijn geweest, maar Charlene bleef aandringen – en hij was zwak. Verrassend zwak. Ze bleef steeds bij hem rondhangen, genoot duidelijk van zijn gezelschap en vroeg hem honderduit over zijn team en de kansen voor dat seizoen.

'Mijn man is ook een fan.' Ze noemde hem tussen neus en lippen door en hij herinnerde zich dat de opmerking hem ontspande en opluchtte: ze was getrouwd. Er zouden dus voor geen van hen beiden bedreigingen op de loer liggen.

Voordat de training voorbij was, had hij haar en haar man al uitgenodigd voor een etentje in het weekeinde bij hem thuis. 'Gewoon om jullie welkom te heten.'

Abby had ervan opgekeken toen hij het later die avond aan haar vertelde.

'Maar we kennen ze helemaal niet, lieverd. Ik bedoel, dit is uitgerekend de drukste tijd van het jaar. Ik moet maandag een artikel afleveren en ook nog met de kinderen schoolspullen inkopen. Een etentje had ik voor dit weekeinde niet echt in de planning.'

John haalde zijn schouders op, alsof het allemaal niet zoveel voorstelde. 'Ze is nieuw in het lerarenteam, dat is alles. En ik denk dat zij en haar man geen christenen zijn. Het is een goede gelegenheid om te getuigen.'

Abby dacht erover na en lachte de vermoeide glimlach die ze zich tegen die tijd al eigen had gemaakt. 'Nou, goed dan. We kunnen natuurlijk barbecueën. En misschien kun jij me achteraf helpen met het opruimen...'

De avond was vanaf het begin een grote ramp geweest.

Charlene en Rod kwamen binnen en uit de manier waarop ze elkaar meden en om elkaar heen praatten, was het overduidelijk dat ze ruzie hadden. Ze stelden zich eenvoudig voor en hoewel Charlene vriendelijk was tegen Abby, bleef ze de hele avond in de buurt van John om footballverhalen uit hem los te peuteren en hysterisch te lachen om elke ook maar semi-grappige opmerking die hij maakte.

Waarom zag ik het toen nog niet? Misschien was dit dan allemaal niet gebeurd...

Johns vraag was niet direct aan iemand gericht en er kwam ook geen antwoord. Hij liet zijn gedachten weer teruggaan. Hij had een heel aardige avond gehad, maar Abby leek al bijna vanaf het begin erg gespannen. Toen Charlene en haar man vertrokken, schudde ze haar hoofd en ging naar de kinderen. John herinnerde zich hoe hij achter haar aan was gelopen en haar, onschuldig genoeg, had gevraagd of er iets aan de hand was.

Abby zette het afdruiprek met een knal op het aanrecht en het zeepsop spetterde over de vloer. 'Alsjeblieft, John. Vertel me niet dat je dat niet hebt gemerkt.'

John was verbijsterd geweest. Was ze jaloers? Alleen maar omdat een mooie jonge vrouw het leuk vond met hem te praten? 'Wat moest ik merken?'

Abby snoof. 'Charlene.'

John lachte al voordat hij het kon tegenhouden. 'Ik geloof mijn oren niet. Je bent jaloers op haar! Kom op, Abby, wees nou even reëel.'

Abby leek te worstelen met de keuze tussen kwaad worden en schreeuwen of instorten en huilen. Ten slotte drukte ze op een beheerste manier haar handen op het aanrecht tot haar armen stram en recht waren. Daarna hield ze haar hoofd schuin, een gebaar dat aangaf dat ze haar best deed kalm te blijven. 'Voor het geval je het niet hebt gemerkt, die vrouw begon haast te kwijlen elke keer als ze bij jou in de buurt was en hing letterlijk aan je lippen.'

'Kom op, Abby, ze is getrouwd.' John deed een stap in haar richting, maar Abby deinsde terug.

'Jij bent ook getrouwd, maar dat weerhield je er niet van om haar mooi in de kaart te spelen.'

Op dat moment had John werkelijk geen idee wat zij bedoelde, en haar beschuldiging maakte hem kwaad. 'Wacht eens even, je hoeft mij niet de schuld te geven van haar gedrag. Kan ik het helpen als zij...'

'Als zij wat?' Abby's stem klonk harder dan daarvoor. 'Als ze verliefd is op jou? Nu moet je even goed luisteren, John. Ik stel het bepaald niet op prijs dat je haar uitnodigt om in *mijn* huis rond te trippelen, met *mijn* man te flirten en *mijn* eten van *mijn* tafel te nuttigen. Begrijp je wat ik bedoel?'

John was op dat moment het huis uitgestormd, zonder ook maar naar Abby's tirade te willen luisteren. Het leek hem toen zo belachelijk. Misschien was het wel die ene week van de maand, of misschien was zij gefrustreerd omdat haar kapsel niet goed zat of iets dergelijks. Maar nu hij terugkeek... hij wist inmiddels dat zij meer gelijk had gehad dan hij zich had kunnen voorstellen. Zoals het er nu voorstond, leek het erop dat Charlene het etentje had gebruikt om hem duidelijk te maken dat ze zich tot hem aangetrokken voelde.

John boog voorover en bladerde door de papieren op zijn bureau. Hij had Charlene later naar het etentje gevraagd, maar zij ontkende er bedoelingen mee te hebben gehad. 'Hoe had ik toen kunnen weten dat het zich zo zou ontwikkelen tussen ons?'

Hoe was dat eigenlijk gegaan? John had zich die vraag wel honderd keer gesteld. Het ging niet echt om Charlene, toch? Het ging om Abby. Veel te druk met de kinderen, haar werk en haar vader om zelfs maar te vragen hoe zijn dag was geweest, laat staan de wedstrijd op vrijdagavond bij te wonen. Zij was hem eigenlijk vergeten. Ze liet hem zijn eigen leven leiden, terwijl ze verder de levens van iedereen om haar heen regelde en altijd ergens over liep te klagen. Sinds het leven steeds drukker was geworden, verweet ze hem permanent dingen: hij deed niet genoeg in huis, was niet betrokken genoeg bij de kinderen. Hij deed alles wat hij kon, maar het was nooit genoeg. Ze was in een chagrijnige feeks veranderd.

Als je dat allemaal optelde, zou elke man zwak zijn geworden onder de omstandigheden.

Het was begonnen met de lunch in zijn lokaal, samen met Charlene, en daarna volgden de incidentele telefoontjes na het werk. Maar het duurde nog vier jaar voordat Charlene echt ruzie met Rod begon te krijgen.

'Ik kan met niemand praten,' had ze hem gezegd. 'Kom alsjeblieft vroeger naar school zodat we kunnen praten. Ik heb gewoon iemand nodig die het begrijpt.'

En zo was hij – zonder het Abby of de kinderen te vertellen – begonnen vroeger op te staan om al een half uur voor de lessen op school te zijn. John bedacht dat Abby hem dat jaar niet één keer had gevraagd waarom hij eigenlijk vroeger naar school ging. Het gebeurde natuurlijk niet elke dag, maar na verloop van tijd ontmoetten Charlene en hij elkaar regelmatig in zijn lokaal om samen voor schooltijd te trainen. Nu en dan plaagden ze elkaar een beetje en heel af en toe ontstond er een kietelgevecht. Maar hij was open en eerlijk tegen haar geweest over zijn standpunt.

'Ik zie niets in buitenechtelijke verhoudingen, Charlene.'

Een keer toen hij dat had gezegd, kwam ze achter hem staan en begon zijn nek te masseren, kennelijk bezorgd over de spanning in zijn rug. 'Wie heeft er een verhouding?'

Ze was zo onschuldig, zo lief en leuk om mee om te gaan. Hij had zichzelf ervan overtuigd dat ze ongevaarlijk was, en er was niets mis met een nekmassage na een zware training. Hij had zacht gelachen en genoten van de manier waarop haar vingers zijn spieren kneedden. 'Goed, het is dus geen verhouding. Ik wil alleen dat je weet hoe ik erover denk.'

Ze liet haar vingers even over zijn armen glijden en fluisterde: 'Maak je geen zorgen, coach. Ik probeer je niet te verleiden.'

John was snel zijn emoties nagegaan en besefte dat ze dat niet eens hoefde te proberen. Alleen al haar nabijheid... Hij had haar handen vastgepakt en ze resoluut van zijn armen af geduwd terwijl hij zich omdraaide. 'Luister, Charlene. Ik mag je heel graag, maar ik zou nooit iets kunnen doen dat mijn huwelijk in gevaar brengt. Dat meen ik.'

Ze had naar hem gegrijnsd en hem op zijn schouder geslagen. 'Tot uw orders, coach! Ik ben dus alleen je maatje. Meer wil ik trouwens toch niet van je.'

John was opgestaan en merkte dat hij bijna dertig centimeter boven haar uitstak. 'Daar laten we het dan bij. Goed?' Maar terwijl hij de juiste woorden uitsprak, begon zich een intens verlangen van hem meester te maken. Hij wilde haar kussen, voelde de innerlijke drang om het te doen. Het was ten slotte nog geen zeven uur in de morgen en de leerlingen kwamen pas over een goed half uur.

Hypocriet! De beschuldiging galmde door zijn hoofd, alsof zijn eigen verlangen hem bespotte. *Hypocriet!*

Hij had er bijna aan toegegeven, maar deed uiteindelijk een stap naar achteren en ademde zwaar uit om de zondige gevoelens te verbannen die hem overrompelden.

Voor hij die morgen weg kon lopen, pakte Charlene zijn arm vast en keek hem met haar groene ogen intens aan, smekend om begrip. 'Het is heel erg thuis, John. Ik wil dat je één ding goed begrijpt. Jij bent mijn beste vriend en ik zal niets doen om dat op het spel te zetten.'

Dat jaar en het jaar daarop wisten ze hun wederzijdse aantrekkingskracht onder controle te houden. Soms, als het erop leek dat hun gevoelens te intens werden, nam hij een paar dagen vrij en vermeed haar. Maar ze kwamen toch steeds weer bij elkaar, hetzij in het trainingslokaal, bij de lunch of na de training op het footballveld. Zij was in veel opzichten zijn permanente gezelschap. En hoewel hij zich nog steeds diep verbonden voelde met Abby, nam Charlene al snel de plaats van zijn vrouw in als zijn beste maatje.

Pas in de herfst van 1999 was de scheiding van Charlene en Rod definitief. Vanaf dat moment werd hun relatie aanzienlijk gecompliceerder. De ochtendsessies met Charlene kregen een zware seksuele lading. Als zij zich op minder dan drie meter afstand van hem bevond, was het John bijna onmogelijk nog te trainen. Elke keer dat hun blote, bezwete armen elkaar even schampten tijdens een oefening, of hun vingers elkaar raakten bij het aangeven van gewichten, vocht John tegen de tintelende gevoelens die een rechtvaardige God zeker boos moesten maken.

God.

De gedachte bracht John terug in het heden. Waar paste God in de puinhoop die zijn leven was geworden?

Hij verzamelde de papieren op zijn bureau tot ze een keurige stapel vormden. Hij hield nog steeds van God en geloofde nog steeds in de Bijbel en Gods beloften. Maar toen het leven in de loop der jaren steeds drukker was geworden en Abby het zo druk had met de kinderen en haar vader, werd het steeds verleidelijker om de dienst op zondagmorgen over te slaan, net als de vergaderingen van de mannenvereniging op woensdag. De football- en voetbaltrainers van de kinderteams deden niet aan zondagsrust. Waarom zou hij dat wel doen?

Niet dat hij God wilde beledigen, maar ten slotte geloofde hij tegen die tijd dat hij elke preek die je je maar kon voorstellen al wel had gehoord. Hij kende duizenden verhalen, analogieën en voorbeelden die erop gericht waren hem op het goede, smalle pad te houden. Toen hij in de herfst van 1991 vijfendertig was geworden, had hij zelfs berekend hoeveel zondagen en woensdagen hij in de kerk had doorgebracht. Hij schatte het totaal op 3640 dagen, en stijgend. 3640 dagen! Hij keek zijn agenda nog eens na en besloot dat hij wel wat minder tijd aan de kerk kon besteden, tussen een groep mensen die hij nauwelijks kende, en wat meer aan zijn gezin of in eenzaamheid, om zich op te laden voor weer een drukke werkweek. En er was toch geen wet die hem verplichtte naar de kerk te gaan? Niet als hij elke dag zijn Bijbel bleef lezen en op zondagmorgen vanuit zijn gemakkelijke stoel een vrome relatie bleef onderhouden met zijn hemelse Vader. Die middag, in de uren voor zijn verjaardagsdiner, deed hij God een belofte, iets wat hij zich nog steeds herinnerde.

Weet U, God, ik ken Uw boodschap uit mijn hoofd. U weet beter dan ik hoe vaak ik in de kerk ben geweest. Geef mij mijn zondagen en woensdagen terug en ik beloof U dat ik alle dagen van mijn leven een godvrezend man zal zijn.

John dacht over zijn belofte van toen na, in het licht van alles wat er na die tijd was gebeurd. *Ik houd nog steeds van U, God. Ik geloof nog steeds…*

Bedenk van welke hoogte u gevallen bent. Breek met het leven dat u nu leidt en doe weer als vroeger.

De woorden die plotseling in zijn geest kwamen, verbluften hem. Het was jaren gelden dat God via dergelijke Bijbelcitaten tot hem had gesproken. Misschien was het God niet. Misschien was het zijn geweten dat zich schuldig voelde.

Het was waar, zijn plan was niet zo uitgekomen als hij had gehoopt. Hij was begonnen met elke morgen vroeg te mediteren, maar toen hij met Charlene af had gesproken dat zij elkaar in de ochtenduren zouden spreken, moest een van de twee wijken. Na het eerste jaar van ontmoetingen met haar wist hij niet eens meer waar zijn bijbel lag.

En wat het bidden betrof… hij bad nog als het hele gezin samen at, en voor bijeenkomsten…

Hij dacht weer aan het verbaasde gezicht van Nicole die zich afvroeg waarom ze de familiebijeenkomst niet met gebed begonnen. John zuchtte en wreef zijn nek. Goed, ze baden als gezin misschien wat minder dan voordien. Maar hij was zeer zeker een man van het gebed, ook al was het er de laatste paar weken niet zo van gekomen. De laatste maanden... jaren.

Breek met het leven dat u nu leidt...

Die gedachte bleef in zijn geest ronddolen alsof zijn geweten geen plaats had om haar op te bergen.

En de footballwedstrijden dan? Begon hij niet elke wedstrijd met een gebed, zolang hij trainer was op Marion High School? Had hij zich niet verweerd tegen de krachten van de politieke correctheid en besloten dat zijn team zou bidden, ook al deden andere het niet? Was hij geen lichtend voorbeeld geweest voor talloze jongens die hem als trainer en leraar hadden gehad?

Voor zijn geest verscheen het beeld van Charlene die laat op een avond, na de training, dicht bij de kleedkamers naast hem stond. Hij had haar in zijn armen en kuste haar.

Goed, ik ben niet perfect. Maar het bleef bij die ene keer. En ik heb kansen genoeg gehad.

Hij herinnerde zich die keer de vorige zomer toen Charlene hem had gevraagd op zaterdagmorgen langs te komen zodat ze hun onderwijsplannen voor de herfst konden doornemen. Abby was met Nicole naar een voetbalwedstrijd buiten de stad en Kade en Sean deden klusjes in huis. Charlene en Rod hadden geen kinderen en tegen die tijd was Rod naar Michigan verhuisd voor zijn baan bij een ingenieursbureau. John wist dus dat Charlene alleen zou zijn.

Hij had die morgen op haar deur geklopt en gemerkt dat die zonder veel weerstand openging. 'John, ben jij dat?' Haar stem klonk van ergens verderop in de gang. *Haar slaapkamer, waarschijnlijk.* John had moeilijk geslikt en zich gedwongen in haar woonkamer te gaan zitten.

'Ja, ik ben het. Ik wacht hier wel op je.'

Haar antwoord kwam snel en luchtig. 'Kom hier. Mijn papieren liggen al uitgespreid op mijn bureau.'

Zich bewust van het gevaar van het moment was John met gemengde gevoelens door de gang naar de slaapkamer gelopen. Hij en Charlene waren inmiddels zulke goede vrienden dat hij erop kon vertrouwen dat zij geen toenadering zou zoeken – maar hij maakte zich wel zorgen over zichzelf.

Hij kwam bij de deuropening en keek om de hoek. 'Hoi.'

Op het horen van zijn stem verscheen Charlene uit een inloopkast, met een handdoek om haar haar en een losjes vastgeknoopte badjas om haar naakte lichaam. Ze gebaarde naar een klein bureau waarop papieren verspreid lagen. 'Ga maar zitten.'

Als de innerlijke waarschuwingen hoorbaar zouden zijn geweest, zou de kamer getrild hebben van de alarmsirenes en claxons. Maar aangezien ze stil waren, negeerde hij ze en kwam dichterbij. Hij vermeed contact te maken toen hij ging zitten. Alsof ze zich niet bewust was van het effect dat ze op hem had, legde ze een arm om zijn schouder en boog over zijn rug om de plannen aan te wijzen die ze wilde bespreken.

De geur van haar shampoo en de druppels water die nu en dan op zijn arm vielen, maakten het hem onmogelijk ook maar iets te verstaan van wat ze zei. Na tien kwellende seconden duwde hij zijn stoel achteruit. 'Ik kan dit niet.' Hij keek diep in haar ogen en zag dat ze precies wist waar hij het over had, ongeacht wat ze zou gaan zeggen.

'Aan de keukentafel misschien?' Ze glimlachte warm, een lach die zei dat ze hem niet zou opjagen, niet over een grens wilde dwingen die hem een ongemakkelijk gevoel gaf.

Hij knikte. Zonder nog een woord te zeggen, liep hij door haar huis naar de keukentafel, waar zij een kwartier later bij hem kwam. De rest van die morgen had hij te kampen met een overweldigend verlangen dat niets met Charlene Denton had te maken.

Het had met zijn vrouw te maken.

Het had te maken met de vraag waarom hij de zaterdagmorgen hier, in het huis van een vreemde, doorbracht in plaats van zij aan zij met de vrouw die hij nog steeds inniger liefhad dan wie of wat ook ter wereld.

Genoeg herinneringen. John stond op en nam de papieren van

zijn bureau mee. Het was tijd om naar huis te gaan en het werk daar op een of andere manier af te maken. Dan zou hij Abby in elk geval ook niet in de weg lopen. Zijn aanwezigheid leek haar de laatste tijd alleen maar ergernis op te leveren.

Misschien moet ik naar huis gaan en bidden.

Doe het nu, zoon, voordat het volgende ogenblik voorbij gaat.

Daar was die stem weer. Was het dezelfde stem die zo regelmatig tegen hem had gesproken toen hij zijn 3640 kerkdagen nog afklokte? Hij wees het idee van de hand. Hij had al genoeg tijd alleen in zijn kantoor verspild. Het had geen zin om te proberen de zaken voor God op een rijtje te zetten. Hij en Abby hadden besloten hun huwelijk te beëindigen, een beslissing waar ze niet meer op terug zouden komen.

Nee, deze keer kozen ze ervoor om het zelf te doen, zonder de hulp van de almachtige God. Hij schoof zijn stoel tegen zijn bureau en liet zijn blik nog één keer over de kerstfoto dwalen. Abby was zo mooi, zo vol leven en liefde – of althans, dat was ze geweest. *Abby, meid, wat is er met ons gebeurd? Kregen we het gewoon te druk en hielden we op met proberen? Is dat de erfenis die we onze kinderen meegeven? Onze dochter die net aan haar eigen leven begint?*

Het gezoem van de tl-buizen was het enige antwoord dat hij kreeg en John liet zijn blik nog even op de afbeelding van zijn vrouw rusten. Zonder erbij na te denken, liet hij zijn vingertop teder langs de lijnen van haar gezicht glijden. *Ik mis je, Abby.* Voor het eerst in jaren kwam hij in de verleiding om naar huis te rijden, haar in zijn armen te nemen en haar dit gewoon te zeggen.

Krankzinnig. Hij schudde zijn hoofd en de opwelling verdween. *We mogen elkaar zelfs niet eens meer. Hoe kan ik haar dan missen? God, kunt U daar een antwoord op geven?*

Stilte.

Natuurlijk. Eerst Abby, dan God. En straks keren de kinderen me natuurlijk ook de rug toe. Hij bleef staan, zijn voeten in spreidstand, en treurde om het gelukkige gezin op de foto. *Wat heb ik je toch aangedaan om jou tegen mij op te zetten, Abby?* Hij staarde omhoog en probeerde door het plafond heen te kijken. *Of U?* Hij deed het licht uit en liep de koude, winterse nacht in, zeker van één triest feit: welke beslissingen hij de volgende maanden ook over zijn toekomst zou nemen, de twee personen die hem ooit dierbaarder waren dan wie of wat ook, zouden er geen deel van uitmaken.

Abby en God.

John had geen idee hoe Abby en hij tot de beslissing waren gekomen om te scheiden, een beslissing die zowel Abby als God uit zijn leven zou verwijderen. Hij wist alleen *dat* ze het besloten hadden. Hij dacht aan hen, aan Abby voor wie hij ooit zijn leven had willen geven – en aan God, die Zijn leven vrijwillig had gegeven om het hem te schenken. Abby aan wie hij eeuwige trouw had beloofd – God die hem eeuwige trouw had beloofd.

Ik was jong en dwaas.

Je was gelukkige, zoon… heilig… uitverkoren… Breek met het leven dat je nu leidt…

De snijdend koude wind sloeg hem recht in zijn gezicht en hij liep gebogen naar zijn auto, geen acht slaand op de stille stem in zijn hart.

Nee, schuldgevoel of niet, hij zou zijn beslissing om te scheiden niet terugdraaien. Abby was boos, hard en afstandelijk. Zo was ze al jaren. Ook al zouden ze het willen, dan zouden ze niet meer de mensen kunnen worden die ze lang geleden waren geweest, met het leven dat ze toen leidden. Het was te laat, ze waren al te ver heen. En als het betekende dat hij door deze ontwikkeling ook God verloor, dan moest dat maar.

Hij trok de capuchon van zijn jack strakker om zijn hoofd en rommelde met zijn autosleutels. Bovendien, God had coach Reynolds waarschijnlijk al lang geleden opgegeven. Die gedachte won aan kracht terwijl John instapte en wegreed, zich steeds verzettend tegen een drang die sterker was dan ooit tevoren: om alles wat hem thuis te wachten stond te vergeten, het stuur om te draaien en direct naar het huis van Charlene Denton te rijden.

Acht

De vrouw werkte Abby enorm op haar zenuwen en dreigde het hele uitje in het water te laten vallen.

Wiens idee was het eigenlijk geweest om haar mee te nemen? Het had een speciale middag voor haar en Nicole moeten worden, gevuld met uren zoeken naar de perfecte trouwjurk.

Maar Nicole en zij kregen nauwelijks een ogenblik de kans om een blik te wisselen, laat staan een gesprek te voeren. *Heb geduld, Abby. Maak geen ruzie.* De vrouw – Jo Harter, een gescheiden moeder – was immers Nicole's toekomstige schoonmoeder. Misschien was zij een van die vrouwen die altijd veel praten als ze bij mensen zijn die ze niet goed kennen.

'Dus, zoals ik laatst ook al tegen Margaret op kantoor zei, een meisje hoort wit te dragen.' Ze behandelde haar kauwgom alsof het een misdadiger was. 'Ik bedoel, het maakt niet zoveel uit of ze al van de hoed en de rand weet, als je begrijpt wat ik bedoel. Ze moet toch wit dragen.' Ze ademde snel. 'En kijk eens naar Nicole's huid. Zij zou toch verdwijnen in iets dat ivoorkleurig of crème zou zijn? Het moet wit worden, daar sta ik op.' Ze smakte met haar lippen, bracht een dikke laag lippenstift op en dook weer snel in een rek jurken.

Nicole keek Abby snel even aan. 'Ik vind wit ook wel mooi, maar ik zoek eigenlijk naar…'

'Ik heb hem gevonden!' Het helderrode haar van de vrouw contrasteerde sterk met het wit van de jurken op het rek. Haar sproeterige gezicht werd onheilspellend roze toen ze de jurk losrukte, die een hoge neklijn had, maar een zoom die net onder de knie ophield en aan de achterzijde overging in drie kanten slepen.

Afschuwelijk. Alsof de jurk maar half af is.

Abby slikte het verlangen om commentaar te geven in, maar wierp Nicole een veelzeggende blik toe. *Lieverd, ik hoop dat het beter wordt tussen jullie twee. Het is heerlijk om goed bevriend te zijn met je schoonmoeder.* Abby herinnerde zich Hatty Reynolds en vroeg zich af hoe het met haar zou gaan. Ze had de ziekte van Alzheimer en was in een verpleeghuis opgenomen. Het was maanden geleden dat ze elkaar hadden gesproken of zelfs maar...

'Tja...' Nicole onderbrak haar gedachtestroom en keek nadenkend naar de jurk. 'Het is niet echt wat ik in mijn hoofd had.'

Jo's gezicht betrok. 'Dit is de nieuwste mode, Nicole. Heb je de tijdschriften niet bekeken?'

Abby was er trots op hoe Nicole met de vrouw omging – geduldig, vriendelijk, maar met het vaste voornemen zich niet van de wijs te laten brengen en haar eigen smaak te volgen. Ze hing de jurk voorzichtig weer op het rek. 'Ik zoek eigenlijk een wat traditionelere jurk. Wit is goed, maar ook elegant, onvergetelijk, iets in dat genre.'

Jo knikte een beetje verontwaardigd en richtte haar aandacht op Abby. 'Trouwens, dat had ik je nog willen vertellen...' Ze pauzeerde even en Abby zette zich schrap. Jo hield keer op keer ellenlange verhalen over elk onderwerp dat in haar opkwam, om slechts door een gebrek aan zuurstof nu en dan stil te vallen.

Jo hield haar hoofd schuin zodat haar ogen op gelijke hoogte waren met die van Abby. Ze trok haar wenkbrauwen dramatisch op. 'Wat een geweldige man heb je met die John van jou! Jazeker. Echt de grote ster van de schoolcompetitie.' Ze zwaaide met een hand door de lucht. 'Ik weet nog hoe het was. Denny en ik hadden een vrije dag en niets te doen in het weekeinde. Op televisie was de schoolcompetitie aan de gang. En die man van jou... mmmmhhh.' Ze rekte de klank zo lang als ze kon, haalde snel adem en ging verder. 'Een zo knappe quarterback heb ik voor of na die tijd nooit meer gezien.'

De pijn in haar binnenste verbaasde Abby. Wat maakte het uit dat John knap was? Dat hield een huwelijk evenmin in stand als verf een muur overeind kon houden. 'Ja, hij heeft er altijd goed uitgezien.'

Jo nam Abby snel even op en grinnikte. 'En je ziet er zelf natuurlijk ook niet verkeerd uit. Dat lijkt me ook wel prettig.'

Nicole buitte het uit dat ze niet langer Jo's doelwit was en zocht het rek verder af. Ze ging op in haar eigen gedachten, terwijl ze elke jurk kritisch bekeek. Abby voelde haar frustratie weer opkomen. Dit had *haar* moment moeten zijn met...

'Hoe lang zijn jullie getrouwd, zei je?'

Abby knipperde met haar ogen. *Daar gaan we.* 'Afgelopen juli eenentwintig jaar.'

'Eenentwintig jaar. Joeeeehieeee!!' Jo klonk als een boerin die 's avonds de varkens binnenriep. Haar laatste, luide uithaal bleef in de lucht hangen en Abby keek om zich heen of ze geen toeschouwers aantrokken. Jo plantte haar handen op haar heupen. 'Weet je wat ik vind? Tegenwoordig is eenentwintig jaar gewoon een wonder.' Ze gaf Abby een fikse klap op haar schouder.

Abby deed een minuscuul stapje naar achteren en wenste vurig dat de vrouw haar met rust zou laten. *Praat me niet van wonderen, dame. Dat soort wonderen gebeurt niet met mensen zoals ik.*

Ze probeerde haar ongemak te verbergen – niet dat het veel uitmaakte, want Jo genoot zozeer van het geluid van haar eigen stem dat de rest haar vrijwel compleet ontging. Ze keek naar haar vingernagels, kennelijk tevreden met de perfecte ronding en de donkeroranje nagellak die bij haar bloes paste. 'Weet je, ik zou zelfs nog voet in een kerk kunnen zetten als ik dacht dat ik mijn Denny daardoor terug zou kunnen krijgen. Ja, echt, ik geloof dat ik het zou doen.' Ze liet haar handen langs haar zij vallen en keek Abby recht aan. 'Jullie zijn kerkgangers, nietwaar? Dat heeft Matt me verteld. Vanaf het moment dat hij ook ging en bekeerd was, praat hij er altijd over. "Het zijn christenen, mam", "zij is gelovig, mam". En steeds meer mensen vinden het belangrijk om veel tijd in een kerk door te brengen. Lijkt het wel. En weet je wat ik zeg?'

Abby deed haar mond open maar kreeg geen kans antwoord te geven.

'Ik zeg: ga ervoor. En nog wat: als ik mijn Denny erdoor terug zou krijgen, zou ik er zelf ook aan beginnen, denk ik.' Ze zoog binnen een seconde nieuwe zuurstof naar binnen. 'Matt heeft me trouwens niet gezegd wat jullie precies zijn. Zijn jullie van de pinkstergemeente, presbyterianen, baptisten, of televisiechristenen? Ik heb er helemaal niets op tegen, hoor. Dat wil ik hier wel even duidelijk stellen, zodat je het rechtstreeks van mij hoort. Ik wil geen heibel over religie op de bruiloft.' Ze aarzelde en gaf Abby daarmee zowaar een kans om wat te zeggen – maar ze wist niet wat. 'Nou, hoe zit het? Waar horen jullie bij? Want jullie zien er niet uit als colporteurs, en dat is een compliment.'

'Wij horen bij een evangelische beweging die Calvary Chapel heet.' *Die vrouw is niet goed wijs.*

Verkondig de Boodschap... of het nu uitkomt of niet.

Abby was geschokt door de woorden die in haar geest opborrelden. *Ik kan mijn eigen huwelijk niet eens in stand houden. En dan zou ik de Boodschap aan deze vrouw moeten verkondigen? Dat kan ik niet, zeker niet als ze maar doorratelt...*

'Calvary Chapel...' Jo tuurde even naar het plafond van de zaak. 'Klinkt een beetje als een kerstwinkel.' Ze haalde snel adem. 'Wacht eens even! Ik ken dat soort, geloof ik. Zijn jullie niet die lui die helemaal wild worden, lachen en in cirkels rondrennen?'

Ondanks haar frustratie moest Abby haar best doen om niet in lachen uit te barsten. 'Nee, absoluut niet.'

Jo verzette haar voeten. 'Hoe zit het dan met jullie groep? Wat geloven jullie? Al die hel en verdoemenis waar iedereen altijd over praat?' Ze corrigeerde zich snel. 'Niet dat het mij uitmaakt, hoor. Ik heb me nooit zo bezig gehouden met dat gedoe van zorg dat je alles voor elkaar hebt want God kan morgen terugkomen.' Ondanks haar woorden, sprak er toch bezorgdheid uit Jo's ogen. 'Ik bedoel, het is allemaal mooi en aardig voor jullie, maar ik heb het druk en zondag is eigenlijk mijn schoonmaakdag.'

Vertel haar de waarheid, Abby.

De aansporing was zo sterk dat Abby er niet onderuit kon, ook al zou ze het willen. Meer uit gewoonte dan iets anders keek ze Jo liefdevol aan. 'Onze kerk lijkt heel veel op andere kerken. Wij geloven in Jezus Christus en in de Bijbel als het onfeilbare Woord van God.'

Jo leek gefascineerd en bleef wel twee seconden stil: een record voor die middag. 'Dat denk je dus echt? Een intelligente vrouw zoals jij?'

Abby knikte. Dat was toch ook zo? Ze had misschien niet naar haar geloof geleefd, maar diep van binnen wist ze dat Zijn Woord waarheid was.

Alles op aarde zal voorbijgaan maar Mijn woord blijft eeuwig bestaan.

Langer dan Abby en John of het feit dat zij hadden besloten te scheiden. Gods Woord was eeuwig. 'Ja, dat geloof ik.'

Jo's mond zakte open. 'Wauw. Nou, jij en ik moeten thuis nog maar eens een ouderwets uitvoerig en diepgaand gesprek daarover hebben. En wel tussen nu en de trouwdag. Denny en zijn nieuwe vrouw zijn nu uit elkaar, en ik blijf zeggen dat hij het beste was dat me ooit was overkomen. Ik ga voor de trouwdag een paar kilo afvallen en mijn haar verven, om zijn aandacht te trekken. En hij komt vast – weet je waarom?'

Abby keek naar het haar van de vrouw en besefte nu dat het toch geen natuurlijk rood was. 'Waarom?'

'Omdat hij ook met God en het geloof bezig is sinds Matt dat doet. Ik denk dat hij het echt begint te geloven. Niets wilds hoor, maar Matt zegt dat het net is alsof zijn toon is veranderd. Hij heeft iets dat er voor die tijd niet was.' Ze grijnsde breed en Abby zag dat ze kennelijk haar tanden had laten bleken – ze waren witter dan de trouwjurken.

Als ze niet zo onhebbelijk was, zou Jo bijna een mooie vrouw zijn – maar als ze ook zo had gepraat tijdens haar huwelijk, kon Abby Denny alleen maar feliciteren met de verstandige beslissing om op te stappen.

Wat God heeft samengevoegd, zal de mens niet scheiden, mijn dochter.

Ze kreeg een angstig gevoel en het was alsof ze de vaderlijke vermaning werkelijk hoorde. Wat was er met haar aan de hand? Sinds wanneer dacht ze zo bot en arrogant over het huwelijk? De verhouding tussen John en haar was één ding, maar om een scheiding zo snel te billijken? Alleen omdat iemand veel praatte? *Het spijt me, God, ik herken mezelf niet eens meer.*

Nicole stond vijf meter verderop en hield een jurk omhoog. 'Mam, wat vind je van deze?'

Abby hield haar hoofd schuin en beoordeelde de jurk. Hoge, kanten nek, voorgevormd lijfje, smal middel en een traditionele lange sleep met lovertjes en kantwerk. Ze stelde zich Nicole erin voor en glimlachte. 'Die is mooi.'

Nicole keek op haar horloge. 'We moeten nog eten en ik heb met Matt afgesproken over een paar uur. Ik kan denk ik beter vragen of ze hem voor mij opzij hangen.'

'Goed idee.'

Toen de jurk veilig en wel was weggehangen, gingen de drie op weg naar een saladebar een straat verderop. Jo had het weer over Denny en Abby hield zichzelf voortdurend voor dat het uitje bijna voorbij was.

'Ik heb je het verhaal over Denny en mij toch verteld, hè? Dat we besloten dat het te veel werk was en de handdoek in de ring gooiden?' Jo liep in het midden. 'De slechtste beslissing die ik ooit heb genomen.'

'Eh...' Abby zag een glimp van Nicole's grijns en glimlachte op haar beurt naar haar dochter. *O, lief, klein meisje. Laat mij maar.* 'Ik geloof niet dat je het daarover hebt gehad.' Abby hield haar gezicht in de plooi en wachtte op het volgende hoofdstuk.

'Het gekke was, bij Denny en mij, dat we echt van elkaar hielden. Ik bedoel echt, hè? Zo begon het en zo bleef het ook tot ongeveer het zevende jaar. Toen gebeurde er iets, en geloof me, ik zou je niet meer kunnen zeggen wat het was.'

Die laatste opmerking trok Abby's aandacht. *Ze zou mijn verhaal kunnen vertellen...*

'De ene dag was er geen vuiltje aan de lucht: we waren samen, lachten veel, hielden van elkaar gingen samen uit vissen. En de volgende dag...' Jo maakte een piepend geluid met haar tanden en onderlip. 'De volgende dag praatten we nauwelijks meer met elkaar. Voordat we tot tien konden tellen, leefden we langs elkaar heen, en compleet langs elkaar heen hoor! Hij bleef in de stacaravan en ik vond het niet erg dat hij wegbleef. En zo was het echt niet begonnen. Als je nog een minuutje hebt, wil ik je wel vertellen hoe het begon. Echt een liefdesgeschiedenis, heus.'

Abby bekroop het nare gevoel dat er niet aan te ontkomen zou zijn. Ze liepen het restaurant binnen en Jo bleef lang genoeg staan om de aandacht van de serveerster te trekken. 'Hallo, wij hebben een apart tafeltje nodig in een rustig gedeelte.' Ze glimlachte breed naar Abby en Nicole. 'We hebben nog heel wat te bespreken.' Ze wees naar de tafeltjes. 'En niet te dicht bij de rookzone, alsjeblieft.'

'De rokerszone?' De serveerster was een brunette van hooguit zestien jaar en Jo's opmerkingen brachten haar van haar stuk. Weer keken Abby en Nicole elkaar veelbetekenend aan en ze moesten op hun lippen bijten om niet in lachen uit te barsten.

Jo boog naar het meisje toe. 'De rookzone. Zo noem ik dat, begrepen? Dat deel waar de rook zo dik in de lucht hangt dat iemand er zijn stem binnen een kwartier kan kwijtraken. We willen niet bij de rookzone omdat we, zoals ik al zei, heel wat te bespreken hebben.'

Het meisje keek haar een ogenblik volkomen leeg aan. 'Natuurlijk, mevrouw.'

Jo bleef stokstijf staan en wachtte kennelijk op meer informatie. 'Nou, waar wachten we nog op? Er is ook nog een McDonalds om de hoek als dit niet lukt, hoor. Niets persoonlijks, maar we willen rustig kunnen praten.'

En dat zou bij McDonalds wel kunnen? Abby hield haar commentaar voor zich en keek medelijdend naar de serveerster die de reserveringen doornam.

'Over ongeveer vijf minuten.' Het meisje klonk onzeker, alsof ze vanaf het moment dat Jo binnenkwam in verwarring was geraakt en nog niet was bijgetrokken.

'Goed, vijf minuten.' Jo grijnsde samenzweerderig naar het meisje. 'Ik houd de tijd bij, vanaf... nu.'

Het meisje liep snel en nerveus naar de eetzaal en Jo beschouwde haar vertrek als een beginsignaal om haar monoloog te hervatten.

'Dus, zoals ik al zei, het liefdesverhaal van Denny en mij is uniek en ik vertel je de absolute waarheid...'

Ze ratelde de hele vijf minuten wachttijd vol en zweeg net lang genoeg om achter de serveerster aan naar het tafeltje te kunnen lopen en haar bord te vullen bij het saladebuffet. Toen ze weer bij hun tafeltje waren, had Jo een half uur over haar liefdesverhaal met Denny verteld, en nog steeds wist Abby niet precies hoe de twee elkaar nu eigenlijk hadden ontmoet.

Nicole leek zich in haar eigen gedachten te hebben terugge-trokken en liet Jo rustig doorratelen. *Zij denkt aan Matt, de jurk en de rest van haar leven.* Abby deed alsof ze luisterde, maar glimlachte van binnen steeds naar Nicole. *Je bent zo mooi, lieverd. Ik ben zo ge-lukkig voor je.*

Hoe zou Nicole zich dit herinneren, haar liefdesgeschiedenis met Matt, als haar eigen dochter op een dag zou gaan trouwen? In sommige opzichten was ze zelfs dankbaar voor de afleiding die Jo haar bezorgde. Anders had Nicole haar vast en zeker willen door-zagen over het liefdesverhaal van Abby en John.

Op een dag... op een dag kan ik er misschien over praten zonder die woede, pijn en frustratie te voelen; zonder met mijn vuist door een muur te willen slaan om de manier waarop John alles verpestte. De manier waarop hij de opvoeding van de kinderen aan mij overliet en zo druk met football in de weer was dat hij zelfs zijn eigen boeltje liet slingeren.

Even luisterde Abby weer naar Jo.

'Maar na die dag van de nationale viswedstrijd was er geen weg meer terug. Denny ving er de mooist glanzende, levensgrote vis die jullie ooit in Marion Illinois zagen. Dat was echt een enorm beest, zeg ik je. Eerlijk gezegd – en ik ben altijd eerlijk geweest, van jongs af aan – vissen worden niet groter dan dat beest was en…'

Abby dwaalde weer af. Jo en Denny hadden niet wat zij en John hadden. Hun liefde was al vanaf hun kindertijd voorbestemd geweest, als een verbluffende regenboog in de lucht, waarover iedereen zich kon verbazen. Ze slikte moeilijk, legde haar vork neer en keek naar de verwelkende sla op haar bord. Natuurlijk waren hun kleuren, zoals bij alle regenbogen, verbleekt en alles wat er nu nog over was, waren de stormachtige grijzen en sombere beigetinten. Binnenkort zou iedereen weten dat hun liefdesepos, hoe geweldig het ook was begonnen en hoe lang ze het ook hadden volgehouden, al geruime tijd gedoemd was op een dramatisch einde uit te lopen. Het soort einde dat ervoor zorgde dat mensen de bioscoop uitliepen en hun geld terugeisten.

Maar… ooit, lang geleden, was hun verhaal inderdaad een stralend voorbeeld geweest.

In de eerste tien jaar van hun huwelijk had zij het verhaal vaak verteld. Dan sprak ze over John als haar prins op het witte paard en genoot ze heimelijk van de manier waarop andere echtparen ook probeerden te bereiken wat zij samen hadden. Tegenwoordig leek het verhaal over hoe zij elkaar als kinderen waren tegengekomen en later waren getrouwd, in een andere tijd te spelen en over een andere vrouw te gaan. Misschien was het wel helemaal nooit gebeurd.

Jo's stem onderbrak haar gedachten. 'Daar stonden we dan, met al die opengesneden vissen op het aanrecht van zijn moeders huis en daar zagen we plotseling iets glanzends in de ingewanden van een van die jongens…'

Jo had geen publiek nodig. Zelfs als Abby en Nicole achterover zouden gaan leunen en vast insliepen, zou ze nog doorpraten. Het verhaal zou doorgaan zolang zij tweeën nog zouden ademen – en misschien ook daarna nog. Ze zag hoe Nicole met haar vork in een moot tonijn prikte. Ingewanden van vissen. Perfecte lunchconversatie.

Nee, Abby was er tamelijk zeker van dat maar weinig liefdesverhalen de geschiedenis van haar en John konden overtreffen. Ze ging terug in haar gedachten, maar de beelden waren eerst nog wazig. Na een paar seconden doorzetten werden ze echter helderder, en Abby besefte plotseling iets belangrijks. Zij was hun verleden niet vergeten en had zichzelf er ook niet van overtuigd dat het nooit was gebeurd – ze had zichzelf eenvoudigweg verboden om ernaar om te zien.

Maar nu Jo Harter een verhaal ophing waar kop noch staart aan zat maar dat niettemin nog de hele middag zou voortkabbelen, dook Abby in haar eigen verleden op een manier zoals ze in geen jaren meer had gedaan.

In de privévertrekken van haar eigen geest reisde ze naar een plaats en tijd toen ze nog een jong meisje was, tien jaar oud, en ze in een prachtig oud en een beetje afgelegen huis woonden in Lake Geneva in Wisconsin.

'Abby, kom binnen en ga je opfrissen...' Het was de stem van haar moeder, zo helder en levendig alsof ze nog steeds op de achterveranda stond te wenken dat Abby uit het water moest komen.

'Je luistert toch wel, Abby?' Jo's raspende stem sloeg de herinnering aan scherven.

Abby haalde diep adem om bij te komen. Dit was niet de plaats. Maar misschien was het toch niet zo gek om erover na te denken. Nicole's trouwplannen zouden hoe dan ook veel herinneringen bij Abby losmaken.

Ze haalde een biljet van tien dollar uit haar tas en legde dat op tafel. 'Het is een mooi verhaal, Jo, maar de rest zal ik voor later moeten bewaren.'

Nicole sprong haast op uit haar stoel en kwam onmiddellijk bij Abby staan. Ook zij haalde geld uit haar tas en gaf het aan Jo. 'Ik ook. Het spijt me... Matt wacht op mij.'

Jo keek teleurgesteld, maar ze nam het geld aan en begon te rekenen. 'Nou, ik moet zeggen dat het een leuke verrassing was. Het was de leukste middag in tijden met jullie tweeën. Zullen we het volgende week weer doen? Er moet nog heel wat gewinkeld worden, en als ik van één ding houd dan is het wel van...'

'Volgende week niet, Jo.' Abby keek Nicole aan en glimlachte. 'Ik heb Nicole beloofd dat we een paar dagen helemaal voor onszelf zouden hebben.' Ze keek Jo weer aan. 'Die hebben we niet meer gehad sinds ze een klein meisje was.'

Jo's ogen begonnen te stralen. 'Weet je wat, dan kom je donderdagavond over een week. Kunnen we samen een plakker maken.'

Haal me hier weg! 'Plakker?'

Uit Jo's keel borrelde een lach op. 'O ja, dat vergat ik, hier noemen jullie dat een plakboek. Je weet wel, met foto's en kaarten en versieringen uit de hobbywinkel. Ik maak een boek voor Matthew voor de trouwerij.' Ze keek Nicole snel aan en legde een vinger tegen haar lippen. 'Stil hoor, niet vertellen. Het moet een verrassing blijven. Net als toen ik hem zelfgemaakte pindakaas mee naar school gaf als hij een goed rapport had.' Ze grijnsde trots naar Nicole. 'Jij, liefje, bent het beste dat hij ooit heeft gekregen, en zoals ik altijd maar zeg: het feest moet passen bij wat je viert.'

Abby zag Nicole's ogen oplichten toen ze haar half verwachtingsvol en half verontschuldigend aankeek. 'Mam, ik weet dat je druk bent met je schrijven.' Ze knipperde met haar ogen op een manier die ze al sinds haar kinderjaren had gebruikt. 'Denk je dat je dat tijd zou kunnen vinden om een plakboek voor mij te maken?' Ze keek weer naar Jo. 'Dat vind ik een geweldig idee.'

Op dat moment was Abby bereid alles te beloven om een punt achter de middag te kunnen zetten en zo ver mogelijk uit de buurt van Jo Harter te kunnen ontsnappen. Het was bovendien geen slecht idee. Ze was al met een plakboek voor Nicole begonnen toen ze op de basisschool zat, maar er ontbrak nog veel aan. Ongeveer vanaf Nicole's tiende verjaardag had Abby het te druk gekregen om er nog aan te werken. Als ze het ooit nog wilde afmaken, dan was dit het ideale moment. 'Donderdag over een week? Hoe laat?'

Jo grijnsde. 'Zes uur. We zien elkaar bij de hobbywinkel op de hoek van Mainstreet en Sixth Street.'

Op de parkeerplaats namen Nicole en Abby afscheid van Jo

en keken haar na toen ze vertrok. Daarop draaide Abby naar haar dochter toe en barstten beiden uit in een lachbui. 'Ik dacht dat ik het niet meer zou houden,' gierde Nicole met tranen van het lachen op haar wangen.

'Als ik nog één detail over ingewanden van vissen of glibberende, glimmende objecten had gehoord, was ik mijn lunch kwijt geweest.' Abby hapte naar adem en greep naar haar zij. 'Het spijt me, dat was niet erg aardig van me.'

Nicole gaf haar moeder een arm en liep naast haar mee naar de auto. 'Ik begrijp het wel, mam. Je veroordeelt haar niet. En het had erger gekund. Marli's schoonmoeder doet net alsof Marli niet bestaat. Jo mag mij in elk geval graag.'

'Dat is een ding wat zeker is.' Ze waren bij de auto en Abby draaide zich naar haar dochter toe. 'Ga jij maar naar huis. Het is deze middag niet zo koud. Ik denk dat ik ga lopen.'

Nicole keek haar niet-begrijpend aan. 'Maar dat is zeker drie kilometer. Je wilt toch geen drie kilometer over bevroren trottoirs lopen? Straks breek je je nek nog.'

Abby wuifde Nicole's bezwaren weg. 'Nu klink je net als je moeder.' Ze grinnikte. 'Heus, maak je geen zorgen. Ik neem de toeristische route langs Willow Way. Dat is een gravelpad. Dus geen kans op gladheid.'

'Weet je het zeker?' Nicole's ogen stonden bezorgd en Abby deed enorm haar best om haar beslissing zo nonchalant mogelijk te laten overkomen.

'Ja. Ik heb een beetje frisse lucht nodig. Zeg je vader maar dat ik over een uurtje thuis ben, als hij ernaar vraagt, goed?'

Nicole glimlachte en omhelsde haar moeder. 'Goed. Ik kan me ook wel voorstellen dat je even rust wilt hebben na deze middag…'

Abby lachte en gaf haar dochter een kus op haar wang. 'Rijd voorzichtig.'

'Wandel voorzichtig.' Met een lach verdween Nicole achter het stuur. 'Ik zie je thuis.'

Toen de auto uit het zicht was verdwenen, liet Abby in een diepe zucht alle opgekropte emotie los sinds hun ontmoeting met Jo Harter. Vooral die van de laatste twintig minuten, toen herinneringen aan andere dagen en andere tijden haar lonkten vanuit de kelders van het verleden. Ze kon nauwelijks nog aan iets anders denken.

'Abby kom binnen en fris je op... de Reynolds komen over een half uurtje.'

Ze zag de katoenen lakens weer aan de waslijn wapperen en hoorde het geritsel van de blaadjes aan de eiken die de randen van hun grondgebied afbakenden. De geur van het meer, de zon die op haar gebruinde meisjesarmen scheen... het was er allemaal, zo dichtbij dat het haast tastbaar leek.

En nu, met een solowandeling van drie kilometer en een toekomst vol eenzaamheid voor de boeg, was ze bereid terug te gaan in de tijd en het verleden opnieuw te beleven.

Negen

Dat Abby en John elkaar hadden ontmoet, hadden zij aan hun vaders te danken. Daar moest Abby aan denken toen ze naar huis begon te lopen en zich de verhalen van haar vader herinnerde. Verhalen over de glorierijke dagen toen Joe Chapman en Allen Reynolds de footballhelden waren geweest van de Wolverines, de club van de universiteit van Michigan. Haar vader was een catcher geweest en Johns vader de quarterback. Abby staarde naar de bewolkte hemel boven haar en trok haar jack strakker om zich heen.

Ik wilde dat ik je had kunnen zien spelen, pap.

In plaats daarvan had ze in een van de beroemdste kleedkamers van de schoolcompetitie honderden verhalen over winnende *touch-downs* gehoord en tal van grootse heldenverhalen. Nog lang nadat hun speeldagen voorbij waren, bleven haar vader en die van John contact houden, met kerstkaartjes en nu en dan een telefoontje tijdens het speelseizoen om even te controleren of de ander de verrichtingen van Michigan wel volgde. Het ging dan meestal om de wedstrijd tegen Ohio State University.

De Chapmans gingen in Lake Geneva in Wisconsin wonen, in een honderd jaar oud buitenhuis dat ze van Abby's grootouders hadden gekregen. Het huis stond aan de achterzijde van het meer, ver weg van het toeristische gedeelte dat elke zomer zo druk was. Het bloed kroop waar het niet gaan kon en Abby's vader trainde het footballteam van de plaatselijke middelbare school. De Chapmans gingen zo op in het football dat Abby zich zelfs nu nog herinnerde hoe ze haar vader op een koude vrijdagavond in de pauze langs de zijlijn van het veld aantrof.

'Ja, lieverd?' Haar vader was altijd geduldig geweest en vond het heerlijk dat zijn gezin zo betrokken bleef bij zijn hartstocht.

'Papa, als ik groot ben, ga ik ook football voor jou spelen, goed?'

Er was iets aan die avond, met de rood en goudgele bomen rond het stadion en de geur van vallende bladeren vaag in de wind, waardoor het beeld scherp voor Abby's geest bleef staan.

Football.

Toen ze oud genoeg was om te beseffen dat meisjes die sport niet bedreven, bedacht ze dat er dan maar één andere mogelijkheid was: ze zou met een footballspeler trouwen. Het besef was tot haar doorgedrongen toen ze een jaar of tien was, in hetzelfde jaar waarin ze John Reynolds voor het eerst ontmoette.

Om redenen die ze nooit helemaal had begrepen, ontwikkelde de kerstkaartenvriendschap met de familie Reynolds zich in het jaar dat zij tien was plotseling tot een veel intenser en persoonlijk contact, dat tussen de twee gezinnen zou blijven bestaan. In die tijd had Abby daar natuurlijk niet over nagedacht: wat haar interesseerde, was dat haar vaders vrienden op bezoek kwamen en hun kinderen meebrachten.

En hoewel ze teleurgesteld was geweest toen ze van haar moeder hoorde dat er geen meisjes van haar leeftijd bij waren, bleef er toch iets van opwinding over het idee dat ze bezoek kregen. Abby wist nog hoe ze die middag naar binnen rende toen haar moeder haar riep, haar blonde haar wapperend in de wind en haar wangen gekleurd door de vroege zomerzon op het meer.

Abby wilde niet beneden zijn op het moment dat het bezoek aankwam, en dus was ze naar haar kamer gerend, waar ze de wacht hield vanaf een bank onder haar grote raam. Misschien had haar moeder het toch mis. Misschien hadden ze toch een kind van haar leeftijd, of althans niet veel jonger of ouder. Terwijl ze zich probeerde voor te stellen hoe de volgende week zou worden, stopte er een blauwe stationwagen bij het huis. Er stapte een gezin uit.

Zelfs nu de scheiding van John zeker was en de bittere kou op haar wangen de herinnering aan de zomer ver wegduwde, kon Abby nog voelen hoe ze die middag begon te blozen toen ze John Reynolds voor het eerst zag.

Hij was groot en gespierd, met haar dat even donker was als dat van haar oude merrie in de stal. Ze herinnerde zich haar kleine-meisjeszucht, lang en diep. Maar het bleef natuurlijk een akelig jochie. Zouden zij samen wel lol kunnen hebben? Hij was ook nog veel ouder dan zij.

De werkelijkheid was verrassend anders geweest. Met niemand anders in de buurt om mee te spelen, had John die week sympathie voor haar opgevat. Ze reden samen paard over verborgen paden en bouwden zandkastelen aan de oever van het meer. Honderd meter verderop was er een openbare aanlegsteiger in het meer waar ze uren met elkaar doorbrachten, steentjes in het water gooiden en elkaar dwaze moppen vertelden. Zij leerde hem met een salto van de aanlegsteiger te duiken, en hij leerde haar footballworpen.

Abby begreep dat hij zich niet echt tot haar aangetrokken voel-de. Hij was ouder, en zij was ten slotte nog maar tien. Maar als hij zijn football vasthield, zijn vingers over het leer liet gaan, haar hand in de zijne nam en de juiste houding liet aannemen, voelde zij een overrompelende emotie en een zekerheid zoals ze die nog nooit had gekend in haar jonge leventje.

Op een dag zou zij met John Reynolds trouwen. Het was geen probleem dat hij dat nog niet besefte; ze zou ten slotte niet altijd een klein meisje blijven, en ze twijfelde er niet aan dat hij in de loop van de jaren net zo over haar zou gaan denken als zij al over hem deed.

Abby grinnikte onder het lopen bij de gedachte aan haar jeugdi-ge onnozelheid en haar plotselinge verliefdheid op John die zomer. Ze schopte een steentje weg en keek op naar de winterhemel. *Er was nooit een andere jongen voor mij, nietwaar God?*

Stilte.

Ze stond er niet teveel bij stil dat haar dagdromen geen antwoor-den aan de hemel ontlokten. *Misschien krijg ik gewoon even ruimte voor mezelf. Na al die gesprekken van vandaag kan ik dat wel gebruiken.*

Ze stak haar handen dieper in haar jaszakken en liep verder. Het had niet lang geduurd voordat John overstag was gegaan. Niet echt lang.

Vier jaar later, toen zij veertien was, kwamen John en zijn ouders weer naar Lake Geneva, en deze keer bleven ze twee weken. Hij herinnerde zich haar natuurlijk en ze vonden weer aansluiting, ook al zat hij al voor zijn eindexamen en was zij net aan de eerste klas toe. Ze kon inmiddels beter footballlen gooien en vangen dan de meeste jongens van haar leeftijd en ze stonden urenlang bij het meer over te gooien, met hun blote voeten in het zand.

'Niet slecht voor een meisje,' plaagde John haar.

Ze had haar kin nog iets verder omhoog gestoken. Oudere jongens maakten haar niet schuchter. Haar vader trainde er elk jaar zestig op school, van wie er vaak een paar bij hen thuis rondhingen om in het meer te zwemmen of te barbecueën. Ze hield haar hoofd schuin en haar hart klopte bijna in haar keel. 'En jij bent niet zo gek voor een *jochie.*'

John had hard gelachen die middag, hard genoeg om ten slotte achter haar aan te gaan voor een kietelgevecht, waarbij hij deed alsof zij aan hem kon ontsnappen. In werkelijkheid was hij toen zelf al een beroemde quarterback die aanbiedingen kreeg van een dozijn grote universiteiten, waaronder de oude universiteit van haar eigen vader, Michigan.

Wat was je eigenlijk apart toen, John... een sterspeler, en op een of andere manier vond je het toch prima om twee weken lang met een klein meisje rond te dazen.

Op een avond namen de twee gezinnen dekens mee naar het meer en maakte haar vader een kampvuur. Daarop deden ze iets wat Abby zich niet kon herinneren ooit eerder te hebben gedaan: ze zongen liederen over God. Niet de gebruikelijke onzinliedjes van rond het kampvuur, zoals de boerderij van Old MacDonald, maar mooie liederen over vrede, vreugde en liefde en een God die veel om hen allemaal gaf. Toen het zingen ophield en de volwassenen in hun eigen gesprekken opgingen, kwam John naast haar zitten en stootte haar met zijn elleboog aan.

'Heb jij een vriendje, juffie Chapman?' Hij grinnikte en Abby herinnerde zich nog hoe zijn ogen glansden door de weerschijn van de maan op het water.

Ze was er heel dankbaar voor dat het donker was, want haar wangen begonnen te gloeien door zijn vraag. Weer had ze er voordeel van dat ze jarenlang met oudere, plagerige jongens was omgegaan. Ze hield zich met gemak overeind. 'Ik heb geen vriendje nodig.' Ze tikte met haar blote voet tegen de zijne.

Hij tikte terug. 'Werkelijk?' Hij grijnsde breed en Abby wist niet precies wat ze ervan moest denken.

'Ja.' Ze hield haar hoofd iets hoger en keek hem recht in de ogen. 'Jongens kunnen heel onvolwassen doen.' Ze bestudeerde zijn blik even. 'Laat me eens raden... jij hebt elke week een ander vriendinnetje, nietwaar? Dat is bij de quarterbacks van mijn vader ook zo.'

John liet zijn hoofd achterover zakken en lachte hard voordat hij haar weer aankeek. 'Dan ben ik zeker anders.'

Abby's ogen werden groot van gespeelde verbazing. 'Wat? Heeft John Reynolds geen vriendin?'

Hij pakte zijn football – die hij de hele zomer onder handbereik hield – en gooide een paar keer losjes op. '*Dit* is mijn vriendin.'

Abby knikte speels. 'Een perfecte danspartner voor je eindexamenbal.'

Hij gaf haar weer een tik tegen haar voet en keek verontwaardigd. 'Sst, je beledigt haar.' Hij grijnsde even en werd daarna ernstiger. 'De waarheid is dat ik geen tijd heb voor meisjes. Ik wil football spelen aan de universiteit van Michigan, net als mijn en jouw vader. Ik moet elke dag trainen en beter worden, om te voorkomen dat een ander er met die buit vandoor gaat. Meisjes kunnen nog even wachten.' Hij speelde even met haar haar en de uitdrukking in zijn ogen veranderde. 'En jij doet voorzichtig hè Abby? Alleen op de middelbare school.'

Zijn opmerking leek zomaar uit de lucht te komen vallen. *Voorzichtig zijn?* De vlinders in haar buik begonnen wild te fladderen. 'Voorzichtig waarmee?' Ze dacht dat ze wel begreep wat hij bedoelde, maar toch...

Hij haalde zijn gebruinde schouders op en zijn spieren tekenden zich duidelijk af. 'Met jongens.' Hij gaf haar weer een elleboogstoot en zij had het idee dat hij iets serieus wilde zeggen zonder de stemming al te zwaar te willen maken. 'Begrijp je wat ik bedoel?'

'Jongens?' Ze tikte zijn voet weer aan en grijnsde. 'Je bedoelt van die wezens zoals jij?'

'Kom op, Abby...' Hij draaide zich om zodat hij recht tegenover haar zat. 'Je hebt de laatste tijd toch weleens in de spiegel gekeken?'

'De spiegel?' De vlinders zwermden nu fier en alles in haar wilde geloven dat John Reynolds dacht wat zij meende dat hij zou kunnen denken. *Hij vindt me mooi...*

John floot tussen zijn tanden en schudde even zijn hoofd. 'Jij wordt een schoonheid, Abby. En de jongens staan straks in de rij voor jullie deur, vooral de spelers uit je vaders team.' Zijn glimlach verdween en hij keek haar weer aan. 'Wees gewoon voorzichtig.'

Het was alsof iemand een luik naar haar hart had opengezet en alle vlinders in een keer losliet. Hun plaats werd ingenomen door een gevoel dat dieper was dan ze ooit tevoren had ervaren. Meer dan een verliefdheid, meer dan wat zij zou voelen door een zomervriendschap op het strand. Er was iets heel dieps en intiems aan dat moment – als een diepe vriendschap – dat zich in haar hart nestelde en wortelschoot.

Abby zuchtte en kwam terug in de realiteit van het gravelpad en de lichte sneeuw die inmiddels was gaan vallen.

Wortels die tot deze dag stevig verankerd waren geweest.

Wat is er met ons gebeurd, John? Hoe kon er ooit iets tussen ons komen?

Ze voelde de tranen in haar ogen branden en drukte ze weg. Als zij wilde weten hoe het was geweest tussen John en haar, moest ze het verhaal afmaken en niet hier stoppen, terwijl het beste deel nog moest komen.

John was een paar dagen later met zijn ouders naar huis gegaan en nog voor Kerstmis tekende hij een voorlopig contract als footballspeler voor Michigan – net als zijn en haar vader tientallen jaren eerder. Er gingen drie jaren voorbij waarin Johns gezin niet kwam logeren, maar krantenknipsels opstuurde. Hij was een van de meest besproken quarterbacks van het hele land en vaak onderwerp van gesprek in huize Chapman. Een keer per jaar reden haar ouders naar Ann Arbor om een wedstrijd te zien, maar Abby bleef thuis, te druk met haar schoolleven en ervan overtuigd dat John Reynolds haar vergeten was.

Toen, op een middag in september 1977, ging de telefoon.

'Hallo?' Abby was buiten adem en als zeventienjarige een van de cheerleaders van haar vaders footballteam.

'Hoi...' De stem bleef even hangen. 'Lang niet gesproken.'

Abby's hart bonkte in haar keel. Er waren maanden en jaren voorbijgegaan sinds ze elkaar voor het laatst hadden gezien, en John had gelijk gekregen – de aanbiedingen waren talrijk geweest. Maar geen van die jongens had haar ooit dat gevoel gegeven dat John bij haar had opgeroepen toen ze met hun blote voeten in het zand zaten die zomernacht. En nu twijfelde ze er geen moment aan dat de zware stem die ze aan de andere kant van de lijn hoorde, van hem was. 'John...'

Er klonk een gegrinnik dat haar hart verwarmde. 'Is dat leuke kind van zoveel zomers geleden echt groot geworden?'

Weer was ze blij dat hij haar niet kon zien blozen. 'Daar lijkt het wel op.'

'Luister, ik wil je iets vragen.' Hij plaagde haar, nam de tijd, en Abby kon het haast niet geloven. *Hij herinnert zich mij... na zijn studie, na alles wat hij sindsdien heeft meegemaakt...*

'Ik luister.' *Klink ik ouder... volwassener? Meer als...*

'Jouw ouders komen elk jaar helemaal naar Ann Arbor om mij te zien spelen...' Hij onderbrak haar gedachten en zij kon zich voorstellen hoe zijn ogen dansten, zoals ze die avond hadden gedaan toen ze hem voor het laatst had gezien aan het meer. 'Elke keer vraag ik hen waar jij bent, en weet je wat ze dan zeggen?' Hij wachtte even om het dramatische effect te vergroten. 'Ze zeggen: "O, Abby heeft het te druk met haar vriendinnen, met school." Maar kom op, Abby. Geen enkele wedstrijd... kun je niet één keer tijd vrijmaken?'

Abby voelde haar zelfvertrouwen groeien. Die herfst duurde het nog maar een paar maanden voordat ze achttien zou zijn, en met John aan de telefoon was haar wereld volkomen in orde. 'Tja, eens even kijken... als ik het me goed herinner, heb je mij nooit uitgenodigd. Niet dat ik het je kwalijk neem, hoor. Ik ben ten slotte alleen maar een *leuk kind.* Wat zou een beroemde speler uit Michigan aan moeten met een grietje als ik, hm?'

John bleef even stil en Abby kon hem bijna zien grijnzen. 'En hoe oud ben je nu eigenlijk, Abby?'

'Bijna achttien.' Ze probeerde zakelijk en volwassen te klinken, maar toen de woorden uit haar mond kwamen, kwamen ze haar erg kinderachtig voor. Hij was dus net tweeëntwintig geworden. *Hij is niet in mij geïnteresseerd. Hij speelt alleen met mij.*

'En heb ik gelijk gehad?'

Het overviel haar even. 'Waarover...' Ze maakte de zin niet af.

'Wat betreft die jongens in een rij voor je deur.'

Dat was het moment dat het allemaal net een droom was geworden. *Waarom vraagt hij dat? Dat interesseert hem toch niet echt, ofwel?*

'Er zijn er wel een paar geweest.'

'Ja, ja... en wie is de gelukkige?' Hij plaagde haar nog steeds, speelde nog steeds een spelletje en maakte het haar onmogelijk vast te stellen of hij echt interesse in haar had.

Ze giechelde hardop. 'Doe niet zo dwaas.'

'Nee, ik meen het. Ik wil het allemaal horen... vergeet niet dat ik je heb gewaarschuwd, Abby.'

'Niemand. Gewoon vrienden, dat is alles.'

'Ja, ja...' Zijn woorden klonken speels en sarcastisch. 'Ik ken jouw type. Eerst die stumpers om je vingers winden door ze het idee te geven dat ze een kans maken…'

'Kom op, zeg.' Ze lachte nu nog harder. 'Er is niemand. Ik heb geen vriend. Bovendien, moet je horen wie het zegt. Meneer de ster van de campus. Bij jou staan ze waarschijnlijk tot om het stadion in de rij.'

'Ja hoor, natúúúúrlijk.' Hij zweeg even en zijn gegrinnik verstomde. 'In werkelijkheid heb ik nog altijd verkering met dezelfde als toen ik jou voor het laatst zag.'

Abby onderdrukte haar gegiechel en zag weer voor zich hoe hij die avond zijn football had omarmd. 'Vera Varkensleer, geloof ik?'

Hij lachte. 'Helemaal. Ik en mijn football, onafscheidelijk.' Zijn stem werd serieuzer. 'Zoals ik altijd zeg, meisjes kunnen nog even wachten.'

De hoop sprong op in haar hart, maar ze corrigeerde zichzelf. *Wees reëel, Abby. Hij is te oud voor jou.* 'Je motto is dus niet veel veranderd sinds je van de middelbare school bent?'

'Niet veel, nee.'

Ze zeiden even geen van beiden iets, tot John de stilte verbrak. 'Nou, wat zeg je ervan?' Hij klonk weer vrolijk en speels. Maar het plagen was verdwenen, en Abby besefte instinctief dat hij serieus was.

'Je meent het, hè?'

Hij snoof gespeeld verontwaardigd. 'Natuurlijk meen ik het. Jij hebt me nog nooit zien spelen. En ik weet zeker dat jouw ouders dit seizoen ook weer komen, midden november.'

Midden november. Het idee sprak haar plotseling enorm aan. 'Echt?'

'Heel echt.' Zijn toon was vrolijk. *Hij ziet me waarschijnlijk als zijn kleine zusje.* 'Ik laat je de campus zien en stel je voor aan een paar echt grote mannen.'

'Jouw verdedigers?'

'Geraden.' Ze lachten samen. 'Nou, wat is je antwoord?'

De herinnering aan haar gevoel van die dag verwarmde haar zelfs nu nog. 'Goed, goed. Tegen die tijd is cheerleading wel afgelopen en als ik het niet te druk heb…'

'Ik hoor het al. Ik wil je enorme agenda natuurlijk niet in de war sturen.' Hij plaagde haar nog steeds en zij besloot serieus antwoord te geven.

'Nee, heus. Ik kom.' Ze zweeg. *Moet ik het zeggen?* Abby deed haar ogen dicht en ging verder. 'Ik wilde je altijd al eens zien spelen.'

'Ja, natuurlijk.' Johns stem werd zachter terwijl hij verder sprak. 'Dat heb ik gemerkt aan de inspanningen die jij je daarvoor hebt getroost.'

Ze giechelde even. 'Ik kijk televisie, hoor. Je hebt geweldig gespeeld, John.'

'Wat zeg je? Mevrouw is te druk om te komen, maar volgt het football in Michigan wel?'

'Alsof ik daarin iets te kiezen heb. Het is hier net een nationale feestdag als de Wolverines op televisie zijn. Mijn vader krijgt de krant uit Ann Arbor per post en kan alles dus bijhouden. Hij is zo trots op je, John.'

Hij schraapte zijn keel. 'En jij…?'

Waarom deed hij dat? Hij was toch niet meer in haar geïnteresseerd dan als een familievriendin? 'Ja, John…' Ze verstopte de woorden in een beschermend laagje sarcasme. 'Ik ben ook héél trots, hoor. Nu ben je zeker wel erg gelukkig?'

Een korte aarzeling. 'Eigenlijk wel, ja.' Hij wachtte weer, alsof hij nog iets wilde zeggen, maar besloot ten slotte het gesprek te beëindigen. 'Ik zie je dus over een paar maanden?'

'Zeker weten.' Ze fronste, een beetje in de war. 'Wilde je mijn vader spreken, ofzo?'

'Nee, alleen jou. Ik had het idee dat je nooit een wedstrijd zou komen bekijken als ik je niet zelf uitnodigde. Met dat drukke leven van jou, enzo… het leek me beter je tijdig uit te nodigen.'

De maandenlange wachttijd was haast ondraaglijk. Het hele footballseizoen op school leek saai en onbelangrijk vergeleken met het feit dat John Reynolds wilde dat ze een wedstrijd van hem kwam bekijken. Nog beter, hij wilde haar zijn campus laten zien.

Een koude windvlaag rukte Abby los uit haar herinneringen. Ze dook dieper in haar jas en zette er wat steviger de pas in. John was toen een echte ster geweest, een held. Iemand over wie werd gepraat. Een sportman die bekend stond om zijn talenten, knappe uiterlijk en goede instelling. Zijn naam werd genoemd in verband met een grote sportprijs, de Heisman Trophy. En daar stond zij met haar zeventien jaar, in de waan dat hij haar echt wilde zien. Uitgerekend haar.

Abby knipperde met haar ogen en het verleden verdween. Ze staarde recht voor zich uit, voelde hoe de zwaartekracht aan haar mondhoeken trok en haar een permanente frons bezorgde. Het was niet alleen maar het verstrijken van de tijd waardoor ze ouder was geworden. Het was ook haar relatie met haar man. Wanneer had ze voor het laatst om een van zijn grappen gelachen? Die zotte grappen die elk halfjaar een nieuwe lichting middelbare scholieren krom liet liggen van het lachen? Ze dwong zichzelf tot een grijns en was verdrietig omdat het zo vreemd voelde. Aan de rechterkant kwamen een boerderij en bevroren vijver in het zicht. Ze bleef even staan en probeerde zich voor te stellen hoe ze eruit had gezien op die novemberavond dat haar ouders en zij een plaats zochten in het stadion van de universiteit van Michigan.

Ze waren twee uur vroeger aangekomen en zouden John voor de wedstrijd op het veld opzoeken. Ze zag haar vader, die toen nog sterk en gezond was, met zijn arm naar hen zwaaien. 'Kom mee, ik weet precies waar hij is.'

Abby had haar lange haar over haar schouders gegooid en was haar vader achternagelopen, vastbesloten haar zenuwen in bedwang te houden. Bovendien, waar moest ze zich druk om maken? De hele kwestie was waarschijnlijk toch alleen maar een product van haar verbeelding. Maar voor het geval dat, had ze toch haar nieuwe zwarte broek aangedaan en een coltrui. Onderweg had haar moeder opgemerkt dat Abby er nooit mooier had uitgezien. Ze had geen enkele reden om zenuwachtig te zijn, maar Abby vreesde flauw te vallen van onzekerheid.

John verscheen vrijwel onmiddellijk in zijn Wolverines-shirt, zijn korte, donkere haar uit zijn gezicht gekamd. Abby's adem stokte even. Hij was razend knap, zag er veel beter uit dan op televisie of krantenfoto's. En hij was veel meer man dan de laatste keer dat zij elkaar bij haar thuis hadden gezien.

'Hallo, hoe gaat het?' Hij was adembenemend, zijn gezicht geladen met energie, en zijn ogen schoten van haar vader naar haar. 'Abby...' Zijn ogen werden groter en hij kwam dichterbij tot zijn één meter negentig op een meter voor haar stond. Abby zag de bewondering in zijn ogen, die hij zelfs niet tegenover haar ouders en jongere zus kon verbergen. 'Lieve help... jij bent groot geworden!'

Ze had verwacht dat hij haar zou plagen omdat ze die kant van John Reynolds het beste kende, maar uit zijn ogen sprak pure bewondering, zonder een spoortje humor. Onzeker hoe ze moest reageren, glimlachte ze en nam hem overdreven omhoogkijkend op. 'Maar niet zo groot als jij.' *God, zorg alstublieft dat mijn hart niet uit mijn borst springt.*

Hij grijnsde. 'Ja, ik heb ook een groeispurt gehad.'

Ze bekeek hem nog steeds toen haar vader naar voren stapte en een arm om zijn brede schouders legde. 'De perfecte maat voor een quarterback van de Wolverines. En als je het mij vraagt, jongen, heeft Michigan nog nooit een quarterback gehad zoals jij. Je bent unieke klasse.'

Abby genoot van de kans om Johns gezicht te bestuderen, zijn krachtige jukbeenderen – ze merkte dat ze het roerend met haar vaders woorden eens was, en dat had weinig met zijn footballtalent te maken.

Johns wangen werden een beetje rood. 'Dank u, meneer Chapman. Hebben jullie mijn ouders al gezien?'

'Nog niet.' Abby's vader keek hen aan en knikte naar het veld. 'We lopen even wat rond, en dan zal ik jullie de plek laten zien waar de beste wedstrijd uit de geschiedenis werd gespeeld.' Hij zwaaide naar John. 'Ga je omkleden en pak ze in straks, begrepen?'

Abby en haar zus hadden de beroemde plek – die louter door de herinnering op het veld gemarkeerd was – als kinderen gezien, tijdens uitstapjes naar Ann Arbor. Ze hadden de verhalen keer op keer gehoord maar toch liepen ze mee, evenzeer genietend van de herinneringen als hun vader.

'Hé, Abby, wacht even.' Ze draaide zich om en haar hart bonkte nog steeds.

'Ja?'

De anderen bleven ook staan en draaiden zich om, nieuwsgierig naar wat John te zeggen had. Hij draalde en aarzelde een beetje, keek van Abby's vader naar haar en weer terug. 'Eh... kunnen Abby en ik even een beetje bijpraten? Ze komt op de tribune weer bij jullie, goed?'

Abby's hele wereld begon vervaarlijk te tollen en over te hellen. *Hij wil met mij praten?* Was het dan toch geen grap? Was het meer dan zijn manier om aardig te doen tegen een vriendin van de familie? Plotseling leek het allemaal veel serieuzer en Abby kon haar opwinding nauwelijks bedwingen. Na een korte stilte pakte Abby's moeder haar vaders hand en antwoordde voor hem. 'Prima, John. Gaan jullie maar even lekker bijpraten.'

Toen haar familie uit het zicht was verdwenen, richtte John zich weer tot haar. 'Bedankt dat je bent gekomen.' Zij stem was vriendelijk en zacht en hoewel zijn ogen schitterden in de winterse morgenzon, was er geen spoor van plagerij of humor in te bespeuren.

Abby trok haar sjaal recht en grijnsde. 'Dat had ik toch gezegd?'

John haalde zijn schouders op en keek haar nog steeds strak aan. 'Ik was bang dat je zou denken dat ik een grapje maakte.'

Wat bedoelt hij? Waar gaat dit heen? Abby slikte en hield haar hoofd schuin. 'Je maakte geen grapje?'

'Nee.' Hij aarzelde en liet zijn duim zacht langs haar wang glijden. 'Jij bent zo mooi, Abby. Weet je dat wel?'

Hoe praatziek ze ook was, op dit moment was Abby volstrekt sprakeloos. Daar stond ze; ze zoog zijn nabijheid in en probeerde zichzelf ervan te overtuigen dat ze niet droomde. Toen ze niets zei, ging hij verder. 'Ga je vanavond met me mee, na de wedstrijd? We kunnen pizza gaan eten of gewoon over de campus wandelen.'

Uitgaan met hem? Het was weer een schok die haar bijna liet omtuimelen. Ze was plotseling verlegen in zijn nabijheid. 'Leuk, als mijn ouders het goed vinden.'

Hij glimlachte en keek over zijn schouder. 'Ik moet me gaan voorbereiden. Ik zie je bij mijn ouders thuis, na de wedstrijd, goed?'

'Prima.'

Zonder enige aarzeling omhelsde hij haar zoals oude vrienden elkaar bij een reünie omhelzen. 'Fijn je weer te zien, Abby Chapman.' Hij liet haar los en lachte. 'Echt.'

Een seconde later was hij verdwenen, met haar hart.

Ze lachte hardop nu, en herinnerde zich die onschuldige, zorgeloze dagen toen ze zeventien was en smoorverliefd op John Reynolds. Ze was er zeker van geweest dat niets ooit de gevoelens zou kunnen veranderen voor de jongeman die op die zaterdagmorgen voor haar stond, al zou de wereld ophouden met draaien.

Abby's glimlach smolt weg toen ze honderd meter verderop hun huis zag. Het was leuker om de paden van de herinnering af te lopen dan deze echte weg naar huis te gaan. Ze vocht tegen haar tranen, duwde haar handen dieper in haar zakken en stelde zich de koele ontvangst voor die ze binnen enkele minuten zou ervaren. Er kwam een beeld voor haar geest. Zij en John die na twee jaar huwelijk dicht tegen elkaar op een haveloze bank zaten en een spannende film keken.

'Ik vind dit stukje vreselijk!' jammerde zij en drukte haar gezicht tegen Johns schouder. Hij onderdrukte een grijns, pakte haar handen en legde ze voor haar gezicht, zodat ze niets meer kon zien.

'Zo beter?' Ze herinnerde zich dat ze zich warm en beschermd voelde in zijn armen.

'Ja. Alleen nog één ding.' Haar stem klonk gesmoord, tussen haar handen door.

'Voor jou alles, mijn lieveling...' Hij leunde voorover en kuste haar op haar wang.

'Zeg me wanneer ik mijn ogen weer open kan doen, wil je?'

'Natuurlijk, Abby. Reken op mij.'

Wat was er met die man gebeurd die op die zaterdagmoren voor de kleedkamer van de Wolverines haar hart had gestolen? Voor het eerst in jaren en tegen beter weten in miste Abby wat zij verloren hadden, wat er ooit was geweest en wat zij hadden gedeeld.

Natuurlijk, Abby... reken op mij... op mij...

Ze was nog maar tien meter van hun voordeur af toen ze in een laag kluithoge sneeuw bleef staan en de tranen in haar ogen voelde branden. *Ik vind dit stuk vreselijk, God. Help mij er alstublieft doorheen. Ik ben doodsbang voor de eenzaamheid en de nare scènes zijn nog niet eens begonnen. Maar deze keer kan ik bij niemand schuilen, heb ik geen schouder om mijn gezicht tegenaan te drukken.*

En ik heb niemand die me vertelt wanneer ik mijn ogen weer kan openen.

Tien

Er ging niets boven de bevrijdende stilte van een schoollokaal, tien minuten nadat de laatste bel was gegaan.

Niet dat John Reynolds een hekel had aan lesgeven. Hij behoorde juist tot de weinige leraren die het elke morgen heerlijk vonden op school te komen, de klassen te begroeten en te laveren tussen het onderwijzen en vermaken van de leerlingen. Zijn lokaal was het domein waar hij soeverein heerste, de plek die alleen voor het footballveld onderdeed, waar hij zich heer en meester van zijn eigen lot voelde.

Maar toch koesterde hij ook de stilte nadat alle leerlingen de school hadden verlaten. Vaak was het de eerste gelegenheid van de dag om aan de lesplannen voor de volgende week te werken of over zijn persoonlijke situatie na te denken. Dat laatste deed hij vooral op dagen als deze, waarop zijn hele bestaan buiten het klaslokaal om hem leek in te storten.

Hij zag het beeld voor zich van Abby's gezicht, eerder op die dag. Ze was ongetwijfeld op het internet geweest en had waarschijnlijk gemaild met de redacteur van wie ze bij hoog en laag beweerde dat ze er geen verhouding mee had. Maar hoe groot de afstand tussen hem en zijn vrouw ook was, John herkende schuld als die zich op het gezicht van Abby manifesteerde. Abby was beslist ergens schuldig aan. Hij sloot zijn ogen en herinnerde zich de woordenwisseling alsof ze die nog maar een paar minuten daarvoor hadden gehad.

De spanning tussen hen was toegenomen sinds Nicole's verloving en hij was vastbesloten een neutraal domein te vinden, een gemeenschappelijk terrein waar ze de komende zes maanden hun kamp konden opslaan. Hij had nog tien minuten tijd gehad voordat hij naar school moest en had zijn hoofd bij haar kantoortje om de hoek gestoken.

Onmiddellijk had ze de muis verschoven en tweemaal geklikt. 'Je liet me schrikken.' Haar toon was beschuldigend en een donkere schaduw van schuldbesef verduisterde haar gezicht.

'Het spijt me.' Hij worstelde om de juiste woorden te vinden toen hij de kleine ruimte binnenstapte en de deur achter zich dichtdeed. Waarom was het zo moeilijk om met haar te praten? Waren ze echt al zo ver heen dat ze niet eens meer een gesprek konden voeren? Hij kende het antwoord en wist met eenzelfde stelligheid dat een scheiding nog hun enige keuze was, de enige manier waarop zij beiden weer geluk konden vinden. 'Kan ik even met je praten?'

Ze zuchtte luid en had haar internetverbinding afgesloten. 'Wat is er?'

Haar houding maakte dat hij zich onmiddellijk bedacht. Als ze zelfs 's morgensvroeg niet beschaafd kon reageren, hoeveel kans was er dan dat ze bereid zou zijn tot een soort wapenstilstand? *Vergeet het maar, Abby. Wie zit er op die buien van jou te wachten?* 'Laat maar.' Hij spuwde de woorden uit en wilde alweer weglopen toen ze hem tegenhield.

'Luister, als je mij hier plotseling in mijn werk komt storen, kun je moeilijk een vreugdedans verwachten, of wel soms? Ik heb ook een leven, begrijp je?' Ze bleef in haar bureaustoel zitten maar draaide zich om hem te kunnen aankijken. John had een hekel aan de minachting in haar blik, de manier waarop ze hem en alles wat hij had willen zeggen bij voorbaat leek te kleineren.

'Waarom probeer ik het nog?' Zijn armen hingen langs zijn zij en zijn handen waren tot vuisten gebald. 'Ik kwam hier om te kijken of we misschien een afspraak konden maken, om op een of andere manier de maanden tussen nu en juli te overleven. Maar zoals altijd is jouw houding weer onmogelijk.'

Een woedende frons verscheen op haar gezicht. '*Mijn* houding?' Ze zweeg niet lang genoeg om zijn antwoord af te wachten. 'En dat terwijl jij nog steeds niet bij Charlene wegblijft, ook al heb ik het je wel tien keer gevraagd. Kom op, John. Zes maanden? Kunnen je tienerhormonen niet zolang wachten?' John grinnikte kort en schudde zijn hoofd. 'Hier hoef ik niet naar te luisteren.'

'Misschien toch wel. Ik vind briefjes en ik tel de uren. Denk je soms dat ik niet weet wanneer je thuis zou *moeten* zijn? Ik ben eenentwintig jaar met je getrouwd en ik ben niet volkomen achterlijk. Jij vertrekt heel vroeg om bij haar te zijn, of je blijft speciaal na. En dat doe je zelfs nu nog, nadat je me beloofd hebt bij haar uit de buurt te blijven.'

'Ik weiger absoluut om hier een discussie over Charlene van te maken!' Hij verhief zijn stem en bekommerde zich er niet meer om of de kinderen hem konden horen, die boven net uit bed waren. 'Ik heb me aan mijn afspraken gehouden, Abby. Maar jij…' Hij liet zijn stem wegebben en keek haar verbijsterd aan. 'Jij bent zo haatdragend dat ik er de zin niet meer van inzie.'

Doe het niet, zoon.

Hij sloot zijn ogen en dacht aan de hemelse waarschuwingen die hij vroeger vaak hoorde… maar veel hadden ze niet geholpen. Nadat hij ze jaren had genegeerd, was hij er een expert in geworden om ze te blokkeren. Bovendien, ze kwamen tegenwoordig zo onregelmatig dat hij zich afvroeg of ze wel zo hemels waren. *Ik mag zeggen wat ik wil… ze heeft het ernaar gemaakt.*

'De zin van wat?' Abby keek hem aan alsof hij een vreemdeling was die haar huis wilde binnendringen.

'Als ik meer tijd met Charlene doorbreng, hoef ik in elk geval niet hier te zijn.'

Abby wierp hem nog een woedende blik toe en richtte zich weer op haar computerscherm. 'Ga alsjeblieft weg, John. Ik heb je niets te zeggen.'

De berusting rees in zijn borst. 'Vertel me eens iets nieuws. Is dat

niet precies waarmee dit begon? Toen jij je eigen kleine schrijvers-
leventje ontdekte en niets meer tegen mij te zeggen had?'

Ze weigerde zelfs maar in zijn richting te kijken. 'O ja, daar gaan
we. Geef de schuld maar helemaal aan mijn schrijverij. Dat ben
jij ten voeten uit, John.' Ze lachte gemaakt. 'Jij hebt mij vanaf het
begin ontmoedigd bij het schrijven, weigerde mijn werk te lezen
en liet mij opdraaien voor de opvoeding van de kinderen. En nu
verwijt je mij dat ons huwelijk door zijn hoeven zakt. Dat is groots,
echt verbluffend.'

Haar sarcasme stak hem als een peloton rode mieren. 'Waarom
kom je niet eens uit de toren van je arrogantie om naar het grotere
geheel te kijken? Ik wilde juist dat je artikelen zou schrijven, Abby.
Het is een prima uitlaatklep voor je. Maar bij jou ging dat een eigen
leven leiden, en of je het wilt zien of niet, nadat je met schrijven
begon, zakte ik op de lijst naar de vijfde of zesde plaats wat belang-
rijkheid betreft. Ergens achter de kinderen, je vader en die ...' Hij
gebaarde naar haar computer. '...bevriende redacteur van je.'

Bij het noemen van haar redacteur verstarde ze een fractie van
een seconde en weer was John er zeker van dat de duistere uitdrukking in haar ogen op schuld wees. 'Ik wist niet dat je zo veel
behoefte aan mij had, John. Ik bedoel, is het nooit in je opgekomen
dat ik misschien een beetje hulp nodig had – dat ik heel veel op
mijn bordje had? Zou je eraan bezweken zijn om eens een keer een
was te draaien of je eigen sokken op te vouwen?' Ze wierp haar
hoofd met een verbaasd gebaar achterover. 'En jij verwachtte dat
ik jou nog kwam toejuichen terwijl ik aan het eind van de dag te
moe was om mijn naam te schrijven?'

Haar woorden waren hard en bitter, en plotseling wist hij dat hij
er genoeg van had.

'Ik ga. En als ik vanavond later terug ben, merk je dat waarschijnlijk toch niet met al je drukke bezigheden...'

John had de hele scène al tientallen keren door zijn hoofd laten
gaan in de loop van de dag. Hij pakte een paperclip uit het bakje
op zijn bureau en verboog het metaal zonder erbij na te denken.

Was het echt zover gekomen? Konden ze elkaar zelfs niet meer verdragen? Als dat zo was, hoe moest hij dan in vredesnaam bij Charlene uit de buurt blijven? Vooral nu Abby's eis om dat te doen hem alleen maar meer aan haar liet denken.

Hij zette zijn ellebogen op het bureau en liet zijn hoofd hangen. Als Abby zich in hun verkeringstijd zo had gedragen, had hij haar na hun eerste avondje uit al laten vallen. Ze was arrogant, grof en gewoon regelrecht gemeen. Geen wonder dat hun lichamelijke relatie als eerste was gesneuveld. Ze had kennelijk geen enkel positief gevoel meer voor hem, al jaren niet meer.

Misschien is het mijn schuld... misschien ben ik opgehouden van haar te houden zoals zij liefgehad moet worden...

Bijna als een antwoord op zijn overpeinzingen opende Charlene de deur van het lokaal. 'Hoi, heb je een minuutje?'

Ze had haar marineblauwe sportbroek aan en een bloes die los over een strak, wit T-shirt bolde. John dwong zichzelf niet lager dan haar nek te kijken. 'Natuurlijk.' Hij ging rechtop zitten en alle gedachten aan Abby verdwenen uit zijn hoofd. 'Wat wil je bespreken?'

'Het zijn die kinderen uit vijf C.' Ze kwam het lokaal binnen en ging tegenover hem zitten, haar ellebogen op het bureau, zodat hun handen slechts centimeters van elkaar verwijderd waren. 'Wat ik ook doe, ze blijven me uitproberen. Word jij daar nooit eens moe van? Vind je niet dat die kids in de loop van de tijd erg veranderd zijn?'

'Dat klopt wel.' John keek haar aan en wist tamelijk zeker dat ze niet was gekomen om over moeilijke leerlingen te praten. Haar parfum speelde op zijn zintuigen in en plotseling was het hard werken om aan iets anders te denken dan het aangename gevoel dat ze hem gaf.

Ga ontucht uit de weg. Wat God heeft verbonden, mag een mens niet scheiden.

De Bijbeltekst voelde als een emmer koud water. John knipperde met zijn ogen en probeerde te horen wat ze zei.

'Wat moet ik doen? Jij hebt nooit problemen in jouw klas.'

Ik worstel nu... 'Ze weten dat ik ze rondjes laat rennen als ze vervelend doen.' Hij plaagde haar en genoot van het lichtpuntje dat ze in zijn zware leven van dit moment bracht.

Ze duwde zogenaamd geërgerd tegen zijn arm. 'Nee, ik meen het. Jij hebt toch altijd alle antwoorden?' Met die woorden veranderde er iets in haar stem en haar blik hechtte zich aan de zijne. 'Zijn de antwoorden wat helderder tegenwoordig, John?'

Ze had het zonder twijfel niet meer over de orde in de klas.

Hij verlangde er hevig naar om het bureau heen te lopen en haar in zijn armen te nemen. Het was niet haar schuld. Zij hield van hem, dat was duidelijk. En nu waren ze gedwongen nog zes maanden te wachten voordat er een beslissing kon vallen.

Wat God heeft verbonden...

Ik heb ons niet verdeeld, God. Dat deed Abby. Zijn stille verweer was snel en trefzeker. Bovendien, het was nu veel te laat voor Bijbelverzen. Hun beslissing om te scheiden was al genomen.

Charlene bleef roerloos zitten, wachtend op zijn antwoord, haar hoofd schuin, haar gezicht vol vragen over zijn gevoelens voor haar. John liet zijn adem zuchtend tussen zijn tanden ontsnappen. 'Ik heb je toch verteld dat Nicole in juli gaat trouwen? Voordat ze terug is van haar huwelijksreis, heb ik geen antwoorden.'

Haar gezicht stond teleurgesteld. 'Je gaat daar echt op wachten?'

John ergerde zich aan de manier waarop haar onschuldige vragen onderstreepten dat hij vastzat, tegen zijn wil gedwongen werd datgene na te laten wat hij het liefste wilde doen: opnieuw beginnen met de vrolijke, mooie vrouw die tegenover hem zat. 'Ik moet wel. Dat zijn we aan de kinderen verplicht.'

Abby zou hem op die stelling hebben aangevallen, maar Charlene deed dat niet. Ze leunde achterover in haar stoel en liet de informatie bezinken. 'En als... en als Abby alsnog alles wil oplossen?'

John grinnikte triest. 'Het enige wat Abby en ik gaan proberen op te lossen, is dat we elkaar niet wurgen.' Hij keek haar weer aan. 'De laatste tijd kunnen we geen twee zinnen wisselen zonder ruzie te krijgen.'

Charlene hield haar hoofd schuin in een aanlokkelijke pose die John altijd in het hart trof. 'Het spijt me... ik wilde dat ik je kon helpen.'

Ja, je zou me kunnen overhalen om er met jou vandoor te gaan en nooit...

Ga ontucht uit de weg, mijn zoon... ga ontucht uit de weg.

Maar ik doe niets verkeerds! De stem in zijn hart schreeuwde bijna tegen de gefluisterde waarschuwing in zijn ziel. Hij probeerde zijn gedachten op een hoger plan te houden. 'Het is nu eenmaal zo. We zullen er wel doorheen komen.'

Er bleven vragen in haar ogen. 'Wat je mij vroeg... je weet wel, dat ik je ruimte moest geven... geldt dat voor die hele periode van zes maanden?'

Ze zag er zo jong en mooi uit, zo alleen en verlangend naar iemand die voor haar zou zorgen. John balde zijn handen tot vuisten en dwong zichzelf te antwoorden. Kneep zijn vingers samen. 'Ik heb geen keus.'

Ze bleef even stil, maar John wist zeker dat ze met haar emoties worstelde. Het was duidelijk dat ze graag bij hem wilde zijn, maar eindelijk, na een volle minuut, legde ze haar handen om de zijne. 'Ik zal uit de buurt blijven.' Ze zweeg en wreef medelevend haar duim over de rug van zijn hand. 'Ik hoefde helemaal niet over vijf C te praten vandaag.' Ze liet haar blik zakken. 'Ik miste je.'

John nam haar handen stevig vast en liet zijn hoofd ook zakken, zodat hij haar weer kon aankijken. 'Ik mis jou ook. En zo nu en dan moeten we elkaar wel zien. Maar voor de rest zal het moeten wachten tot...'

Op dat moment vloog de deur van zijn klaslokaal open. Kade kwam binnen met een collegeblok en een stapel papieren. Zijn blik viel op het bureau, waar John en Charlene elkaars handen nog steeds vasthielden. 'Pap? Wat is er aan de hand?'

Charlene stond onmiddellijk op. 'Je vader bad voor mij.' Er viel een ongemakkelijke stilte. 'Ik wilde net weggaan.'

Voor haar aan het bidden? Haar woorden troffen hem als vuistslagen in zijn maag. Charlene was geen vrouw van het gebed; ze hadden het zelfs nooit over het geloof gehad. *Wat voor getuige ben ik voor haar geweest, God… wat doe ik hier?*

'Wat had *dat* te betekenen?' Kade's gezicht was nog steeds een en al verwarring. 'Sinds wanneer bidden jij en mevrouw Denton samen?'

John had plotseling een brok in zijn keel en hij worstelde om zijn stem terug te krijgen. 'Ze, eh… ze had iemand nodig om mee te praten. Ze heeft wat moeilijkheden thuis.'

'Is ze niet gescheiden?' Kade liep het lokaal verder in, zette zijn rugzak neer en ging in de stoel zitten waaruit Charlene was opgestaan. De jongen beschuldigde hem niet, was alleen nieuwsgierig en meer dan een beetje bezorgd.

'Ja, een poosje al.'

Kade schudde zijn hoofd alsof hij er geen touw aan kon vastknopen. 'Vreemd.' Hij haalde zijn collegeblok tevoorschijn en legde het op het bureau. 'Denk je dat het slim is om zo met haar te bidden, pap?' Hij keek hem recht aan. 'Misschien denkt ze er wel iets van.'

John lachte, maar het klonk hemzelf dun en gemaakt in de oren. 'Jongen, mevrouw Denton en ik zijn al heel lang bevriend. Ik denk niet dat er iemand iets van zal denken.'

Kade keek hem nog even aan. 'Goed. Maar wat zou mam ervan denken als ze binnenkwam en je zo met haar zag zitten? Het is een beetje… ik bedoel, een beetje vreemd, weet je?'

God, geef me alstublieft de juiste woorden.

Toon berouw! Bedenk van welke hoogte u gevallen bent…

'Tussen mij en mevrouw Denton is alles in orde,' onderbrak John het Bijbelvers dat in zijn hart sprak. 'Bovendien, je moeder weet dat we bevriend zijn. Maak je er alsjeblieft geen zorgen over, wil je?'

'Goed… wat je wilt.' Hij haalde zijn schouders op en John zag verbaasd hoeveel de jongen op hemzelf leek, twintig jaar eerder. Alsof de geschiedenis zich herhaalde. 'Het zag er gewoon wat vreemd uit.'

John ging verzitten en wilde van het onderwerp af. 'Dat spijt me dan. Maar ze had iemand nodig om mee te praten.' Hij tikte op het collegeblok van zijn zoon. 'Wilde je iets vragen?'

Kade sloeg het blok open en haalde een stapeltje papieren te-voorschijn. 'Ik moest een onderwerp kiezen voor een werkstuk.' Hij draaide een blad naar zijn vader toe.

John liet zijn blik erover gaan. 'Gedragingen van Adelaars? Dat is je onderwerp?'

Kade grijnsde breed. 'Ja. Je weet wel, het hele seizoen ertegen-aan gaan, de belangrijke wedstrijden winnen, tegenslagen te boven komen. Gedragingen van *Eagles*. De Marion Eagles, begrijp je?'

John lachte en hoopte dat het voor Kade minder hol klonk dan het voor hem voelde. De herinnering aan Charlene's hand in de zijne brandde nog in zijn geheugen en maakte gevoelens los die hij wanhopig probeerde te beheersen. *Ze is als een drug, God. Haal haar alstublieft uit mijn bloed.*

Toon berouw! Ga ontucht uit de weg! Bedenk van welke hoogte...

Het was telkens dezelfde boodschap. Was er niets troostenders dat Hij hem kon toefluisteren? Iets over hoe Charlene en hij sa-men konden zijn als deze ondraaglijke tijd met Abby voorbij was en Nicole en Matt als getrouwd stel op zichzelf woonden. Hij ne-geerde de waarschuwingen en concentreerde zich op de papieren van zijn zoon. 'Ik vind het leuk, Kade. Een studie over adelaars.'

Kade liet zich zelfverzekerd en vertrouwd achterover zakken en alle eerdere zorgen leken verdwenen. 'Ja, niet alleen over de Marion Eagles, pap. Ik denk niet dat ze dat accepteren. Ik ga ook echte adelaars bestuderen. Ik kan op het internet zoeken, boeken lezen en dan moet ik een grafische presentatie maken. Meneer Bender zei dat iemand vorig jaar ook een werkstuk over adelaars maakte en dat hij verbazingwekkende dingen ontdekte. Moet je bijvoorbeeld het volgende horen...'

Hij bladerde door zijn blok tot hij een ietwat verfomfaaide blad-zijde vond. 'De adelaar is de enige vogel die moeilijkheden niet uit de weg gaat. In plaats daarvan gebruikt hij de stormen van het leven om hem naar een hoger niveau te tillen.'

John knikte en probeerde geïnteresseerd te lijken. *Wacht Charlene op mij in de gang? Is ze al naar huis? Wanneer kunnen we ons gesprek afmaken?* Hij verdrong de gedachten uit zijn hoofd en concentreerde zich op zijn zoon.

'Is dat niet vet, pap? Hij gebruikt de stormen om hoger te komen. Net als een Marion Eagle.' Kade wachtte op het antwoord van zijn vader. 'Weet je nog… toen Taylor Johnson neerging met een langdurige blessure en iedereen dacht dat het team uit elkaar zou vallen? Maar dat gebeurde niet.'

John deed zijn best om het verband te zien. 'We stegen erbovenuit; bedoel je dat?'

'Precies!' Kade's ogen straalden. 'En weet je, adelaars komen ook vaak in de Bijbel voor.'

Alleen al het woord Bijbel liet Johns maag krampen. 'In de Bijbel?'

'Jazeker…' Kade bladerde weer door zijn papieren tot hij vond wat hij zocht. 'Hier heb ik het. Naar Jes. 40:31: "Wij zullen onze vleugels uitslaan als een adelaar." Zie je, pap, God zei niet dat we als kippen, kraaien of parkieten zouden zijn, maar als adelaars.'

John glimlachte om de geestdrift van zijn zoon en probeerde de beklemming te vergeten die zijn hart smoorde. 'Als Marion Eagles, ongetwijfeld.'

Kade kreeg een gespeeld nederige blik in zijn ogen. 'Ik wilde dat verband niet direct leggen, maar nu je erover begint…'

John sloeg zijn zoon speels op zijn schouder. 'Zo te horen wordt het een dijk van een werkstuk, jongen. Een winnaar, net als…'

Ze maakten de zin in stereo af: 'De Marion Eagles!'

Kade duwde speels zijn vader om. 'Dat is mijn pa, scherp als een zweep.'

'Scherp als een mes… snel als een zweep.' John wreef zijn knokkels over zijn zoons hoofd. 'Dat is mijn zoon, de domme draver.'

Kade giechelde en klonk meer als de kleine jongen die hij tien jaar daarvoor was geweest dan als de volwassen man die hij was geworden. 'Wat jij wilt.' Ze stoeiden tot ze beiden vast zaten in de wederzijdse omhelzing en lachend worstelden om vrij te komen. John liet als eerste los en zuchtte diep. 'Ben je op weg naar huis?'

'Ja, zin om mee te gaan?' Kade leunde achterover en pufte zelfs nauwelijks van hun worsteling. 'Mam heeft zelfgemaakte pizza.'

De gedachte aan Abby benam John alle eetlust en hij deed zijn best om neutraal te blijven klinken. 'Beter van niet, ik moet nog tentamens nakijken.'

Kade pakte zijn spullen weer in zijn rugzak en hing die over zijn schouder. Even bracht hij zijn gezicht op dezelfde hoogte als dat van zijn vader en het leek alsof hij iets wilde zeggen, maar het niet kon. 'Schiet op, wil je?' Zijn grijns werd wat flauwer. 'Mam vindt het prettig als we allemaal thuis zijn voor het eten.'

John knikte en was blij dat de jongen zijn gedachten niet kon lezen. 'Goed, zeg haar maar dat ik er zal zijn.'

Toen de jongen weg was, zuchtte John en realiseerde hij zich dat hij zijn adem had ingehouden vanaf het moment dat Kade zijn opmerking over het avondeten maakte. Hij had gelijk, en als ze de volgende maanden moesten overleven, moest hij zich inspannen om zo nu en dan ook thuis te zijn. Anders zouden de kinderen absoluut ontdekken dat er iets niet in de haak was.

Hij haalde de proefwerken van de zesde klas tevoorschijn en begon ze te corrigeren. *Denk niet aan Abby, Charlene of wat dan ook. Alleen maar werken. Maak het af, zodat je naar huis kunt.*

Hoewel hij de gedachten aan de vrouwen in zijn leven met succes wist te verbannen, kon hij één machtig beeld maar niet van zijn netvlies wissen: een adelaar die in zijn vlucht hoger en hoger klom, met op de achtergrond kolkende onweerswolken. Hoe heviger de storm hoe hoger de adelaar klom. Ondanks het embleem op zijn trainingsjack kon John zich niet aan de conclusie onttrekken dat hij geen adelaar was.

Hij leek er zelfs vagelijk niet op.

Elf

Zoals zo vaak tegenwoordig sliep Abby's vader en zat zij alleen in zijn kamer, niet langer afgestoten door de ziekenhuislucht in het tehuis of de manier waarop de man die zij ooit zag als de grote held van haar leven, was weggeteerd tot weinig meer dan huid en botten. Ze hield zijn hand vast, streelde die liefdevol met haar duim en vroeg zich af hoe lang het nog zou duren. De ziekte van Parkinson had geen vastomlijnd verloop en de doktoren hadden haar verteld dat hij haar dit jaar zou kunnen ontvallen, maar ook heel goed pas over vijf jaar.

Abby's ogen vielen op een houten bordje dat bij zijn voeten-einde hing: 'Ik ben slechts op doorreis... deze wereld is niet mijn thuis.'

Maar die doorreis kan wel heel pijnlijk zijn, God. Zeker als ik papa voor mijn ogen zie wegteren, of als ik John met Charlene zie.

Er waren geen innerlijke stemmen of Bijbelverzen die haar ge-ruststelden en Abby leunde zuchtend achterover in haar stoel. Ze was de hele week druk geweest, vooral met praktische taken als badkamers schoonmaken en was opvouwen. En natuurlijk met haar schrijfopdrachten. Ze had drie grote artikelen geschreven die vrijdag af moesten zijn en die ze pas in de nacht van donderdag op vrijdag, na middernacht, per e-mail kon opsturen.

Voor het eerst sinds haar wandeling door de sneeuw had ze nu weer tijd voor zichzelf. Tijd waarin ze zich geen zorgen hoefde te maken over Johns aanwezigheid, wat ze tegen elkaar moesten zeggen en hoe ze hem het best kon mijden in het huis dat ze nog steeds deelden. Ze hadden de hele week alleen maar ruzie gemaakt, over Charlene of over haar schrijverij en haar redacteur. Ze hadden geen vriendelijk woord voor elkaar over gehad en Abby realiseerde zich nu pas hoe uitputtend dat was geweest. *En dit zes maanden lang? Hoe ga ik dat overleven, God? Wat God heeft verbonden, mag een mens niet scheiden.* Abby zuchtte. De hemelse waarschuwingen waren als een kapotte grammofoonplaat. Ze waren clichématig, gemaakt en volkomen onbruikbaar in haar huidige levenssituatie. Het was duidelijk dat er niets meer tussen haar en John was. Waarom bleef God dan wijzen op Bijbelverzen over de juiste leefwijze? Zij en John gingen scheiden. Punt uit. En nu moesten ze nog een manier vinden om dat proces te overleven.

Abby deed haar ogen dicht en bedacht hoe goed het de week daarvoor had gevoeld om door haar verleden te reizen, door een tijd waarin zij en John nog meer van elkaar hielden dan zij ooit had kunnen dromen. Een tijd waarin alleen al het wakker worden 's ochtends meer opwinding en belofte inhield dan Abby kon verdragen.

Waar was het mis gegaan? Abby concentreerde zich en voor haar geestesoog verscheen het beeld van haarzelf in zwarte spijkerbroek en witte coltrui, met haar ouders op de tribune in Michigan, om John voor het eerst te zien spelen. Bij elke aftrap hield ze haar adem in, wenste vurig dat hij niet geblesseerd zou raken en was tegelijkertijd gefascineerd door de soepele bewegingen van zijn lichaam. De Wolverines behaalden die dag een verdiende overwinning, waarbij John drie touch downs voorbereidde en er zelf een scoorde.

'Showbink,' zei ze later tegen hem toen ze in de schemer over de campus wandelden. De temperatuur was flink gedaald en hij had haar zijn jack met schoolembleem geleend. Ze voelde zich een beetje als Assepoester op het bal en was bang dat het elk moment twaalf uur kon slaan en zij uit de droom zou ontwaken.

Hij had zo ontspannen naast haar gelopen dat het leek alsof ze elkaar die laatste drie jaar dagelijks hadden gezien. 'Had ik een keus dan? Jij liet het er al die jaren bij zitten en nu... eindelijk... ben je naar een wedstrijd gekomen. Sorry hoor, Abby, het was ook wel de hoogste tijd.'

Zijn grijns verwarmde haar van binnen zodat het in haar hart voelde alsof het middag was en de warme zon scheen. Twee uur lang praatten ze over zijn studie en de hare, hun doelen en dromen. 'Het zou mij niet verbazen als ik ooit trainer of coach wordt, na mijn actieve sportcarrière...'

Zijn vader was een succesvolle bankier en Abby hield haar hoofd schuin. 'Dus je gaat niet voor het grote geld, zoals je vader?'

Ze plaagde hem en het was duidelijk dat hij dat besefte. Hij glimlachte en haalde zijn schouders op. 'Er is meer in het leven. Als mijn vader het over mocht doen, zou hij waarschijnlijk ook coach zijn geworden, net als jouw vader.' John tuurde naar de zonsondergang achter de bomen en paste zijn tempo aan dat van haar aan. 'Het is moeilijk om je van dit spel los te maken.'

Abby dacht aan de grote rol die het spel altijd had gespeeld in haar jeugd. 'Ik weet het.'

Ze waren over de campus naar een bankje onder een schaduwrijke, oude eik gelopen. John bleef staan en draaide zich naar haar toe. 'Jij weet dat echt, hè, Abby? Ik bedoel, hoe belangrijk football is voor mensen als jouw vader en ik.'

Ze genoot van zijn nabijheid. *Gebeurt dit echt? Ben ik hier echt duizenden kilometers van huis en maar een paar centimeter verwijderd van John Reynolds?* Ze knikte verlegen. 'Ja, dat weet ik.'

John schudde zijn hoofd ongelovig. 'En het mooiste is nog dat je zelf ook van het spel houdt. Heel veel meisjes kan het helemaal niets schelen.'

Ze grinnikte. 'Nou ja, ik ben nog maar naar één wedstrijd komen kijken, hoor.'

Hij lachte, maar de lach stierf langzaam weg en hij keek haar strak aan. 'Ik heb heel veel aan jou gedacht, Abby...'

Iets in haar wilde het op een lopen zetten om haar hart te beschermen voordat het volkomen op hol zou slaan. Maar ze wilde het contact tussen hen niet verbreken en knikte alleen maar. Toen, terwijl de winterse wind door de bladeren om hen heen ruiste, legde John zijn handen op haar schouders, leunde voorover en raakte haar lippen met de zijne. Hij kuste haar zo teder, zo oprecht, dat zij er zeker van was dat ze een halve meter boven de grond zweefde.

Het was geen verleidende kus of een kus die om meer vroeg dan zij op dat moment kon geven – het was alleen een kus die zijn bedoelingen glashelder maakte. Zij maakte zich als eerste los, buiten adem, en keek naar zijn gezicht om de antwoorden te krijgen die ze plotseling harder nodig had dan zuurstof. 'John?'

Zijn blik bleef vast op haar gericht terwijl hij zijn duimen langs haar wimpers liet gaan. 'Ik weet dat je jong bent. Abby. Maar er is iets tussen ons. Iets dat ik altijd heb gevoeld sinds ik jou ken.' Hij aarzelde, en ondanks al zijn roem, glorie en zelfverzekerdheid als sportman, leek hij uiterst kwetsbaar. 'Voel… voel jij dat ook zo?'

Abby giechelde, sloeg haar armen om zijn nek en genoot van zijn stevige omhelzing en de volstrekt nieuwe sensatie van zijn lichaam dat het hare verwarmde. Zijn vraag bleef in de lucht hangen. Zij maakte zich los, hield haar hoofd schuin en keek hem aan met ogen waarin de innerlijke gevoelens schitterden. 'Ja, ik voel het ook. Ik dacht dat ik het alleen voelde, en dat ik te jong was voor jou.'

Hij grijnsde breed. 'Nee, jij was het nooit alleen. Maar vroeger bij jou thuis was je te klein om erover te praten; ik dacht zelfs dat ik het mij misschien alleen verbeeldde. Maar het verdween niet in de loop van de jaren. Als ik thuiskwam van een wedstrijd vroeg ik me af waar je was, wat je deed. Alsof…'

Plotseling vol vertrouwen over alles wat ze altijd voor hem had gevoeld, maakte ze zijn zin af. 'Alsof wij voor elkaar bestemd waren?'

Hij knikte en kuste haar opnieuw. Deze keer zat er vuur in zijn kus en toen hij zich losmaakte, deed hij een stap achteruit. 'Abby, ik weet niet hoe het allemaal gaat lopen en we zullen elkaar het volgende jaar waarschijnlijk maar weinig zien. Maar één ding staat voor mij vast: ik heb dit nog nooit bij iemand anders zo gevoeld.' Ze legde haar handen tegen zijn borst en keek hem weer aan. 'Ik ook niet.'

Hij trilde, en nu wist ze dat het van verlangen was geweest. Dat had ze toen niet begrepen, maar nu, met haar levenservaring, was ze er zeker van. Hoe vaak had ze niet diezelfde spanning gevoeld in de eerste jaren van hun huwelijk, hem voelen trillen als hij haar omhelsde en haar nabijheid indronk.

Ja, hij had toen diepe gevoelens voor haar gehad, die eerste avond van hen samen, en zij voor hem. Maar pas na hun huwelijk hadden ze ook werkelijk gevolg gegeven aan hun wederzijdse gevoelens.

Abby herinnerde zich hoe hij haar hand had vastgehouden toen ze die avond terugliepen naar zijn studentenhuis, hoe hij haar behandelde als het kostbaarste, meest bijzondere kleinood en haar met elke stap meer overtuigde van de oprechtheid van zijn woorden. Dit had hij nooit voor een ander gevoeld.

Abby's vader bewoog in het bed naast haar stoel en zij liet zijn hand los, onmiddellijk terug in het heden. Zonder waarschuwing gingen zijn ogen plotseling open en keek hij paniekerig de kamer in tot hij haar vond. 'Waar is John?'

De vraag sneed door de stilte en ze voelde haar hart in haar schoenen zakken. 'Hij is thuis, pap. Bij de kinderen.' Haar woorden klonken luid en geruststellend, zoals mensen tegen hoogbejaarden spreken.

'Hij hoort bij jou te zijn.' Er lag een radeloze angst op haar vaders gezicht en zijn handen trilden oncontroleerbaar.

De slaap week en zijn uitdrukking werd minder geschrokken en angstig. Een moment lang keek hij Abby intens aan en voor het eerst sprak hij uit wat hem waarschijnlijk het zwaarst op het hart lag. 'Jullie hebben problemen, hè?'

Haar eerste ingeving was tegen hem te liegen, zoals ze tegenwoordig tegen iedereen loog. Maar toen kwamen de tranen en ze begreep dat het onmogelijk zou zijn. Zij stond hem te na, deze vader en vriend met zijn ruime hart. Voor hem kon zij de moei-

123

lijkheden die haar verpletterden niet verborgen houden. Ze knikte en kneep zachtjes in zijn handen. 'Ja, pap, er zijn problemen.'

Hij leek nog verder te slinken onder de lakens en zijn ogen werden vochtig. 'Heb je… hebben jullie erover gebeden?'

Ze voelde een zachte glimlach om haar lippen spelen. Haar vader bedoelde het zo goed. *Pap, als je eens wist hoe erg het ervoor stond…* 'Dat hebben we, pap.'

Zijn gezicht was een open boek waarin al zijn emoties opgetekend werden. Verdriet en verwarring, gevolgd door frustratie en een diepe, grenzenloze pijn. 'Het is toch niet… jullie gaan toch niet…'

De tranen liepen over Abby's wangen. Was het echt zo ver gekomen? Was zij niet hetzelfde meisje dat onder de eik had gestaan met John en nauwelijks meer had kunnen nadenken toen hij haar voor het eerst kuste? Was zij niet het enige meisje van wie hij ooit had gehouden? Haar tranen gingen harder stromen en de woorden bleven in haar keel steken. Ze deed haar mond open, maar er kwam geen geluid uit.

Nu was het haar vaders beurt om te troosten. Hij hield haar handen dicht tegen zijn hart en streelde ze teder. 'O Abby, dat kan toch niet. Er moet toch een manier zijn…'

Abby schudde haar hoofd en worstelde om haar stem terug te krijgen. 'Je begrijpt het niet, pap. Er is meer aan de hand.'

Er viel een schaduw over zijn gezicht. 'Die vrouw? Die vrouw op het veld, na de wedstrijd?'

Dus zelfs haar vader kende de waarheid. John had het met Charlene aangelegd en maakte iedereen duidelijk dat hij Abby bedroog – behalve zijn kinderen, die hem blindelings vertrouwden. Ze liet haar hoofd hangen en een nieuwe golf tranen drupte op haar vaders lakens. 'Hij zegt dat ze alleen maar vrienden zijn, maar dat is gelogen, pap. Ik heb briefjes gevonden.'

Met alle kracht die hij kon verzamelen, tilde haar vader zijn arm op en veegde een traan van haar wang. 'Hebben jullie bemiddeling geprobeerd? Christelijke hulpverlening?'

Abby zuchtte zwaar en keek in het vragende gezicht van haar vader. 'We hebben alles geprobeerd. Het is meer dan een geloofskwestie, pap.'

Zijn hand viel krachteloos terug en hij keek haar verdrietig aan. 'Niets gaat buiten God om, Abby. Misschien zijn jullie dat vergeten.'

Ze keek terug. 'Misschien wel.'

Er stonden vragen in zijn ogen te lezen en hij schraapte zijn keel, waarschijnlijk om niet in huilen uit te barsten. John was ten slotte de zoon van zijn beste vriend. Het nieuws zou inslaan als een bom, ook al had hij al eerder zijn bedenkingen gehad tegen die Charlene. 'Hebben jullie... het de kinderen al verteld?'

Abby leunde achterover. 'Dat wilden we, maar op de morgen dat we het zouden vertellen, kwam Nicole met de aankondiging van haar huwelijk. We besloten het uit te stellen tot na de bruiloft.'

'Dus het is al definitief, jullie hebben het besluit genomen?'

Weer liet Abby haar hoofd hangen. 'We hebben met elkaar gepraat, met therapeuten gesproken... we hebben alles geprobeerd, pap. We zien geen andere uitweg meer.'

Het bleef stil terwijl haar vader het nieuws liet bezinken. Toen hij geen commentaar gaf, probeerde Abby de leegte tussen hen te vullen met iets dat hem zou helpen haar te begrijpen. 'Misschien is het wel beter zo.'

Voor het eerst sinds ze een klein kind was geweest, zag ze woede opflikkeren in haar vaders ogen. 'Het kan *nooit* beter zijn om te scheiden, Abby. *Nooit*. Dat is een duivelse leugen. Hoor je wat ik zeg?'

De tranen stroomden weer harder en Abby voelde haar eigen woede opkomen. Het was toch niet *haar* fout? 'Je kunt mij niet de schuld geven, pap. Ik ben niet degene die er een ander op na houdt.'

Haar vader trok zijn wenkbrauw hoog genoeg op om het haar te laten merken. 'Is dat zo? En hoe zit het dan met dat schrijfvriendje, de redacteur?'

De paniek golfde door haar lijf. *Hoe ter wereld…?* 'Wie heeft je dat verteld?'

Haar vader wachtte even. 'John. De laatste keer dat hij hier was. Ik vroeg hem hoe het met jullie tweeën ging, en hij zei dat jij meer tijd besteedde aan het mailen met je redacteur dan aan gesprekken met hem.' Hij stopte even om op adem te komen en Abby begreep dat het gesprek hem uitputte. Zijn armen en benen trilden heviger. 'Hij deed er nogal luchtig over, dus ik dacht dat het geen probleem was. Tot dit moment.'

Abby stond op, sloeg haar armen over elkaar en staarde naar het plafond. 'Pap, ik weet echt niet hoe het allemaal zo ellendig kon worden.' Ze keek hem weer aan en veegde een paar tranen weg. 'Ik heb die vriendschap met Stan gewoon nodig. Hij is soms de enige die begrijpt wat er aan de hand is in mijn leven.'

De woede van haar vader was verdwenen en had plaatsgemaakt voor een triestheid zoals Abby nog nooit bij hem had gezien. 'Het enige dat jullie nodig hebben, is vertrouwen op Christus en toewijding aan elkaar. Als jullie dat hebben… valt de rest vanzelf op zijn plek.'

Hij liet het zo eenvoudig klinken. 'Hij heeft een verhouding, pap. Hij heeft toegegeven dat hij haar kuste. Het is niet zo eenvoudig als jij denkt.' Ze liep terug naar de stoel, ging weer zitten en pakte zijn handen vast. 'Ga weer slapen. Het was niet mijn bedoeling je overstuur te maken.'

Deze keer liepen haar vader de tranen over zijn wangen, tot hij ze met een gegeneerd gebaar wegveegde. 'Die jongen hoort bij de familie, Abby. Laat hem niet los. Doe er alles voor. Alsjeblieft. Doe het voor mij, voor je kinderen. Voor God.'

Je begrijpt het niet, pap. Ze aarzelde, niet zeker wat ze moest zeggen.

'Alsjeblieft, Abby.' Hij keek zo gekweld, zo wanhopig smekend dat ze geen andere keus had dan hem te antwoorden met wat hij wilde horen.

'Goed. Ik zal beter mijn best doen. Heus, ik probeer het. Maar

nu moet je gaan rusten, voordat ze me hier definitief wegsturen.'
Ze hield zijn hand stevig vast en binnen enkele minuten sliep hij
weer, haar achterlatend met een onontwarbare kluwen vragen om
mee te worstelen.

John kwijtraken zou betekenen dat ze een deel van zichzelf
kwijtraakte, een deel van haar eigen leven, maar ook van de geschiedenis van haar vader. Haar hart deed pijn als ze naar de sla-
pende man keek. Ze had hem de waarheid verteld, het was niet
haar schuld. Zij en John hadden hun relatie laten verslonzen, en
nu ging hij met iemand anders om. Het was te laat om de schade
ongedaan te maken, het proces van afbraak was te ver heen om de
brokstukken nog te kunnen lijmen.

Haar gedachten gingen weer terug naar hun eerste kus en de
manier waarop John haar het gevoel gaf dat zij het belangrijkste
meisje ter wereld was. Hij beloofde te zullen schrijven en bellen
en hield verrassend goed woord gedurende het jaar daarop. Ze zou
nooit vergeten hoe haar vriendinnen hadden gekeken toen zij met
hem binnenkwam bij het schoolbal dat in de lente plaatsvond, een
paar weken voor haar eindexamen. Daar was hij, student van de
universiteit van Michigan en nationaal bekende quarterback, dan-
send met haar, voor de ogen van al haar klasgenoten.

Zij droeg een blauwe jurk van zijde en hij stelde alle andere jongens in de schaduw in zijn zwarte kostuum met lichtblauw gilet.
'Ze staren allemaal naar jou,' fluisterde ze tijdens een van de lang-
zame dansen. Abby vond het heerlijk zoals hij haar dicht tegen zich
aan hield, zonder haar op te sluiten: innig genoeg om de wereld te
laten zien dat zij zijn vriendin was, maar tegelijkertijd met respect
voor haar zuiverheid.

'Ze kijken niet naar mij, ze kijken naar jou. Ik heb nog nooit een
mooier meisje gezien dan jij deze avond.'

Hij was haar het hele jaar volkomen toegewijd en in de herfst
daarop schreef ze zich in als studente aan de universiteit van
Michigan. Als er een periode in haar leven was die ze nooit zou
vergeten, een tijd die zijn glans nooit zou verliezen, dan was het

haar studiejaar van 1978 op 1979. John leidde de Wolverines naar een kampioenschap en hoewel hij de Heisman nog niet kreeg, leek hij er nog wel voor in de race, met nog twee wedstrijden te gaan. Zij was bij elke wedstrijd en elke training aanwezig en nam alles wat met hem te maken had gretig in zich op.

Toen, tijdens de laatste wedstrijd van het seizoen, liet John zich terugvallen om de bal door te geven, maar hij vond geen vrijstaande spelers. Een tegenstander vond zijn zwakke plek en knalde tegen zijn knieën, waardoor hij voorover viel en met zijn hoofd tegen het kunstgras stuiterde. Hij verloor het bewustzijn en lag tien minuten roerloos op het veld terwijl de doktoren van het team aan alle kanten met hem bezig waren.

Abby herinnerde zich nog hoe wanhopig ze voor hem gebeden had op haar tribuneplaats. 'Alstublieft, God... Alstublieft...' Ze was te bang geweest om het onvoorstelbare uit te spreken, om de mogelijkheid onder ogen te zien dat hij verlamd kon zijn of zelfs zou kunnen sterven op het sportveld. *Wat is het nut?* had ze toen gedacht, *Je benen verliezen, of je leven... voor een footballwedstrijd... Alstublieft, God, laat hem opstaan...*

Eindelijk bewoog hij zijn voeten en Abby slaakte een zucht van verlichting. *Dank U, God... dank U...* Ze kon en wilde er niet bij stilstaan hoe anders alles eruit had gezien als...

John werd op een brancard naar de kleedkamers gebracht, waar Abby hem na de wedstrijd zag. Het nieuws was beter dan het had kunnen zijn, maar het was niet goed. John had een zware hersenschudding opgelopen toen hij met zijn hoofd tegen de harde ondergrond sloeg. En erger nog, hij had een knieband gescheurd – een blessure waar hij voor geopereerd zou moeten worden en die het einde kon betekenen van zijn footballcarrière.

De arts was glashelder tegen hem geweest. 'Je kunt dat been misschien weer voldoende oplappen om ermee te kunnen spelen, maar je hoofd kan nog een klap zoals je nu hebt gehad niet verdragen. Weer gaan spelen, houdt voor jou een groot risico in.'

De knie werd later die maand geopereerd en rond maart trok

John weer sprintjes en bereidde hij zich voor op de selectie voor het nationale team. 'Ik kan het aan, Abby. Mijn hoofd doet geen pijn. Echt niet.'

Ze wist dat ze niets kon zeggen of doen om zijn liefde voor de sport te temperen, een liefde die bij hem in de familie zat zolang ze zich konden herinneren. Maar uiteindelijk hoefde ze ook niets te zeggen. John kreeg nooit de snelheid en wendbaarheid terug die hij voordien had gehad en de scouts voor het nationale team schreven hem als te langzaam af. In april was duidelijk dat hij geen carrière meer zou maken in het professionele football.

Een week lang was John er kapot van. Hij bleef veel in zijn studentenflat, zag Abby nauwelijks en zei nog minder tegen haar. Maar na die week nam hij haar mee om pizza te eten en wandelden ze naar dezelfde plek waar hij haar meer dan een jaar eerder voor het eerst gekust had. 'Ik heb een plan bedacht, Abby.' Hij streelde haar wangen met zijn vingertoppen en had haar aangekeken op een manier die haar nu, bij de herinnering, nog steeds week maakte vanbinnen. 'Als ik het spel niet kan spelen, moet ik het leiden als coach.' Hij haalde diep adem. 'Ik ga nog een jaar doorleren om mijn trainersdiploma te halen. Dan kan ik overal aan het werk als coach en sportleraar, en mijn droom blijven volgen.'

Terwijl de maan aan de hemel klom, stak hij een fonkelende diamanten ring naar voren. 'Trouw met me, Abby. Deze zomer. Dan kunnen we volgend jaar gewoon samen leven en hoeven we nooit meer gescheiden te zijn.'

Abby keek naar de ring die ze nog steeds om haar vinger droeg, maar die in de loop van de jaren doffer was geworden. Ze was op dat moment verbijsterd geweest en was geschrokken omdat hij haar zo snel had gevraagd... Maar ze was ook nog nooit ergens zekerder van geweest.

Ze deed haar ogen dicht en voelde weer hoe het was om zich in de armen van John Reynolds te verliezen en zonder een spoor van twijfel te weten dat het de plaats was waar zij thuishoorde, het leven waarvoor zij geschapen was.

'Ja! Ik trouw met je!'

Ze zei het bijna weer hardop, zoals ze het die avond had gedaan. John had haar van de grond getild en rondgezwierd, waarna hij haar voorzichtig op de houten bank liet landen. Hij kwam naast haar zitten, nam haar gezicht tussen zijn handen en keek haar aan zoals niemand voor of na hem haar ooit had aangekeken. 'Ik beloof je, Abby, dat ik je nooit in de steek zal laten. We zullen misschien moeilijke en verdrietige tijden meemaken, maar ik sta altijd aan jouw zijde. Er zal nooit een ander voor mij zijn dan jij, Abby Chapman.'

Ja, ja... op Charlene na... Abby hield het cynische commentaar even in haar hoofd vast. *Doe dit jezelf niet aan, Abby.* Ze luisterde naar haar eigen waarschuwing en zette de gedachte van zich af. Ongeacht waar ze uiteindelijk waren terechtgekomen, op dat moment waren zij en John een prachtig stel geweest. Hun ouders waren verrast en blij geweest met hun aankondiging en in juli van dat jaar waren zij in aanwezigheid van een paar honderd gasten getrouwd in een kerk dicht bij de campus. De plaatselijke krant drukte een foto van hen af op de voorpagina van het regionale katern: 'Droom komt uit – jeugdvrienden in huwelijksbootje gestapt'.

In haar ergste nachtmerries had Abby zich nooit kunnen voorstellen dat het niet zou lukken tussen haar en John Reynolds. Ze waren het eerste jaar voortdurend samen, zacht tegen elkaar fluisterend als ze tussen de mensen liepen, of rustig hand in hand wandelend over de campus. Als anderen naar hen keken, was het met dat jaloerse verlangen, de zekerheid dat *zij*, ook al werden ze honderd jaar, nooit die bijzondere band zouden ervaren die er tussen Abby en John Reynolds bestond.

Zes weken na hun huwelijksreis hoorden ze tot hun grote vreugde dat Abby in verwachting was en terwijl zij als freelancer artikelen schreef voor de universiteitskrant, wist John voor de herfst daarop een baan als leerkracht en coach te bemachtigen. Nicole Michelle werd op 16 april 1980 geboren en die zomer nam

John een betrekking aan als leraar op de Southridge middelbare school bij Marion in Illinois. Beide families waren blij voor hen en Johns vader schonk hen genoeg geld om een klein huis in de buurt van de school te kunnen kopen.

Waar ging het mis in dit sprookje, God?

Er verscheen een beeld voor Abby's geestesoog dat zich in haar bewustzijn nestelde: John die, niet lang nadat ze naar Illinois waren verhuisd, tijdens een training hun drie maanden oude dochter Nicole in zijn armen hield. Abby herinnerde zich dat ze de scène zag en bewust in haar geheugen opsloeg voor later tijden, zich zelfs toen bewust hoe snel alles ging en beseffend dat hun dochter groot zou zijn voordat ze het in de gaten hadden.

John was in alle opzichten een geweldige vader geweest. Toen Nicole vijf was en op haar fiets tegen een auto reed terwijl zij boodschappen deed, had John haar snel in zijn armen genomen en naar het ziekenhuis gebracht. Ze was er met een gebroken been en een paar hechtingen op haar voorhoofd vanaf gekomen, maar John had haar handje niet losgelaten totdat Abby en Kade een uur later in het hospitaal arriveerden.

Zelfs tijdens de donkerste uren van hun leven als ouders, de wanhopige uren van onvoorstelbaar verdriet, was hij een rots in de branding geweest, een lichtend voorbeeld van liefde en kracht voor hen allemaal.

Ze dacht dat haar tranen al lang geleden waren opgedroogd, maar nu ze weer aan de woorden van haar vader dacht, welden ze opnieuw op. *Die jongen hoort bij de familie, Abby. Laat hem niet los… laat hem niet los… laat hem niet los.*

Abby wenste met heel haar hart dat er een manier zou zijn om haar vaders wens te vervullen. Maar hoeveel gelukkige herinneringen ze ook had, ongeacht het feit dat John lang geleden de man van haar dromen was geweest en hij zich in alle opzichten en op alle tijden een fantastische vader had betoond, er was niets wat zij kon doen om hem nog te behouden.

Abby kuste haar vader op zijn wang en stond op om te vertrekken. Hoe zou ze John kunnen vasthouden als hij al vertrokken was?

Twintig minuten later liep ze hun huis binnen en vond Kade uitgestrekt op de bank voor de televisie, waarop de hoogtepunten uit de nationale competitie te zien waren.

'Dag lieverd, heb je een leuke dag gehad?' Abby deed haar best om vrolijk te klinken. Met de herinneringen aan een heel leven in haar geest, moest ze er wel een beetje afwezig uitzien, en misschien zelfs depressief, als ze geen bewuste inspanning leverde om anders over te komen.

Kade ging rechtop zitten en keek haar verwonderd aan. 'Kom je even bij me zitten, mam?'

Ze hoorde een bezorgde ondertoon in Kade's stem en haar hart sloeg over. Had John iets gedaan op school? Was hij misschien met Charlene betrapt? Ze haatte dit schijnleven met een geheim dat elk moment door een ander ontdekt kon worden. *God, help me de juiste dingen te zeggen...* 'Goed, wat heb je op je lever?' Ze liet zich naast hem op de bank vallen en sloeg een vrolijke toon aan, terwijl het hart haar in de keel klopte.

'Mam, hoe komt het dat pap en jij zoiets moois hebben?'

Abby was een beetje gerustgesteld. 'Iets moois?'

Kade glimlachte en leek weer even het jonge jongetje dat hij vroeger was geweest, nieuwsgierig en gek op zijn moeder. 'Ja, je weet wel. Jullie zijn nooit jaloers, ofzo. Misschien hebben jullie daarom wel zo'n goed huwelijk.'

Abby had een brok in haar keel en ze moest vechten om er een geforceerd lachje uit te persen. 'Hoe kom je daar zo plotseling op?'

Kade leunde achterover en sloeg zijn armen over elkaar. 'Nou, zoals met mevrouw Denton. Ik kwam laatst bij pap binnen en toen hielden ze elkaars handen vast.' Er gleed een bezorgde blik over zijn gezicht. 'Niet dat er iets aan de hand was met die twee, hoor. Pap bad alleen maar voor haar, wat ik in eerste instantie wel een beetje gek vond.'

Abby voelde haar maag samentrekken en boog iets voorover. *Normaal doen, Abby. Denk er niet aan, huil niet. Blijf luisteren.* 'Ja, dat kan ik me voorstellen.'

'Maar nu ik tijd heb gehad om erover na te denken, denk ik dat dit misschien de reden is dat het zo goed gaat tussen jullie: er is geen jaloezie. Ik bedoel, zoals jullie elkaar vertrouwen, dat is heel bijzonder.' Hij schudde zijn hoofd. 'Ik vroeg pap wat jij ervan zou vinden dat hij met mevrouw Denton bad, en hij zei dat jij al wist dat zij moeilijkheden had en dat het niets bijzonders was dat hij met haar bad.'

Het gezicht van de jongen klaarde weer op en hij grijnsde. 'Hoe langer ik erover nadacht, hoe mooier ik het vond.'

Abby lachte schril, maar Kade leek het niet te merken. 'Ik wil later ook een vrouw als jij – iemand die niet direct kwaad wordt als ik een keer met een andere vrouw praat.'

Ze was haar stem weer kwijt en worstelde hem terug te krijgen. 'Dat is mooi, jongen. Ik ben blij dat het je een goed gevoel gaf.'

Ze stond op en rekte zich uit, hevig verlangend naar een plek waar ze haar gevoelens op een rijtje kon zetten, weg van de vragende blikken van haar kinderen. Sean kwam binnen, liep op haar toe en sloeg zijn armen om haar nek. 'Hoi, mama, hoe is het met opa?'

'Goed. Jullie moeten de groeten hebben.'

Sean knikte en liep door naar een grote fauteuil in de kamer. Het was nog geen twee uur in de middag, maar de zon leek al onder te gaan, alsof de hele wereld mee rouwde om wat Abby allemaal doormaakte. Haar woede jegens John kolkte net aan de oppervlakte onder het beeld dat ze in stand wilde houden. Ze moest alleen zijn om niet als een vulkaan uit te barsten in withete tranen van ergernis en woede. Haar zonen werden door de televisie in beslag genomen en zij staarde door het raam en probeerde zo gewoon mogelijk te doen. 'Is Nicole thuis?'

Kade strekte zijn benen. 'Nee, ze is weg met Matt. Ze komt na het eten pas thuis.'

Abby knikte en hield haar adem in. 'En papa?'

'Die is met Joe naar de club.'

Mooi, die zou nog een poosje wegblijven. Joe was een van de assistent-trainers en die twee konden urenlang trainen en basketbal spelen met de anderen in het clubgebouw. Abby moest zich beheersen om niet de kamer uit te rennen; langzaam liep ze de trap op naar de logeerkamer. Daar, opgerold op het bed, drukte ze haar gezicht in een kussen en liet haar woede de vrije loop.

De tranen kwamen in hete golven en met haar vuisten hamerde ze ongecontroleerd op het matras. Hij had haar beloofd afstand te houden en geen opschudding te veroorzaken! Hij zou haar zes maanden lang mijden. Maar daar zat hij dus gewoon handjes met haar vast te houden in zijn lokaal, waar iedereen hen kon vinden. Wie waren er die middag nog meer binnengekomen, behalve Kade? Abby kon nauwelijks ademhalen, maar het maakte haar niet uit. Ze drukte haar gezicht nog dieper in het kussen en liet een nieuwe tranenvloed de vrije loop. Arme Kade. Hoe zou hij zich voelen als ze de kinderen de waarheid gingen vertellen? Hij zou begrijpen dat zijn vader had gelogen over het bidden met Charlene, en over veel andere dingen.

'Goed voorbeeld, John,' fluisterde ze, overeind komend van het bed om een papieren zakdoekje te pakken. 'Geweldig.'

In haar geest draaide ze de tijd weer terug en ze zag zichzelf vrolijk neuriënd door de gang van Marion High School lopen. Ze bracht John zijn avondeten omdat hij lang door moest werken om proefwerken te corrigeren. Hun relatie stond toen ook zwaar onder druk en dit gebaar was Abby's manier om haar liefde voor John te laten blijken, zoals hun therapeut had aangeraden. Ze herinnerde zich dat ze echt met hem te doen had omdat hij zoveel tijd op het veld investeerde en daarnaast ook nog overuren moest maken door het correctiewerk. Het was acht uur, donker, en de school was verlaten. Abby bereikte het eind van de gang en deed de deur naar Johns lokaal open zonder eerst aan te kloppen.

Toen ze hen zag, was de adem in haar keel gestokt: John en

Charlene, dicht bij zijn bureau, in een innige omhelzing.

Ze lieten elkaar uiteraard onmiddellijk los en Abby, die niet wist hoe ze moest reageren, weigerde weg te rennen. In plaats daarvan hield ze haar woede in en liep de klas binnen. 'Hallo, Charlene, ik stoor toch niet?' Ze wist nog hoe betekenisvol ze naar de vrouw glimlachte, en daarna naar John.

'Eh, nee... ik nam net afscheid.'

Charlene struikelde over een paar zinnetjes met excuses en redenen waarom ze nodig weg moest.

Abby zou nooit de woede en pijn vergeten die ze voelde toen ze alleen met John in het lokaal achterbleef. Zo voelde ze zich op dit moment ook weer. Haar maag deed pijn van het intense huilen, maar zelfs liters tranen konden de woede die in haar brandde niet blussen.

Er klonk een geluid in de gang en voordat Abby zich erop kon voorbereiden ging de deur van de logeerkamer open. John kwam binnen. Ze keek op als een kind dat iets stouts deed en hij keek haar verbaasd en vragend aan. 'Abby, wat is er? De jongens zeiden dat je aan het koken was.'

Ze wilde hem slaan, door elkaar schudden, hem bewust maken van de pijn die hij haar bezorgde. Maar in plaats daarvan snoot ze haar neus en keek hem vernietigend aan. 'Kade vertelde me over je... *gebedsbijeenkomst*.' Haar woorden waren nauwelijks meer dan een sissend verwijt en het viel hem op dat haar armen letterlijk trilden van ingehouden woede.

Zijn gezicht verstrakte. 'Gebedsbijeenkomst?'

Abby snoof. 'Moeilijk om alle leugens op een rijtje te houden, nietwaar, John?'

Hij liep de kamer verder binnen en deed de deur achter zich dicht. 'Abby, ik heb geen idee waar je het over hebt. Welke gebedsbijeenkomst? En waarom huil je?'

Hij herinnerde het zich werkelijk niet. Wat moest zich allemaal tussen hem en Charlene hebben afgespeeld als Kade's ontdekking niet in zijn geheugen gegrift stond? 'Concentreer je. Het gebed met Charlene, weet je nog? Kade liep je lokaal binnen en zag je handjes vasthouden met die... die vrouw.' Elk woord was als een dolksteek, maar in plaats van lucht te geven, maakten ze haar alleen nog kwader. 'En jij zei tegen hem dat jullie aan het bidden waren? Gaat er nu ergens een belletje rinkelen?'

John zuchtte vermoeid en liet zich op het voeteneinde zakken. 'Ik wist niet wat ik hem anders moest vertellen.'

Abby balde haar vuist en sloeg uit alle macht tegen het hoofdeinde. Drie knokkels begonnen te bloeden, maar het kon haar niet schelen. Ze veegde het bloed af aan haar spijkerbroek en keek hem ziedend aan. Zijn ogen werden groot. 'Ja, ik sla tegen het bed als ik dat wil!'

Eventjes leek John wanhopig op zoek naar een verklaring. 'Zo was het niet. Ik wilde...'

'Bespaar het me alsjeblieft.'

Kade's stem klonk van onder aan de trap. 'Alles in orde, daar? Ik dacht dat ik iets hoorde vallen.'

John schraapte zijn keel en schreeuwde: 'Niets aan de hand. Je moeder liet iets vallen, dat is alles.'

Abby schudde haar hoofd en keek hem vol ongeloof aan. 'Moet het zo de volgende zes maanden verder, John? Wil je elke keer dat een van de kinderen jou met Charlene ziet een leugentje ophangen?'

Hij stond op en begon op en neer te lopen, met zijn hand over zijn nek wrijvend. 'Wat wil je dan, Abby? Wil je hun de waarheid vertellen? Dat ik probeer een volledige verhouding met Charlene af te houden en dat jij zo kwaad wordt dat je gaten in het meubilair slaat? Is dat een betere optie?'

Abby schudde haar hoofd en staarde hem aan. *Hij begrijpt gewoon niet wat hij verkeerd heeft gedaan...* 'Kijk me aan.'

John hield op met ijsberen en keek haar aan. 'Wat wil je van me, Abby? Ik wist niet dat Kade zomaar bij mij naar binnen zou lopen.'

'Ik had je gevraagd om bij haar uit de buurt te blijven. Zes maanden, John. *Zes maanden.*'

Hij zuchtte en probeerde zich niet langer te verdedigen. 'Dat probeer ik ook, Abby. Ik had haar niet uitgenodigd; ze kwam uit zichzelf. Ik heb haar verteld dat ik tijd nodig had, zei haar dat ze me ruimte moest geven tot na Nicole's trouwdag. En of je het gelooft of niet, ze begreep het. Ze zei me net dat ze alles zou doen om het mij makkelijker te maken... en toen kwam Kade binnen.' Elk woord dat hij zei, was als een aanval op haar. Hoe *waagde* Charlene het om te moeten worden weggestuurd? Wie had haar verteld dat John haar hulp zou willen hebben om de volgende zes maanden door te komen?

De schuld hing als een levensgroot zwaard boven zijn hoofd: John natuurlijk.

Hij was het die Charlene zo dicht bij hem in de buurt had toegelaten, en nu kon Abby zich het tafereel in zijn lokaal voorstellen alsof zij daar was binnengekomen in plaats van Kade. Charlene was ontroostbaar geweest bij de gedachte dat ze zes maanden lang afstand moest nemen van John. Natuurlijk had hij haar handen gepakt om haar te troosten. En wie weet wat er verder allemaal was gebeurd als Kade niet binnen was gekomen?

John wachtte, keek haar aan; hij was aan het eind van zijn Latijn, wist niet meer wat hij moest doen. 'Het spijt me, Abby.'

Abby vond het verschrikkelijk zoals ze zich voelde, met de woede die aan haar hart knaagde en haar het gevoel gaf dat ze een monster was van binnen. 'John Reynolds... ik haat je.' Ze schoot de woorden tussen haar opeengeklemde tanden door, met zoveel venijn als ze er maar in kon leggen. 'Ga weg voordat ik de trap afloop en de kinderen de waarheid vertel.'

John kneep zijn ogen half dicht. 'Ik begrijp niet wat er van jou is geworden, Abby. Wat er van ons is geworden...' Zijn uitdrukking werd zachter. 'Ik weet niet wat ik...' Hij zuchtte diep en haalde zijn schouders op. In haar hele leven had ze hem maar één keer eerder zo verdrietig zien kijken. 'Het spijt me, Abby.' Zonder nog een woord te zeggen, liep hij de kamer uit.

Terwijl hij de deur dichttrok en naar beneden liep, voelde zij pijn op plaatsen waarvan ze het bestaan niet eens had vermoed. *Kom terug, John. Kan het je niet schelen? Kun je me niet zeggen dat je haar zult vergeten, dat zij voor jou niet van belang is en dat je nog steeds van mij houdt?* Ze balde haar bloedende, pijnlijk hand weer en sloeg nu op haar kussen, en nog eens, en nog eens... tot de woede in haar wegebde en plaatsmaakte voor een oceaan van verdriet.

Help me, God... Ik weet niet meer wat ik moet doen. Maak alstublieft dat de tijd snel voorbijgaat. Ik kan niet meer met hem samenwonen in de wetenschap dat hij verliefd is op haar.

De liefde verdraagt alle dingen; de liefde volhardt in alles...

Het grootste deel van haar volwassen leven had voor Abby één ding buiten kijf gestaan: als de Bijbel het zei, geloofde zij het. Maar nu ze hier lag te snikken op een manier die haar verteerde, wekte het Bijbelvers dat in haar opkwam de gedachte dat Gods woord wellicht toch niet waar zou zijn.

Het vers bleef door haar gedachten spoken. *De liefde verdraagt alle dingen... zij volhardt... volhardt... volhardt.*

Het was een leugen; *moest* wel een leugen zijn. De liefde tussen haar en John kon dit onmogelijk verdragen. Terwijl hun dochter droomde over het begin van haar liefde en zich daarop voorbereidde, waren John en zij hun liefde aan het afbouwen en afbreken. Ofwel ze hadden elkaar nooit echt liefgehad – maar Abby wist zeker dat het wel zo was geweest – of de Bijbel zat er deze keer naast.

Want de liefde die zij ooit hadden gekend, de liefde die als een lichtbaken in de nacht was geweest temidden van de schipbreuken van huwelijken om hen heen, was absoluut en onontkoombaar voorbij.

Liefde was dus toch eindig.

Ze vouwde haar gezwollen vingers dicht tegen haar borst en liet een volgende vloedgolf aan tranen lopen. De ongeneeslijke ziekte van hun band had jaren voortgewoekerd en uiteindelijk was hun liefde een voorspelbare, pijnlijke dood gestorven. Over een paar maanden zouden ze de passende documenten hebben, het papieren graf om het te bewijzen.

Abby bleef nog lang zitten, tot ze in slaap begon te vallen terwijl dezelfde woorden en gevoelens door haar hoofd bleven spelen.

Ik haat je, John Reynolds... ik haat je... ik haat je.
Ik haat je.

Twaalf

Het was het weekeinde van de Super Bowl, de grote footballfinale, een feestdag die in huize Reynolds bijna net zo groot was als Thanksgiving. Abby en Nicole hadden echter afgesproken om in de morgen en vroege middag alsnog naar een trouwjurk te gaan zoeken. De dag met Jo Harter had weinig meer opgeleverd dan veel geklets en Nicole wilde op zijn minst één jurk vinden die haar beviel.

Ze stonden in de paskamer en Abby sloot net de rits van de vijfde jurk binnen een uur toen Nicole's stemming somberder leek te worden. Sinds de opmerkingen van Kade was Abby extra alert geworden op de stemming van de kinderen. Ze was zich er pijnlijk van bewust dat ze iets over hun vader en Charlene konden opvangen, of iets zouden merken van de spanningen in huis. 'Alles in orde, lieverd?' Ze tilde Nicole's haar over de rug van de jurk en deed een stap achteruit. 'O, Nick, die is prachtig!'

Abby gebruikte dit koosnaampje voor Nicole nog maar zelden. Nicole hield haar hoofd schuin en keek haar opmerkzaam aan. 'Pap is de laatste tijd stiller dan normaal. Hij is toch wel blij met mijn huwelijk? Ik bedoel, hij mag Matt toch graag, of niet?'

Abby's hele lichaam was in staat van paraatheid. 'Ja, lieverd, natuurlijk vindt hij hem aardig.' Ze zweeg even en zocht de juiste woorden. 'Hij is erg druk op school, dat is alles.'

Nicole keek naar haar spiegelbeeld en trok hier en daar aan de jurk tot die zat zoals ze wilde. 'De mouwen zijn te kaal.'

Abby keek naar de details op de mouwen en vond ze eenvoudig maar mooi. Het was nu echter niet de tijd om met Nicole in discussie te gaan. 'Je hebt gelijk. We kijken wel of er nog een paar andere zijn.'

Nicole aarzelde en staarde Abby weer aan. 'Kade zei dat pap met mevrouw Denton heeft gebeden.' Nicole's gekwetste blik gaf Abby de indruk dat het haar dochter dwarszat, alsof ze een moeilijk en duister onderwerp aansneed. 'Dat hindert me, mam. Weet zij niet dat pap gelukkig getrouwd is?'

De alarmbellen rinkelden in Abby's hart en ziel, maar ze deed haar best er niets van te laten merken. *Zie je nu wat je gedaan hebt, John? Waarom kon je niet bij haar wegblijven?* Abby hield op haar beurt haar hoofd schuin en sloeg haar armen over elkaar. 'Tja… ik begrijp wat je bedoelt. Het zit mij ook niet lekker.' *Kies je woorden met zorg, Abby. Over een paar maanden weet ze de waarheid.* 'Je vader doet zijn best, dat is het enige wat ik weet.'

Nicole dacht even over die woorden na en haalde haar schouders op. 'Ja, dat denk ik ook. Maar er is iets aan die mevrouw Denton wat ik niet prettig vind. Ze flirt altijd met papa en loop om hem heen te giechelen. Dat is vervelend.'

Als John Charlene maar even snel had kunnen doorzien als Nicole. Abby lachte kort. 'Je vader kan wel op zichzelf passen.'

Nicole glimlachte en boog haar nek zodat Abby de rits kon losmaken. 'Dus alles is in orde bij jullie?'

Abby kende haar dochter goed genoeg om te begrijpen dat dit haar ware zorg was, de vrees die elk kind soms heeft maar vrijwel nooit uitspreekt. En zelfs nu, nu Nicole volwassen was en op het punt stond aan haar eigen huwelijk te beginnen, werden de kinderantennes nog uitgestoken en voelde ze angst en zorg bij de gedachte dat de relatie van haar ouders in zwaar weer zou kunnen verkeren.

'Alles in orde. Maar je geen zorgen over ons.' Abby hielp haar uit de jurk en wachtte tot Nicole haar rokje en trui weer had aangetrokken. 'Dit is jouw dag, weet je nog? We moeten een trouwjurk zien te vinden.'

Aan het eind van de dag had Nicole de perfecte jurk gevonden en Abby was dankbaar dat haar dochter in haar opwinding al haar zorgen over haar ouders en hun relatie weer vergeten leek. Toen ze weer thuis waren, trok ze zich terug in haar kamer, terwijl Abby de groenten sneed en hapjes maakte voor de wedstrijd. Zoals altijd zouden ze het huis vol hebben – een paar van Johns trainers en hun gezinnen, een paar spelers en de vrienden van de jongens. Het maakte Abby niet uit wie er kwamen, zolang zij maar haar bezigheden had. Hoe drukker ze was, hoe makkelijker ze John kon mijden.

Ze had nog hartzeer van hun aanvaring van de vorige dag en ze wilde niets liever dan de dag van de Super Bowl doorkomen zonder met hem te moeten praten of alleen te zijn met hem.

Net voor het begin van de wedstrijd rende Nicole halverwege de trap af en bleef op de overloop staan. 'Is Matt er al?' Haar stem zong van opwinding en Abby vermoedde dat ze hem haar trouwjurk wilde laten zien.

'Nog niet.' Ze zette een schaal wortels op het aanrecht en spoelde haar handen af.

'Hij zei dat hij iets later zou komen.' Kade's stem klonk uit de kamer. 'Waarom verstop je je op de trap?'

'Ta-da! Mam, kom eens! Ik heb mijn jurk aan. Snel, voordat Matt komt.'

Abby droogde haar handen af en liep naar de televisiekamer. Hoewel de jurk haar een uur eerder in de paskamer prachtig had gestaan, had Nicole nu de tijd genomen om haar haar op te steken en een paar pumps aan te doen. Het benam Abby de adem zoals ze daar elegant poseerde voor haar vader en broers. Ze bleef stokstijf staan en haar mond viel open. *God, ze lijkt precies op mij op die leeftijd. Zijn er echt tweeëntwintig jaren verstreken sinds ik mijn eigen trouwjurk liet zien in de weken voordat ik met John trouwde?*

Voordat ze iets kon zeggen, zette John het geluid van de televisie zacht en staarde met grote ogen naar hun dochter. 'Nick, wat prachtig. Je ziet er... zo volwassen uit.' Zijn blik kruiste die van Abby, haast als een vergissing, en wat zij erin zag, weerspiegelde alles wat zij zelf voelde. *Is dit vrouwkind echt van ons? Zijn de jaren voor jou even snel voorbijgevlogen als voor mij? En hoe komt het dat wij alleen maar wegen vinden om onze liefde te vernietigen, terwijl onze dochter de hare viert?*

Abby keek de andere kant op, wees de subtiele intimiteit van het moment af en richtte haar aandacht op het punt waar die hoorde. Op Nicole. 'Lieverd, die jurk is perfect.'

En dat was hij ook, als op maat voor haar gemaakt. Het lijfje sloot met wit satijn nauw om haar heen, versierd met lovertjes en fijn borduurwerk. De transparante mouwen, subtiel gedecoreerd met extra lovertjes, liepen uit in wijde manchetten, die afgezet met kant haar handen half bedekten. De gelaagd satijnen onderzijde viel elegant af tot bijna op de vloer, versierd met dezelfde transparante stof als de mouwen, terwijl de achterzijde een adembenemend mooie sleep had, afgezet met biezen, lovertjes en borduurwerk dat naar boven tot aan het lijfje doorliep en Nicole's middel extra slank aftekende.

'Ik weet nog dat ik zo'n smal middeltje had.' Abby hield haar hoofd schuin en keek naar Nicole. *In de tijd dat ik de enige was naar wie John omkeek.*

Ze keek in zijn richting en zag dat hij weer naar haar staarde. Deze keer trok ze een boos gezicht en ontmoedigde verder contact. Er viel niets te bepraten. Nostalgische blikken zouden de kwestie alleen maar nodeloos compliceren. Toen ze weer keek, richtte hij al zijn aandacht op Nicole.

'Matt is een geluksvogel.' John stond op en strekte zijn slechte been – het been dat twee decennia eerder geblesseerd was geraakt. Het was iets dat hij vaak deed en wat de meeste mensen niet zagen. Maar Abby wist hoeveel last hij nog van zijn knie had, hoe die stijf werd bij koud weer en hem vroeg op de morgen liet hinken van de pijn.

Hij nam zijn dochter in zijn armen en omhelsde haar stevig. 'Wanneer ben jij die mooie jonge vrouw geworden, Nick?'

Toen ze John en Nicole zo samen zag, werd het Abby teveel. *Als je ook maar iets om haar gaf, zou je niet met een andere vrouw handjes vast zitten houden in je klaslokaal.* Ze hield haar gedachten voor zich en ging terug naar de keuken. 'Matt kan elk moment komen, Nick.'

Ze hoorde haar dochter schrikken en haar vader een kus op de wang geven. 'Ik moet gaan. Geen woord tegen Matt, hè?' Na die woorden rende ze de trap weer op, zonder iets te hebben gemerkt van de spanning tussen haar ouders.

John was verdiept in het tweede kwart van de speeltijd toen de telefoon ging. Abby had zich al lang en breed in haar kantoor verschanst en dus greep hij de draadloze hoorn en drukte op het knopje.

'Hallo?'

Hij meende een ruisend geluid te horen, maar verder was er alleen maar stilte. 'Hallo?' Hij wilde net de verbinding verbreken toen hij haar stem hoorde.

'John? Met mij, Charlene.'

John werd door tien emoties tegelijk overspoeld. Verrassing, opwinding, schuld, woede. Hij wachtte even om niets te zeggen waar hij later spijt van zou kunnen krijgen. Zeker in een kamer vol mensen die samen met hem naar de wedstrijd keken. 'Eh... hallo.'

Ze zuchtte zwaar. 'Ik weet dat ik je niet thuis zou moeten opbellen... dat ik je helemaal niet zou moeten opbellen. Maar ik... ik voel me zo alleen, John. Ik wist niet wat ik anders moest doen.'

Er waren momenten dat het horen van Charlene's stem onuitspreekbare sensaties in zijn lijf tot gevolg had. Maar nu, te midden van zijn kinderen op een dag die altijd een echte familiedag was geweest, werd John heen en weer geslingerd tussen zijn verlangen haar te helpen en het besef dat hij het gesprek moest afbreken. 'Wij kijken natuurlijk naar de wedstrijd. En jij?'

'Je kunt niet praten. Ik wist het. Het spijt me, John. Ik zal je met rust laten.'

'Alles in orde verder?'

Kade keek hem vreemd aan op het moment dat hij de vraag

stelde, maar John maakte zich geen zorgen. Hij was bereid erover te liegen als het moest. Als Charlene op een of andere manier in moeilijkheden was, wilde hij beschikbaar zijn voor haar.

Het bleef even stil, totdat hij Charlene hoorde huilen. 'Ik voel me... alsof ik aan alle kanten klem zit, alsof er geen hoop, geen beloften en geen toekomst zijn voor ons.' Ze zweeg en Johns hart sloeg over. *Waarom doet ze dit nu, terwijl ze weet dat mijn gezin om mij heen zit?* Toen hij niet reageerde, ging ze verder. 'Ik houd van je, John. Ik was er niet zeker van tot je me vroeg bij je uit de buurt te blijven. Maar nu... nu weet ik het: ik houd van je zoals ik nog nooit van iemand heb gehouden. Het is alleen... ik kan niet voor altijd blijven wachten...'

Voorzichtig, pas op je woorden. 'Dat begrijp ik.' Wat verwachtte ze dat hij zou zeggen? Er zouden nu al vragen komen, zeker van Kade.

Charlene zuchtte. 'O, ik weet het niet... ik had je natuurlijk nooit moeten bellen. Het spijt me.'

Weer kon John geen antwoord geven. Hij kon haar uiteraard geen bloemrijke beloftes doen, ook al luisterden de kinderen maar met een half oor. 'Goed, bedankt voor je telefoontje.'

'John, wacht... ik weet dat ik niet had moeten bellen, maar doe alsjeblieft één ding. Als je denkt dat wij een kans hebben... ik bedoel na Nicole's trouwdag... zeg het me dan. Alsjeblieft. Zeg me dat je denkt dat de Rams het beste team zijn, ongeacht wat er in de wedstrijd gebeurt. Op die manier weet ik in elk geval dat je aan me denkt, dat je even graag bij mij wilt zijn als ik bij jou.'

John dacht er een moment over na.

Ga ontucht uit de weg, mijn zoon. Wat God heeft verbonden...

De hemelse stem veranderde en werd Abby's stem van niet lang geleden. *'Ik haat je, John... ik haat je.'*

'John? Hoorde je wat ik zei?'

Hij deed zijn ogen dicht en masseerde de brug van zijn neus met duim en wijsvinger. Te veel stemmen op deze footballdag. Hoe moest hij weten wat hij eigenlijk wilde? Abby's hatelijke woorden bleven door zijn hoofd spelen en het beeld van haar kolkende woede bleef in zijn hart steken. Waarom zou hij Charlene geen beloftes doen? Hij hield toch van haar, of niet? En met Abby zou het allemaal alleen maar erger worden.

John schraapte zijn keel. Charlene kende hem goed – ze wist dat de Rams zijn favoriete team waren. Wie er ook in de kamer zat, wat hij nu ging zeggen, zou niet absurd klinken uit zijn mond. Vooral niet omdat de club uit St. Louis het goed had gedaan in de voorrondes. 'Ik heb niet altijd het gevoel dat het zo is, maar op het ogenblik denk ik dat de Rams het best hebben gepresteerd dit seizoen.'

Alsjeblieft, hij had het gezegd. Het was waar. Als hij en Charlene de volgende zes maanden door zouden komen zonder tijd met elkaar door te brengen, had hij alle reden om aan te nemen dat hij een tweede kans zou krijgen, samen met Charlene Denton.

'Wat bedoel je daarmee? Dat je niet altijd het gevoel hebt dat het zo is?'

Hij klemde zijn kaken op elkaar. Waarom moest ze zo doordrammen? Hij ademde met opzet zwaar en lachte. 'Je kent me toch; ik ben al heel lang een fan van de Rams.'

Charlene aarzelde even en gaf daarna een kinderlijk gilletje van vreugde. 'John Reynolds, je hebt mij het gelukkigste meisje van Illinois gemaakt. Ik kan nu een leven lang op je wachten, omdat ik weet hoe je over me denkt.'

'Goed, maar ik ga ophangen. De wedstrijd komt nu echt op stoom.'

'Natuurlijk.' Charlene beheerste zich, maar haar vreugde klonk nog steeds door in haar stem. 'En wat ik zei over mijn discretie geldt nog steeds... ik ben hier op elk moment dat je bij me wilt zijn.'

Die laatste woorden misten hun uitwerking niet en John voelde zijn wangen gloeien. 'Prima, ik spreek je later nog.'

Hij hing op en Kade keek hem onmiddellijk aan. 'Wie was dat?'

Ook al had hij de vraag verwacht, John was er niet op voorbereid. 'Een leraar.'

Een van de coaches draaide zich naar hem toe. 'Wie?'

Geweldige vondst, Reynolds. Liegen over een leraar in een kamer vol schoolcollega's. 'Eh... Joe Jackson, de atletiektrainer. Hij wilde weten wat ik van de wedstrijd vond.'

Een andere coach mengde zich in het gesprek. 'Jackson belde je op? Ik dacht dat die in Palm Springs zat met zijn vrouw.'

Het koude zweet brak John uit en hij kreeg het gevoel dat iedereen in de kamer doorhad dat hij loog. 'Nu je het zegt, misschien was hij daar ook wel. Heeft hij niet gezegd.'

De vragen stopten terwijl iedereen geleidelijk naar de wedstrijd terugkeerde. Op dat moment besefte John hoe wanhopig hij eigenlijk was. Hij had zojuist in het bijzijn van een dozijn familieleden en vrienden zijn eeuwige trouw beloofd aan een vrouw met wie hij niet getrouwd was, en nu bonkte zijn hart haast uit zijn borstkas: het was de prijs die hij moest betalen voor zijn keuzes. *Ik ben een kerel van niets.*

Het was al rust in de wedstrijd en terwijl John met de anderen over het verloop van de finale keuvelde, begin Kade een stroom feiten over de adelaar ten beste te geven.

'Moet je horen.' De mannen richtten hun aandacht op hem en Kade schraapte zijn keel terwijl hij zijn aantekeningen doorkeek. 'Een adelaar eet vrijwel nooit iets dat al dood is.' Hij stak een vinger op. 'Maar als hij dat doet, en als hij er ziek van wordt, vliegt hij naar de hoogste rots die hij kan vinden en spreidt zich erop uit, om de zon al het vergif uit zijn lijf te laten trekken.'

De analogie was zo overduidelijk dat John zich afvroeg of Kade zijn vader van overspel verdacht. *Of is dat gewoon Uw timing, God?*

Ik ben hier voor jou, mijn zoon. Bedenk van welke hoogte je gevallen bent...

Hij bande de gedachte uit zijn hoofd en luisterde naar Kade, die nu stond en van alle aandacht genoot terwijl hij nog meer informatie gaf over 'zijn' roofvogel. John dacht nog na over de vergiftigde adelaar die in elk geval zo verstandig was om, nadat hij in moeilijkheden was geraakt, naar de rots te vliegen om zich door de zon te laten sterken. Ook hij had een Rots om naartoe te gaan, en een Zoon die hem zeker zo sterk kon maken als voorheen.

Toon berouw! Bedenk van welke hoogte je gevallen bent...

Hij knipperde de waarschuwing weg. Het probleem was dat hij dat soort hulp niet wilde hebben. Nu niet. Niet nu zijn vrouw in een feeks was veranderd en hij een innige vriendschap had gesloten met een mooie jonge vrouw voor wie hij alles was. Wat wist God van dergelijke moeilijkheden?

Er trok een vreemde pijn door zijn borst en hij verloor alle besef van de aanwezigheid van de anderen. Hij hoorde hun gesprekken over adelaars niet meer, wist niet of ze hem aanspraken of niet. *Ik krijg vast een hartaanval en ga regelrecht naar de duisternis.* Hij veegde het dunne zweetlaagje van zijn voorhoofd en probeerde te begrijpen hoe zijn leven zo compleet uit de hand kon lopen. En hoe het kwam dat de liefde van zijn leven, de vrouw naar wie hij sinds zijn kinderjaren had verlangd, niet alleen niet meer van hem hield, maar hem zelfs haatte.

Abby had de telefoon horen overgaan en nam aan dat er voor een van de kinderen werd gebeld. Ze zou hoe dan ook niet uit haar kantoor komen, die dag niet. Haar taak als hapjesmaakster had ze voltooid en nu moest ze een artikel klaarmaken voor een vrouwentijdschrift. Bij de eerste poging had ze al een goede verbinding met het internet en haar openingsscherm gaf aan dat er mail voor haar was. Ze klikte twee keer en zat midden in een lange brief van Stan.

Alles aan haar redacteur was even surrealistisch als de hele cyberwereld zelf. Stan was een gescheiden vader van twee kinderen en de eindredacteur van een van 's lands grootste tijdschriften, waar zij zeker om de maand een artikel voor schreef. Ze was haar carrière begonnen met kleine stukjes voor even kleine christelijke uitgaafjes, maar had zich in de loop van de jaren opgewerkt en schreef nu artikelen die door miljoenen werden gelezen en haar per stuk enkele duizenden dollars opleverden.

Nu en dan miste ze de kans om haar geloof te delen in haar schrijfwerk, zoals ze bij de christelijke tijdschriften had gedaan, maar anderzijds was er dezer dagen ook niet zo veel te delen, wat haar betrof. En ten slotte zou ze het extra inkomen goed kunnen gebruiken als John en zij uit elkaar gingen.

Haar ogen zochten het begin van Stans brief op:

Hoi Abby... misschien verbeeld ik het me, maar iets zei me dat dit weekeinde niet makkelijk zou zijn voor jou. John en die andere vrouw wellicht? Ik sla er maar een slag naar. Hoe dan ook, ik hoop dat ik ongelijk heb. Sterker, ook al klinkt het dwaas, ik hoop nog altijd dat jullie samen een oplossing kunnen vinden. En zo niet... nou ja, ik ken in elk geval één man die de dag zal vieren dat je eindelijk vrij bent.

Ze las de opmerkingen nog eens door. Kon iemand eraan twijfelen dat deze man in haar geïnteresseerd was? In het begin waren zijn brieven strikt zakelijk geweest, maar twee jaar voordien had hij in een briefje dat duidelijk persoonlijker was, naar haar huwelijk gevraagd.

Abby had hem teruggeschreven: 'Laten we het erop houden dat ik niet de ideale auteur zou zijn voor een artikel over de zegeningen van het huwelijk.'

De week daarop had Stan haar verrast met een boeket. Op het bijgevoegde kaartje stond: 'Voor de mooiste vrouw van Illinois... John weet niet half hoeveel geluk hij heeft.'

Het was makkelijk geweest om zelfs dat af te doen als zakelijk geflirt, het soort gedrag dat vaker in de zakenwereld voorkwam – in dit geval om Abby over te halen vooral voor dit tijdschrift te schrijven en niet voor een ander. Daarna veranderden de e-mails ook. Naast de gebruikelijke besprekingen van haar artikelen en de ontwikkeling van nieuwe ideeën verschenen er nu steeds een paar regels die dieper gingen en appelleerden aan gevoelens die al lang niet meer werden aangesproken.

De mensen met het grootste en diepste gevoelsleven worden schrijvers...

en trouwen onvermijdelijk met degenen die helemaal niets voelen.

Of een andere keer: *In de diepten van mijn ziel is een plek die alleen geraakt kan worden door het proza van een woordkunstenaar. En jij, mijn beste Abby, bent de beste woordkunstenares die ik ken.*

Het duurde niet lang voordat Abby begon uit te kijken naar zijn mail en steeds vaker haar mailbox controleerde in de hoop een bericht van hem aan te treffen. En natuurlijk kwamen die berichten ook precies op het goede moment, want tegelijkertijd begonnen de wekelijkse mailtjes van Abby's vriendinnen binnen te komen.

'Wat is er aan de hand met John en Charlene Denton?' wilde Rosemary van de afdeling public relations weten. Zij was een blonde spring-in-het-veld wier leven volkomen draaide om wat er op Marion High School gebeurde. Haar opmerking was de eerste in een lange reeks.

De volgende kwam van Betty, die op de administratie van de school werkte. 'Ik ben niet graag de brenger van slecht nieuws, maar er gaan geruchten dat Charlene Denton een oogje op je man heeft. Dat weet je toch wel, Abby?'

Op de tribune vroeg Jill, de vrouw van een van de coaches, niet lang daarna of het haar niet stoorde dat Charlene elke dag bij de trainingen rondhing. 'Als ze zich zo aan mijn man opdrong als aan John, zou ik haar hoogstpersoonlijk de wacht aanzeggen.'

De ene ouder tegen de andere op de administratie: 'Is meneer Reynolds eigenlijk nog getrouwd? Ik zie hem altijd met mevrouw Denton. Het is een knap stel, samen.'

'Naar wat ik hoor, zijn ze elke middag samen...'

De commentaren gingen maar door en troffen Abby als pijnlijke schoten hagel in haar hart. Ze moest wel blind zijn als ze de storm op niet al te grote afstand niet zag aankomen. Maar telkens wanneer ze erover begon, ontkende John ook maar iets verkeerds te doen.

'De mensen willen ons graag zien mislukken, Abby,' zei hij dan. 'Laten we ze die lol niet gunnen.'

Na een maand van geruchten over Charlene en nog meer

e-mails van Stan, stortte Abby in en luchtte haar hart bij haar redacteur. Ze herinnerde zich nog de brief die ze stuurde toen ze
hem voor het eerst een kijkje in haar ziel gunde. *Het voelt alsof John
en ik ons hele leven deze ingewikkelde quilt hebben gemaakt, met allerlei
kleuren en patronen, van stormachtige grijzen tot heldere zonnetinten. En
nu het werk eindelijk een beetje vorm zou moeten aannemen, staan we
erbij te kijken hoe alles weer losrafelt.*
*Het hele leven draait plotseling om hem, zijn werk, zijn carrière. Hij is
zo op zichzelf gefixeerd dat hij niet ziet dat ik het huishouden, de kinderen en mijn schrijfwerk moet zien te organiseren, en ook nog achter alle
anderen aan moet rennen. Ik heb het gevoel dat we van elkaar vervreemden...*
Ze had toen al Stans foto gezien en wist dat hij zeker vijf jaar
ouder was dan zij, een dikke bos grijs haar had en het gemiddelde
postuur van een redacteur. Hij was zeker niet zo aantrekkelijk als
John altijd was geweest, maar dat was misschien maar beter ook.
Misschien dat schoonheid die van binnenuit kwam langer mee-
ging.
Abby nam de rest van Stans brief door en liet haar blik langer op
de laatste regels rusten: *Ik ben er zelf doorheen gegaan, Abby... als het
al te erg wordt, aarzel dan niet om te bellen. Ik ben er altijd voor jou.*
Altijd voor jou... altijd voor jou...
Wanneer had ze die woorden eerder gehoord? Misschien een
miljoen jaar geleden van John, maar stonden ze ook niet ergens in
de Bijbel? Was dat niet een van de beloften van God, dat Hij Zijn
volk nooit zou verlaten, hen nooit in de steek zou laten?
'Ja, maar die woorden zijn voor getrouwen bedoeld,' fluisterde een
stem in de stilte van haar kantoor, waar ze zich nauwelijks bewust was van de juichkreten die aan de andere kant van het huis
opklonken. De wedstrijd was aan het laatste kwart begonnen. Ze
deed haar ogen dicht en dacht aan God, hoe heerlijk het ooit was
geweest om Hem elke morgen persoonlijk te begroeten en naar
Zijn bedoelingen te willen leven.
Ze keek weer naar de brief van Stan en haar vingers begonnen

een antwoord te tikken. *Fijn van je te horen en fijn om te weten dat er ergens nog iemand is die voldoende om me geeft om te vragen hoe het gaat...*

Haar vingers bleven over het toetsenbord dansen en legden haar hart, ziel en diepste gevoelens bloot, die ze niet meer met John kon delen. Afgezien van de kinderen deelde ze niets meer met de man van wie ze ooit had gehouden, de man met wie ze was getrouwd. Want welke leugens John haar ook op de mouw wilde spelden, de waarheid viel niet te ontkennen: hij hield er een verhouding op na.

Ja, de zaken lagen nu heel anders. John had ervoor gekozen zijn liefde aan een ander te geven; hij had er opzettelijk voor gekozen om ontrouw te zijn. Ze staarde naar het mailtje dat ze aan Stan had geschreven en drukte op 'verzenden'.

Op het moment dat het bericht verdween, trof de waarheid omtrent hun situatie haar als een mokerslag. Ongeacht wat voor leugens ze zichzelf voorhield en hoe graag ze John ook de schuld wilde geven, de waarheid was plotseling kristalhelder: John was niet de enige die ontrouw was geworden.

Dertien

Het laatste waar Abby donderdagavond zin in had, was tegenover Jo Harter zitten in de knutselwinkel en luisteren naar de zoveelste monoloog over Denny. Maar de gedachte het huis te kunnen ontvluchten en eindelijk Nicole's plakboek af te maken, was te aantrekkelijk om de zaak af te zeggen.

'Dit is mijn eerste plakboek, Abby. Ik heb plaatjes uitgeknipt en er wat over nagedacht, maar ik ben nog niet echt met Matts plakboek begonnen. Het is dus helemaal nieuw voor mij. Met andere woorden, ik sta helemaal open voor alle suggesties. Als je dus een inval hebt, dan schiet je er maar op los, Abby...'

Alsjeblieft geen vissersverhalen meer...

Jo haalde snel adem en praatte verder. De monoloog was al een uur aan de gang, terwijl Abby nauwkeurig de foto's, krantenknipsels en dansprogramma's rangschikte die bij Nicole's brugklasperiode hoorden. Ondanks de gestage stroom woorden uit Jo's richting was Abby blij een avond bij John weg te zijn. Zijn nabijheid verscheurde haar innerlijk, liet haar heen en weer slingeren tussen verachting en het verlangen naar een of ander ver verleden waarin ze nog van elkaar hielden.

Ze had net de laatste foto voor een pagina van lijm voorzien toen Jo de vraag stelde. Het was de vraag van wie iedereen wist dat hij taboe was, de vraag die familie en vrienden bijna twee decennia lang hadden gemeden.

'Matt vertelde dat je een dochtertje hebt verloren. Is dat zo?'

Zodra de woorden uitgesproken waren, voelden Abby's handen aan als lood, onbeweeglijk, terwijl haar hart een minuut lang leek te twijfelen of het nog langer zou slaan. *Matt vertelde dat je een doch-tertje hebt verloren... dochtertje hebt verloren... dochtertje hebt verloren.* De woorden weergalmden in haar hart en geest en rukten een wond open die nooit goed was geheeld.

Haley Ann.

Haar gezicht kwam Abby voor de geest tot ze niets anders meer zag dan hun dierbare tweede dochter. Hoeveel pijn hun scheiding ook veroorzaakte, die dagen waren bij verre de donkerste van haar leven met John geweest.

Haley Ann. Lieve Haley Ann.

Ze hoefde er niet over na te denken hoe oud haar kind zou zijn geweest als het was blijven leven. Ze wist het even zeker als haar eigen naam of de weg naar huis na een lange vakantie: Haley Ann zou nu negentien zijn geweest, even mooi als Nicole, en opgewon-dener dan wie ook over de trouwplannen van haar zus. Ze was natuurlijk bruidsmeisje geworden, als Nicole's beste vriendin.

Haley Ann.

De stilte was oorverdovend en Abby besefte dat Jo op een ant-woord zat te wachten. Ze drukte de tranen weg die achter haar ogen brandden en probeerde de juiste woorden te vinden zonder op te kijken: 'Ja, dat klopt. Ze was... ze was heel jong.'

Zelfs Jo had het fatsoen om geen monoloog te beginnen over jong overleden kinderen. Ze bleef een minuutje stil en toen ze iets zei, klonk haar stem veel zachter dan voordien. 'Het spijt me, Abby. Dat moet erger zijn dan wat dan ook.'

Abby knikte en geneerde zich voor haar tranen. Toen Jo naar de foto's keek, veegde ze snel haar tranen weg en voorkwam dat het vocht op het plakboek zou druppen en foto's zou beschadigen die ze niet kon vervangen.

Haley Ann. Was dat het moment waarop het met Abby's geloof heuvelaf was gegaan? Zo had het op dat moment niet geleken, toen haar band met God haar enige zekerheid was, dat ze haar dochter ooit weer in haar armen zou houden, op een plaats die Eeuwigheid heette. Maar nu ze terugkeek, vond ze dat God haar tweede dochter wel meer tijd op aarde had kunnen gunnen. Wat was de zin ervan om een engelachtig kind als Haley Ann geboren te laten worden om haar vier maanden later...

'Was ze ouder dan Nicole?'

Abby wilde haar het liefst uitschelden en smeken geen vragen meer te stellen over die ene plek in haar hart waartoe niemand toegang kreeg. Maar haar verstand vertelde haar dat Jo het goed meende. Ze verzamelde al haar kracht, negeerde de verse tranen die haar blik vertroebelden en worstelde zonder op te kijken met haar woorden. 'Ze was... ze was jonger. Achttien maanden.'

Jo kromp in elkaar op haar stoel. 'Ik begrijp dat je er waarschijnlijk niet veel over praat, Abby, maar omdat wij familie worden, hoop ik dat je het niet erg vindt dat ik ernaar vraag. Ik ken niemand die een zo jong kind heeft verloren. De meeste mensen zeggen dat het de doodsteek is voor een huwelijk. Maar jij en John... ik bedoel, kijk eens naar jullie twee. Nog altijd samen na al die jaren. Je zou echt niet zeggen dat jullie zoiets afschuwelijks hebben meegemaakt.'

In plaats van de foto's die voor haar lagen, kreeg Abby een ander beeld voor haar geest. Zij en John in de eerstehulpruimte van het ziekenhuis om afscheid te nemen van het levenloze lichaampje van de kleine Haley Ann. Wiegendood, zeiden de artsen, een complicatie die bij elke baby kon optreden. Daar stond John in zijn T-shirt en sportbroek, de tranen over zijn strakke, knappe wangen, met de baby in zijn armen alsof hij haar op een of andere manier weer tot leven zou kunnen wekken. Abby zag hem nog steeds voor zich, voelde de tranen die zijn lichaam lieten schokken, hoorde zijn stem weer. *'O God, ik hield zo van haar.'* Ze herinnerde zich hoe hij zijn armen nog steviger om het levenloze lichaam sloeg als om haar te beschermen op de manier waarop hij het niet had gekund toen ze stervend in haar wiegje lag. 'Haley Ann... mijn lieve meisje... Haley Ann...'

Het beeld van John met hun tweede dochter liet Abby maar niet los en brandde zich in haar bewustzijn tot ze het geen seconde meer kon verdragen. Ze stond op van de knutseltafel, liep snel naar achteren en verstopte zich in het eerste toilet dat ze vond. Hoe echt Haley Ann ook had bestaan, Abby had nu geen ruimte in haar leven voor gedachten aan haar.

'Waarom nam U haar weg van ons? Waarom?'

De gefluisterde vraag weerkaatste tegen de witte tegels. Er kwamen deze dag evenmin antwoorden als in de tijd dat Haley Ann was overleden. En hoewel die geheime plaats in Abby's hart Haley Ann in leven hield en haar mijlpalen en verjaardagen bijhield, stond ze zichzelf nooit toe terug te gaan naar die dag waarop ze haar kleine meisje met haar gezicht naar beneden in haar wiegje vond, roerloos en zonder te ademen.

Abby balde haar vuisten en de tranen stroomden zo hard dat het bijna pijn deed. *Waarom hier, God? In deze knutselwinkel?* Had ze geen neutraal antwoord kunnen geven op Jo Harters vraag? Zou het nog eens twintig jaar duren voordat het noemen van Haley Anns naam geen spervuur van emoties zou losmaken?

Er gingen vijf minuten voorbij, tien, tot er een zacht kloppen op de deur klonk. Abby's hartslag ruiste een keer. *God, maak alstublieft dat ik het niet hoef uit te leggen.* Ze slikte moeilijk. 'Ja?' Haar stem klonk gesmoord door al de tranen.

'Abby? Ik ben het, Jo. Alles in orde?'

Als Abby een lijst moest opstellen van vrienden die zij tot dit domein zou kunnen toelaten om haar te helpen het trauma te verwerken, zou Jo achteraan staan. Zij was een en al glazuur zonder cake eronder, ging zo op in het oppervlakkige dat ze niet begreep hoe het in het hart werkte. Maar zij zouden door het huwelijk van hun kinderen aan elkaar verbonden worden en Abby wilde niets doen om haar van zich te vervreemden. Zelfs nu niet, ook al zou ze nu het liefst door een spleet in de muur verdwijnen om plotseling in hun logeerkamer onder het dekbed weer op te duiken.

'Het is goed. Ik kom er over een minuutje uit.'

Het bleef even stil. *Maak dat ze het gelooft, alstublieft...*

'Goed. Ik werd een beetje nerveus, hier in mijn eentje. Ik wist niet of je misschien misselijk was ofzo.'

Misselijk van jouw vragen... 'Niets aan de hand, heus niet. Ik kom er zo aan.'

Toen Jo weg was bij de deur, stond Abby op en waste haar gezicht met koud water. Ze kon niet verbergen dat ze had gehuild, maar de meeste vrouwen gingen zozeer op in hun plakboeken dat ze haar behuilde gezicht niet zouden opmerken. Ze haalde diep adem en weigerde nog een minuut na te denken over Haley Ann en de tijd in haar leven dat ze John Reynolds nodig had gehad om haar dagen door te komen.

Ze keek naar haar spiegelbeeld. 'Concentreer je op het hier en nu, Abby.' Haar hart leek te verstrakken. Ze kon het. Ze kon teruggaan naar Jo Harter en alle vragen die ze nog zou afvuren, het plakboek afmaken en naar huis ontkomen. Ze kon het allemaal, zonder toe te geven aan de innerlijke drang om terug te gaan in de tijd, terug naar de geboorte van Haley Ann en hoe hun leven dat jaar was geweest.

Vergeet het, Abby. Denk aan vandaag.

Met een vastberadenheid waarvan ze zelf niet had geweten dat ze ertoe in staat was, liep ze terug naar de knutseltafel. De rest van de avond verborg Abby zich achter de ijzeren hekwerken van haar hart en weigerde haar gevoel toe te laten, terwijl Jo vragen stelde en goedbedoelde pogingen deed om haar weer over koetjes en kalfjes te laten babbelen.

Toen ze om half elf thuiskwam en iedereen in slaap aantrof, deed ze eindelijk wat ze de hele tijd al had willen doen sinds Jo Harter het onderwerp ter sprake bracht. Snel sloop ze weg om de anderen niet wakker te maken, trok een parka aan die haar zelfs tegen de gemeenste vrieskou zou beschermen, sloeg sjalen om haar nek en hoofd en maakte de verpakking af met een paar thermische handschoenen. Met een vouwstoel uit de schuur liep ze vervolgens door de sneeuw naar de kop van de aanlegsteiger, klapte de stoel uit en ging zitten om naar het bevroren meer onder het maanlicht te kijken.

Was het echt negentien jaar geleden?

De kou vond een kiertje tussen haar sjaals en ze trok ze strakker aan. Altijd als ze tijd voor zichzelf nodig had, ruimte om na te denken en zichzelf te hervinden, kwam ze hier, naar de aanlegsteiger. Lente, zomer, herfst of winter, het weer maakte niet uit.

Ze herinnerde zich de data alsof het gisteren was. Haley Ann, geboren op 24 oktober 1981, een uur na de footballwedstrijd tegen Southridge High School. Gestorven vier maanden later, op 28 februari 1982. Op avonden als deze leek het alsof Haley Ann nooit echt was overleden, alsof ze boven lag te slapen in de kamer naast die van Nicole, evenzeer deel uitmakend van hun gezin als Kade, Sean of de anderen.

Abby's lichaam paste zich aan de kou aan en ze ontspande. Tegen de achtergrond van het glinsterende meer zag ze beelden opdoemen en scènes gebeuren alsof ze voor het eerst plaatvonden. Haar zwangerschap was geweldig geweest en meer dan eens had John tegen haar gefluisterd dat dit tweede kind zeker een jongetje zou zijn.

'Om de traditie voort te zetten... begrijp je wel, Abby?'

Hij had haar natuurlijk alleen maar geplaagd en toen ze bijna was uitgeteld, maakte hij er geen grappen meer over. 'Ik weet zeker dat het een meisje is. Even dierbaar als Nicole, even perfect als jij. Wat kan ik me meer wensen dan omringd te zijn door prinsessen?'

En inderdaad, toen hij na de wedstrijd nog net op tijd in het ziekenhuis was gekomen om met haar de verloskamer in te gaan, hadden ze samen gezien dat hij gelijk had gehad. Er waren hoegenaamd geen complicaties bij de geboorte, niets dat er ook maar op zou kunnen wijzen dat dit meisje iets anders was dan een toonbeeld van gezondheid. Haar huid was vrijwel vanaf het moment van haar geboorte roze en haar gehuil kwam in korte stootjes die meer op het lachen van haar zusje leken dan op het huilen van een sterke pasgeborene.

'Ik wist het, Abby. Een meisje. Ze is perfect. Weer een dierbare prinses voor het Reynoldskasteel.'

Ze hoorde het hem nog zeggen, zag hem zijn kleine dochter vasthouden, naar haar lachen en haar welkom heten in de wereld. 'Alleen de beste prinsessen zijn zo verstandig om pas geboren te worden nadat de wedstrijd is afgelopen...' Hij zong voor haar en fluisterde nonsenswoordjes terwijl Abby uitgeput weer in slaap viel.

Toen ze de volgende morgen wakker werd, was John er. Zijn lange benen staken de ziekhuiskamer in en een hand lag op de rug van Haley Ann die in een slaapwieg naast haar lag. Abby herinnerde zich het vreugdegevoel dat zich die morgen van haar meester maakte, hoe ze zich voorstelde dat alle dagen daarna alleen maar gevuld zouden zijn met regenbogen en zonneschijn. Haar moeder was uit Wisconsin overgekomen om op Nicole te passen en later op de dag hielden ze een informele verjaardag voor de pasgeborene, met slingers, taart, ballonnen en een liedje waar Haley Ann doorheen sliep.

'Zij is *mijn* zus, hè, mama?' Nicole hield haar hoofdje heel lief schuin en bracht haar neus zo dicht bij die van Haley Ann dat ze elkaar bijna raakten.

'Helemaal van jou, Nicole.'

Abby had zich voorgesteld hoeveel plezier de meiden samen zouden hebben, hoe ze samen zouden opgroeien en een kamer en hun geheimen zouden delen, dezelfde kleding zouden dragen en dezelfde vrienden zouden hebben. Ze zouden onafscheidelijk zijn, niet zoals Abby en haar zus, die vier jaar jonger was en te veel haar eigen leven had om een goede vriendin voor Abby te zijn.

Nicole en Haley Ann.

Niet lang nadat zij met de baby thuiskwam, schilderde ze de namen van de meisjes met een sjabloon op hun lavendelkleurige muren en kocht bijpassend beddengoed. Abby deed haar ogen dicht en liet het beeld voor haar ogen opdoemen. Ze kon de witte, zwierige letters zien, de verse verf op de muren ruiken en Haley Ann horen huilen omdat ze honger had of vastgehouden wilde worden.

Het footballseizoen eindigde in december en dezelfde maand verkochten ze hun huis met twee slaapkamers en verhuisden naar het huis aan het meer – het huis waar ze sindsdien hadden gewoond. Elke dag daarna hadden ze tijd samen, ontspannen avonden waarop John languit op de bank lag, met in zijn ene arm Haley Ann en in zijn andere Nicole. Hij was een geweldige vader, lief en teder, met een aangeboren vermogen om Nicole en zelfs Haley Ann op elk willekeurig moment aan het lachen te krijgen.

Op een avond, toen de dozen waren uitgepakt en de meisjes in slaap waren gevallen, nam John Abby mee naar buiten en leidde haar naar de aanlegsteiger. Vanwege alle drukte die de verhuizing en het kleintje in huis meebrachten, had Abby de aanlegsteiger alleen nog maar vanuit de verte kunnen bewonderen. Maar die avond, in hun dikke winterjassen, nam John haar hand in de zijne en draaide haar naar zich toe.

'Hoor je het, Abby?'

Ze luisterde aandachtig in de winternacht die stil was als de maan boven het water. John bewoog zijn handen langs haar armen, trok haar tegen zich aan en omhelsde haar. 'Doe je ogen dicht,' fluisterde hij.

Toen ze het deed, hoorde ze zachte geluiden die ze eerder niet had opgemerkt. Een zacht briesje in de bomen om het meer, het stille kabbelen van het water tegen de oever. De hartslag van de man die haar omarmde. 'Ik geloof het wel.'

Hij liet haar los en keek haar recht in de ogen. Ze voelde dat hij nog meer van haar hield als daarvoor, als dat al mogelijk was. 'Dat is de muziek van ons leven, Abby.' Er speelde een glimlach om zijn lippen. Hij boog voorover en kuste haar op een manier die haar een veilig, beschermd en begeerd gevoel gaf. Begerenswaardig, ondanks de wallen onder haar ogen van de doorwaakte avonden en nachten met Haley Ann. 'Dans met mij, Abby... dans met mij.'

Hij nam haar hand en leidde haar in kleine cirkels, danste alleen met haar op de aanlegsteiger terwijl hun engelachtige prinsesjes sliepen. Ze lette niet op de delen waar het hout glad was van het ijs, want in Johns armen was ze veilig en geborgen, een ballerina die over de allergrootste dansvloer werd geleid.

De twee maanden daarna deed hij dat vaak: hij trok haar mee naar buiten om samen te dansen op de aanlegsteiger. Het was iets dat haar de dagelijkse luiers, voedingen en slapeloze nachten liet vergeten. Abby geloofde met heel haar hart dat die dagen en die gevoelens tussen haar en John nooit zouden ophouden. Het was niet alleen het dansen; het was ook hoe lief en zacht Nicole werd als ze bij Haley Ann kwam – de manier waarop ze zich een gezin voelden. Bijna onoverwinnelijk. Alsof er niets kwaads in de wereld was dat hun geluk zou kunnen aantasten.

Abby knipperde met haar ogen en probeerde de vloedgolf aan verdriet te beheersen.

Er was niets bijzonders aan die achtentwintigste februari. Niets dat er tijdens de voeding die morgen op wees dat het de laatste keer zou zijn dat Abby haar kleine meid dicht tegen zich aan hield en een gesprek met haar voerde dat alleen moeder en kind konden volgen. Toen Haley Ann genoeg had gedronken, legde ze haar op haar zij en kuste haar teder.

Twee uur later, rond de tijd dat de kleine gewoonlijk uit haar ochtendslaapje wakker werd, stond Abby bij haar bed de was op te vouwen. Plotseling kreeg ze een paniekerig gevoel, een waarschuwing die ze niet begreep. 'Nicole?' riep ze dringend door het huis, en de bijna tweejarige gaf al snel antwoord.

'Ja, mammie?' Haar stem vertelde Abby dat Nicole was waar ze hoorde te zijn: voor de televisie, om *Sesamstraat* te kijken. 'Gaan we een boterhammetje eten?'

Abby probeerde haar hartkloppingen te beheersen. 'Nee, lieverd, nog niet. Ik moet eerst Haley Ann nog uit haar bedje halen.'

Ze liet de handdoek die ze aan het opvouwen was, vallen en rende naar de babykamer. 'Haley, liefje, wakker worden. Mammie is er.'

De herinnering gaf Abby een koude rilling over haar rug. Haley Ann lag op haar buik – een houding die ze vaak aannam – maar ze reageerde niet, zelfs niet op de zangerige stem van haar moeder. Hete tranen trokken een spoor over haar wang toen ze het moment weer voor zich zag en weer de lichte stijfheid voelde van haar dochter die ze in haar armen nam. Ze zag het blauw in haar, aan haar vingers.

'Haley Ann! Word wakker!' Ze had de woorden geschreeuwd en schudde de baby net hard genoeg om van de schrik de ademhaling weer op gang te brengen. Toen ze nog niet reageerde en geen teken van leven vertoonde, greep Abby de telefoon en koos 112.

'Alstublieft, schiet op. Mijn baby ademt niet!'

Tien minuten lang had ze mond-op-mondbeademing gegeven, zonder te zien hoe Nicole in de deuropening zat toe te kijken en steeds weer het Abc-liedje uit *Sesamstraat* voor zichzelf herhaalde.

'A-B-C-D-E-F-G...'

Abby kon de angst in haar stemmetje nog horen, zag weer hoe ze aan de kant werd geduwd toen de verplegers binnenkwamen en een van hen zijn handen naar Haley Ann uitstak.

'Wij nemen het van u over, mevrouw.'

Op dat moment was ze gedwongen geweest haar jonge kind af te geven, met de wanhopige gedachte dat er misschien nog hoop was, terwijl ze heel diep van binnen al zeker wist dat haar dochter was overleden. Een politieman noteerde gegevens: hoe laat was het kind naar bed gegaan, wat had ze deze morgen gegeten, hoe lang had ze geslapen? Ten slotte vroeg hij naar de vader van het kind. 'Is er iemand die we voor u kunnen bellen, mevrouw Reynolds?'

Abby was buiten zichzelf en kon nauwelijks meer ademen. Op een of andere manier haalde ze het nummer tevoorschijn uit de afgrond van haar geheugen. Alles wat er daarna gebeurde, was één grote waas. De politie nam Nicole mee naar de buren en escorteerde daarna Abby naar het ziekenhuis, achter de ambulance aan. Toen ze aankwamen, stond John daar te wachten.

'Lieverd, wat is er? Wat is er gebeurd?' Zijn gezicht, altijd blozend en vol leven, was nu grauw en afgeleefd. De angst straalde uit zijn ogen.

Abby kon geen woord uitbrengen. Haley Ann was dood, ze was er zeker van. 'Haley Ann... ze is... ze werd niet wakker na haar slaapje... o John, bid! Alsjeblieft, bid!'

Het waren de laatste woorden die ze kon uitbrengen voordat ze tegen Johns borst instortte en hartverscheurend begon te snikken. Samen bleven ze wachten buiten de eerstehulpruimte, waar artsen medicijnen in hun kind spoten en alles deden om haar hartje weer op gang te krijgen.

Maar het was te laat. God had Haley Ann thuisgehaald en niemand kon nog iets aan dat feit veranderen. Voordat er een uur verstreken was, lieten de artsen hen alleen met hun baby om afscheid te kunnen nemen. Het was volstrekt onvoorstelbaar dat ze precies vier maanden daarvoor in hetzelfde ziekenhuis feest hadden gevierd om het nieuwe leven in hun hart en huis te verwelkomen.

John hield haar als eerste vast. Hij bewoog langzaam, als een man in drijfzand, ging naast het bed staan en tilde het lichaampje voorzichtig naar zijn borst. Het was hetzelfde beeld dat Abby eerder op de avond in de knutselwinkel had gezien: het beeld van John die zijn kleine, gestorven dochter vasthield en een manier zocht om afscheid te nemen.

Hij zei weinig meer dan de naam van hun baby, keer op keer, terwijl de tranen op haar koude huid vielen. Maar toen Abby haar overnam, stortte hij in en snikte ongecontroleerd. 'Abby, het is mijn schuld. God straft mij, ik weet het zeker!'

Abby had Haley Ann stevig vastgehouden en tegen Johns schouder geleund, zoals ze de laatste weken zo vaak hadden gedaan. 'Nee, lieverd, het is niemands schuld. Niemand had kunnen weten...'

Hij schudde zijn hoofd en het snikken werd heviger, haast gewelddadig. 'Ik... ik wilde dat zij een zoon was geweest, Abby. Ik heb het je nooit verteld, maar diep van binnen... had ik gehoopt dat zij... een jongen was.'

Zijn woorden maakten dat haar hart week werd van medelijden en dat ook haar tranen weer stroomden. Arme John. Hij vond het heerlijk dat zijn tweede kind ook een dochter was en had haar met open armen ontvangen. Maar diep van binnen verlangde hij naar een zoon. En hier in het ziekenhuis, nu ze Haley Anns lichaam vasthielden, verweet hij zichzelf dat hij een zoon had gewenst. 'Nee, John. Niet doen. Dit was de keuze van God, Hij heeft haar thuisgeroepen. Begrijp je? Dat heeft niets te maken met het feit dat jij graag een zoon wilde hebben.'

Op een of andere manier hadden haar woorden hem kracht gegeven en hoewel zijn tranen bleven stromen, werd hij weer de rots, de pilaar van kracht toen zij haar teruglegden, de dekens om haar stille lichaampje trokken en haar ten afscheid een kus gaven.

Ze besloten haar te laten cremeren en twee weken later strooiden ze haar as uit vanaf de aanlegsteiger, bij een wind die de as over het meer blies. Zij en John huilden die avond stille tranen en omdat Abby geen woord meer kon zeggen, boog John zijn hoofd en bad hardop.

'Heer, wij weten dat U almachtig bent. U alleen geeft het leven en kunt ons weer thuisroepen, op elk moment…' Zijn stem brak en Abby legde een arm om hem heen. Het gebaar gaf hem de kracht om door te gaan. 'God, wilt U goed voor onze kleine Haley Ann zorgen? En weet dat onze liefde voor U en voor elkaar alleen maar sterker is geworden door haar korte verblijf hier en haar plotselinge vertrek. Wij wijden onze levens weer aan U, Heer, en smeken U ons in de komende jaren met meer kinderen te zegenen.'

Toen er een half uur voorbij was en de as van hun kind naar de bodem van het meer was gezonken, sloeg John zijn arm om haar heen en fluisterde woorden die zij in geen duizend jaar zou vergeten.

'Zij zal altijd deel van ons blijven uitmaken, Abby. Hier. Elke keer dat we de tijd nemen om het ons te herinneren.'

Na het verlies van Haley Ann leek de band tussen John en Abby sterker dan ooit tevoren. Vrienden en familie betuigden hun medeleven en boden troostende woorden, maar de enige echte vrede, de enige heling die zich *kon* voltrekken, vond plaats als zij samen waren. Zij waren beste vrienden die een verpletterende tegenslag te verduren hadden gekregen en er sterker uit tevoorschijn waren gekomen.

Vanwege hun geloof, ja. Maar vooral vanwege het feit dat ze elkaar hadden. Ze hadden geen woorden nodig, geen verklaringen, alleen maar het gevoel van hier te staan, op de kop van de aanlegsteiger, zwijgend, hand in hand, uitkijkend over het meer. Het was een verlies dat ze alleen te boven leken te kunnen komen omdat ze elkaar hadden. Alsof ze, na het verlies van Haley Ann, alles aan zouden kunnen wat het leven voor hen in petto had, zolang ze maar samen waren.

Abby haalde diep adem en kwam terug in het heden toen de koude winterwind haar longen vulde en de droefheid verjoeg. Ze veegde haar natte wangen droog en herinnerde zich nog iets anders.

Haley Anns overlijden was alleen maar het begin geweest.

Drie maanden later was er een tornado door het dorp geraasd. Hun huis was gespaard gebleven, maar tien mensen waren omgekomen en 181 raakten gewond. Onder de doden waren een sterspeler van Southridge High School, een opgewekte jongen die verantwoordelijk was geweest voor de meeste grappen in de kleedkamer, en een collega van John, een leraar biologie, met zijn vrouw en twee jonge kinderen.

Net als bij het verlies van Haley Ann hadden John en Abby de middag na de storm geen woorden nodig gehad. Ze brachten Nicole weer bij de buren, rolden hun mouwen op en werkten zij aan zij om gewonden te verzorgen in de tijdelijke ziekenboeg die in de sportzaal van Southward was opgezet. Ook die avond ontleenden ze kracht aan elkaar en ontdekten dat ze samen bergen konden verzetten. In de kleine uurtjes van de nacht zocht John een afgezonderd hoekje op, liet zijn hoofd tegen de bakstenen muur zakken en liet zijn tranen eindelijk de vrije loop. Abby kwam intuïtief naast hem zitten, schermde zijn rug af en liet zonder een woord te zeggen blijken dat ze er voor hem was, dat ze het begreep.

Het was geen wonder dat ze die zomer enorm genoten van hun vakantie en het leven vierden na alle verliezen die ze hadden geleden. En geen van beiden waren ze verbaasd toen Abby in het begin van de herfst weer zwanger bleek te zijn.

Toen Kade in 1983 werd geboren, dachten ze dat de beproevingen van het leven misschien, heel misschien, voorbij waren. Kade was hun bewijs dat het leven doorging en dat elke dag op zich, ongeacht de toekomst, al de moeite waard was. Nicole werd die lente drie en ook al noemde ze soms de naam van Haley Ann nog, haar nieuwe broertje vulde de lege plaats al snel op.

'Op een dag worden zij de beste vrienden, Abby, dat voel ik.' John had het gezegd kort nadat Kade uit het hospitaal naar huis was gekomen. Abby vond het fijn zoals John over Kade's toekomst droomde en aannam dat zijn leven niet zo snel afgebroken zou worden als dat van zijn zuster.

En hij kreeg gelijk. Een jaar later vierden ze Kade's eerste verjaardag, opgelucht, blij en dankbaar dat deze baby niet in zijn slaap was opgehouden met ademen.

'Wij zijn overlevers, John, jij en ik.' Abby had het een paar weken later op de aanlegsteiger gezegd terwijl ze tegen zijn borst leunde en hij haar stevig vasthield. De zomer leek dat jaar vroeg te zijn en op de achtergrond vormden de krekels al hun koor.

'De muziek verandert nooit...' John keek weemoedig over het meer. 'Maar het is aan ons om te blijven dansen.' Daarop keek hij haar aan en ze wist dat ze zich nooit meer met iemand verbonden zou voelen dan met hem. Hij was een sporter, een coach die in korte zinnen en geschreeuwde bevelen communiceerde, maar zij kende ook zijn andere kant, de man die recht in haar ziel kon kijken. Hij hield haar blik vast. 'Dans met me, Abby. Houd nooit op met dansen.'

Ze knipperde met haar ogen en voelde de herinnering verwaaien in de winterwind. Ondanks alle perioden waarop John volkomen in zijn football leek op te gaan, de dagen, weken en maanden dat hij weinig meer leek dan een sportdwaas die alleen nog maar wilde winnen, wist Abby wel beter. Het hart van de man die John Reynolds was geweest, was dieper dan het meer achter hun huis, dieper dan wat Stan Jacobs in zijn mails te bieden had. En dat was zeker waar op 7 juni 1984.

Abby zuchtte en wist dat ze de plekken van haar verleden niet echt kon verlaten zonder deze laatste herinnering een plaats te gunnen. Tegelijk met de vroege zomer kwam er dat jaar een reeks zware stormen die culmineerden in de tornado's die op die zevende juni over het land raasden. Aangezien de meeste in Wisconsin en Iowa tot ontwikkeling kwamen, had Abby haar vader opgebeld, ongerust over hun veiligheid.

'Hier is alles in orde, lieverd. Er zijn er maar een paar bij ons in de buurt geweest, en dat waren kleintjes. En je moeder loopt helemaal geen gevaar want die is deze week op bezoek bij haar zus.'

Ze wist nog hoe opgelucht ze was geweest na dit gesprek. Tante Lexie woonde in Barneveld, Wisconsin, aan de uiterste westrand van de staat. Haar vader had gelijk. Er waren helemaal geen tornado's daar in de buurt geweest. Abby verzekerde haar vader dat ze zou blijven bidden en nadat ze de kinderen in bed hadden gestopt, keken zij en John na tien uur nog naar het nieuws.

'Ik geloof dat we het ergste hebben gehad,' concludeerde John. Hij zette de telvisie uit en ze waren samen naar bed gegaan. Pas toen haar vader de volgende morgen belde, hoorden ze het verpletterende nieuws.

Iets voor middernacht was een tornado met kracht vijf door Barneveld geraasd, waarbij vrijwel het hele plaatsje werd weggevaagd. Negen mensen hadden de dood gevonden, bijna tweehonderd waren gewond geraakt. Abby's moeder en tante behoorden tot de dodelijke slachtoffers.

'Het spijt me, lieverd, ik had gehoopt dat ik je nooit zoiets zou hoeven te vertellen.' Haar vader, de door de wol geverfde footballcoach en spreekwoordelijke harde jongen, zat aan de andere kant van de lijn te huilen. Tegen het eind van die dag waren John, Abby en de kinderen bij hem om hem te helpen de slag te verwerken en de begrafenis van Abby's moeder voor te bereiden.

Nu ze terugkeek, wist Abby dat er maar een reden was waarom zij die hele periode had kunnen overleven. God had haar in zijn goedheid haar man John gegeven. En met hem aan haar zijde kon ze alles aan. De felheid van de tornado, het verlies van haar moeder, en zelfs de dood van hun dierbare Haley Ann. Bij John had ze geen woorden nodig. Ze voelde zich al getroost als ze in zijn armen lag, zich koesterde in zijn nabijheid.

Door de jaren heen waren er andere tegenslagen geweest, maar niets zo hevig als die reeks van jobstijdingen aan het begin van de jaren tachtig. Abby voelde haar tranen weer branden en schoof verder op naar de rand van de aanlegsteiger, deed haar handschoenen uit en boog voorover om het ijskoude water te voelen.

Haley Ann. Ik mis je, lieverd.

Johns stem echode in de wind. *Zij zal altijd deel van ons blijven uitmaken, Abby. Hier. Elke keer dat we de tijd nemen om het ons te herinneren.*

De woorden verklonken en de vreselijke, ijskoude stilte die achterbleef, kroop in Abby's bloed. *En als we geen 'wij' meer zijn, John? Wie zal zich Haley Ann herinneren als we gewoon twee aparte mensen zijn, gescheiden en alleen?*

Ze trok haar hand terug uit het water en droogde hem af aan de parka voordat ze haar handschoen weer aandeed. Ondertussen realiseerde ze zich hoe groot en overweldigend het verlies zou zijn van wat zij deelden. Deze aanlegsteiger, de plek waar ze nu stond, zou niet alleen de plaats zijn waar de as van Haley Ann lag, maar ook de as van hun huwelijk: het werd de begraafplaats van alles wat ze ooit samen waren geweest.

In de tedere hoeken van hun hart, het ene hart dat ze samen deelden, leefde Haley Ann nog. Maar nu… als zij tweeën geen tijd meer namen om het zich te herinneren, zou alles wat met haar te maken had in de ijzige nachtkou verdwijnen.

Haley Ann, lieverd, wij houden van je. Wat er ook gebeurt, papa en mama houden van je…

De tranen stroomden weer over haar wangen en Abby raakte het water opnieuw aan, nu met haar handschoen, in en machteloos gebaar om haar dochtertje vast te grijpen en alles wat zij sindsdien waren kwijtgeraakt. Alles, inclusief elkaar.

'Ik hoor het niet meer, John…' Haar gesmoorde woorden hingen als ijspegels boven haar hoofd, 'de muziek is er niet meer.'

Ze had altijd geweten dat ze de duisternis kon overleven omdat iets in de nabijheid van John haar daar de kracht voor gaf. Maar nu was ze niets meer dan een vrouw van in de veertig met een hoofd vol herinneringen aan een klein meisje dat er niet meer was. Een vrouw die het koud had en bang was in de nacht, die eenzaam op een aanlegsteiger zat waar zij ooit, in een ver verleden, had liefgehad.

Veertien

Rennen was goed voor de ziel, althans dat was wat coach Reynolds zijn spelers altijd voorhield. Maar het was nu een schrale februaridag en John wist deze keer niet of hij de training zou kunnen voltooien. Hij ademde zwaar en moeilijk, alsof hij rondrende met de hele tribune van het stadion op zijn nek. Erger nog, hij voelde nu en dan een beklemming op zijn borst die erg veel leek op wat hij tijdens de footballfinale had gevoeld...

John maakte zich niet echt zorgen; hij wist dat er met zijn hart niets aan de hand was. Niets lichamelijks in elk geval. Daar was hij te fit voor en paste hij te goed op met wat hij at. Nee, de pijn werd puur veroorzaakt door stress, het resultaat van getrouwd te zijn met de ene vrouw en verliefd te worden op de andere.

Hij rondde de bocht van de atletiekbaan van Marion High School en overwoog deze tijd te gebruiken om te bidden, zoals hij dat in zijn jongere jaren had gedaan, en zoals hij dat zelfs nog een poosje had gedaan nadat hij niet meer naar de kerk ging.

U zou niet erg op prijs stellen waar ik de laatste tijd aan denk, God.

Toon berouw! Ga ontucht uit de weg, mijn zoon... nader tot mij en Ik zal tot jou naderen.

De verzen buitelden door zijn hart en dreven weg als vogels in de vlucht. Er school waarheid in de Bijbelwoorden, dat wist John even zeker als hij zijn naam kende. Maar ze hadden niets te maken met zijn huidige situatie. Nergens in de Schrift stond er wijsheid opgetekend voor de man die beloften deed aan een vrouw die een ander was dan zijn echtgenote.

Een passage uit Spreuken schoot door zijn hoofd. *Een hoer is een valkuil, een lichtzinnige vrouw een nauwe put.*

Belachelijk. John schudde zijn hoofd en probeerde de gedachte te verdringen. Charlene was een mooie jonge vrouw zonder vrienden in de wereld. Een vrouw die van plezier hield, alles bewonderde wat hij deed en bereid was te wachten terwijl hij en Abby de details van hun scheiding uitwerkten.

Je kon haar toch geen lichtzinnige vrouw noemen?

John zette een tandje bij en in de verte, boven de bomen die langs de beek naast de school stonden, zag hij een havik in de lucht hangen. Fragmenten van Kade's verhandeling over de adelaar schoten hem te binnen, en voor het eerst leek hij te beseffen wat die zeiden.

De adelaar gebruikt de storm om naar een hoger punt te komen... hij zoekt een rots op als hij in moeilijkheden verkeert en laat zich door de zon van alle gif reinigen. De adelaar fladdert niet rond als een kip, een kraai of een mus. Hij wacht geduldig op de rots tot de thermiek komt en gaat pas dan de lucht in. Niet door eigen kracht, maar gedragen door de wind onder zijn vleugels.

De analogieën waren weer overduidelijk. Met Christus zweefde hij als een adelaar, niet door eigen kracht, maar gedragen door de Heilige Geest. Op zichzelf... nou ja, hij was nauwelijks meer dan een fladderende kip. Hij wapperde met zijn vleugels, scharrelde rond maar kwam nooit van de grond los.

Ik wil weer een adelaar zijn, God. Laat mij zien hoe. Als deze narigheid voorbij is, help me dan voor Charlene de man te zijn die ik voor Abby niet kon zijn.

Een lichtzinnige vrouw is een nauwe put, mijn zoon.

Het was niet het antwoord waar John op wachtte en hij keek de andere kant op. Vergeet de adelaar. Als hij ertoe veroordeeld was een kip te zijn, dan zou hij op zijn minst een gelukkige kip worden. Het idee dat hij de rest van zijn leven ruzie moest maken met Abby was onverdraaglijk. Ondenkbaar. Scheiding was nog de enige optie, ook al betekende dat misschien dat hij nooit meer zou zweven als een adelaar. Bovendien, zijn vliegdagen met Abby waren allang voorbij. Op dit moment hadden ze twee verschillende kippenrennen nodig om zelfs maar te kunnen overleven. Als ze bij elkaar zaten, zouden ze elkaar doodpikken.

John rondde de volgende bocht en genoot van de koude wind die zijn zweterige huid verkoelde. In de zomer was de baan de hele dag vol mensen, maar nu, maanden voor het begin van de lente, liep hij er vaak alleen. Hij leegde zijn geest en liet zijn gedachten de vrije loop.

Vreemd genoeg was Abby tegenwoordig niet de persoon die hij het meest miste – dat was zijn vader, Sam Reynolds. Onverzettelijk, zowel op het veld als in zijn geloof. John haalde diep adem en bleef rennen. *Pap, leefde jij nog maar. Jij zou alles wat er is gebeurd op een rij kunnen zetten.*

Zijn vader was er geweest toen ze de tragedies meemaakten van het verlies van Haley Ann en Abby's moeder, in de vroege jaren tachtig. En hij was er weer in 1985 en 1986, toen Marion High School opende en John de Southridge High School verliet om coach te worden van de Eagles.

Er waren tijden geweest dat John eraan twijfelde of hij wel een programma kon opbouwen vanuit het niets. Maar zijn vader was er altijd geweest met wijze raad, om een beetje evenwicht te brengen in een leven dat onbeheersbaar leek te worden.

De gedachten aan lichtzinnige vrouwen, adelaars en een vertoornde God vervaagden toen Johns herinnering terugging naar zijn eerste seizoen als coach van de Marion Eagles, en ook zijn vader moest wijken voor beeld na beeld van degene die nog tastbaarder aanwezig was geweest in die periode.

Abby.

Football was heer en meester in Zuid-Illinois, waar de aantrekkingskracht van die bal van varkensleer voor de meeste mensen groter was dan welke andere ook. Het idee dat de succesvolle staf van Southridge zijn beste coachassistent afstond om een heel nieuw programma op te zetten bij Marion High School werd aanvankelijk toegejuicht door de inwoners van de stad. Vooral omdat velen zich hem nog herinnerden als de ster van Michigan, de quarterback die niets verkeerd kon doen. Maar toen het schoolteam in het eerste seizoen met elf tegen nul verloor, begonnen de teleurgestelde inwoners te morren. Er verschenen stukken in de krant waarin de vraag werd gesteld of een jonge assistent zonder ervaring als hoofdcoach wel de juiste keuze was voor het ambitieuze nieuwe programma van Marion.

De ontevreden stemmen uit een ver verleden weergalmden in Johns hoofd. Het schoolbestuur had ervoor gezorgd dat de leerlingen van Marion High School van alles het beste kregen: natuurkundelaboratoria, computerruimtes en leraren. Bovendien kreeg de school een stadion dat een half miljoen kostte; het was het beste stadion wijd en zijd. Maar waarom had het schoolbestuur dan, zo vroeg de krant zich af, de eerste de beste jongen ingehuurd die een baantje zocht als coach? Waarom hadden ze binnen de staat niet gezocht naar de man die Marion het winnende team kon leveren dat de school verdiende? Vergeet die opbouwideologie. De ouders en sponsors van de Eagles wilden een traditie van winnaars. Nu. Niet volgend jaar of het jaar daarop.

De frustraties van die eerste twee seizoenen brandden in Johns ziel. Wisten ze dan niet dat er tijd voor nodig was om een traditie op te bouwen? Zagen ze niet dat alle jongens die op Southridge buiten de boot vielen in dat eerste jaar naar Marion overstapten om alsnog in een schoolteam te kunnen spelen?

John had van tevoren al aangekondigd dat het zeker drie jaar zou duren om de talenten te vinden die het team op het niveau van Southridge zouden brengen. Hij kon er niet van wakker liggen dat de nieuwe sponsorclub en de al te gretige ouders van Marion direct resultaten wilden zien – vooral in de competitie met de Southridge Chieftains die nu de grote concurrent waren. Hij was ten slotte ook maar een mens.

Op een dag midden in de zomer tussen zijn eerste twee seizoenen zocht Abby hem op bij de training. Ze wachtte geduldig tot de laatste spelers en trainers het veld hadden verlaten. Hij had alleen op een bankje gezeten en had haar aanwezigheid niet opgemerkt. Ze kwam achter hem staan en sloeg haar armen om zijn nek. 'Ik heb een oppas,' fluisterde ze in zijn oor. 'Laten we een stukje gaan wandelen.'

Ze hadden een uur lang over de atletiekbaan gelopen – dezelfde waarop hij nu rende – en in die tijd had ze hem op wel tien verschillende manieren verteld dat hij een getalenteerde coach was. 'Die ouders weten toch helemaal niets over spelverdeling of de opbouw van een verdediging? Ze hebben er geen idee van wat voor talenten je nodig hebt om met Southridge te kunnen concurreren.'

Hij luisterde en klampte zich vast aan elk van haar woorden. Het was niet zozeer dat ze hem opzienbarende inzichten onthulde die avond, maar dankzij haar commentaar besefte hij dat hij de werkelijkheid uit het oog had verloren. Hij had de kritiek van buitenaf aan zijn zelfvertrouwen laten knagen en zich de druk laten opleggen om die herfst met betere prestaties te komen dan het seizoen ervoor.

Na hun wandeling keek ze hem aan en veegde een haarlok van zijn voorhoofd. 'Ook al zou niemand in de stad of op de wereld jouw talent als coach zien, John Reynolds, ik zie het wel.' Ze boog naar hem toe en kuste hem verlangend op zijn mond. 'En wat je hier hebt...' Ze gebaarde naar het veld '... is puur goud. Een geschenk van God. Laat je door niemand ooit iets anders wijsmaken.'

Abby's motivatie herstelde zijn zelfvertrouwen en gaf hem kracht om de zomer door te komen en met de herfsttraining te beginnen. Maar het tweede jaar bleek nog desastreuzer te verlopen dan het eerste. Midden in het seizoen speelden ze tegen Southridge en werden met 48-0 afgedroogd.

De koppen in de krant meldden de volgende dag: *Laatste Kans Marion High – Reynolds de laan uit!* In het artikel werd hem verweten dat hij te veel op de *pass* werkte, zijn mannen niet kende en het team slecht had voorbereid.

'Jij speelt met de outsiders van Southridge!' brieste Abby toen ze de krant zag. 'Geen van jouw jongens had ooit een kans gemaakt om op Southridge te spelen. Wat willen ze nu eigenlijk?'

Het werd nog erger voordat het beter werd. Tegen het eind van het seizoen vond hij een anoniem briefje in zijn postvak waarin stond dat de ouders een petitie zouden indienen met het verzoek hem te ontslaan. In een ander briefje, van een drammerige ouder van een van zijn spelers, was te lezen: 'Ik heb nog nooit een waardelozer coach gezien dan jij, Reynolds. Je bent misschien een aardige vent, maar op het veld ben je hopeloos.'

Johns vader gaf hem goede raad die hem hielp zijn beleid door te zetten: 'Er zijn altijd klagers en ontevredenen, jongen. Het gaat erom te luisteren naar wat God van je vraagt. Als je dat doet, zijn de opvattingen van alle anderen weinig meer dan stoom en lucht.'

John probeerde zich op zijn werk te concentreren en zich de wijze woorden van Abby en zijn vader voor te houden, maar het seizoen werd hoe langer hoe zwaarder naarmate de weken vorderden. Op een avond, na weer een zwaar verlies, bleef John een uur langer in de kleedkamers dan gebruikelijk. De wedstrijd was een regelrechte ramp geweest, met mopperende spelers en zelfs trainers die het kennelijk oneens waren met zijn tactiek. Toen ze allemaal weg waren, was hij op zijn knieën gaan zitten om zijn probleem voor God te brengen en om een oplossing te smeken. Na het gebed voelde hij dat er maar één ding opzat: opstappen. Ontslag nemen en iemand anders de inwoners van Marion het winnende programma laten geven dat ze wensten.

Het was na elven toen hij die avond afsloot en het veld opliep. Maar hoe laat het ook was, Abby stond op hem te wachten, zoals na elke wedstrijd.

'Lieverd, het spijt me. Je had niet hoeven wachten.' Hij omhelsde haar en voelde hoe heerlijk het was om te worden vastgehouden, om liefde en steun te ontvangen op een avond waarop de hele wereld zich tegen hem leek te keren.

'Ik zou een leven lang op jou wachten, weet je nog, John

Reynolds?' Haar stem was zacht als balsem op zijn aangeslagen geest. 'Ik ben het meisje dat al sinds haar tiende van je houdt.'

Hij maakte zich los en keek diep in haar ogen. 'Ik ga morgen mijn ontslag indienen.'

Hij herinnerde zich de woedende blik in haar ogen. *'Wat?'* Ze deed een paar stappen achteruit en keek hem recht in de ogen. 'Jij dient helemaal geen ontslag in!' Ze liep nerveus op en neer, haar mond open, haar ogen strak op hem gericht. 'Dat kun je niet doen! God heeft je hier met een taak neergezet. Je kunt je niet door die... die onwetende ouders laten verstoten van de plek waarvoor je geschapen bent. Ik sta niet toe dat je ontslag neemt. Denk aan al die uren dat...'

Zo was ze vijf minuten doorgegaan, tot ze uiteindelijk door haar woorden heen was.

'Zo ken ik je, Abby. Verlegen en terughoudend.' Hij haalde zijn hand door haar haar en glimlachte triest. 'En toch denk ik dat het tijd is. Zij willen iemand anders hebben. Geef ze hun zin.'

Abby's ogen stonden vol woedende tranen. 'Die mensen zitten ernaast, John. Een paar van hen zijn gewoon gefrustreerde, bittere bejaarden die nooit iets hebben bereikt in hun leven. Ik denk dat ze als kinderen niet konden sporten en als volwassenen niet konden coachen. En wat doen ze dus? Ze staan als de beste stuurlui aan wal en maken hun zoons en mensen zoals jij het leven zuur.' Ze zweeg even en John wist nog hoe oprecht ze had geklonken. 'Ze willen dat je ontslag neemt, John. Begrijp je dat niet? Ze weten helemaal niets van coachen, maar toch hebben ze deze... deze hele gemeenschap opgeruid om op jouw ontslag aan te dringen.' Ze balde haar vuisten en zwaaide woest met haar armen. 'Laat die ellendige ouders niet zo makkelijk van je winnen, John! Jij hebt een gave. Ik heb dat gezien. Bovendien, je vergeet de eerste regel voor elke christen.'

In stilte was John het in alle opzichten met haar eens. 'Welke regel?' Hij liep naar haar toe, liet een vinger langs haar wang glijden en hield intens van haar om haar geloof in hem.

Ze keek hem hartstochtelijk aan en sprak met een zachtere stem dan voordien. 'De vijand verdubbelt zijn inspanningen als de overwinning aanstaande is.' Ze rekte omhoog en kuste hem lang en langzaam. 'Geef het niet op, John. Alsjeblieft.'

De aanvallen van de vijand waren dat jaar inderdaad verdubbeld. Zowel hij als Abby ontvingen boze, anonieme brieven – waarvan er een paar zelfs naar hun huisadres werden gestuurd. 'Waarom haten ze ons zo?' had Abby daarop gehuild, terwijl ze een van de brieven in duizend snippers verscheurde.

'Ze haten jou niet, ze hebben een hekel aan mij. Snap je dat niet, Abby? Als ze ons genoeg pijn kunnen doen, stap ik misschien op en krijgen ze hun zin.'

Maar elke keer als hij in de verleiding kwam om toe te geven, bracht Abby hem weer op andere gedachten. In die eerste jaren wist ze altijd precies wat ze moest zeggen of doen als hij gekwetst was, moe of behoefte had aan haar aanwezigheid. Het was een kunst die ze in de loop der jaren had geperfectioneerd.

Hij herinnerde zich hoe snel de sfeer in het team was veranderd na dat tweede seizoen. Die zomer kon hij nauwelijks afwachten om de stad Marion de vruchten van zijn harde werk te tonen. John had in geen jaren meer aan die zomer gedacht… maar het voelde goed om het nu wel te doen en terug te gaan naar die tijd, waarin hij wellicht iets van de kracht, rede en leiding terug kon vinden die hij nu zo node miste.

Op een hete middag was de training beter verlopen dan ooit, en na afloop had John zijn vader opgebeld om bij te praten.

'Als ik dat zo hoor, doe je het allemaal goed, jongen.' Het was een ritueel: de footballgesprekken tussen vader en zoon. Het was een deel van zijn leven dat er altijd zou zijn, dacht John, even zeker als de winter na de herfst volgde. 'Hoe staat je team ervoor?'

'Dit wordt het jaar, pap,' had hij snel geantwoord – de ellende van het vorige seizoen stond hem nog helder voor de geest. 'Je moet hier komen en eens naar die jongens kijken. Ze zijn groter dan de meeste spelers aan de universiteit.'

'Als ik er maar bij ben als ze jou de kampioensbeker overhandigen.' Zijn vader grinnikte vol vertrouwen aan de andere kant van de lijn. 'Dat is een moment dat ik voor geen goud wil missen.'

'Misschien dit jaar nog niet, maar het gaat gebeuren, pap. Dat zeg ik je hier en nu toe.'

Het nieuws dat zijn wereld op de kop zette, kwam de volgende dag. Hij was in de trainingszaal, terwijl de temperatuur buiten opliep tot bijna veertig graden en de luchtvochtigheid tot ruim het dubbele daarvan. De airconditioning werd in de zomer maar zelden aangezet, en John en de andere coaches klaagden er niet over. Het was goed voor de jongens om in een warme zaal te trainen. Het maakte ze sterker en beter voorbereid op de competitie.

John nam het trainingsschema van een jonge speler door en controleerde of hij de gewenste progressie maakte toen Abby in de deuropening verscheen. De donkere uitdrukking in haar ogen vertelde hem twee dingen. Ten eerste dat het geen goed nieuws was, en ten tweede dat zij er samen doorheen zouden komen, wat het ook was. Zoals ze alle moeilijke tijden samen hadden doorstaan.

Met haar ogen maakte Abby duidelijk dat ze elkaar achter gesloten deuren moesten spreken. John verontschuldigde zich bij de spelers en een paar seconden later stonden Abby en hij alleen tegenover elkaar.

'Wat is er?' Zijn hart bonkte zo hard dat hij zich afvroeg of Abby het ook kon horen. 'Alles in orde met de kinderen?' Nadat zij Haley Ann hadden verloren, nam hij nooit meer zomaar aan dat zijn kinderen 's avonds gezond en wel zouden zijn omdat ze bij het ontbijt zo hadden geleken.

Hij hield zijn adem in terwijl Abby knikte. 'Met de kinderen is alles goed. Het is je vader.' Ze kwam dichterbij en legde haar handen op zijn schouders. 'Je moeder belde net. Hij heeft vanmorgen een hartaanval gehad... en... lieverd, hij heeft het niet gehaald...' Het nieuws sneed als een heet mes door zijn ziel, maar voordat hij kon reageren, zag hij de tranen in haar ogen. Het was ook een verlies voor haar. Met lood in zijn schoenen legde hij zijn armen om haar heen en voelde een merkwaardige troost.

Twintig minuten lang bleef ze bij hem, hield ze hem vast en verzekerde ze hem dat zijn vader bij God was, op een betere plaats. Ze vertelde hem dat de paar tranen die langs zijn wangen liepen, in orde waren, ook in de oefenruimte van Marion High School. Toen het nieuws echt begon door te dringen, liet ze hem alleen en vertelde de andere coach dat John tijd voor zichzelf nodig had omdat zijn vader en mentor die morgen was overleden.

Toen John zover was dat hij kon gaan, waren er geen leerlingen meer en geen welmenende collega's om hem te vragen wat er was gebeurd. Daar had Abby voor gezorgd.

Hij ging terug in zijn gedachten en besefte nu hoe anders de dag had kunnen verlopen. Abby had een bericht bij de secretaresse kunnen achterlaten dat hij naar huis moest bellen, of ze had tot na het eten kunnen wachten om hem het nieuws te vertellen. In plaats daarvan had ze alles laten vallen, had ze de klap van het slechte nieuws opgevangen en zich gedwongen om zelf pas later te rouwen omdat ze onmiddellijk bij hem wilde zijn.

Hij probeerde zich Charlene in dezelfde situatie voor te stellen... maar dat was onmogelijk.

Charlene had zijn vader nooit gekend, nooit van hem gehouden, hem gerespecteerd of naar zijn telefoontjes uitgekeken. Charlene had zijn vaders kleinkinderen niet gedragen, of geleefd in de wetenschap dat haar vader en die van John zolang zij er was altijd al elkaars beste vrienden waren geweest.

Wat had Charlene ooit kunnen zeggen wat hem op dezelfde manier geraakt zou hebben als Abby's aanwezigheid die middag?

We leven hier en nu, Reynolds. Geef haar een kans. Met haar zul je ook herinneringen gaan delen.

Die gedachte zou hem troost moeten bieden, maar in plaats daarvan voelde hij een vreemde, koude rilling over zijn rug. Hij zette het gevoel van zich af en dacht weer aan Abby – Abby, met haar vader in het verpleeghuis... de man die zijn vaders beste vriend was geweest.

'Ik moet hem zien, met hem praten.'

John fluisterde de woorden voor zich uit en vertraagde zijn pas. Hij had al ruim zeven kilometer gerend, maar het ontspannen en euforische gevoel dat hij er meestal van kreeg, bleef deze dag uit. In plaats daarvan voelde hij onzekerheid en verwarring.

Uiteindelijk was het regionaal kampioenschap er dus gekomen. Minder dan zes maanden na de dood van zijn vader beëindigde de Marion Eagles hun seizoen ongeslagen. Het leek alsof het verschrikkelijke seizoen ervoor niet meer was dan een nare droom, want daar stond John, hoog op het erepodium om een beker in ontvangst te nemen die bijna net zo groot was als de zesjarige Kade.

John herinnerde zich het moment als de dag van gisteren. Hij boog voorover en rekte zijn beenspieren met gesloten ogen. Alles aan die avond was in zijn herinnering nog even perfect als op het moment zelf. Toen het zijn beurt was om iets te zeggen, had hij een eenvoudige boodschap. 'Ik wil God danken voor een vrouw die geen ogenblik haar steun aan mij heeft gestaakt.' Hij keek naar de tribune, in de wetenschap dat ze daar ergens zat, ongetwijfeld met tranen in haar ogen omdat ze evenzeer van dit moment genoot als hij. 'Ik houd van je, Abby. Zonder jou had ik hier niet gestaan.' Daarop tilde hij de beker omhoog naar de hemel. 'Deze is voor jou, pap!'

De herinnering vervaagde. John stond op, veegde het zweet van zijn voorhoofd en liep naar zijn auto. Hou kon hij de rest van zijn leven met Charlene delen, een vrouw die zijn vader nooit had gekend? Een vrouw die de tornado in Marion niet samen met hem had doorstaan, en die niet naast hem had gestaan toen de as van zijn dochter in de wind danste en neerdaalde op zijn favoriete meer. Een vrouw die verliefd was op een man die Abby Reynolds mee had gevormd.

God, als er een andere weg is, laat het me zien...

De stilte zei hem dat er geen andere weg was. Ze stonden met vijf nul achter en hadden nog maar een paar minuten te spelen. Het was gewoon te laat in het spel. Maar hoe waar dat ook mocht zijn, John kon niet ontkennen wat hij eindelijk besefte: verdergaan met Charlene zou betekenen dat hij een deel van zichzelf liet sterven.

Het deel dat nog altijd aan een blond, blauwogig meisje toebehoorde – en zou blijven behoren – dat zijn hart had gestolen op de zandoevers van Lake Geneva, in de zomer waarin hij net zeventien was geworden.

Vijftien

Het was Matts idee om een 'stellenavond' te organiseren, een soort 'babyshower' voor het bruidspaar. Aangezien Nicole Reynolds de dochter was van de beroemde coach John Reynolds, zo betoogde hij, was zij bijna van koninklijken bloede, althans voor lokale begrippen. Er zou dus op zijn minst een barbecue moeten komen om het feit te vieren dat zij ging trouwen.

Abby zou er niets tegenin brengen: zij hadden het nieuws van de scheiding immers juist uitgesteld om Nicole haar droomtijd te gunnen.

'Prima!' Ze had verwachtingsvol naar Nicole gekeken toen Matt met het voorstel kwam. 'We zouden de halve stad kunnen uitnodigen.'

Nicole's ogen straalden bij de gedachte en Abby's hart deed pijn. Hoe gelukkig ze deze zes maanden ook zouden zijn, het zou nooit opwegen tegen de pijn die zij en John de kinderen gingen bezorgen.

'Mag het echt, mam? Vind je het niet erg?'

'Helemaal niet, lieverd. Nodig maar uit wie je wilt.'

Abby keek naar hen. *Ze lijken op ons, tweeëntwintig jaar geleden. De liefde zal nooit vergaan, mijn dochter…*

De woorden drongen hooguit vaag tot haar door, maar ze waren er niettemin. Een voortdurende herinnering aan hoe John en zij hun doel hadden gemist.

Nicole keek haar moeder lachend aan. 'Ik kan het niet helpen als mijn vriendinnen me ook nog een vrijgezellenavond bezorgen, toch, mam?'

En daarmee was het idee definitief geworden. Ze nodigden Johns coaches uit en een dozijn van Nicole's vriendinnen, meisjes met zie ze cheerleader was geweest op Marion High School en met wie ze later nog veel contact had gehouden. Matt vroeg een aantal studievrienden en Nicole stond erop dat er nog drie gezinnen werden uitgenodigd die hun, zolang zij zich herinnerde, dierbaarder waren geweest soms dan familie.

John stemde in met een dergelijke cadeau-avond, maar voor zichzelf vond hij het van meet af aan een slecht idee. 'Het is al moeilijk genoeg om de schijn tegenover de kinderen op te houden,' zei hij op een avond tegen Abby, 'laat staan met de hele gemeenschap eromheen.'

Abby voelde weer haatgevoelens opborrelen. 'Praat me alsjeblieft niet over de schijn ophouden. Ik ben niet degene die met een geliefde aan mijn arm rondrent.' Ze verdween naar haar kantoor voordat hij iets kon terugzeggen.

Ze kwamen het best met elkaar uit als ze elkaar meden en in de dagen voorafgaand aan het feest was dat ook precies wat ze deden. John besteedde meer tijd aan trainen en zijn schoolwerk en Abby hield zich onledig door Nicole te helpen bij het opstellen van de gastenlijst en het ophalen van allerlei versieringen voor het feest. De middagen gingen op aan Sean, die ze bracht en haalde bij zijn zaalvoetbalwedstrijden, honkbaltraining en zwemles.

Als Abby gedwongen was bij John thuis te blijven, bedacht ze redenen om in haar kantoor te blijven. Op die manier overleefde ze de eerste twee maanden.

Op de avond van het cadeaufeest voor Nicole en Matt regende het pijpenstelen. Abby keek naar de tafels: kaas en crackers, fruit, koekjes, alles was in orde, tot en met de ingepakte bijbel van John en haar.

In de familie Reynolds was een bijbel het standaardgeschenk bij een huwelijk, en ook al had John er ruzie over gemaakt met haar, het was een in leer gebonden boek geworden, met de namen van het bruidspaar en de ouders. 'Op die manier kan Nicole altijd weer naar haar bijbel kijken en zich herinneren hoe we haar in haar verlovingtijd voorlogen.' John had zijn commentaar geleverd van waar hij zat in de woonkamer, zappend tussen twee sportzenders. 'Een geweldig idee voor een cadeau.'

'Misschien dat we niet in deze ellende zaten als we onze bijbel wat beter hadden gelezen.'

De stekeligheden tussen hen werden talrijker, en Abby had geen idee hoe ze het tot juli moesten volhouden. Ze legde een stapel bonte servetten op de keukentafel. Geen wonder dat John prikkelbaarder was dan voordien. *Hij wil bij Charlene zijn, niet bij ons.* De gedachte bezorgde Abby een steek in haar hart, maar ze verdrong het gevoel. Dit was de dag van Nicole en Matt en ze had zichzelf beloofd dat ze niet in zelfmedelijden zou gaan zwelgen.

Je moet er gewoon doorheen, Abby. Blijven lachen en erdoorheen.

John had deze dag vanaf het eerste moment met angst en beven tegemoet gezien. Dat ze Nicole een droomtijd wilden bezorgen, was één ding, maar dit… dat cadeaufeest was een lachertje. Konden ze zoiets niet elders vieren?

De deurbel ging en John stond op om de eerste gasten te begroeten en hun jassen en papaplu's in ontvangst te nemen. Hij had geen andere keus dan een glimlach op zijn gezicht te toveren, met het plan mee te doen, en te bidden dat hij de volgende vijf tot zes uur bij Abby uit de buurt kon blijven.

De vriendinnen van Nicole kwamen als eersten, maar binnen een half uur was het huis vol met vertrouwde gezichten. Zoals het meestal ging als de coaches van Marion samen kwamen, zaten de heren in de woonkamer, niet ver van de televisie met een sportzender aan. Maar met het onweer buiten en de drukte van het overige bezoek in de kamer, gaven de coaches het uiteindelijk op en zetten het toestel uit.

John mengde zich tussen zijn collega's, mensen met wie hij lange uren van trainen, strategieontwikkeling en feestvieren had gedeeld.

Joe, Sal, Kenny en Bob. De beste vrienden die een man zich kon wensen. Als hij zich maar op football kon blijven concentreren, zou de avond misschien voorbijvliegen en zou niemand iets vreemds opmerken tussen Abby en hem.

'Hoe lang zijn we nu eigenlijk al met zijn vijven, jongens?' John leunde achterover in zijn makkelijke stoel, zijn benen omhoog, en grijnsde naar de mannen om hem heen.

Joe wreef over zijn kin en hield zijn hoofd schuin. 'Dat vroeg ik Alice ook laatst, weet je?' Hij wierp een turende, geconcentreerde blik op het plafond. 'Wij vijven kwamen niet voor 1987 bij elkaar, geloof ik.'

'Ja, ik wachtte tot die jongen van Rod Moore van school was voordat ik solliciteerde.' Kenny lachte hard om zijn eigen grap en klopte met zijn hand op zijn dikke buik. 'Een hart kan ten slotte niet alles aan.'

'Dat was het jaar volgens mij, 1987. Het eerste jaar van de Eagles.' John schudde zijn hoofd. 'Dat is dus alweer veertien jaar geleden? Waar is die tijd gebleven?'

'Moet je eens nagaan... alle hoogte- en dieptepunten.' Bob grinnikte en zijn ogen glommen van de vele herinneringen. 'Die eerste kampioenstitel... ik zal je zeggen, zoiets werd nooit meer vertoond tot de laatste titel, met jou en Kade. Dat was echt een klasse apart.'

Kenny lachte en gaf John een klap op zijn knie. 'Ja, die lui van Reynolds waren altijd iets aparts. Ik bedoel, hoeveel van ons hebben door de jaren heen niet gewenst dat we een huwelijk hadden als John en Abby?'

'Ja, Abby is echt bijzonder. Ik mocht willen dat mijn vrouw zo veel begrip kon opbrengen voor de toewijding die het coachen vergt.' Bob gooide een zoute krakeling naar John en wenkte naar hem. 'Zij is een vrouw uit duizenden, John. Als jij haar niet had gehouden, zou ik met haar zijn getrouwd.'

Een tintelend gevoel trok van zijn schedeldak over zijn rug. Waarom moest iedereen zijn huwelijk met Abby plotseling op een voetstuk zetten? Konden ze niet over iets anders praten? Hij ademde oppervlakkig en probeerde normaal te doen.

Bob ging nog steeds door over de vele deugden van Abby. 'En Kenny staat ook in de rij, achter mij. Het is maar dat je het weet, John.'

Kenny grijnsde breed en knikte bevestigend. 'Zij is een blijvertje.'

Bob en Kenny waren beiden gescheiden en Sal was nooit getrouwd geweest. Alleen Joe had een vrouw en zover John wist, waren ze gelukkig met elkaar. Hij pijnigde zijn hersenen om een ander gespreksonderwerp te vinden. 'Wij hebben onze hoogte- en dieptepunten, net als iedereen.'

Joe lachte hardop. 'Klopt, zoals die keer dat Abby in Seaworld van de trap viel.' Hij keek naar alle gezichten om hem heen. 'Weten jullie dat nog?' Hij maakte een glijdend gebaar naar beneden met zijn handen. 'Dat moeten de "dieptepunten" zijn geweest.'

Ondanks zichzelf moest John glimlachen om de herinnering. Hij deed zijn ogen dicht en schudde langzaam zijn hoofd, alsof hij zich nog steeds geneerde voor Abby.

'Kom op, John. Vertel het nog eens.' Kenny leunde voorover en nam een slok ijsthee. 'Het is alweer een poosje geleden dat ik eens lekker heb gelachen ten koste van Abby. En Sal heeft het verhaal nog nooit gehoord, geloof ik.'

'Nee, die geschiedenis heb ik gemist, denk ik.'

'Ja, nou ja, we hadden toen de ene geschiedenis na de andere.' Joe pakte een handvol chips en wachtte gespannen af. 'Je weet wel... Abby's laatste avontuur in de auto, in de winkel, met de buren...'

Joe's opmerking raakte John als een klap in zijn gezicht. Wanneer was hij opgehouden de coaches over Abby te vertellen?

'Kom op, John.' Joe duwde een paar chips in zijn mond. 'Had ze geen ijsje in haar hand, of iets dergelijks?'

De herinnering werd helder en levendig. Sean was een beetje een verrassing geweest, die in de herfst van 1990 werd geboren. Het was de lente daarop en ze waren naar Ohio gereden voor een bezoek aan het zeeaquarium van Sea World. Nicole was toen tien en Kade zeven. De reis was vanaf het begin een slapstick.

Ze hadden van tevoren afgesproken dat John Sean in een draagzak zou meenemen en dat Abby de luiers, truien en andere spullen in een rugzak zou vervoeren. John keek de kamer rond en zag dat de jongens op een verhaal zaten te wachten. 'Goed, goed. De meesten van jullie kennen het al. We waren in het park en Abby wilde de zeeleeuwenshow zien.'

'Niet de dolfijnen of walvissen, maar de zeeleeuwen, nietwaar coach?' Joe kon altijd prachtig kleur toevoegen als John een verhaal vertelde.

'Ze moest en zou eerst naar de zeeleeuwen, voordat we iets anders konden doen.' John pauzeerde even, voor dramatisch effect. 'Goed, we hadden nog vijf minuten voordat de show zou beginnen en tegenover het zeeleeuwenbassin zagen we een ijssalon. Het was warm en de kinderen lustten wel wat, dus Abby dacht: waarom niet? We halen ijsjes voor de kinderen voordat de show begint, dan kunnen ze die binnen opeten.'

'Lijkt toch geen slecht plan.' Joe had het verhaal al een paar keer gehoord en wist wat er zou komen. Hij leunde achterover en grijnsde breed.

'Goed, we gaan in de rij staan en bestellen drie hoorntjes ijs. Er werkten twee tieners achter de toonbank, dus we dachten een goede kans te maken om bediend te worden. Maar de twee keken elkaar alleen maar erg sloom aan, keken weer naar ons, en nog een keer naar elkaar. "Hoorntjes ijs" zei de ene.'

'Lijnspelers, ongetwijfeld.' Joe gaf Ken een por in zijn zij. Kenny was jaren geleden zelf lijnman geweest en het coachen van lijnspelers was zijn specialiteit.

'Ja, ja, schuif het maar weer op ons af. We worden altijd een beetje mal als het om ijs gaat.'

'Goed, maar deze jongens hadden ze echt niet allemaal op een rijtje, want ze waren minuten lang onderling bezig om uit te maken of we nu wel echt drie hoorntjes hadden besteld.' John glunderde nu, genoot van het verhaal en liet zich meenemen door de herinnering aan die zomer van tien jaar eerder. 'Abby keek de hele tijd op haar horloge en zei dingen als: "Ik wil die zeeleeuwenshow niet missen, John. We moeten ze laten opschieten". En ik zei dan: "Ja, lieverd, ik doe mijn best". Maar ik kon natuurlijk niets doen om ze te laten opschieten. Inmiddels – en ik ben absoluut serieus – liep een van de jongens naar de softijsmachine. Hij pakte een hoorntje en haalde de hendel over. Het ijs kwam hoger en hoger, tot het over het hoorntje op de grond zakte. Zonder een spier te vertrekken kijkt die jongen naar de puinhoop, gooit het hoorntje weg en pakt een nieuwe.'

'En uiteindelijk had hij er een stuk of zeven nodig, nietwaar John?' Joe grinnikte bij de gedachte. 'En vergeet niet dat er inmiddels een flinke rij voor het zeeleeuwenbassin stond.'

'Klopt. Uiteindelijk hadden we dan drie hoorntjes, en Abby bedacht dat we ook servetten nodig hadden. De jongens wezen naar een balie, dertig meter verder, en Abby sprintte erheen. Ze was in die tijd behoorlijk sportief, hoor. Ze deed aan joggen, tennis. Zelfs nu kan ze de meesten van jullie nog verslaan als het om rennen gaat. Maar die dag was haar voetenwerk minder soepel dan anders en met nog drie meter te gaan viel het ijs van haar hoorntje op haar voet.'

Joe lachte al harder nu en schokte een beetje in zijn stoel. 'Het glibberde zo in haar mooie schoenen. Zien jullie het voor je? Abby Reynolds, perfect gekleed, met chocolade-softijs dat tussen haar mooie tenen wegsmelt?'

John moest lachen bij het beeld. 'De mensen staarden haar aan en vroegen zich af waarom die vrouw in vredesnaam zo hard moest rennen met een ijsje in haar hand. Daar stond ze dan, met een schoen vol ijs, een leeg hoorntje in haar hand, wij aan de andere kant van het pleintje en met de zeeleeuwenshow op het punt van beginnen. Abby greep een stapel servetten, veegde het ijs uit haar schoen en zette haar voet er weer in.' Kenny rilde bij de gedachte en Sal begon zo hard te lachen dat hij zijn drinken weg moest zetten. 'En hoe zat het met die zeeleeuwen?'

'Ze rent weer naar de ijskraam, dringt voor en zegt tegen die jongen dat ze nog een ijsje nodig heeft, maar dan in een bakje. De jongen doet wat ze vraagt, maar inmiddels begint de muziek van de zeeleeuwenshow al te spelen. "Schiet op, we moeten stoelen vinden," zegt ze gehaast. En weg is ze weer…'

'Ze rent vooruit als een vrouw tijdens de dwaze dagen van de Bijenkorf.' Joe's gezicht liep rood aan van de inspanning om zich te beheersen.

'Wij liepen in haar kielzog en zigzagden door de menigte heen, vastbesloten stoelen te vinden voordat de eerste zeeleeuw op het podium zou verschijnen.' John zweeg even en grinnikte harder om de beelden in zijn hoofd. 'We stonden inmiddels boven aan de trap van de tribunes en Abby zag halverwege een halflege rij. "Kom mee," zei ze. En dat waren haar laatste woorden. De trap…' hij probeerde weer op adem, en besefte hoe goed hij zich voelde, hier tussen zijn vrienden, buiten adem van het lachen en met het beeld van Abby op die zomermiddag. 'De trappen waren…' Hij gebaarde. '… laag, hoog, laag, hoog. Geen idee waarom, zo waren ze nu eenmaal. Maar Abby zag kennelijk maar één afmeting, want de eerste trede ging prima, maar toen ze haar voet op de tweede wilde zetten, vond ze niets dan lucht en begon ze over te hellen.'

Alle mannen zaten nu te lachen, zetten hun eten weg, klapten dubbel en hapten naar adem. John hervond zijn stem en ondanks het schokken van zijn lichaam, vertelde hij verder. 'En het was niet zomaar een val, want de rugzak schoof steeds verder op naar haar nek… en duwde haar verder en verder naar beneden…'

'Ze leek op…' Joe's stem klonk schril vanwege het gebrek aan zuurstof. '… ze leek op een schildpad, nietwaar John? De trap afglijdend, tree voor tree… met de rugzak… op haar hoofd.'

'Klopt.' John haalde diep adem en probeerde zich te beheersen. 'Haar hoofd stak een klein stukje onder de rugzak uit, en eindelijk was er een man die zijn hand uitstak en haar tegenhield.'

Kenny was een grote man en als hij zo hard lachte als hij nu deed, begon hij zelf als een zeeleeuw te klinken. Dat besef liet John nog harder lachen en het kostte hem moeite om het verhaal af te maken. 'Een het hele stadion... zat natuurlijk vol mensen... en de show... was al begonnen.' Hij haalde snel adem. 'Eerst dachten mensen dat het onderdeel van de show was...'

'Een paar vrouwen begonnen te klappen.' Joe gierde de woorden uit vanwege de lach die zijn lichaam in zijn greep had. 'De show kwam door haar stil te liggen. Zelfs de zeeleeuwen wachtten om te zien wat er ging gebeuren.'

John knikte en de herinnering was zo grappig dat hij begon te giechelen als een klein meisje. Abby had er zo dwaas uitgezien. 'Maar goed, die man houdt haar dus tegen en zij staat op... met een nonchalant gebaar... en ze zwaait naar de mensen. Dan keert ze zich om naar mij en op dat moment zag ik het ijs...'

'Het bakje ijs dat ze vast had gehouden.' Joe was nu letterlijk dubbelgeslagen en de andere mannen lachten zo hard dat ze de aandacht van iedereen in de kamer trokken. 'Dus na dat andere ijsje dat ze al in haar schoen had gekregen!'

'Daar stond ze, met haar knieën en ellebogen bloedend en geschaafd, de rugzak verward in haar haar en het ijs over haar hele bloes uitgesmeerd.'

Sal honkte luid. 'Daar had ik wel kaartjes voor willen kopen. De altijd perfect geklede vrouw-van-de-coach die er zo uitzag... voor een vol stadion met toeschouwers.'

'We gingen zitten en de show begon opnieuw.' John haalde adem en probeerde zichzelf te beheersen. 'Ze zei geen woord tot de show voorbij was en draaide toen naar mij toe. "Goed, hoe zag dat eruit?" Toen had ik het echt niet meer.'

'Iemand heeft hier waarschijnlijk een gouden video-opname aan overgehouden.' Joe sloeg deze keer op zijn eigen knie en de groep begon weer te lachen.

'Oooohh.' John schudde zijn hoofd en ademde lang en hard uit. 'Dat was wel een feest, hoor.'

Joe veegde de tranen uit zijn ogen. 'Ik heb in geen jaren meer zo hard gelachen.' Hij schudde ook zijn hoofd. 'En het mooiste is dat Abby er zelf ook nog steeds om kan lachen.'

Kenny kreeg zichzelf weer onder controle. 'Ja, dat is het mooiste van Abby. Ze neemt zichzelf niet te serieus.'

'Waar is ze eigenlijk? Ze had erbij moeten zitten om ons te vertellen hoe het voelde.' Sal zuchtte en probeerde nog steeds op adem te komen. Hij keek de kamer rond.

Johns maag kromp ineen en een stekende pijn wiste alle vrolijkheid van een ogenblik eerder uit. Maar voordat hij iets kon zeggen, kwam Nicole naar hen toe gelopen. 'En waar ging alle opwinding hier over?' vroeg ze lachend.

Joe gaf John een por in zijn zij. 'Je vader vertelde ons over het uitje naar Sea World... je weet wel, *het* uitje, toen je moeder de show stal bij de zeeleeuwen.'

'Ja, het was maar goed dat pap Sean droeg.' Ze giechelde en schudde haar hoofd. 'Arme mam, dat verhaal blijven we natuurlijk vertellen tot ze oud en grijs is. Maar gelukkig raakte ze niet echt gewond.'

Nicole liep terug naar haar vriendinnen en de jongens begonnen allemaal door elkaar te praten. John voelde zich plotseling beroerd omdat Nicole's woorden hem troffen als welgemikte vuistslagen.

Tot ze oud en grijs is... tot ze oud en grijs is.

De vrouw van zijn jeugd, zijn beste vriend en levenslange partner zou niet oud en grijs worden naast hem. Nee, tegen die tijd zou ze met iemand anders getrouwd zijn en de rest van haar leven met een andere man doormaken. Sterker, in de jaren die kwamen zouden er geen verhalen over Abby meer verteld worden; de gaten konden niet meer worden onderhouden met het verhaal hoe ze zich onder een boete voor te hard rijden uitpraatte, of hoe ze op Thanksgiving de aardappels liet aanbranden. Als hij heel eerlijk was tegen zichzelf, dan was het verhaal dat hij zojuist had verteld waarschijnlijk het laatste over zijn dierbare Abby-meisje. Als ze eenmaal uit elkaar waren, zou het onzinnig zijn om met de jongens nog herinneringen op te halen aan de goede, oude tijd met Abby, de grappige momenten die niemand in het gezin ooit zou vergeten.

En Charlene... John was er tamelijk zeker van dat zij de humor van hun gezinsherinneringen al helemaal niet zou kunnen inzien.

Het lukte Abby om het eerste uur van het feest in de keuken door te brengen, waar ze met Nicole's vriendinnen praatte die nu en dan binnenliepen. Haar vader had graag op het feest willen komen, maar de verpleging had aangegeven dat het te vermoeiend zou zijn. Nicole en Matt beloofden daarom dat ze hem de volgende dag, na kerktijd, zouden opzoeken. Abby staarde uit het raam naar Matt en zijn vrienden die rond een picknicktafel op de overdekte veranda zaten. Ze voelde haar mondhoeken iets opkrullen. Ze mocht Matt. Hij was sterk en intelligent en aan zijn tedere houding als hij bij Nicole was, kon Abby zien dat hij een geweldige vader zou zijn. *Ik bid dat het blijvend zal zijn. Laat het je nooit door de jaren heen ontglippen, Matt...*

Het was het eerste weekeinde in maart en hoewel de lente nog niet officieel was begonnen, maakte de onweersbui die overdreef duidelijk dat het voorjaar wel in aantocht was.

Het duurt nu niet lang meer. Nog vier maanden en de schijnvertoning is voorbij.

Ze stond alleen in de keuken om borden af te wassen toen ze John en zijn vrienden hoorde lachen in de woonkamer. Eerst werd ze er boos van. *Hij klinkt een beetje al te vrolijk. Heeft hij er dan helemaal geen verdriet van?*

Ze ging dichter bij de keukendeur staan en ving fragmenten van het verhaal op. *Zeeleeuwenshow... halverwege de trap... vallen... als een schildpad.*

Ze hadden het over dat dagje uit naar Sea World, ongeveer tien jaar eerder. Zonder iemand om haar heen die ze iets voor hoefde te spelen, kreeg Abby tranen in haar ogen, terwijl ze tegelijkertijd moest glimlachen. Hoe lang was het gelden dat zij samen om dat verhaal hadden gelachen? En waarom vertelde John het nu?

Ze liep weg bij de deur, leunde tegen de koelkast en sloot met bonkend hart haar ogen. *God, hoe is het mogelijk dat we elkaar dit aandoen? Waarom kan ik niet naar hem toe lopen, met hem lachen, bij hem gaan zitten. Weer van hem houden?*

De liefde zal nooit vergaan, mijn dochter. De liefde zal nooit vergaan.

Voor ons ligt dat toch anders, God. Hoe moeten we dan verder?

Het was maanden, zelfs jaren geleden dat zij een gesprek had gevoerd met God, Zijn gedachten de hare had laten doorspekken en haarzelf toestemming had gegeven te reageren. Maar nu, deze avond, met een huis vol mensen van wie zij enorm veel hield, was ze wanhopig op zoek naar antwoorden.

Ik wacht op U, God. Zeg het mij. Hoe moeten we nu verder? Ik heb echte hulp nodig.

Stilte.

Abby aarzelde even en veegde toen haar tranen weg. Goed. Als God niet tot haar zou spreken, zou ze haar eigen weg moeten zien te vinden. Het zou niet voor het eerst zijn, want eigenlijk was ze al alleen geweest vanaf het ogenblik dat Charlene Denton haar oog op John had laten vallen.

Wie van jullie zonder zonde is, laat die als eerste een steen...

Dat is niet het antwoord dat ik zoek... Abby draaide zich met een ruk om en dwong zichzelf aan iets anders te denken. Ze had ten slotte gasten te verzorgen. Dit was niet het moment om tot aan haar knieën door het moeras van haar schuld te waden, niet terwijl alle anderen zich zo goed vermaakten. John was schuldig aan de ellende waarin ze verzeild waren geraakt, en ze zou zich door niemand iets anders laten wijsmaken.

Zelfs niet door God.

De laatste gasten waren vertrokken en Nicole stapelde de geopende cadeaus keurig in het midden van de salontafel op. De jongens en Matt speelden in Kade's kamer op de spelcomputer en haar vader was vroeg gaan slapen. Alleen haar moeder was nog wakker, maar zij had zich na de afwas verontschuldigd omdat ze nog een artikel moest afronden.

Het feest was een groot succes geworden. Nicole en Matt hadden genoten van het contact met hun familie en beste vrienden. Tot ver na tien uur had iedereen gelachen, herinneringen opgehaald en zich geweldig vermaakt, maar toch kon Nicole het gevoel niet van zich afzetten dat er iets mis was.

Heel erg mis.

Ze ging op de rand van de tafel zitten en sloeg haar benen over elkaar. *God, wat is dat? Wat voel ik?*

Het beeld van haar ouders kwam haar voor de geest en ze besefte plotseling dat ze hen geen ogenblik samen had gezien deze avond. *Is alles in orde tussen hen, God? Hebben ze soms moeilijkheden?*

Bid dochter. Het gebed van een rechtvaardige is krachtig en mist zijn uitwerking niet.

Het antwoord kwam snel. God wilde dat zij bad – maar voor haar ouders? Waar hadden zij in vredesnaam gebed voor nodig? Zaten ze misschien in financiële nood? Kostte de trouwerij meer dan ze zich konden veroorloven?

God, mijn hart is banger dan ik zeggen kan. Vader, wees met mijn ouders en breng ze nader tot elkaar. Ik ben bang... ik heb ze vanavond niet bij elkaar gezien en... misschien zoek ik er teveel achter, maar ik krijg het akelige gevoel dat er iets niet in orde is. Misschien gaat het om geld of iets dergelijks. Ik weet het niet. Alstublieft, Vader, omring hen met Uw engelen en bescherm hen tegen de duivel met zijn listen. Stel ze gerust waar er zorgen zijn, ruim de misverstanden uit de weg. En gebruik mij, God, hoe U dat wilt, om de zaken recht te zetten. Als er tenminste iets mis is.

Ze beëindigde haar gebed en keek naar de dichte deur van haar moeders kantoor. Zonder te aarzelen stond ze op, liep door de kamer en klopte maar één keer aan voordat ze zichzelf binnen liet. 'Wat ben je aan het doen?'

Haar moeder keek snel op, blikte kort naar haar scherm en klikte tweemaal.

'Tot ziens,' zei de computer.

'Ik... ik was even de mail aan het controleren.' Ze lachte iets te blij en draaide haar stoel om zodat ze Nicole recht aankeek.

Waarom zag ze er zo nerveus uit? 'Hoi, mam... alles in orde? Ik bedoel met pap en jou?' Nicole keek haar aandachtig aan, op zoek naar tekenen dat de zaken misschien wel erger waren dan zij zich voorstelde. Dat ze misschien ruzie hadden. Uit haar hele kindertijd kon Nicole zich misschien drie gelegenheden herinneren waarbij haar ouders woorden hadden gehad, en dat waren zeer verontrustende ervaringen voor haar geweest. Haar ouders waren als twee rotsen, de mensen naar wie iedereen keek als ze wilden weten hoe een huwelijk kon zijn.

De laatste keer dat haar ouders ook maar op wat hardere toon met elkaar hadden gepraat, was al jaren geleden, toch? Nicole wachtte op het antwoord van haar moeder en merkte dat haar eigen vingers trilden.

'Ja, natuurlijk. Alles is in orde.' Ze hield haar hoofd schuin en haar gezichtsuitdrukking verstrakte een beetje vreemd. 'Waarom vraag je dat, lieverd?'

Nicole slikte moeilijk, er niet zeker van of ze haar zorgen moest uitspreken. 'Ik zag jullie de hele avond niet bij elkaar, begrijp je? Dat vond ik een beetje vreemd.'

Haar moeder lachte weer. 'Lieverd, er waren hier zo veel mensen. Elke keer als ik naar je vader wilde, kwam er wel iemand binnen die begon te praten of een schaal bracht die gevuld moest worden. De avond was om voordat we het wisten. Dat is alles.'

Nicole kreeg een warm gevoel van binnen en haar spanning ebde weg. Het was gewoon haar verbeelding geweest.

Het gebed van een rechtvaardige is krachtig en mist zijn uitwerking niet. Bid, dochter. Bid.

Weer gingen de alarmbellen rinkelen in Nicole's hart. Waarom kreeg ze dergelijke ingevingen als alles in orde was? Ze dacht even na en keek haar moeder indringend aan. 'Je vertelt me toch de waarheid, mam? Er zijn toch geen problemen met geld ofzo? Het laatste wat ik wil, is dat jullie het door mij moeilijk krijgen.'

Abby grinnikte. 'Lieverd, toen jouw grootvader Reynolds overleed, liet hij ons een heleboel geld na. Geloof me, jouw huwelijk baart ons in financieel opzicht absoluut geen zorgen.'

Nicole liet haar gewicht op een heup rusten en bleef haar aankijken. 'Eerlijk waar? Alles in orde?'

Er gleed iets van een donkere schaduw over het gezicht van haar moeder, die ogenblikkelijk weer verdween. 'Dat zeg ik je toch, alles is in orde.'

Haar dochter pakte haar handen vast. 'Kom mee, ik wil je de cadeaus laten zien.'

Abby stond langzaam op en rekte zich uit. 'Ik heb ze al gezien, lieverd.'

'Weet ik, maar ik heb ze nu geordend. Je weet wel, koffiezetapparaten en broodroosters aan de ene kant van de tafel, de emotionele cadeaus aan de andere kant.'

'Nou, vooruit dan maar.' Ze lachte en sloeg een arm om haar dochter. 'Ga maar voor.'

Ze waren nog maar halverwege toen Nicole stopte en haar moeder inniger vastpakte. 'Bedankt voor de bijbel, mam' Ze liet haar los en keek haar weer intens aan. 'Dat is mijn favoriete cadeau.'

'Goed. Houd dat zo en jij en Matt zullen de komende vijftig jaar in liefde doorbrengen. Let op mijn woorden.'

Nicole glimlachte en gaf haar moeder een arm. Vrolijk liepen ze naar binnen en stopten bij de stapel geschenken, die ze stuk voor stuk bekeken, al napratend over het feest en dromend over de komende bruiloft. Nicole begreep dat de aandrang van God om voor haar ouders te bidden een goede zaak was. Zelfs de sterkste koppels hadden weleens gebed nodig. Maar met mam en pap was niets aan de hand. Ze was er zeker van dat haar vreemde bezorgdheid het product was van een overactieve verbeelding.

En van de gezonde spanning over haar eigen, grote stap.

Zestien

Denny Conley was nog te kort met het geloof bezig om te weten waar hij anders naartoe moest. Hij wist alleen dat hij veel aan zijn hoofd had en dat er maar één was met wie hij dat wilde delen. Bovendien, het was voor hem min of meer routine geworden om zijn zorgen 's avonds laat bij God neer te leggen.

Een ding wist hij zeker: het was een stuk beter dan zijn vroegere gewoonte om van café naar café te lopen en zich elke morgen weer af te vragen hoe hij in vredesnaam thuis was gekomen.

De kerk was klein, anders dan de grote gebouwen dichter bij het centrum. En die maandagavond laat in maart was het binnen bijna aardedonker. Denny had een sleutel omdat hij de laatste tijd wat hand- en spandiensten verrichtte als een soort conciërge; hij bewaarde de sleutel aan zijn eigen bos, direct naast die van zijn appartement.

Stil, om zelfs de kerkkat niet te storen, liep Denny naar de eerste rij en ging in de kerkbank zitten. Zoals hij de laatste maanden zo vaak had gedaan, staarde hij vol ontzag naar het levensgrote houten kruis.

Denny was katholiek opgevoed en had in zijn leven heel veel kruisen gezien. Of eigenlijk crucifixen. Het soort glanzend bronzen kruis waaraan Jezus met een van pijn vertrokken gezicht hing. Hij had niets tegen crucifixen, maar zij legden wel erg de nadruk op het lijden.

Soms was dat ook goed, om zich het lijden van de Heer te realiseren. Toen hij een paar maanden eerder op een avond weer dronken was thuisgekomen, had Denny de crucifix aan de muur van zijn slaapkamer gezien en was hij ernaartoe gelopen om hem beter te bekijken. Was het waar? Had een onschuldige man die Jezus heette aan dat kruis gehangen om te sterven voor de zonden van Denny Conley? Dat kon hij maar moeilijk geloven. Waarom zou iemand in vredesnaam zoiets doen? En dan nog wel voor iemand zoals hij!

Het was toen al vier jaar geleden dat zijn zoon zijn persoonlijke relatie met God had gevonden. Het was het enige waar Matt in die tijd over kon praten. Het was trouwens nog steeds bijna het enige waar hij het over had. Maar Denny's confrontatie met de crucifix speelde weken nadat hij voor het laatst met de jongen had gepraat. Denny was wankel ter been en stond op het punt zijn whiskyroes te gaan uitslapen, maar er was iets in de manier waarop Jezus daar hing – met al die pijn maar zonder te klagen – en dat om te zorgen dat mensen als hij en Matt naar de hemel konden.

Er was iets in dat feit dat Denny nauwelijks kon verdragen.

De volgende dag zocht hij kerken op internet op en vond hij een aardig, klein kerkje, met daarbij de foto van een vriendelijke man die dominee Mark heette. Denny was die middag bij de kerk langsgegaan en had met de man gesproken. En hij had hem precies hetzelfde verteld als Matt. Jezus stierf voor hem, ongeacht of hij een goed of slecht mens was of iets ertussenin, zoals een dronkenlap die de cafés afschuimde. Hoe dan ook, het was aan Denny zelf om het geschenk van de hemel te aanvaarden, of weg te lopen en zijn eigen leven te blijven leiden.

Hij herinnerde zich de beslissing beter dan alle andere momenten van zijn leven. Hij had in het verleden een paar vreselijke vergissingen begaan. Hij was bij Jo weggegaan toen Matt nog maar een peuter was, was met een andere vrouw getrouwd en had twee decennia van zijn leven weggedronken. Die avond was hij ladderzat, weer alleen en zocht hij naar andere mogelijkheden.

Maar nog nooit had hij een aanbod gekregen zoals dominee Mark het hem die middag deed. Eeuwig leven. En er was al voor betaald. Het enige dat hij hoefde te doen, was God te vragen zijn vroegere zonden te vergeven, om vervolgens het geschenk aan te nemen dat al voor hem klaarstond.

Het was eigenlijk teveel, een aanbod dat Denny niet kon weigeren. Die avond vroeg hij Christus in zijn leven te komen, en de verandering in zijn hart was vrijwel onmiddellijk. Het eerst wat hij deed toen hij thuiskwam, was Matt bellen.

'Je oude heer is gelovig geworden, Matt. Net als jij.'

Het bleef even stil. Denny wist het niet zeker, maar volgens hem huilde Matt aan de andere kant van de lijn. Dat gesprek was nog maar het begin geweest: de laatste paar maanden hadden ze meer met elkaar gepraat dan in alle jaren daarvoor, maar ze hadden elkaar nog niet gezien. Niet een keer sinds Denny hem en Jo had laten zitten, toen Matt nog maar vier jaar oud was. Matt had hem willen opzoeken na zijn eerste telefoontje, maar Denny wilde niet dat de jongen hem dronken zou aantreffen, en in die tijd waren er weinig dagen... of uren... dat hij nuchter was.

Maar vanaf de dag dat hij ging geloven, was Denny ook van iets anders overtuigd. Hij geloofde dat als God Jezus Christus uit de dood kon laten opstaan, Hij zeker ook Denny Conley van de demonen van het alcoholisme kon bevrijden.

Hij glimlachte naar het kruis. Het was nu vier maanden geleden, vierentwintig kerkdienst en vijftig sessies bij de Twaalf-Stappen groep die hem van zijn alcoholverslaving moest afhelpen. Hij begon aan te komen en verloor de rossige gloed die zijn gezicht door de jaren heen door al het drinken had opgelopen. Hij was nu bijna zover dat hij Matt kon ontmoeten: elke dag en op elk uur van de dag was hij tegenwoordig volkomen nuchter, en dat alles door Christus.

Dat had hem tot zijn huidige gebed gebracht, een gebed dat hem 's avonds naar de kerk liet gaan om het direct aan de voet van het kruis te leggen. Hij bad voor de verlossing van Jo. Denny wist van Matt dat zijn moeder erg cynisch tegenover dat hele 'Jezusgedoe' stond. Ze was waarschijnlijk verbitterd, kwaad en gefrustreerd over haar leven als alleenstaande moeder. Het zou voor haar niet makkelijk zijn om de waarheid aan te nemen.

De waarheid dat Denny Conley een ander mens was geworden. Hij zuchtte. Door die aanstaande trouwerij leek de hele kwestie extra dringend te worden. Hij ging er toch heen. Het stond voor hem als een paal boven water dat hij erbij zou zijn in de kerk als zijn zoon dat bruidje van hem trouwde. En als God het hem gunde, zou hij ook een paar minuten van hart tot hart spreken met Jo.

En misschien, heel misschien…

Hij boog zijn hoofd en sloot zijn ogen. 'God, Jo heeft nu veel verdriet vanwege mij… en omdat ze U nog niet kent. Ze heeft U nodig, Heer. Maar… nou ja, ik ben niet de aangewezen persoon om haar dat te vertellen, begrijpt U? Ik heb haar al die jaren geleden vreselijk veel pijn gedaan en dat spijt me enorm. Dat weten U en ik. Maar Jo… zij denkt dat "dat hele Jezusgedoe" niet meer is dan een opwelling, misschien mijn manier om na al die tijd toch weer contact te krijgen met Matt.

Hoe dan ook, God, U weet wat ik bedoel. Raak alstublieft Jo's hart aan. Maak haar onrustig, zodat niets haar rust en vrede kan schenken buiten U. Red haar, Heer, en geef dat zij en ik met elkaar kunnen praten. Misschien tijdens de trouwerij. Maak haar bereid om mij te zien. Alstublieft.' Hij dacht even na. 'Wat ik U eigenlijk wil vragen, God, is een wonder voor Jo. Net als het wonder dat U Matt en mij hebt geschonken.' Hij aarzelde. 'In Jezus' naam, amen.'

Na zijn gebed liet hij zijn ogen nog even op het kruis rusten, dankbaar dat Jezus er niet langer aan hing, maar leefde – dat Hij voor altijd leefde. Met zijn blik nog opwaarts gericht en zijn gedachten bij zijn Verlosser, deed Denny wat hij altijd deed nadat hij had gebeden.

Hij zong.

De dominee had hem verteld dat het lied meer dan honderd jaar oud was, maar voor hem was het gloednieuw. Het had speciaal voor hem geschreven kunnen zijn. Als de aarzelende noten uit een verstofte piano klonk Denny's stem op voor een publiek van één

Toehoorder. Het maakte niet uit dat hij geen wijs kon houden of de kat de stuipen op het lijf joeg. Denny bekommerde zich alleen maar om het lied zelf, de woorden: *Groot is uw trouw, o God mijn Vader/ Bij U is geen schijn van willekeur/ U verandert niet, uw mededogen is standvastig/ zoals U bent geweest en altijd zult zijn.* Hij neuriede een beetje omdat hij niet alle woorden kende. Maar op een dag zou hij ze wel kennen. Tot die tijd zong hij de delen die hij wel kende. *Groot is uw trouw, groot is uw trouw/ elke morgen brengt nieuwe zegeningen/ alles wat ik nodig heb, heeft uw hand geschonken/ groot is uw trouw, Heer, jegens mij.*

Het was weer donderdagavond en in de knutselruimte van de winkel was niemand, op Abby, Jo en twee andere vrouwen na. Abby was in het plakboek halverwege Nicole's middelbare schooltijd en schoot goed op, ondanks Jo's voortdurende geklets.

Ze hadden die avond nog twee uur te gaan toen Jo diep ademhaalde en een nieuwe reeks vragen op Abby begon af te vuren.

'Denk jij dat je naar de hemel gaat, Abby? Ik bedoel echt... naar een plaats die hemel heet en waar mensen na hun dood naartoe gaan?'

Abby knipperde met haar ogen en legde de foto in haar hand neer. Het was niet iets waar ze de laatste tijd veel aan had gedacht, maar het was zeker waar. Zij had haar leven al heel lang geleden aan Christus gegeven en ook al was haar persoonlijke leven een puinhoop, God zou haar om die reden niet afwijzen, toch? Ze zuchtte stilletjes. 'Ja, ik denk dat ik naar de hemel ga.'

'Een echte plaats die hemel heet? Denk je dat je daar echt heen gaat op een dag?' Jo ratelde door naar de volgende vraag zonder haar gelegenheid te geven om te antwoorden. 'Geen fantasieplek, geen droom of idee, maar een echte, reële ruimte?'

Abby zuchtte nogmaals. Het was al erg genoeg om door schuldgevoel jegens John verscheurd te worden, maar nu moest ze ook nog nadenken over de hemel... het was bijna meer dan ze kon verdragen. Ze waren halverwege de zes maanden gevangenisstraf met het voorwenden van een gelukkig huwelijk, halverwege tot de dag waarop ze hun scheidingspapieren zouden indienen. *Wat weet ik van de hemel?* 'Ja, Jo, het is een echte ruimte. Even echt als alles hier om je heen.'

Voor het eerst sinds ze de vrouw had ontmoet, had Jo Harter geen weerwoord. Ze liet Abby's antwoord bijna een volle minuut bezinken voordat haar volgende vraag kwam. 'Als jij gelijk hebt... als die hemel echt is, dan geldt dat ook voor de hel, of niet? Geloof je dat ook, Abby?'

Abby leunde op haar onderarmen en keek Jo bedachtzaam aan. *Ik ben het slechtst denkbare voorbeeld, God, maar gebruik mij, alstublieft. Hoe ver ik de laatste tijd ook ben afgedwaald, dit weet ik wel: haar verlossing is een belangrijker zaak dan alles waar ik mee tob.* 'Klopt, Jo. Ook de hel is een reële plaats.'

'Dus met vuur en de hele mikmak? Foltering en pijniging tot in de eeuwigheid?'

'Precies. Zo beschrijft Jezus het.'

'Maar dat is toch alleen voor de slechteriken, hè? Voor moordenaars en mensen die zonder visvergunning hengelen?'

Abby werd er compleet door overrompeld. *Help me, God. Geef me de woorden.* Ze zette haar vingertoppen tegen elkaar en probeerde Jo intens aan te kijken. Ze trachtte het medeleven uit te stralen dat ze plotseling voor deze vrouw voelde, de toekomstige schoonmoeder van haar dochter. 'Volgens de Bijbel niet.' Ze zweeg even. 'De Bijbel zegt dat de hel er is voor iedereen die Gods geschenk van de verlossing niet wil aannemen.'

Jo snoof vermoeid. 'Dat is nu precies het stukje dat ik niet begrijp. Iedereen heeft de mond vol over hoe liefdevol hun God wel niet is, en dan komt het verhaal over hoe Hij mensen naar de hel stuurt. Daar verbaas ik me dan echt over.' Ze hapte snel weer adem. 'Welke zogenaamd liefdevolle God zendt nu mensen naar de hel?'

Ik kan dit niet aan, God. Spreekt U voor mij, alstublieft. Haar hart en mond raakten vervuld van woorden die niet de hare waren.

'Mensen raken een beetje in de war als ze aan God denken. Kijk, als iemand sterft, dan *stuurt* God hem of haar niet echt ergens heen.'

Jo fronste vol onbegrip. 'Er is toch maar één God? Wie zendt die mensen dan door?'

Abby glimlachte. *God, ze weet het werkelijk niet. Dank U voor het voorrecht dat ik het haar mag vertellen.* 'Zoals ik het uit de Bijbel begrijp, maken we onze eigen keus. En als we sterven, respecteert God die keuze eenvoudigweg.'

'En dat betekent?' Jo was haar plakboek bijna helemaal vergeten. Haar grote open ogen verraadden haar fascinatie.

Abby werd verteerd door een gevoel onwaardig te zijn, maar ze ging door en geloofde God woord voor woord. 'Dat betekent dat God, als wij onze behoefte aan een Verlosser erkennen en het geschenk van Christus' bevrijding aanvaarden, na onze dood die keuze erkent en ons welkom heet in de hemel.' Ze wilde Jo niet teveel informatie tegelijk geven en wachtte even zodat haar woorden konden bezinken. 'Maar als we ervoor kiezen geen relatie met Jezus aan te gaan en alle kansen negeren die Christus ons biedt, dan respecteert God die keuze ook na onze dood. Zonder de beschermende genade van de Verlosser kan niemand in de hemel komen. In dat geval blijft alleen de hel nog over als mogelijkheid.'

Weer was Jo even stil. 'Dus jij denkt dat dat allemaal waar is? En als ik vannacht zou komen te overlijden… dan zou ik niet…' Ze leek zich er niet toe te kunnen brengen de zin af te maken. In plaats daarvan pakte ze haar foto weer op en begon te knippen. Zonder op te kijken, veranderde ze van onderwerp. 'Hoorde ik het goed van Nicole dat we een week voor de bruiloft een uitje organiseren met de vrouwen? Dat lijkt me een geweldig idee. Voor mij betekent een uitje altijd een huisje aan een meer, en als er iets is dat ik op zulke dagen heerlijk vind om te doen, is dat een goede, oude vispartij…'

Jo begon weer te ratelen en rende zo snel en ver mogelijk weg van de zin die ze niet had kunnen afmaken. Abby luisterde maar met een half oor en concentreerde zich vooral op God, met de smeekbede het zaad van de waarheid te laten wortelen in de ziel van Jo Harter.

En misschien dat er bij die gelegenheid ook een nieuw vuur in haar eigen hart kon komen.

'Weet je, Abby, ik geloof dat ik wel weet waarom het misging tussen Denny en mij. Ik bedoel, het was zijn keuze om er vandoor te gaan, maar het was ook mijn fout. Dat zie ik tegenwoordig veel duidelijker in. Er zijn twee mensen voor nodig om een huwelijk te laten lukken, maar ook twee om het uit elkaar te laten vallen. Dat is een waarheid als een koe.'

Abby knikte. 'Soms, maar niet altijd.' Ze dacht aan John en Charlene. 'Soms vindt een van de twee een ander om lief te hebben. Dat gebeurt ook.'

Jo leek haar niet te horen. 'Weet je wat het was? Ik kreeg het druk. Druk met Matt, die nog een kleuter was. Ik bracht hem naar school en haalde hem weer op, ging met hem naar het park en viel 's nachts naast hem in slaap. Ik vergat Denny zo'n beetje, Abby. En toen werden alle kleinigheden plotseling grote problemen, begrijp je? Zoals de dop die hij vergat op de tandpasta te draaien of het ondergoed dat hij niet in de wasmand gooide. We begonnen over alles ruzie te maken, en niet lang daarna liepen we als twee vreemdelingen rond in ons kleine huis in het hart van South-Carolina.'

'Hmmm. Waar woont hij nu?'

'In een klein appartement ongeveer een uur hiervandaan. Dat zegt Matt tenminste. Ik heb hem in geen jaren meer gesproken.'

De avond kabbelde voort en Abby dacht na over de dingen die Jo had gezegd, over hemel en hel en over de twee mensen die nodig waren om af te breken wat twee mensen ook hadden opgebouwd.

Die avond waren haar laatste gedachten voordat ze insliep aan Jo Harter gewijd.

Voor mij en John, ons huwelijk, is het te laat, God. Maar niet voor Jo. Laat haar alstublieft vanavond die enorm belangrijke zin afmaken voordat ze in slaap valt. Laat haar weten dat zij zonder U geen enkele kans maakt om naar de hemel te gaan.

O, en jij maakt die kans dus wel, Abby?

De stem siste het in haar hart en zij weigerde de woorden te horen. Ze hield nog steeds veel van Jezus en ze had Hem nooit welbewust afgewezen of verlaten, toch? Een moedeloos gevoel kroop vanuit haar maag omhoog. Goed, maar ze had Hem niet vaak afgewezen. En hoewel de keuze die zij en John maakten God wel pijn moest doen, zou haar weg naar de hemel er niet door versperd worden.

De waarheid greep Abby aan en ze sloot haar ogen. Haar weg naar de hemel was dan misschien niet versperd, maar wel haar weg naar het paradijs van oud te worden aan de zijde van de vader van haar kinderen, de man die ooit haar wederhelft was geweest en die zij innig had liefgehad.

Zeventien

De footballtrainingen in de lente gaven John weer een reden om uit huis te zijn – en de zekerheid dat hij en Abby na nog drie korte maanden konden ophouden met hun toneelspel en verder konden met de rest van hun leven. Hij wist niet zeker wat dat zou gaan inhouden, maar hij was in elk geval enorm dankbaar voor de uren die hij aan de zijlijn van het trainingsveld stond om gedachteloos zijn aanwijzingen te brullen naar de jongens die trainden voor het seizoen dat pas maanden later zou beginnen.

Een felle zon brandde op het veld en de temperatuur was ongewoon hoog. Geen wonder dat het team moeite had zich te concentreren. John sloeg zijn armen over elkaar en stond met zijn benen iets gespreid, de knieën op slot. Het was een houding die zijn spelers maar al te goed kenden en die een absoluut gezag uitstraalde.

Zijn quarterback, een tweedejaars die Kade's positie graag wilde overnemen, liet zich terugvallen en zocht haast wanhopig naar een vrije vanger. Verderop buitelden twee spelers over elkaar heen, terwijl de bal hoog boven hun hoofden vloog.

'In de lijn,' brulde hij. 'Jullie lijken wel een stelletje brugklassers. Opnieuw, en goed deze keer, of we gaan de volgende vijftien minuten tussen de lijnen op en neer rennen. Rustig aan, weet je nog? We zijn hier nog aan het leren.'

De volgende poging verliep soepeler en de bal belandde eenvoudig bij een van de spelers. 'Beter! Zo moet het. Op kampioensniveau, jongens. Dat moeten we vasthouden.'

Bijna twintig jaar lang had hij elke lente dezelfde instructies gebruld en tegenwoordig kon hij op de automatische piloot een intensieve training begeleiden terwijl zijn gedachten kilometers ver weg waren.

Zes kilometer, om precies te zijn, bij het huis dat hij nog steeds met Abby deelde, de plaats waar de huwelijksvoorbereidingen voortdurend het gesprek van de dag waren en waar de vrouw met wie hij getrouwd was haar mijdgedrag tot een kunstvorm had verheven.

Dit is dus de grote finale? In en maalstroom van drukte, trouwplannen en beloften van nieuwe liefde. Het hele gezin was opgetogen over het feest van Nicole en Matt en de drukke planning gunde Abby en John nauwelijks een half uur om te bespreken hoe ze dit moesten doen, hoe ze de banden konden doorsnijden die gedurende twee decennia lang waren gegroeid. Zou wat zij hadden, wat zij gedeeld hadden, zomaar in het niets verdwijnen?

De liefde verdraagt alles, mijn zoon. De liefde zal nooit vergaan.

John klemde zijn kaken op elkaar. 'Naar rechts, Parker,' brulde hij. 'De verdediging komt steeds in dezelfde opstelling terug. Football is een spel van aanpassen.'

Het ging niet om liefde; het ging om loslaten. De liefde was al lang uit hun huwelijk verdwenen. Twintig jaar eerder – zelfs nog tien jaar – zou dit scheidingsproces niet te verdragen zijn geweest. Maar wat hij en Abby nu verloren, was niet meer dan een verstandshuwelijk. Twee mensen die een manier hadden gevonden om samen te leven, de rekeningen op tijd te betalen en de mijlpalen van hun kinderen samen te vieren.

Liefde had daar niets mee te maken.

Bedenk van welke hoogte je gevallen bent. Heb lief zoals Ik je heb liefgehad.

John geselde zijn kauwgom, wreef zijn nek en keek naar de grond. Dat had hij toch geprobeerd? Toen Charlene voor het eerst op het toneel verscheen en hij de kracht had gevonden om uit haar slaapkamer weg te lopen. Was dat geen inspanning om zich de hoogte te herinneren vanwaar hij was gevallen? Hij keek weer naar de spelers op het veld. Het lag eigenlijk aan Abby. Het was haar schuld dat alles aan duigen was gevallen. Ze eiste zoveel en ze was… nou ja, ze had geen humor meer. Ze liep hem altijd te commanderen en keek hem steeds aan met die blik die zei dat hij niet aan haar verwachtingen voldeed. Soms leek het alsof hij zich alleen van de andere kinderen onder Abby's hoede onderscheidde door een langere lijst van taken die hij moest uitvoeren.

Ze had al jaren niet meer van hem gehouden. 'Opnieuw opstellen en overdoen,' schreeuwde hij. En als ze dat wel deed, had ze een vreemde manier om het te laten merken. 'Laat je achterste zakken, Sanders. Lijnspelers halen al hun kracht uit hun benen. Nog een keer.'

Nee, ze hield niet meer van hem. Niet zoals vroeger, toen ze in de lente nu en dan bij de training kwam kijken of soms een plaatsje op de tribune zocht in de zomer, of na elke wedstrijd op hem stond te wachten – niet alleen na de belangrijke. Vroeger, toen de kinderen, haar schrijverij en haar vader nog niet belangrijker waren dan hij.

Hij snoof. Dat was het laatste thema waarmee ze hem schuldgevoelens wilde aanpraten: haar vader.

'Hij zal er niet zo lang meer zijn, John. Het kan geen kwaad als je hem zo nu en dan eens opzoekt.'

Waarom moest ze het op die manier zeggen?

'Voetenwerk, Johnson!' brulde hij over het veld. 'Een *pass* vangen heeft alles te maken met voetenwerk. Zoek je ritme en laat de bal naar je toe komen.'

Had ze niet gewoon kunnen zeggen dat haar vader het fijn vond om met hem te praten? Hij zuchtte diep en schudde zijn hoofd. Het zat hem niet echt in haar woorden, maar in de toon. Alles wat ze tegenwoordig tegen hem zei, had een verwijtende ondertoon.

Niet zoals vroeger, toen ze achter hem kwam staan en…

Een paar dunne vingers streelden zijn nek en hij draaide zich met een ruk om. 'Charlene!' Zijn spelers keken om, en hij herstelde zich onmiddellijk, nam zijn vaste houding weer aan en deed onverschillig. 'Ik hoorde je niet aankomen.'

Ze droeg een strak blauw topje en een zwierige rok die alle juiste plekken accentueerde en tot vlak boven haar enkels viel. *Ik kan dit niet, God. Zorg alstublieft dat ze weggaat.*

'Ik zag je hier bezig en kon me niet bedwingen.' Ze trok een pruillip op een manier die hem deed smelten. 'Kun je het me vergeven?'

Hij voelde een glimlach om zijn mond spelen, maar deed een stap opzij zodat hij weer over het veld uitkeek. 'Parker, probeer nu vijf seconden de bal te houden. Onder de lampen op vrijdagavond tellen alle seconden. Kom op, jongens, kom op. Jullie zijn Eagles!'

Uit zijn ooghoek zag hij hoe Charlene naast hem kwam staan, dicht genoeg bij hem dat hun blote ellebogen elkaar konden raken, net ver genoeg om geen nieuwsgierige blikken van de spelers op te roepen.

Al haar aandacht leek op het veld te zijn gericht. 'Geen antwoord, coach?'

Waarom gaf ze hem zo'n goed gevoel over zichzelf? Zo veel leven? 'Vergeven.' Hij keek haar even aan. *Zeg het niet...* 'Je ziet er goed uit.'

Ze hield haar hoofd schuin zodat ze hem van top tot teen kon opnemen. 'Ja, jij ook.' Toen haar ogen de zijne bereikten, keek ze serieuzer. 'Ik heb je gemist.'

John klemde zijn kaken op elkaar. *Ga ontucht uit de weg, mijn zoon!* Hij negeerde de waarschuwing. 'Abby en ik praten niet meer. Twee vreemden onder een dak.'

Ze kwam een centimeter dichterbij en raakte zijn arm met de hare op een manier die hem tintelingen door zijn buik joeg. 'Ik doe een paar avondcursussen... maar vanavond ben ik thuis.' Ze liet haar sandaal dichter bij zijn sportschoen komen en tikte hem speels aan. 'Waarom kom je niet even langs? Zeg maar tegen Abby dat het een vergadering van de coaches is. Het lijkt erop dat je met iemand moet praten.'

John stapte naar voren en zette zijn handen aan zijn mond. 'Lopen! Dat was een ram, verdedigers. Blijf alert op de bal.' Hij klapte driemaal in zijn handen. 'En nu eens alsof we de kampioen zijn, ja?'

Charlene wachtte even. 'Je geeft geen antwoord, coach.'

Een windvlaag vulde zijn neus en zinnen met de geur van haar parfum. *God, ik kan dit niet weerstaan...* Het idee een avond met haar door te brengen en haar na drie maanden bewuste vermijding weer te leren kennen, was verlokkender dan hij had kunnen vermoeden. 'Misschien.'

Ga ontucht uit de weg, mijn zoon!

De woorden die in zijn geest opdoken, drongen door tot in zijn hart en bekoelden zijn bloed aanzienlijk. Om redenen die hij zelf niet begreep, kreeg hij plotseling zijn beheersing terug. Hij had haar toch gevraagd om te wachten tot na Nicole's trouwdag? Waarom was ze hier dan? 'Of eigenlijk, misschien maar liever niet. Ik heb nog een hele stapel proefwerken na te kijken vanavond.'

Charlene's woorden kwamen langzaam en weloverwogen en speelden welbewust in op Johns hartstocht. 'Je kunt me niet altijd blijven ontvluchten, John Reynolds.' Bij het omdraaien liet ze haar arm langs de zijne glijden. 'Ik ben er, als je je nog mocht bedenken.'

Het besef dat ze wegliep, bracht scherp tegengestelde gevoelens bij John teweeg. Aan de ene kant wilde hij de training affluiten en met haar meegaan naar huis en de hele avond bij haar blijven. Niet om lichamelijk intiem te worden, maar alleen om eens met iemand te kunnen praten die hem wél graag mocht. Maar aan de andere kant voelde hij een opluchting als nooit tevoren. Krachtig en tastbaar, alsof hij net ontsnapt was aan een val in de diepste en donkerste kloof.

Matts flat was op loopafstand van Marion High School en aangezien het weer beter was dan normaal, had hij zich aangewend om elke dag joggend op en neer te gaan naar de campus. Zijn studieprogramma was eigenlijk lichter dan ooit, maar met het naderende toelatingsexamen als advocaat en de hofmakerij bij Nicole begon hij toch last te krijgen van stress. Het rennen werkte uitstekend om zijn innerlijke rust te herstellen.

Die middag besloot hij meer te lopen dan zijn gebruikelijke vierenhalve kilometer. De Eagles waren aan het trainen en misschien kon hij Nicole's vader even spreken. Het was heel vreemd. Met het huwelijk in aantocht moesten Nicole en hij meer tijd met elkaar doorbrengen dan ooit, maar elke dag werd het weer moeilijker als het om hun lichamelijke relatie ging.

De vorige avond was een goed voorbeeld. Nicole was bij hem thuis om te bepalen welke liedjes er gespeeld moesten worden tijdens de receptie – maar voordat ze het wisten, zaten ze op de bank en kusten elkaar. Het verlangen dat hij naar haar had, was zo sterk dat hij zich soms voelde als Esau: bereid om zijn rechten als eerstgeborene te verkopen voor een kom soep. Of in dit geval een nacht van...

Matt trok zijn schoenen aan en bond ze vast met felle gebaren die zijn frustratie verraadden. Waarom kon hij zich niet beheersen op dit gebied? Twaalf weken. Achtenveertig dagen, en ze zouden elkaar kunnen beminnen zoals ze dat wilden. Maar toen zij zich de vorige avond uit zijn armen had losgemaakt en haar ogen een even intens verlangen hadden als de zijne, moest hij haar letterlijk vragen weg te gaan.

'Nog niet,' had ze gezegd, nog ademloos van hun kus. 'Het is nog maar half tien.'

Hij was naar de keuken gelopen zonder naar haar opmerking te luisteren en had een glas ijswater gedronken. *Denk aan iets anders, Matt. Een vies aquarium... je advocatenexamen...* Het hielp en zijn gevoelens werden iets verzwakt.

'Heb je me wel gehoord?' Nicole klonk gefrustreerd en Matt besefte dat hij haar geen antwoord had gegeven.

Hij slikte het laatste slokje water door. 'Het maakt me niet uit hoe laat het is; je moet nu echt gaan. Geloof me, Nicole.'

Op zulke momenten balanceerden ze op het randje van een ruzie, terwijl hij niets liever wilde dan haar liefhebben, met zijn hele hart, ziel en lichaam. *God, help mij deze laatste drie maanden door zonder dat ik toegeef.*

Acht de ander hoger dan jezelf…

Achting, respect. Dat was de sleutel. Hij had het vers eerder die morgen gelezen, maar nu drong het tot hem door. Waarom had hij niet eerder de waarheid ervan ingezien? Hij kon zichzelf alleen overwinnen door Nicole te zien zoals God haar zag, als een dochter van de Koning – niet als het knappe, vrome meisje dat zijn vrouw zou worden.

Acht de ander hoger dan jezelf…

Matt begon in de richting van de school te rennen, met nog steeds dezelfde gedachte in zijn hoofd. Dat moest het zijn, dat was de reden dat God hem naar dat vers had geleid. Tegen de tijd dat hij bij de school aankwam, had hij zich vast voorgenomen om er met coach Reynolds over te praten. Hij wist van Nicole dat haar ouders hadden afgezien van lichamelijke omgang tot na hun trouwdag. Als er iemand was die wist wat het betekende om een vrouw te respecteren, dan was het John Reynolds. En aangezien Matt nog geen zeer intense relatie met zijn eigen vader had, kon hij niemand anders bedenken met wie hij die middag liever wilde praten dan Nicole's vader.

Het trainingsveld van Marion High School kwam in het zicht. Het team rende over het gras en Nicole's vader stond langs de zijlijn, met… was dat Nicole's moeder? De vrouw leek kleiner, met donkerder haar. Naarmate hij dichterbij kwam, zag Matt steeds duidelijker dat het niet Abby Reynolds was, hoewel ze pal naast Nicole's vader stond.

Het viel hem op dat de coach kennelijk genoot van haar aanwezigheid en aandacht. Hoe ze naar elkaar lachten en hun ellebogen elkaar raakten… als hij niet beter wist, zou hij zich zorgen hebben gemaakt. Maar ze was waarschijnlijk gewoon een coach van de meisjes, een collega.

Hij keek nog steeds naar hen toen de vrouw langs Nicole's vader heen liep en heupwiegend in de richting van de school verdween.

Een paar seconden later kwam Matt bij zijn toekomstige schoon-vader aan, zwetend en buiten adem van het rennen. 'Hallo, meneer Reynolds.'

Nicole's vader had de brunette nagekeken toen ze vertrok en hij draaide zich met een ruk om, zijn ogen wijd opengesperd. 'Matt! Waar kom jij plotseling vandaan?'

Matt boog voorover en probeerde op adem te komen. 'Thuis. Ik ren hier elke dag langs. Ik dacht dat ik u hier zou vinden.' Hij wees naar de spelers op het veld. 'Bent u ze aan het drillen?'

John lachte een beetje vreemd en aarzelde even. 'Elk jaar weer hetzelfde programma.' Hij deed een stap in de richting van het veld. 'Een beetje lucht geven, Parker! Geef de anderen de tijd om naar voren te gaan.'

Matt gebaarde in de richting van de vrouw en hield zijn hoofd schuin. 'Is zij ook een van de coaches?'

Nicole's vader likte zijn lippen en keek over zijn schouder. 'Die vrouw, bedoel je? Die vrouw met wie ik praatte?'

Zijn reactie leek weer een beetje vreemd. *Waarschijnlijk is hij te geconcentreerd met de training bezig...* 'Ja.'

'Zij is lerares aan de school, jongen.' Hij brulde weer een bevel naar zijn team. 'En wat brengt jou hier?'

Matt nam dezelfde houding aan als de man naast hem en tuurde naar de spelers. 'Respect, denk ik.'

Hij keek John aan. Was het zijn verbeelding of was hij bleker ge-worden sinds Matt er was? Misschien had hij iets onder de leden.

'Respect?'

Matt trok kleine achtjes met zijn voeten in het gras en dacht na over zijn formulering. 'Nicole en ik hebben de laatste tijd veel ruzie. Ik weet niet, ik geloof niet dat het zo zou moeten zijn, kort voor een huwelijk.'

De coach trok zijn wenkbrauwen op. 'Ruzie? Bedoel je dat jullie niet met elkaar kunnen opschieten?'

Matt perste zijn adem tussen zijn lippen door en schudde zijn hoofd. 'Nee, het is precies andersom. We kunnen een beetje te goed met elkaar, als u begrijpt wat ik bedoel.' Hij keek Nicole's vader recht aan. 'Ik kan nauwelijks meer bij haar in de buurt zijn. De verleiding is zo groot dat ik niet meer normaal kan denken.'

Er vertrok een spier in Johns kaken. *Geweldig, nu denkt hij dat ik een hond ben. Waarom wilde ik er met hem over praten? Geef me de juiste woorden, God. Ik weet zeker dat deze man me kan helpen… als hij alleen maar zijn wijsheid met me wil delen.* Coach Reynolds keek alsof hij bang was de volgende vraag te stellen. 'Maar jullie hebben… ik bedoel, tot nu toe hebben jullie toch niet…'

Matt gaf snel antwoord. 'Nee, dat is het hem nu juist. Wij zijn bij elkaar uit de buurt gebleven. We hebben God, en ook elkaar, beloofd om zuiver te blijven.' Hij schudde zijn hoofd en staarde naar de grond. 'Het is veel moeilijker dan ik had gedacht. Er heerst een permanente spanning tussen bij elkaar willen zijn en weten dat we het maar tot een zekere hoogte kunnen verdragen.'

Zijn aanstaande schoonvader knikte. 'Ik begrijp je. Ik wilde dat ik je kon zeggen dat het makkelijker wordt.'

'Misschien moet ik er anders tegenaan gaan kijken?' Matt ging iets anders staan zodat hij John beter kon aankijken. 'Vanmorgen las ik een Bijbeltekst over achting en respect voor anderen, die je boven jezelf moet stellen. Ik denk dat er waarheid in zit, iets dat me wellicht kan helpen mijn belofte niet te breken.'

De coach slikte moeilijk en leek te worstelen met zijn woorden. 'Anderen hoogachten en respecteren, zeg je?'

De cheerleaders hadden op een aangrenzend veld geoefend en twee van hen renden naar hen toe, een beetje buiten adem en giechelend. Hun aandacht ging alleen maar naar Matt uit. 'Meneer Reynolds, wat hebt u voor ons verborgen gehouden…' zei een kleine blondine die haar paardenstaart liet dansen.

'Ja, wie is deze nieuwe coach?' De grotere van de twee bloosde, giechelde en stootte de andere aan.

Matt onderdrukte een grinnik. Het was een poosje geleden dat hij op een middelbare school was geweest, maar meisje als deze zeiden hem niets. Er was nog maar één vrouw die macht over hem had. Hij gaf beide cheerleaders beleefd een hand. 'Matt Conley, en ik ben geen nieuwe coach.'

Nicole's vader trok zijn wenkbrauwen op en keek de meisjes quasidreigend aan. 'Matt gaat over een paar maanden met mijn dochter trouwen.'

Beide meisjes zetten grote ogen op en moesten een nerveuze lachbui onderdrukken. 'O... juist. Goed.' De blonde pakte haar vriendin bij de arm en trok haar al giechelend mee. 'Dag Matt. Leuk je gesproken te hebben.'

Coach Reynolds keek hem grijnzend aan. 'Heb je dit probleem elke dag?'

Matt lachte zacht en haalde zijn schouders op. 'Soms, maar dat geldt voor de meeste jongens.' Hij werd weer serieus. 'Nadat ik Nicole ben tegengekomen, is het alsof ze niet eens meer bestaan.' Hij keek naar de man naast hem. 'Ongeveer zoals bij u en uw vrouw.'

John sloeg zijn armen iets strakker over elkaar en het viel Matt op dat hij zijn handen tot vuisten balde. 'Houd dat gevoel vast, Matt. Wat je er ook voor moet doen, houd het vast.'

'Was het... hadden jullie het moeilijk met zuiver te blijven voordat jullie trouwden?'

De vader van zijn aanstaande liet zijn adem tussen op elkaar geklemde tanden door ontsnappen. Hij keek Matt aan en hield zijn hoofd schuin alsof hij in tien herinneringen tegelijk was verzonken. 'Het was niet makkelijk. Het kwam erop neer dat ik deed wat jij zei: ik respecteerde Abby en had achting voor haar. Ik hield van haar om wie zij was, niet om wat ze voor mij zou kunnen doen. Niet om het gevoel dat ik kreeg als ik bij haar was.' Hij zweeg even. 'Als ik maar het doel goed voor ogen hield, was het minder erg.'

Hij hield van haar om wie zij was, niet om wat ze voor hem zou kunnen doen. Matt liet dat een paar keer door zijn hoofd gaan en kreeg het gevoel dat iemand het licht had aangedaan. De hoop vervulde hem en hij wist dat hij de volgende keer bij Nicole ook haar ziel zou zien, niet alleen haar lichaam. Misschien vroeg God daarom aan verloofden om te wachten – om te leren van elkaar te houden.

Want in de loop der jaren zou er een dergelijke liefde voor nodig zijn om hun relatie tot iets moois te maken.

'U hebt het beste huwelijk, meneer Reynolds. Ik wil dat u weet hoezeer uw voorbeeld me geholpen heeft.' Matt schudde zijn hoofd en verbaasde zich over de wijsheid die Nicole's vader in de loop van de tijd had opgedaan. 'Ik wil op dezelfde manier van Nicole houden als u van haar moeder houdt. Het laatste dat ik wil, is er een puinhoop van maken, zoals mijn ouders hebben gedaan.'

John ging even anders staan. 'Jouw ouders zijn een tijd geleden uit elkaar gegaan, geloof ik?'

'Toen ik een klein kind was. Mijn moeder was druk met mij en pap... nou ja, hij vond het moeilijk nee te zeggen tegen de meisjes – en tegen de fles. Na een poosje ging hij er met een ander vandoor.'

De coach slikte en staarde naar zijn spelers. 'Hij heeft, eh... heeft laatst contact met je gezocht, nietwaar? Dat zei Nicole.'

'Ja, dat is verbijsterend. Hij heeft zijn leven aan God gegeven, en de veranderingen zijn bijna niet te geloven. Niettemin was hij er niet toen ik een kind en jongere was. Hij heeft veel gemist.' Matt keek naar de bomenrij in de verte. 'Je gaat je afvragen hoe anders het had kunnen zijn als hij bij voorbaat al gelovig was geweest. Zoals jullie, bijvoorbeeld. Scheiding zou dan niet aan de orde zijn geweest en ze hadden een weg moeten zien te vinden om eruit te komen.'

Nicole's vader ademde diep in en brulde naar het veld. 'Goed jongens, opruimen.' De spelers hielden onmiddellijk op met wat ze deden en renden in looppas naar de coach. John keek Matt aan. 'Ik weet niet of ik je veel verder kon helpen, jongen, maar ik moet nu met mijn team praten. Wil je wachten?'

Matt gaf hem een hand. 'Nee, geen probleem. Ik moet toch aan de studie. En u hebt me echt verder geholpen.' Dat was alles wat Matt nodig had, te weten dat deze man ook verleiding had gekend en die had overwonnen door te leren echt van zijn aanstaande vrouw te houden. 'Tot ziens, coach!'

Matt begon in de richting van zijn flat te rennen, overtuigd dat hij met Gods hulp en het voorbeeld van meneer Reynolds die laatste drie maanden kon overwinnen.

John had van binnen staan trillen vanaf het moment dat Matt was aangekomen, zo bang was hij dat Nicole's verloofde mogelijk iets tussen hem en Charlene had gezien: een flirtende blik of een bepaalde houding. Een bewijs dat John Reynolds niet de man was die hij leek te zijn, maar een goedkope hypocriet die van twee walletjes at.

Hij praatte kort met de spelers en stuurde ze naar binnen voor krachttraining, waar coach Kenny ze onder handen zou nemen. Toen de laatste speler het veld had verlaten, was het trillen van John Reynolds overgegaan in schokken.

Een leugenaar, John Reynolds. Een schertsfiguur en een hypocriet.

Hij zette de kwellende stem van zich af en begon zijn ronde langs het veld om de pylonen en het materiaal te verzamelen.

Je bent een slang, een waardeloze kerel.

John knarste met zijn tanden en dwong zijn lichaam te ontspannen. De misselijkheid liet zijn lunch tot in zijn keel stijgen en hij moest een paar keer diep ademen om alles binnen te houden. *Ik moet met iemand praten om mijn hart te kunnen luchten.* Abby's vader misschien. Hij dacht aan de man, zoals zo vaak de laatste tijd: zijn vaders beste vriend, die ziek in een verpleeghuis lag en het zonder de troost van regelmatige bezoeken van zijn schoonzoon moest stellen.

Hij zou me nu toch liever zien gaan dan komen.

Hij voelde pijn in zijn hart, en weer wist John diep van binnen dat het niets met zijn gezondheid te maken had. Plotseling hoorde hij weer de woorden die hij tegen Matt had gezegd, zo luid en duidelijk alsof iemand tegen hem schreeuwde.

Ik respecteerde Abby. Ik had achting voor haar... respecteerde Abby. Ik hield van haar om wie ze was, niet om wat ze voor mij kon doen. Niet om het gevoel dat ik kreeg als ik bij haar was. Ik hield van haar om wie ze was...

Hij wees zichzelf terecht. *Hoe kon je tegen die jongen praten alsof je ook maar enig verstand van liefde hebt? Jij kent het verschil niet meer tussen echte liefde en lust.* Een drukkend gevoel nestelde zich in zijn schouders en bracht een last mee die hij nauwelijks kon dragen.

Matts opmerkingen weerklonken een voor een. *'U hebt het beste huwelijk, meneer Reynolds... uw voorbeeld heeft me geholpen... ik wil van Nicole houden zoals u van haar moeder hebt gehouden. Je gaat je afvragen hoe anders het had kunnen zijn als hij bij voorbaat al gelovig was geweest. Zoals jullie, bijvoorbeeld. Scheiding zou dan niet aan de orde zijn geweest... scheiding zou dan niet aan de orde zijn geweest... scheiding zou dan niet aan de orde zijn geweest...'*

John sleepte een net met pylonen over het veld. Zonder het zich te realiseren, had Matt alles volkomen verkeerd gezien. Alles. *En jij liet hem geloven dat het allemaal waar was.* Plotseling begreep hij die misselijkheid; hij was ziek van zichzelf. Hij was zo ver heen dat hij de volgende dag Charlene zou moeten ophalen en de stad zou moeten verlaten. Zijn gezin moest hij vergeten. Zij zouden niets met hem te maken willen hebben als ze de waarheid eenmaal wisten. De loden last in Johns hart werd zo zwaar dat hij het net met pylonen losliet, op zijn knieën viel en zijn gezicht in het gras begroef.

God, help me. Ik kan ze niet verlaten, nu nog niet. O Heer, hoe kon ik zo verzaken?

Luister, mijn zoon. De stem kwam luid en duidelijk in zijn geest. *Heb elkaar lief ... zoals ik jullie heb liefgehad, zo moeten jullie elkaar liefhebben.*

Er liep een rilling over Johns rug. Hij wist zeker dat deze stem uit de hemel kwam. God was hem nog nabij, hoorde zijn nood- kreten nog steeds. Anders had Hij geen antwoord gezonden. *Ik kan het niet, God. Zij haat mij. Het is te laat voor liefde.*

Stilte.

John keek naar de hemel. *Genees me van het verlangen dat ik naar Charlene heb, God. Mijn lichaam begeert haar zoals... zoals...*

Toen besefte hij het.

Hij verlangde naar Charlene zoals hij ooit naar Abby had verlangd. Op precies dezelfde manier. Maar toen hij zich het advies herinnerde dat hij Matt had gegeven, bleek het gewoon niet van toepassing te zijn op Charlene. Hij hield niet op die manier van haar, hield niet van de geest en ziel die diep in haar scholen. Er was maar een ding waarvan hij bij haar hield: het aangename gevoel dat ze hem gaf – emotioneel en lichamelijk.

Maar beslist niet spiritueel.

Dat besef brak bij hem door, op het speelveld van zijn school, toen zijn hart om Gods ingrijpen vroeg: wat hij bij Charlene Denton zocht, was een afgietsel, namaak. Want het echte, de liefde waarnaar hij zijn hele leven had verlangd, kon hij alleen maar vinden bij Abby Reynolds.

De vrouw die hem had geleerd wat het betekende om lief te hebben.

Achttien

Het telefoontje dat Abby haar hele volwassen leven had gevreesd, kwam om kwart over vier op een middag in de eerste week van mei. John was naar de training, Nicole en Sean stonden buiten over te gooien en Kade werkte in de schoolbibliotheek aan zijn werkstuk.

'Hallo?'

Er was een moment van aarzeling aan de andere kant. 'Mevrouw Reynolds? U spreekt met Helen van het verpleeghuis Wingate. Ik ben bang dat uw vader een hersenbloeding heeft gehad.'

Abby's adem stokte in haar keel. *Nee, God, niet nu. Niet met Nicole's trouwdag zo vlak voor de deur. Ik heb hem nodig, God, alstublieft.* 'Is hij... is het goed met hem?'

'Het is ongeveer dertig minuten geleden gebeurd en sindsdien is hij afwisselend in coma geweest. Hij lijkt geen controle meer te hebben over zijn ledematen.'

Wat? Geen controle? De woorden brachten pure paniek teweeg bij Abby. 'Ik weet niet zeker of ik het goed begrijp. Bedoelt u dat hij te moe is om te bewegen?'

De vrouw zuchtte. 'Hij kan door de hersenbloeding verlamd zijn geraakt, mevrouw Reynolds.' Ze aarzelde. 'Het spijt me dat ik u dit via de telefoon moet vertellen.'

O God, nee toch. Beelden flitsten door Abby's hoofd: haar vader die langs het speelveld rende tijdens een van zijn wedstrijden, die sprintte met zijn spelers, die nog tennis met haar speelde in het jaar voordat de diagnose werd gesteld. Haar vader die ervoor leefde om actief te zijn. Als zijn benen het hadden opgegeven, zou zijn geest gauw volgen. *Nee… God, alstublieft, help hem.*

'Ik kom eraan.' Ze bedankte de vrouw en hing op. Alsof ze kon voorkomen dat haar vader stierf zolang ze zichzelf maar beheerste, liep ze naar buiten en legde de situatie rustig uit aan Nicole en Sean. Daarna belde ze Kade op zijn mobieltje.

'Je opa heeft een hersenbloeding gehad.'

Kade's stem klonk geschrokken. 'Weet je het zeker? Ik ben er dit weekeinde nog geweest. Hij leek…'

'Het is zo.' Ze dwong zichzelf haar kalmte te bewaren. 'Je vader is bij de training. Haal hem op en kom naar Wingate.' Ze drukte een snik weg. 'Schiet op, Kade.'

Er moest nog een laatste telefoontje worden gepleegd, naar haar zus aan de oostkust.

'Hoe ernstig is het?' Beth had geen erg nauwe band meer met hun vader sinds haar scheiding twaalf jaar eerder. Maar nu klonk er bezorgdheid door in haar stem.

'Het is erg, Beth. Pak zo snel je kunt een vliegtuig.'

Abby, Nicole en Sean stapten in haar auto en de rit van een kwartier duurde deze keer niet langer dan tien minuten. Ze haastten zich naar binnen en Abby zag dat John en Kade nog niet waren aangekomen. *Laat deze keer niet verstek gaan, John.* Hij had haar vader al langer dan een maand niet meer bezocht.

Ze verbande de gedachte uit haar hoofd. Er was nu geen tijd voor negatieve gevoelens. 'Nicole, blijf hier met Sean en wacht op je vader en Kade. Ik ga als eerste naar opa toe.'

Nicole knikte. Haar ogen waren vochtig en haar gezicht was grauw van verdriet. Ze had altijd een nauwe band met haar grootvader gehad, vooral gedurende de acht jaar nadat hij uit Wisconsin was vertrokken en dichter bij hen in de buurt was gaan wonen. Met de jongens was het net zo. Hij was altijd een deel van hun leven geweest, bijna zo lang als ze zich konden herinneren.

Abby haastte zich door de gang en deed voorzichtig de deur naar zijn kamer open. Wat ze zag, deed haar de tranen in de ogen springen. Haar vader lag uitgestrekt en volkomen stil, zijn gezicht ingevallen, zijn handen levenloos alsof hij in een nacht twintig jaar ouder was geworden. Een verpleegster stond bij het bed om zijn pols en ademhaling te controleren.

'Moeten we een ambulance roepen?' Abby stond onmiddellijk naast haar vader, pakte zijn hand en schrok ervan hoe slap die in haar hand lag.

De verpleegster schudde nee terwijl ze een infuus aanbracht. 'Hij is nu stabiel. We kunnen verder niets voor hem doen. We geven hem medicijnen om de schade die de hersenbloeding aanrichtte, te bestrijden. Maar het zal even duren.'

'Voordat het helpt?'

'Voordat we weten of het helpt. Soms kan een grote hersenbloeding een hele reeks uitlokken. Bij iemand die zo ziek is als uw vader, zijn de kansen dat hij zonder blijvende beschadiging herstelt niet erg groot, mevrouw Reynolds.'

Ze verstevigde de grip op haar vaders hand. 'Maar het is wel mogelijk, hè? Ik bedoel, hij kan dit te boven komen en weer zo worden als voor de hersenbloeding?'

De verpleegster aarzelde. 'Dat is niet erg waarschijnlijk.' Ze maakte haar werk af en kwam overeind om Abby vol medeleven aan te kijken. 'We denken dat het beter is dat u de familie erbij roept, mevrouw Reynolds. Een volgende beroerte zou hem fataal kunnen worden, vrees ik.'

De tranen vulden Abby's ogen terwijl ze knikte, niet in staat iets te zeggen. De verpleegster begreep het en liet haar alleen. Abby wachtte tot de vrouw weg was, voordat ze haar stem hervond.

'Pap, ik ben het. Kun je me horen? We zijn er allemaal, pap. De kinderen zijn in de hal.'

De oogleden van de oude man bewogen, net als de droge mond die geluidloos woorden leek te vormen.

'Pap, ik ben er. Als je wilt praten, ik ben bij je.' De tranen stroomden over haar wangen, maar haar stem was vaster dan tevoren. 'Ik luister, papa.'

Zijn mond bewoog nog meer en zijn ogen draaiden driemaal

naar boven weg, alsof hij probeerde haar scherp in beeld te krijgen, haar een laatste maal te zien.

'O, papa, wat vreselijk…' Haar stem brak, ze legde haar hoofd op zijn borst en liet alle snikken gaan die zich in haar hadden opgehoopt. 'Ik houd van je, pap.'

'John…'

Abby schrok van de klank en ze tilde haar hoofd op. Ze zocht haar vaders gezicht af naar levenstekens. Zijn ogen gingen langzaam open en hij hield haar blik vast. Weer begon zijn mond te bewegen en vormde hij hetzelfde woord. 'John…'

'Wil je John zien, papa?' Abby begreep het niet. John was in geen weken bij hem geweest. Waarom wilde hij, nu hij nauwelijks kon bewegen of spreken, per se John zien? Terwijl hij toch de waarheid wist omtrent hun moeilijkheden.

Haar vader smeekte onmiskenbaar met zijn ogen, alsof hetgeen hij John te zeggen had op dat moment het allerbelangrijkste en urgentste in zijn leven was. Abby herinnerde zich hoe sterk haar vader was geweest op die dag bij de footballwedstrijd in Michigan, toen zij en haar gezin John buiten de kleedkamers hadden begroet. Het jaar dat zij net zeventien was geworden. Later die week had haar vader naar haar geknipoogd en haar iets opgebiecht. 'John is altijd als een zoon voor me geweest, Abby. De enige zoon die ik ooit had. Ik hoopte altijd al een beetje dat hij zou wachten tot jij volwassen werd.'

Abby keek nu naar haar vader en kneep in zijn hand. 'Goed, pap, ik ga hem halen.' Ze keerde zich om. 'Volhouden, papa. Ik kom zo terug.'

Terwijl de tranen bleven stromen, liep Abby vlug terug naar de wachtkamer en zag tot haar opluchting dat Kade en John er ook waren. John rende vooruit, haar tegemoet, met de anderen in zijn kielzog.

'Hoe gaat het met hem?' Johns gezicht was een masker van bezorgdheid en Abby wilde het liefst naar hem spugen. *Natuurlijk, nu ben je plotseling bezorgd… nu hij stervende is.* Ze liet haar hoofd hangen en kneep haar ogen dicht.

'Abby, hoe is het met hem?' Johns stem klonk nu dringender
'Hij is... hij is...' Ze werd overmand door haar snikken en haar
lijf schokte het uit van louter wanhoop. *Neem mijn vader niet weg,
God, Hij is alles wat ik nog heb. Mijn enige vriend. Alstublieft...*

Haar gezin kwam dichter om haar heen staan en John sloeg zijn
armen om haar heen; de losse omhelzing zag er waarschijnlijk na-
tuurlijker uit dan hij het zelf voelde. 'Het spijt me, lieverd. Wij zijn
er voor jou.'

Het duizelde Abby toen ze zijn armen om haar heen voelde.
Hoe lang was het geleden dat hij haar had omhelsd? En hoe kwam
het dan dat het nog altijd aanvoelde als de beste plek ter wereld?
Ze dacht na over wat hij zei en wist niet of ze hem steviger moest
omarmen of een schop voor zijn schenen geven. Hoe durfde hij
zo te liegen en haar op dit moment 'lieverd' te noemen? Was het
zo belangrijk om een goede indruk op zijn kinderen te maken?
Hij was in geen jaren meer beschermend tegenover haar geweest.
Waarom zou dat nu anders zijn?

En waarom voelde het zo goed om zijn armen om haar heen
te hebben? Ze huilde zacht en hield haar verwarde emoties voor
zich.

'Hij... hij leeft nog wel, toch, mam?' Nicole's gezicht was vertrokken van angst.

Abby knikte en besefte nu dat ze de situatie niet had uitgelegd.
'Hij kan niet bewegen en nauwelijks praten. Hij ziet eruit als een
andere man.'

Nicole begon te huilen en John sloeg een arm om haar, Kade
en Sean. De vijf hielden elkaar stevig vast en Abby bedacht dat ze
niet alleen haar vader zou verliezen. Ze verloor dit ook – de mogelijkheid om samen te rouwen, om de duistere en wanhopige uren
van het leven te doorstaan aan de zijde van haar sterke echtgenoot.
Over een paar maanden zou ze op zichzelf zijn aangewezen en alle
tegenslagen alleen het hoofd moeten bieden.

Op zijn plaats achter in de groep begon Kade te bidden. 'God,
wij komen als gezin bij U om U te vragen bij onze grootvader te

zijn, mijn moeders vader. Hij houdt veel van U, God, en... maar U weet dat al. Hij is heel erg ziek, God. Alstublieft, wees nu bij hem en zorg dat hij geen angst zal hebben.'

Abby verstevigde de greep op Kade's rug. Het was zo'n goede jongen, hij leek zo veel op de man die zijn vader ooit was geweest. De gedachte dat hij die herfst het huis zou verlaten om te gaan studeren was al genoeg om een nieuwe tranenstroom op gang te brengen. Toen besefte ze plotseling dat Kade niet om genezing had gebeden.

Bijna alsof God hen al voorbereidde op het onvermijdelijke.

Het snikken werd minder na een paar minuten en Abby herinnerde zich haar vaders vraag. Ze keek op en vond Johns ogen. 'Hij vroeg naar jou.'

Verbeeldde ze het zich of zag ze inderdaad angst in zijn ogen toen ze het hem zei? 'Naar mij?' Het was nauwelijks meer dan aan fluistering.

Abby knikte. 'Het leek dringend.'

John haalde diep adem en knikte naar de anderen. 'Wacht hier op mij. Ik kom terug.'

Zonder verder nog te aarzelen liep hij door de gang, met Abby dicht achter zich. Samen gingen ze de kamer binnen en Abby bleef bij de deur staan. Het hoofd van haar vader bewoog rusteloos op zijn kussen tot hij hen hoorde. Zijn ogen gingen open en vonden John.

Zijn mond begon te bewegen maar het duurde even voordat het geluid kwam. 'Kom...'

John ging dichter bij het bed staan en pakte de slappe hand van zijn schoonvader vast. 'Dag Joe.'

Abby vond het vreselijk om te zien hoeveel moeite haar vader moest doen om iets te zeggen. Hij kon zich niet bewegen en ze begreep dat de verpleegster gelijk had gehad: hij was verlamd geraakt door de hersenbloeding – althans voor het moment.

Weer ging de mond open en dicht, maar deze keer waren zijn ogen alerter, geconcentreerder. Ze bleven de hele tijd op Johns gezicht gericht. 'Houvan...'

Wat zei haar vader? Abby kon het niet verstaan en aan de uit-drukking op Johns gezicht zag ze dat hij het ook niet begreep.

'Het is goed, Joe,' zei hij met een zachte en troostrijke stem. 'Verzet je niet. God is hier.'

Alsjeblieft, zeg… en dat uitgerekend uit jouw mond…

Abby riep zichzelf een halt toe. Dit was niet het moment om haar grieven tegen John te overpeinzen. 'Pap…' Ze zei het hard, zodat hij haar aan de andere kant van de kamer kon horen. 'Zeg het nog eens, pap.'

Haar vader bleef John strak aankijken. 'Houvan…' Zijn woorden kwamen slepend, raakten zo met elkaar vermengd dat ze niet te verstaan waren. Abby deed haar ogen dicht en probeerde door zijn gebrekkige uitspraak heen te luisteren. 'Houvan… houvan…'

'Hou…' John probeerde het begin te herhalen van wat Joe hem probeerde te zeggen. 'Kun je het nog een keer zeggen, Joe? Het spijt me.'

Abby hoopte vurig dat haar vader het vermogen hervond om duidelijk te praten. Ook al was het maar voor deze ene keer, zodat hij kon zeggen wat zo enorm belangrijk voor hem leek. *Alstublieft, God, geef hem de woorden.*

Haar vader knipperde tweemaal wanhopig met zijn ogen en zijn stem werd luider. 'Houd van haar… houd van haar.'

'*Houd van haar.*' De woorden troffen Abby als een vloedgolf en wasten haar voornemen om sterk te zijn weg. *Houd van haar.* In zijn grootste nood, met de dood misschien nog maar op minu-ten afstand, was de enige boodschap die hij voor zijn schoonzoon had, dat hij van haar moest houden. Hij moest voor altijd van zijn dochter Abby houden.

Ze keek op naar John en zag dat hij het ook had begrepen. Tranen stroomden over zijn wangen en hij leek te worstelen om de juiste woorden te vinden. Toen die niet kwamen, knikte hij, en zijn kin trilde vanwege de hevige emoties van het moment.

Haar vader liet het nog niet rusten. Hij knipperde weer met zijn oogleden – kennelijk de enige beweging die hij nog kon maken

– en zei het nu nog duidelijker. 'Houd van haar… John.'

Schuld en berouw laaiden op in Johns gezicht toen hij zijn hoofd schuin hield en over het bed naar Abby keek. Zonder iets te zeggen stak hij een trillende hand in haar richting en wenkte, smeekte haar naar hem toe te komen. Zonder geluid te maken, vormde zijn mond het woord *alsjeblieft*.

Abby's adem stokte even voordat ze naar hem toe liep. Hoewel hij niet meer van haar hield, ondanks de manier waarop hij zijn huwelijksbeloften had gebroken en ondanks Charlene en alles waar zij van walgde, kwam Abby. John hield zijn arm naar haar uitgestrekt tot ze zich eronder had genesteld, dicht tegen hem aan, zij aan zij. Een paar dat als eenheid tegenover haar vader stond.

Ook al was het maar om hem in zijn stervensuur rust te gunnen.

'Ze is hier, Joe. Zie je, ze is hier…' Johns tranen vielen op haar vaders handen en lakens terwijl Abby aan zijn zijde bleef, één arm om haar man, haar hand op haar vaders knie.

De ogen van haar vader gingen van John naar Abby en zijn hoofd knikte haast onzichtbaar op en neer, alsof hij instemde met wat hij zag. Hij knikte een paar keer en richtte zijn blik weer op John. 'Houd van haar.'

'Dat zal ik doen, pa.' Zo had John hem nog nooit genoemd. Maar sinds zijn eigen vader was overleden, had hij niemand meer gehad die de plek kon invullen. In de loop van de jaren was hij teveel opgegaan in zijn steeds verder van zijn vrouw weggegroeide leven om veel tijd met haar vader door te brengen. En nu… door hem *pa* te noemen, betuigde hij zijn spijt daarover.

'Houd van haar… altijd.' Zijn woorden werden zwakker, maar de boodschap die hij keer op keer herhaalde, was glashelder. *Houd van Abby. Steeds weer. Houd nu van haar. Houd voor altijd van haar.*

Twee korte snikken ontsnapten uit de diepten van Johns hart en terwijl hij Abby steviger vasthield, knikte hij. 'Ik zal altijd van haar houden, pa.'

Haar vader werd rustiger en zijn hele lichaam leek te ontspannen. Zijn ogen bewogen traag en vonden Abby. 'Kinderen...'

John maakte zich snel los en knikte tegen Abby. 'Ik haal ze.' Minder dan een minuut later kwamen zij binnen. Nicole ging tegenover haar moeder staan, Kade en Sean naast haar.

Haar vader keek John vragend aan, en in reactie daarop nam hij onmiddellijk zijn plaats naast Abby weer in.

'Dag opa.' Nicole huilde ongeremd en trok zich er niets van aan hoe haar make-up uitliep. 'We bidden voor je.'

Alsof elke beweging de inspanning van een marathon vergde, draaide Abby's vader zijn hoofd om zijn kleinkinderen te kunnen zien. 'Goede... lieve kinderen.'

Sean begon te huilen en Kade – die zelf ook vochtige ogen had – legde een arm om zijn broertjes schouders, trok hem tegen zich aan, liet hem weten dat het goed was om op dit moment te huilen. Sean boog naar voren, sloeg zijn armen om zijn grootvaders nek en hield hem vast alsof hij kon voorkomen dat hij van hen weg zou gaan. 'Ik houd van je, opa.'

Het geluid van zachte snikken vulde de kamer en Abby zag dat de ogen van haar vader ook nat waren. 'Jezus...'

Sean kwam langzaam weer overeind en kroop tegen Nicole en Kade aan.

Abby meende het te begrijpen, maar tegelijk deed het haar vreselijk veel verdriet. 'Jezus... papa... wil je naar Jezus gaan?'

Als antwoord verscheen er weer een vredige uitdrukking op haar vaders gezicht en zijn mondhoeken leken een fractie op te krullen. 'Ik... houd... van jullie... allemaal.'

Nog even was er een bezorgde trek op zijn gezicht en met een tergende traagheid richtte hij zijn blik weer op John en Abby. Voordat hij iets kon zeggen, verstevigde John zijn greep op Abby en zei: 'Ik zal het doen, pa.'

Zijn schouders zakten dieper in het bed en zijn glimlach verspreidde zich over zijn hele gezicht. 'God... is gelukkig.'

Abby's lichaam schokte van het snikken en ze walgde ervan hoe ze hem lieten geloven dat alles in orde was – en tegelijkertijd wenste ze met heel haar hart dat John meende wat hij zei. Dat hij inderdaad nog steeds van haar hield, dat hij altijd van haar zou houden... dat zij van elkaar zouden houden. En dat zij inderdaad, door dat te doen, God op een of andere manier weer gelukkig zouden maken.

Terwijl zij met hun vijven om hem heen stonden en allen hoopten dat het toch zijn tijd nog niet zou zijn, ademde Joe nog drie keer.

Toen ging hij heen.

Het vergde vijf uur om afscheid te nemen, het papierwerk te regelen en te kijken hoe de begrafenisondernemer het lichaam van haar vader meenam om het voor te bereiden op de begrafenis. De plechtigheid zou drie dagen later plaatsvinden en Abby had de hele avond het gevoel alsof ze door drijfzand liep, alsof de vader van een ander was gestorven in plaats van de hare. Alsof de hele rompslomp rond haar vaders begrafenis weinig meer was dan een slechte scène uit een even slechte film.

John bleef aan haar zijde tot ze weer thuis waren, en toen de drie kinderen naar hun slaapkamers vertrokken, ging hij in de stille woonkamer zitten en liet zijn hoofd in zijn handen zinken. Abby keek naar hem. *Wil je meer tijd met hem, John?*

Ze hield haar vraag voor zich en liep naar boven om te kijken hoe het met de kinderen ging. Ze omhelsde ze een voor een en verzekerde hen dat hun opa nu thuis was, in de hemel en bij oma, zoals hij al jaren had verlangd. Alle kinderen huilden in haar armen, maar Abby hield zich goed.

Pas toen ze weer naar beneden liep, drong het definitieve van de situatie tot haar door. Haar vader was weg. Ze zou nooit meer aan zijn zijde zitten, zijn hand vasthouden en luisteren naar de verhalen over zijn glorietijd in het footballteam. Haar mentor, haar beschermer... haar papa.

Weg.

Ze bereikte de laatste trede, nam de bocht en kon plotseling geen voet meer verzetten. Met haar rug tegen de muur stortte ze in, verborg haar gezicht in haar handen en gaf toe aan alle snikken die ze sinds de laatste ademtocht van haar vader had ingehouden. 'Waarom?' zei ze zacht met een stem die voor niemands oren was bedoeld. 'Papa. Nee! Ik kan het niet.'

'Abby...'

John legde zijn handen op de hare voordat ze hem had horen aankomen. Tedere, sterke en beschermende handen die voorzichtig haar vingers losmaakten van haar gezicht en haar armen om zijn middel legden terwijl hij haar tegen zich aan trok. 'Abby, het spijt me zo.'

Ze wist dat ze zich zou moeten losmaken, dat ze zijn troost zou moeten weigeren vanwege de leugens die hij haar vader eerder die avond had verteld. Maar ze kon het niet, net zomin als ze haar hart kon dwingen op te houden met slaan. Ze legde haar hoofd tegen zijn borst en genoot van het gevoel, liet hem haar schokkende lichaam omhelzen en de stroom tranen opvangen die op zijn zweterige trainingsjack lekte... een jack dat rook naar verschraalde aftershave en muf gras en iets zoets en specifieks dat alleen bij deze man hoorde. Abby snoof de geur op en voelde dat ze nergens anders wilde zijn.

John verstevigde zijn omhelzing en liet zijn hoofd op het hare zakken. Pas toen voelde zij hoe hevig zijn lichaam trilde. Niet van verlangen, zoals zo vaak in hun eerste jaren, maar van verdriet, door een golf snikken die dieper gingen dan Abby ooit bij hem had gezien. Ze bedacht hoe hij zijn kans had laten verlopen, hoe hij ervoor had gekozen te druk te zijn om haar vader op te zoeken toen het einde in zicht kwam.

Hoe zwaar moest zijn schuldenlast niet op hem drukken?

Ze keek op, drukte haar eigen snikken weg en bestudeerde Johns gezicht, zo dicht bij het hare. Zijn ogen waren gesloten en diepe rouw tekende zijn trekken. Abby liet haar voorhoofd tegen het zijne zakken en voelde hoe zijn snikken iets kalmeerde. Met zijn armen nog steeds om haar middel deed hij zijn ogen open en keek haar indringend aan. 'Ik hield van hem… dat weet je toch, Abby?'

Nieuwe tranen liepen over haar wangen terwijl ze knikte. 'Ik weet het.'

'Hij was… hij was als mijn eigen vader.' Hij fluisterde bijna en Abby genoot van het moment, terwijl haar hart haar toeschreeuwde: *Wat doe je nu, Abby? Als het allemaal voorbij is tussen jullie, waarom voelt het dan zo goed? Waarom kwam hij bij je als hij niet meer van je zou houden?*

John liet zijn wang langs haar gezicht glijden en knuffelde haar op een pijnlijk vertrouwde manier. Een golf van emoties laaide op in haar lijf als reactie op zijn nabijheid.

'Pap zei me dat jij als een zoon voor hem was…' Abby hield hem stevig vast en fluisterde de woorden dicht bij zijn oor. 'Hij zei dat hij blij was geweest dat je op mij had gewacht omdat jij… de enige zoon was die hij ooit had gehad.'

Een vage hoop vervulde Johns vochtige ogen toen hij zich iets terugtrok en Abby's gezicht onderzoekend bekeek. 'Heeft hij dat gezegd?'

Ze knikte, haar handen nog steeds gevouwen achter zijn rug. 'Toen ik zeventien was. Een paar weken na die eerste wedstrijd, weet je nog? De eerste keer dat ik jou in Michigan zag spelen?'

De stemming veranderde op slag en John werd stil terwijl zijn blik in haar ogen haakte. Zonder dat ze iets zeiden, werd hun omhelzing steviger en smolten hun lichamen samen. Had hij haar zo ook niet al die jaren geleden aangekeken, toen hij niets liever wilde dan bij haar zijn?

Hij liet zijn duim over haar wang glijden. 'Ik weet het nog…' Hij nam haar gezicht tussen zijn handen, verstrengelde zijn vingers in haar haar. 'Ik weet het nog…'

Een paar seconden voordat het echt gebeurde, besefte ze wat er te gebeuren stond. Hij bracht zijn lippen naar de hare en ze zag zijn ogen plotseling vervuld van een intens verlangen. Abby's hart bonkte tegen zijn borst.

Waar komen deze gevoelens vandaan, en waarom nu? Net nu alles voor-
bij is tussen ons.

Ze had geen antwoorden, maar wist maar een ding: ze wilde zijn kus wanhopig graag, wilde ervaren dat hij nog steeds ontroerd kon worden in haar armen, ook al was het volkomen zinloos.

Hij kuste haar... aanvankelijk langzaam en teder, maar toen ze zijn gezicht in haar handen nam, werd het dringender, vervuld van de hartstocht van honderd verloren momenten. Zijn mond opende zich en zij proefde het zout van hun beider tranen. Tranen van hartstocht... van spijt.

Het verlangen in Abby's lichaam groeide en ze kon John weer voelen trillen, maar nu op een vertrouwde manier, op een manier die maakte dat zij ...

Zijn handen lieten haar gezicht los en bewogen langzaam langs haar flanken op en neer terwijl zijn lippen haar oor zochten. 'Abby...'

Wat wilde hij nu eigenlijk? Gebeurde dit echt? Troostte hij haar op de enige manier die hij kende? Of probeerde hij haar soms te zeggen dat het hem speet, en dat alles wat er in het verleden was gebeurd nu achter hem lag? Ze was nergens zeker van, behalve van het feit dat het heerlijk was om in zijn armen te liggen, alsof alle fouten en misverstanden van hun hoofden en harten op een of andere manier konden worden uitgewist door de fysieke aantrek-kingskracht die ze kennelijk nog steeds op elkaar uitoefenden.

Abby kuste hem weer en liet haar gezicht langs het zijne glijden, zich bewust van zijn lichaam dat tegen haar aan drukte. 'Ik... ik begrijp het niet...'

John streelde haar kin met zijn wang en liet zijn lippen teder langs haar hals gaan, terwijl zijn duim kleine cirkels beschreef net onder haar sleutelbeen. Hij zocht haar mond weer en kuste haar keer op keer. Hij bewoog zijn mond weer naar haar oor. 'Ik heb het je vader beloofd, Abby... ik heb hem gezegd dat ik van je zou houden...'

Wat?! Ze kreeg het gevoel alsof iemand een emmer ijskoud water over haar hoofd gooide en haar lichaam verstarde. Was het *dat*? Dat hij nu bij haar kwam, haar kuste, naar haar verlangde… dat alles kwam voort uit een soort schuldbesef dat haar vader hem een paar minuten voor zijn dood had bezorgd? Haar verlangen verdween als sneeuw voor de zon. Ze zette haar handen tegen zijn borst en duwde hem weg.

'Blijf van me af.' De tederheid was uit haar stem verdwenen en ze perste de woorden tussen haar opeengeklemde tanden door.

Johns keek volkomen overrompeld op, zijn ogen vol schrik en onbevredigd verlangen. 'Wat… wat doe je?'

'Ik heb jouw liefdadigheid niet nodig, John.'

De verbijstering was op zijn gezicht gebeiteld. 'Mijn… wat bedoel je?'

De tranen begonnen weer te stromen toen ze hem nog een duw gaf. 'Je kunt niet van me houden uit… uit…' Ze zocht naar de juiste woorden terwijl de woede haar hart liet bonken. 'Uit een soort plicht ten opzichte van mijn overleden vader.'

Abby zag hoe tientallen emoties over Johns gezicht raasden. De schrik maakte plaats voor begrip en verschoof toen naar intense, kokende woede. 'Dat *doe* ik ook niet!' Zijn gezicht liep rood aan en zijn kaakspieren maalden ongecontroleerd.

De ijzige wind van spijt blies over de verlaten vlakten van Abby's hart. Waarom loog hij tegen haar? Hij had het een minuut eerder precies uitgelegd: hij had haar vader beloofd van haar te houden, en dit – wat het ook was dat er tussen hen was gebeurd – was niet meer dan een plichtmatige exercitie om zijn woord te houden.

Vreemd genoeg drukte zijn gezicht nu nog meer ellende uit en Abby probeerde er een verklaring voor te zoeken. Was dat pijn in zijn ogen? Pijn? Hoe zou dat *kunnen*? Zij was degene die misleid werd om te geloven dat hij haar weer terug zou kunnen willen… dat hij weer om haar kon geven zoals voor de tijd dat ze uit elkaar waren gegroeid.

Er kwamen nieuwe tranen in zijn ogen, en tweemaal deed hij zijn mond open alsof hij iets wilde zeggen, om zijn kaken daarna weer op elkaar te klemmen. De intense woede in zijn ogen werd haar teveel en Abby keek een andere kant op. Toen ze dat deed, legde hij zijn handen op haar schouders, trok haar weer dicht tegen zich aan en kuste haar met een hartstocht die half verlangen en half woede was. En zij kuste hem terug, alsof haar lichaam een eigen wil had.

'Stop!' Ze huilde harder dan tevoren en walgde van zichzelf omdat ze zich niet van hem kon losscheuren. *Hoe kan ik zelfs nu nog van zijn kus genieten?*

In antwoord op haar eigen stille vraag, gooide ze haar hoofd achterover en snauwde: 'Laat me met rust!'

Zijn handen vielen langs zijn zij en hij deed een stap achteruit. Zijn ogen waren nu droog en zijn stem was hard, volkomen ontdaan van de emoties van de laatste tien minuten. 'Het heeft geen zin, nietwaar Abby?'

Ze schudde haar hoofd. 'Niet als het op die manier gaat... als het voor jou alleen een manier is om de belofte aan mijn vader te houden...' Haar vingers bewogen doelloos over haar hart en verse tranen gleden over haar wangen. 'Je wilt mij niet, John. Je bent verliefd op Charlene. Dat weet ik. Probeer jezelf hier nu niet te overtuigen dat je nog iets voor mij voelt, terwijl we allebei weten dat het niet zo is.'

Hij zuchtte en liet zijn hoofd gekweld hangen. Daarna keek hij wanhopig op naar het plafond. 'Ik geef het op, Abby.' Hij keek haar weer aan. 'Het spijt me van je vader.' Hij wachtte even en voelde hoe de woede en zelfs de onverschilligheid plaats hadden gemaakt voor treurige overgave. 'Ik hield ook van hem. En wat vanavond betreft...' Hij schudde zijn hoofd. 'Ik... het spijt me, Abby.'

Zijn laatste woorden waren als een klap in haar gezicht. *Verontschuldig je niet, John. Zeg me dat die kus gemeend was... elke seconde ervan. Zeg me dat ik ernaast zit, dat het niet was omdat je het mijn vader had beloofd.* Ze veegde haar wang af en sloeg haar armen strak om zichzelf heen. *Ik weet dat je iets voelde bij mij, John. We voelden beiden iets. Zeg me dat...*

Maar hij zei niets en Abby zuchtte terwijl haar woede weg-vloeide. Ze wilde geen ruzie met hem maken; ze wilde alleen maar haar vader terug. 'Het is een lange dag geweest voor ons beiden...' Plotseling had ze er spijt van dat ze zo kwaad was geworden. Ook al had hij haar om alle foute redenen gekust, ze wist dat hij haar op een of andere manier probeerde te troosten, dat hij haar wilde laten voelen dat hij nog om haar gaf, ondanks al hun moeilijkheden. Het maakte dat ze hem het liefst had omhelsd, maar er was kennelijk geen mogelijkheid om de kloof tussen hen te overbruggen. Ze deed een stap in de richting van de trap. 'Welterusten, John.'

Hij stond daar, onbeweeglijk, en keek naar haar terwijl er een rauwe en gekwetste uitdrukking over zijn gezicht trok. Wat hij ook voelde, hij deelde het niet met haar. 'Welterusten, Abby.'

Ze dwong zichzelf naar boven te lopen, naar de logeerkamer, trok haar kleding uit en deed het grote T-shirt aan dat ze onder het kussen had liggen. Daarna probeerde ze zich elk gelukkig moment te herinneren dat ze ooit met haar vader had gedeeld.

Het had geen zin.

Terwijl ze in slaap begon te vallen, had ze nog maar een gedachte in haar hoofd...

Het had zo goed gevoeld om John Reynolds weer te kussen.

Het was de ochtend van de begrafenis, maar het overheersende gevoel voor John was in deze dagen sinds het overlijden van Joe Chapman niet het verdriet over diens heengaan geweest, of het berouw om de gemiste kans van een intensiever contact. Het was de herinnering aan Abby in zijn armen, schokkend van het huilen, zich aan hem vastklampend, zich aan zijn zijde scharend zoals ze in geen jaren meer had gedaan.

Het was de herinnering aan hun kus.

Wat Abby ook dacht, hij had haar niet uit plichtsbesef gekust. Zijn gevoelens waren sterker geweest dan hij ooit voor wie dan ook had gevoeld. Zelfs voor Charlene. Maar kennelijk was dat bij

Abby anders geweest en zoals altijd had zij een aanleiding gevonden om ruzie met hem te maken.

Sinds dat moment had John zo geworsteld met zijn gedachten over Abby dat hij in de nacht voor de dag van de begrafenis maar twee uur had geslapen. Het grootste deel van de nacht was hij op geweest en had hij zich afgevraagd wat die gevoelens betekenden. Had Abby's vader zo krachtig gebeden, zulke sterke, helende woorden uitgesproken? Was het mogelijk dat de dood van Joe Chapman hun stervende huwelijk nieuw leven inblies?

Het leek er niet echt op.

Ze had ten slotte nog geen vijf woorden tegen hem gezegd sinds dat moment en 's avonds liep ze nog steeds naar de logeerkamer, zonder zelfs maar goedenacht te zeggen. Maar toch... de mogelijkheid was er, of niet? Of had Abby misschien gelijk? Misschien kwam die kus toch voort uit een soort diepe verplichting aan haar vader, iets om goed te maken dat hij de man een belofte had gedaan die hij nooit zou kunnen waarmaken.

Voor altijd van haar houden? En dat terwijl ze over een paar weken zouden gaan scheiden?

John zuchtte gefrustreerd en keek de kerk rond. Er waren niet veel mensen, niet meer dan een paar van degenen die zich Joe Chapmans goedheid herinnerden. Abby's schoolvriendinnen – en veel ouders van de vrienden van de kinderen. Matt Conley en zijn moeder, Abby's zuster Beth. En een handjevol verpleegsters uit het verpleeghuis Wingate. Johns moeder was een te ernstige alzheimerpatiënte om het verpleeghuis te kunnen verlaten – anders was ze er zeker geweest. Abby's vader was ook haar vriend geweest.

In zijn topdagen was Joe een minstens zo beroemde coach geweest als John nu was. Honderden mensen herkenden hem op straat, groetten hem op de markt en prezen zichzelf gelukkig om tot zijn vrienden te worden gerekend. Maar toch werd Joe Chapman hier, aan het einde van zijn reis, slechts door een paar mensen herdacht, een klein restant van de grote fanclub die hij ooit had gehad.

Is dit alles wat er overblijft, God? Ga je zo eenzaam weg na een leven waarin je jaar in jaar uit de levens van honderden kinderen mede hebt gevormd?

Dit is niet jouw thuis, zoon...

Het Bijbelvers dreef zomaar bij hem binnen en John wist dat het waar was. Maar toch... hij worstelde met zijn gevoelens, wist niet zeker hoe hij over de hemel dacht. Natuurlijk klonk het goed. Er werd gesproken over de rust die Joe Chapman had gevonden, de vrede, in een lichaam dat gezond was en nooit meer zou vergaan... Ze verzekerden elkaar dat hij bij God was, bij zijn vrouw, bij Johns vader en tientallen anderen die hem waren voorgegaan. Maar hij was hoe dan ook verdwenen. En dat gemis was op dit moment het overheersende gevoel.

De voorganger voor in de kerk vouwde een blaadje open. 'Ik kende Joe Chapman niet zo goed,' begon hij. 'En dus volgde ik de raad van zijn dochter Abby op en zocht contact met de kerk waarvan Joe bijna dertig jaar lang lid was geweest.' Hij zweeg even en liet zijn ogen over de kleine groep aanwezigen gaan. John vond dat de man prettig sprak, rustig en vriendelijk, alsof hij hen allemaal al jaren kende.

'Het zal u misschien verbazen wat ik daar hoorde.' De dominee haalde zijn schouders op en glimlachte triest. 'Ik weet niet zeker of hij het prettig zou vinden dat ik het u vertel, maar voor deze ene keer mag het wel, denk ik. Zodat u allemaal weet wat een verbazingwekkende man Joe Chapman is geweest.'

Hij keek even in zijn aantekeningen en begon zijn verhaal. 'Joe Chapman was een leraar, een footballcoach. Hij werd niet heel erg rijk, maar elke herfst, vanaf het eerste jaar dat hij werkte tot aan zijn pensioen, gaf hij een compleet Thanksgivingdiner weg aan een van zijn spelers – een jongen uit een gezin dat anders geen diner zou hebben gehad.'

John voelde zijn hart ineen krimpen. *Wat had hij ooit voor anderen gedaan?* Op dat moment kon hij niets bedenken. Naast hem wierp Abby haar zus, verderop in de rij, een verbaasde blik toe. Haar vader had nooit over die diners gepraat, ze zelfs niet genoemd.

Kennelijk had dus zelfs Abby er nooit van geweten. John richtte zijn aandacht weer op de voorganger.

'Tot de ziekte van Parkinson hem in zijn greep kreeg, besteedde Joe de vroege uren van één zaterdag per maand aan het aanharken van het gras, het planten van bloemen of wat er verder moest gebeuren om het kerkterrein schoon te houden. En zijn dominee vertelde me dat zelfs zijn gezin niet op de hoogte was van deze dienstbaarheid. Waarom? Omdat Joe niet wilde dat iemand ervan wist behalve zijn God.'

John werd week van binnen. *Wij hebben een heel leven verknoeid met praten over touch downs en worpen en hebben de echte overwinningen vergeten. Waarom heb ik niet de tijd genomen om hem beter te leren kennen?*

Er kwam geen antwoord, De dominee keek weer in zijn aantekeningen en schudde zijn hoofd weer. 'Maar hier is echt het toppunt. Toen Joe's vrouw omkwam door de tornado van 1984, stierven er ook acht andere mensen. Onder hen was een man die onverzekerd was en die verder geen middelen had dan het geld dat hij met hard werken verdiende. Hij liet een vrouw met vier kinderen achter die gedoemd waren de rest van hun leven van een uitkering te leven.

Joe hoorde het verhaal van die vrouw op de begrafenis van zijn eigen echtgenote en de volgende dag belde hij een bevriende bankier in Michigan...'

Een bevriende bankier. John ging rechtop zitten. Dat moest zijn vader zijn. Met welke andere bankier uit Michigan kon hij bevriend zijn geweest?

'Deze vriend was, naar later bleek, de man die Joe Chapman jaren daarvoor tot God had gebracht en nu wilde Joe hem vragen nog een investering voor de eeuwigheid te doen. Hij vertelde zijn vriend dat de weduwe en haar kinderen een huis nodig hadden. Joe deed de helft van het verzekeringsgeld van zijn vrouw bij de schenking van de bankier en samen vroegen zij de kerk om een huis te kopen voor het gezin. Misschien weet u dat niet, maar het geld dat voor specifieke doelen aan de kerk wordt geschonken is niet aftrekbaar voor de belasting. Met andere woorden, de enige reden dat Joe en zijn vriend de kerk vroegen om te bemiddelen, was omdat ze hun schenking volkomen anoniem wilden houden.'

John hoorde hoe Abby's adem stokte. Zij wisten geen van beiden iets over de weduwe met haar kinderen of het huis dat hun beider vaders hadden geschonken. Een huis gebouwd met het soort liefde dat John zo goed als vergeten was. De grootheid van hun handelen was teveel voor John en zijn ogen werden vochtig. Geen wonder dat zijn leven een puinhoop was. Wanneer had hij ooit zoiets weggeven, onbaatzuchtig, ten koste van zijn eigen gemak?

De dominee rondde af. 'Joe Chapman hielp die vrouw tot hij stierf en regelde het zo dat er van zijn pensioen elke maand honderd dollar via de kerk op haar bankrekening werd gestort, jaar in jaar uit.' Hij zweeg even. 'Alles wat ik verder nog zou kunnen zeggen over Joe Chapman – details over zijn carrière als coach, over zijn twee dochters en de honderden leerlingen die stuk voor stuk van hem hielden – het lijkt allemaal bijzaak vergeleken met de manier waarop hij zijn God liefhad.'

John voelde zich hol, alsof hij geen ruimte in zijn hart had gereserveerd voor Joe en zijn eigen vader. *God, waarom wist ik dit niet eerder?*

'Ik wil nog één brief voorlezen. Abby vond hem in een la bij zijn bed toen hij stierf. Het is een stuk dat een van zijn leerlingen schreef.' De dominee keek naar het blad in zijn hand en haalde diep adem. 'Meneer Chapman is mijn favoriete leraar omdat hij nooit vergeet hoe het is om een kind te zijn. Hij snauwt niet tegen ons, zoals sommige andere leraren, maar toch luistert iedereen naar hem en heeft respect voor hem. Veel van ons willen precies zijn zoals hij als we volwassen zijn. Meneer Chapman vertelt altijd leuke grappen en in zijn lessen geeft het niet als we een fout maken. Andere leraren zeggen dat ze veel om de leerlingen geven, meneer Chapman doet dat echt. Als iemand zich verdrietig of eenzaam voelt, vraagt hij ernaar en zorgt ervoor dat diegene zich weer wat beter voelt als hij of zij de klas uitloopt. Ik ben een rijker mens geworden doordat ik bij hem in de klas heb gezeten en ik zal hem nooit vergeten, zolang ik leef.'

John wilde zich wel plat op de vloer werpen en uitschreeuwen dat het niet eerlijk was. God had iemand als hem moeten wegnemen en een zo goed en vrijgevig mens als Joe honderd moeten laten worden.

De dominee schraapte zijn keel. 'Goed, voor het geval u nu denkt dat Joe er eigenlijk bekaaid is afgekomen en dat hij na een leven van geven niet erg eerlijk behandeld is door de almachtige God, zeg ik u het volgende. Sommige mensen verzamelen schatten op aarde... huizen, auto's, onwettige relaties... en elke dag dat ze wakker worden, zijn ze een dag verder van hun schat verwijderd, een dag dichter bij de dood.' Hij glimlachte breed. 'Maar anderzijds zijn er ook mensen als Joe, mensen die elke dag dichter bij hun schat komen. Een dag dichter bij het verlaten van de wachtkamer om de feestzaal binnen te gaan. Dichter bij de plek die voor hen bestemd was. Wees dus niet verdrietig om Joe, mensen. Neem maar aan dat Joe's dagen op aarde, zoals C.S. Lewis ooit zei, niet meer waren dan de omslag en het titelblad. En nu is hij aan het grootste verhaal zelf begonnen, een verhaal dat niemand op aarde heeft gelezen en waarvan elk volgende hoofdstuk weer beter is dan het vorige. Neem maar aan dat hij, als hij de kans had gehad, had ingestemd met D.L. Moody die in zijn stervensuur zei: "Over niet al te lange tijd zullen jullie in de krant lezen dat ik dood ben. Maar geloof er geen woord van, want ik leef dan meer dan ooit".'

John had het gevoel of hem alle adem was benomen. De woorden van de voorganger en de beelden die hij van de hemel schetste, weken volkomen af van wat hij gewend was. Het was alsof zijn perspectief met die ene preek dramatisch werd omgegooid en plotseling treurde John om de duizenden preken die hij in de loop van de jaren had gemist.

Jo Harter zat midden in de kerk en zoog elk woord dat de dominee zei op. Weken, maanden eigenlijk, voelde ze een roeping, iets dat sterker was dan al het aardse, sterker dan haar verlangen om te gaan winkelen of vissen. Zelfs sterker dan haar hoop dat zij op een dag nieuwe liefde bij Denny zou vinden.

Het was precies dat gevoel waar zij volgens Matt op moest letten. Een heilig verlangen noemde hij het.

'Op een dag zal het gebeuren, mam, wacht maar af. Op een morgen word je wakker en zul je een zo groot gemis voelen dat niets ter wereld het zal kunnen wegnemen. Alleen Jezus.'

En nu zat ze hier op deze begrafenis en voelde precies dat enorme gemis dat Matt had beschreven. De hele dienst zat ze op haar stoel te schuiven tot Matt naar haar toe boog. 'Alles in orde, mam?'

'Prima.' Ze gaf haar zoon een tikje op zijn knie en was dankbaar dat hij voor deze ene keer gekozen had bij haar te gaan zitten, in plaats van bij Nicole. 'Ik vertel het je later wel.' Ze wilde er nu nog niet over praten. Niet nu elk woord dat de dominee zei, persoonlijk voor haar bedoeld leek.

Aan het eind van de dienst deed de voorganger iets dat Jo nog nooit had meegemaakt bij een begrafenis. Hij zei tegen de aanwezigen dat hij een uitnodiging voor hen had. Eerst dacht Jo dat het ging om de koffietafel bij de Reynolds thuis, na de dienst, maar daarop vroeg de dominee of ze hun ogen wilden sluiten.

Goed, God, ik heb mijn ogen dicht. Wat gebeurt hier eigenlijk?

Kom, dochter. Kom tot Mij.

Jo deed haar ogen open, ging rechtop in de bank zitten en stootte onwillekeurig Matt aan. *Wie zei dat?*

Hij keek naar zijn moeder, die iets leek te willen zeggen en legde een vinger tegen zijn lippen. 'Sst, nog even.'

Mooi. Nu hoorde ze dus al dingen. Jo deed haar ogen weer dicht en luisterde geconcentreerd naar de uitnodiging van de dominee.

'Velen onder u hebben misschien al dezelfde verzekering die Joe had, de zekerheid dat uw naam is opgetekend in het levensboek van het Lam, de zekerheid dat u verlost bent van uw zonden door wat Jezus voor u deed aan het kruis. Verzekerd van de hemel. Maar ik geloof dat er misschien ook onder u zijn die nooit de keuze maakten om Jezus hun leven toe te vertrouwen. U hebt een leegte in uw hart die alleen Jezus kan vullen en u wilt er zeker van zijn dat uw toekomst veilig is bij Hem. Als dat bij u het geval is deze morgen, wilt u dan alstublieft uw hand opsteken? Ik praat dan verder met u na de dienst, geef u een Bijbel en help u op weg op het juiste pad.'

Hij wachtte en Jo voelde haar verlangen met de seconde groter worden. Er zat een gat in haar hart, daar was geen twijfel aan.

'Iemand?'

Het had geen zin om langer te wachten. Als de band met Jezus de leegte in de harten van Matt en Denny had gevuld, zou dat misschien ook bij haar kunnen gebeuren. Het werd tijd dat ze uit haar ivoren toren kwam en er iets aan deed. Zonder nog langer te aarzelen, stak ze haar hand fier op.

Ik wil U, Jezus. Wijs me alstublieft de weg, God...

Matt naast haar kneep haar bemoedigend in haar knie en toen het gebed ten einde was, omhelsde ze haar enige zoon. Pas toen viel haar iets op.

Voor het eerst sinds de begrafenisdienst was begonnen, had Matt tranen in zijn ogen.

Negentien

Vanwege het moment aan haar vaders sterfbed en de manier waarop John haar die avond had gekust, had Abby momenten gehad waarop ze zich afvroeg of John misschien, heel misschien, zijn bedenkingen had over de scheiding. Kon een man dat trillen spelen dat ze had gevoeld toen hij zijn arm om haar heen had gelegd en haar vader had beloofd altijd van haar te houden? Kon hij naar believen tranen van spijt produceren voor de uren en dagen die hij had kunnen doorbrengen met de beste vriend van zijn vader?

Had hij haar echt zo kunnen kussen, louter uit plichtsbesef?

Abby geloofde van niet, maar met alle emoties van die week vloog de tijd voorbij en veranderde er niets tussen John en haar. Het bewijs kwam ongeveer een week later, toen Nicole haar kantoor binnenstormde, met een vertrokken gezicht.

'Waarom kom Charlene Denton naar de training van papa kijken?' Ze was kwaad en haar mond hing open terwijl ze op Abby's antwoord wachtte.

Voordat zij iets slims en geloofwaardigs kon verzinnen, zei ze wat haar het eerst inviel. 'Waarom vraag je dat niet aan je vader?'

De reactie op Nicole's gezicht gaf aan dat het niet het juiste antwoord was. Haar ogen werden groot en een grenzeloze angst schoot als zomeronweer over haar gezicht. 'Wat wil je daarmee zeggen?'

Op dat moment zag Abby de eerste glimp van de nachtmerrie die hen te wachten stond als ze het Nicole en de jongens moesten vertellen. Ze probeerde de schade te beperken met een onschuldig lachje. 'Rustig, lieverd. Het was maar een grapje.'

'Nou, Matt maakte geen grapjes. Hij zag ze en vroeg me waarom ze samen waren.' Ze verplaatste haar gewicht en fronste. 'Wat moet ik hem dan zeggen?'

Abby zuchtte beheerst. 'Het zijn collega's, Nicole. Ze werken kennelijk samen. Mevrouw Denton en je vader zijn al jaren bevriend.'

'Ja, en dat bevalt me helemaal niet. Ze flirt met hem.' Ze balde haar vuisten. 'En pap is meer samen met haar dan met jou.'

Abby wist niet wat ze moest zeggen. Ze hield haar hoofd schuin en onderdrukte een huivering bij de gedachte hoe diep coach John Reynolds – vader, held en vriend – zou gaan vallen in de ogen van de kinderen, die zielsveel van hem hielden. 'Wat wil je dat ik je zeg, lieverd?'

Nicole snoof. 'Zeg dat het toevallig is; zeg me dat ik het mij verbeeld; zeg me dat pap net zo doet als altijd.' Ze wachtte even en haar ogen stonden vol tranen. 'Zeg me dat alles in orde is tussen jullie.'

Abby's hart sloeg over. Ze stond op en trok Nicole in haar armen. 'Och, lieverd, het spijt me.' Nicole hield haar steviger vast dan anders en Abby wilde haar vrees zo graag wegnemen. 'Alles is…'

Lieg niet tegen haar, dochter.

De stem weergalmde door de diepten van haar hart en Abby viel stil.

'Alles is wat?' Nicole maakte zich een beetje los, keek haar moeder aan, zocht naar een teken van de zekerheid die ze altijd als vanzelfsprekend had aangenomen.

God, geef me de woorden. 'Je weet hoeveel we van elkaar houden.' Ze drukte haar nog eens tegen zich aan terwijl haar maag ineenkromp van een treurigheid die haar tot in haar merg deed rillen. 'Wij hebben altijd van elkaar gehouden in ons gezin.'

Nicole stapte weer achteruit alsof ze iets wilde zeggen, maar voordat ze haar mond kon opendoen, kuste Abby haar op het puntje van haar neus. 'Wat dacht je van een kop thee? Zet de ketel maar vast op, ik kom zo.'

De afleidingsmanoeuvre werkte en Nicole glimlachte naar haar, duidelijk overtuigd dat haar moeders troostende woorden het bewijs waren dat alles inderdaad in orde was.

Als soldaten die voorzichtig om een mijnenveld heen liepen, wisten John en Abby de volgende weken door te komen zonder ooit de naam van Charlene te noemen. Het was maandagavond, de laatste schoolweek, en Abby bakte koekjes – onderdeel van een lange traditie in de familie Reynolds. Elk jaar voor de vakantie namen de kinderen zelfgebakken koekjes mee naar school om uit te delen aan de leerkrachten en hun klasgenoten. Naarmate ze ouder werden, kreeg het ritueel bijna iets dwaas, maar de kinderen vonden het nog steeds heerlijk. Zelfs de volwassen footballspeler Kade had haar de avond tevoren nog gevraagd of ze koekjes ging bakken.

Abby haalde een pollepel door een kom koekjesdeeg en bedacht hoe de kinderen zich volgend jaar om deze tijd waarschijnlijk hadden aangepast aan hun nieuwe leven, het leven waarin hun moeder niet langer getrouwd was met hun vader. Ze legde de deegplakjes op een beboterde bakplaat en schoof die in de oven. Ze staarde over de glooiende groene helling naar het meer.

Was het echt zo dat Kade al eindexamen deed? Waar was de tijd gebleven? Ze onderdrukte de tranen die in haar ogen brandden. Ze deed niets anders meer tegenwoordig dan tegen tranen vechten... en waarom ook niet? Ze had een dochter die ging trouwen, een zoon die het huis zou verlaten om te gaan studeren en een man die niet meer van haar hield.

Het was nog een wonder dat ze niet huilend wakker werd.

De telefoon ging. Abby haalde diep adem en zette de knop om. Hoeveel mooie herinneringen ze ook had, ze kon niet om het feit heen dat vrijwel elk aspect van haar leven ging veranderen.

'Hallo?' Ze klemde de hoorn tussen haar wang en schouder en veegde haar handen af aan een stuk keukenrol.

'Eh, ja...' Het was een vrouw, en ze leek nerveus. Abby voelde het bloed uit haar gezicht wegtrekken. *Het zou toch niet...* De vrouw schraapte haar keel.'Is… is John Reynolds daar?'

Abby had het gevoel dat haar hart in haar schoenen zonk. Ze kreeg geen adem meer.'Wie… wie kan ik zeggen dat het is?'

Er klonk een zware zucht aan de andere kant.'Charlene Denton. Ik moet hem iets vragen over de school.'

Op strategische punten in Abby's lichaam voltrokken zich explosies die haar hart, ziel en innerlijk tijdelijk verwoestten. *Adem, Abby. Haal adem.* Ze voelde zich misselijk worden en deed haar ogen dicht. Tientallen stekeligheden vochten om voorrang. *Zo, dame, jij durft. Hoe gek denk je eigenlijk dat ik ben? Iets vragen over school… hou toch op.*

Uiteindelijk kon Abby geen woord uitbrengen door het bonken van haar hart. Ze kneep in de hoorn en legde haar hand over het mondstuk toen haar aanvankelijke schrik plaatsmaakte voor een kokende woede. *Hoe durft hij haar naar ons huis te laten bellen!* Met de telefoon in haar hand alsof het een wapen was, stormde ze door de woonkamer naar de garage.

John was aan het rommelen met een vishengel en keek op toen zij verscheen. Hij wachtte tot ze iets zou zeggen, enigszins verbijsterd, alsof hij haar woede op zes meter afstand voelde en geen idee had waaraan hij die verdiende.

Ze gooide de telefoon in zijn richting.'*Charlene* voor jou!'

De verrassing op zijn gezicht leek oprecht, maar zijn ogen kregen onmiddellijk een schuldige uitdrukking. Hij pakte het toestel op, draaide zijn rug naar Abby toe en sprak op gedempte toon.

Het was alsof ze in zee lag te verdrinken en John had besloten haar voor de laatste maal kopje onder te laten gaan. Hij verkoos Charlene zo overduidelijk boven haar dat zij niet wist hoe ze moest reageren. Ze wachtte tot een subtiel toontje aangaf dat het gesprek voorbij was.

John hield het toestel nog vast maar liet zijn hand slap langs zijn zij hangen. Hij stond nog steeds met zijn rug naar haar toe.

'We moeten praten.' Abby's stem was niet boos of gespannen; geen van de vele emoties die haar tijdens het telefoongesprek besprongen klonk erin door. Waarom zou ze nog boos worden? Het was nu allemaal voorbij, op het papierwerk na.

Abby ervoer een gevoel dat het nu definitief was en werd er onnatuurlijk rustig onder, terwijl John zich met een ruk omdraaide en haar aankeek, zijn rug recht, zijn ogen half dicht, klaar voor de strijd. Vanaf het moment dat hij begon te praten, klonk zijn stem verhit. 'Luister, Abby, ik heb haar niet verteld...'

'Het doet er niet toe.' Ze was zakelijk, wat hem zo verbaasde dat hij midden in zijn zin stokte. 'Ik wil geen ruzie, John. Dat kan er toch niets meer aan veranderen.' Ze ging op de garagetrap zitten en plantte haar ellebogen stevig op haar knieën. Ze keek hem nog steeds aan en plotseling voelde ze zich te oud en te moe om het nog uit te leggen. 'Charlene is jouw toekomst. Dat zie ik in. Ik ga niet tegen je schreeuwen of je uitschelden omdat je verliefd bent op een andere vrouw. Daar is het te laat voor.'

John zuchtte en draaide met zijn ogen. 'Ik heb haar niet gevraagd mij te bellen, Abby, dat moet je geloven...'

Ze hield haar handen op en weer hield John zijn mond. 'Geen excuses, alsjeblieft.' Haar toon was rustig maar vastberaden en John ontspande een beetje. 'Ik zal eerlijk tegen je zijn... ik wil niet dat ze hierheen belt. Maar ik ben niet blind. Ik zie de tekenen aan de wand en op een dag...' Het laatste wat Abby wilde, waren tranen, zeker nu haar hart deze kwestie kennelijk had losgelaten. Maar niettemin kwamen ze en liepen over haar wangen voordat ze er iets tegen kon doen. 'Op een dag is zij misschien de stiefmoeder van mijn kinderen. Ik ben het haten beu. Ik wil haar niet haten, jou niet, niemand.'

John liet zijn hoofd hangen en kwam dichterbij. Hij leunde tegen hun blauwe wagen en zuchtte diep. 'Het spijt me, Abby. Het is nooit mijn bedoeling geweest om jou pijn te doen met dit alles.' Hij staarde weer naar de grond en wilde haar kennelijk niet zien huilen.

Hoe rustig ze zich ook voelde, Abby was geschokt door Johns instemming met haar woorden. *Vecht voor mij, John. Voor ons. Zeg me dat je haar niet kunt uitstaan, dat je hier stond om na te denken over hoe wij het weer goed zouden kunnen maken...* Maar de waarheid was dat zij in dit stadium van hun huwelijk beiden wisten wat de uitslag werd. Er waren nog maar een paar minuten te spelen, en er waren nergens winnaars te bekennen. Behalve misschien Charlene. Abby veegde haar tranen weg. 'Ik moet je om een gunst vragen.'

Hij duwde zijn handen in zijn zakken, zijn hoofd nog steeds gebogen, zodat alleen zijn ogen contact met haar maakten. 'Zeg het maar, Abby.'

Zeg het niet Abby, de liefde verdraagt alles...

De stem vervaagde en ze hield haar hoofd schuin, om John ervan te overtuigen dat dit nog de enige uitweg was voor hen. 'Maak het papierwerk in orde. Maak een afspraak met een advocaat. Iemand die we niet kennen. Dan kunnen we snel handelen als de kinderen eenmaal getrouwd zijn.' Ze aarzelde even en probeerde zijn uitdrukking en houding te analyseren. Een verpletterend besef drong tot haar door: *ik ben niet langer de expert die de diepten van het hart van John Reynolds weet te peilen.*

Hij staarde naar zijn voeten en het duurde bijna een minuut voordat hij iets zei. 'Ik bel direct morgenvroeg.' Zonder haar aan te kijken of een woord te zeggen, liep hij langzaam langs haar heen het huis in. Na een paar minuten klikte de automatische verlichting uit en Abby staarde in de complete duisternis, in het besef dat het een soort voorbode was van haar toekomst zonder John.

Complete en volstrekte duisternis, slechts onderbroken door angstaanjagende vormen en vage, onduidelijke schaduwen.

De week ging in een roes van eindexamens en voorbereidingen voor Kade's diploma-uitreiking voorbij. Maar John had woord gehouden. Het was donderdag en zijn afspraak met de advocaat was om vier uur. Hij was klaar met het invoeren van de cijfers in zijn computer en haalde de posters in zijn klaslokaal van de muur, een jaarlijkse taak die van alle leerkrachten werd gevraagd. Zoals zo vaak die week werd hij gekweld door de uitdrukking die Abby op haar gezicht had gehad toen Charlene hem belde.

Hij rolde een poster op en zuchtte hardop.

Charlene.

Hij wist nog steeds niet precies waarom ze hem thuis had opgebeld. Ze zei dat het was om iets te vragen over het systeem van computerbeoordeling dat ze op Marion High School gebruikten, maar volgens John zat er meer achter. Hoewel ze afstand had gehouden zoals hij had gevraagd, leek ze de laatste tijd veel directer en minder geduldig dan voorheen. De laatste keer dat hij haar zag voordat ze opbelde, had ze gevraagd of Abby het wist van hen.

'Wat valt er te weten?' John voelde zich nog steeds tot haar aangetrokken, maar haar vragen ergerden hem. Wat was er gebeurd met de tijd dat hun vriendschap leuk en zorgeloos was geweest? Begreep ze niet hoe moeilijk dit voor hem was? Hoe verpletterend het was om zijn zoon zijn diploma te zien halen en zijn dochter te zien trouwen, in de wetenschap dat hij een paar weken later bij hen weg zou gaan en een nieuw leven zou beginnen?

Charlene had een pruillip getrokken. 'Ik bedoel alleen maar dat we over een paar maanden permanent samen zullen zijn. Zij moet weten dat je nog een leven hebt buitenshuis. Je gaat tenslotte scheiden. Het is niet zo dat je mij verborgen hoeft te houden voor iedereen die belangrijk is voor jou.'

Haar woorden galmden nog na in zijn hoofd en volgens hem had die uitspraak meer te maken met haar telefoontje dan een beoordelingssysteem op school. Hij herinnerde zich hoe Abby's houding veranderde van woede in kille onverschilligheid. *Is het zo makkelijk, Abby-meisje? Laat je Charlene zomaar haar zin krijgen? Wil je alleen nog de scheidingspapieren van mij, niets meer?* Hij rolde de laatste poster op en deed er een elastiekje omheen toen Charlene binnenkwam.

Ze bleef in de deuropening staan en grinnikte. 'Weet je wel hoe knap jij bent als je werkt?' Haar rok was korter dan normaal en op haar welgevormde, bruine benen liep ze door het lokaal. Ze zag hoe hij keek en glimlachte toen zijn ogen de hare weer opzochten. 'Hallo…'

John voelde zich beslist tot haar aangetrokken, maar haar plotselinge verschijning maakte hem boos. Welk recht had zij om inbreuk te maken op zijn alleenzijn? Bovendien was hij niet in de stemming voor haar vragen. Hij dacht erover haar te vragen weg te gaan terwijl hij overeind kwam en zijn slechte knie strekte. 'Hallo.'

'De school lijkt wel een spookstad.' Haar ogen keken broeierig in de zijne en John begreep de betekenis van haar woorden maar al te goed. De leerlingen waren deze hele week al om een uur vrij, dus ze had gelijk. Er waren nergens meer leerlingen te bekennen. Ze liep weer door het lokaal en leunde tegen de rand van een bureau. Ze stond dicht naast hem en haar parfum bedwelmde hem bijna. 'Ik ben zo lang weggebleven als ik kon, John.'

Hij hield zijn hoofd schuin en probeerde te bedenken wat hij kon zeggen om standvastig te blijven. *Geef me de juiste woorden, God… alstublieft.*

Ga de ontucht uit de weg, mijn zoon! Keer terug tot de liefde van je jeugd…

'Je moet hier niet komen. Ik had je gevraagd om niet…' John wenste dat hij het met meer overtuiging kon zeggen, maar hij wilde niet gemeen zijn. Charlene was een van zijn beste vrienden, ook al werkte ze hem de laatste tijd op de zenuwen.

'Ik miste je…'

Hij schopte de lege posterdoos zacht naar een hoek van het lokaal. 'Ik ben nog steeds getrouwd, Charlene.'

Plotseling veranderde zijn frustratie van richting. Het was Abby's schuld dat hij in deze puinhoop zat. Zij was degene op wie hij kwaad moest zijn, niet Charlene. Zij was alleen maar zijn vriendin geweest, had naar hem geluisterd, hem het gevoel gegeven dat hij ertoe deed.

Dat had Abby al heel lang niet meer gedaan.

Hij keek Charlene aan en voelde zich weer tot haar aangetrokken. Hij deed een stap in haar richting. 'Hoezeer ik ook zou wensen dat het niet zo was.'

John dacht na over wat hij had gezegd. *Hoezeer ik ook zou wensen dat het niet zo was? Wat niet zo was? Dat ik niet getrouwd zou zijn met een meisje op wie ik jaren heb gewacht?* Was hij het wel die dat zei? John verbrak het oogcontact met Charlene en staarde naar de vloer. Was hij krankzinnig?

Charlene leek te merken dat zijn gedachten heen en weer zwalkten. Ze hield haar hoofd schuin en trok haar wenkbrauwen op, een en al medeleven in haar uitdrukking. 'Het moet wel moeilijk zijn om de hele tijd de schijn op te houden tegenover je kinderen.' Ze wachtte even. 'Ik wilde dat ik iets voor je kon doen...'

John leunde naast haar tegen zijn bureau. Nu was het Charlene's aanbod dat in zijn hoofd bleef hangen. Wanneer had Abby voor het laatst naar zijn gevoelens geïnformeerd of hem hulp aangeboden? Zij was al jaren niet meer zijn beste vriend geweest. Misschien kwamen de spanningen met Charlene voort uit de onmogelijkheid om samen te zijn. Want tegenwoordig was zijn beste vriendin... hij keek naar haar. 'We moeten rustig aan doen.'

Zo natuurlijk alsof zij degenen waren die jarenlang getrouwd waren geweest, kwam ze naar hem toe en drong zich tussen zijn knieën, terwijl ze haar armen om zijn nek sloeg. 'Ik heb niet al die tijd gewacht omdat ik alles op stel en sprong wil.' Ze fluisterde en haar ogen boorden zich in de zijne. John wist zeker dat ze kon zien hoe zwak hij was. Zonder dat hij het wilde, sloten zijn knieën iets zodat hij haar dicht tegen zich aan voelde en haar niet wilde laten gaan – nu niet en nooit.

'Ik wil niet weer dezelfde fouten maken.' Het verlangen overrompelde John zo hevig dat hij er bang van werd. Het voelde plotseling alsof hij zijn ziel zou kunnen verkopen om het object der begeerte te kunnen bezitten. Hij streelde met zijn hand over haar wang. 'Zeg me dat we niet dezelfde fouten zullen maken, Charlene.'

Ze gaf geen antwoord. Ze glimlachte breed, maar in plaats van terug te lachen, voelde John iets diep van binnen. Iets dat aarzelde… zich verzette. Hij kon het niet thuisbrengen, maar er zat iets in haar glimlach dat hem niet beviel… iets verkeerds.

Voordat hij die gevoelens nader kon doordenken, kwam ze nog dichterbij, haar hele lichaam tegen hem aan… en hij nam haar kus gretig aan, eerst zacht en teder, maar binnen een paar seconden vervuld van een drift zoals John nog nooit had ervaren.

'Ga met me mee, John, ik heb je nodig…'

Hij zat nog steeds op het bureau, maar schoof steeds verder naar haar toe, begroef zijn vingers in haar mooie, donkere haar. *Help me, God… ik ben alle beheersing kwijt… het is alsof ze me betovert.*

Er klonk een metalige stem in het lokaal. 'Denkt u eraan dat directeur Foster alle leraren gevraagd heeft hun klaslokalen gereed te maken voor de inspectie van morgenochtend, acht uur.'

De woorden galmden uit de intercom vooraan in het lokaal en John schoot overeind alsof hij een klap in zijn gezicht kreeg.

'De examenuitslagen zijn inmiddels op het prikbord gehangen. Dank u.'

Charlene's ogen stonden troebel vanwege hun intense kus en de glimlach die John had verontrust, keerde terug. Ze kwam tegen hem aan staan en legde haar handen om zijn gezicht. 'Waar waren we gebleven?'

Hij dacht aan Abby, aan hun korte, maar intense toenadering na haar vaders dood, aan de hartstocht die hij toen had gevoeld, beter, zuiverder dan nu… Hij werd misselijk van wat hij had gedaan. *Wat voor man ben ik geworden?*

Hij draaide zijn gezicht, maakte zich los en ging een meter verder in een leerlingenbankje zitten. Toen hij weer normaal kon ademhalen, keek hij haar aan. 'Het spijt me, dat was verkeerd.' Hij zette zijn elleboog op het bankje, masseerde zijn slapen met duim en wijsvinger en hoopte dat God de gevoelens die hij voor deze vrouw koesterde zou wegnemen. Hij deed zijn ogen dicht. 'Ik ben hier niet aan toe.' Hij deed zijn ogen weer open en keek over zijn hand naar haar.

Ze knikte, ging achter zijn bureau zitten en was plotseling niet meer de verleidster maar de welwillende vriendin. Hij verschoof ongemakkelijk. Het was alsof zij elke rol kon aannemen die ze maar wilde om het hem naar de zin te maken. Die gedachte, samen met haar glimlach, maakten hem nog wantrouwiger en zijn begeerte ebde weg. Ze keek hem recht aan en sprak zacht. 'Ik heb je gemist... maar daarvoor ben ik niet gekomen.'

John werd plotseling nerveus en wilde zo snel mogelijk op weg naar de afspraak met zijn advocaat. Waar zou deze ontmoeting met Charlene toe kunnen leiden? Hij wachtte het vervolg af.

Ze sloeg haar armen over elkaar en keek ernstiger dan eerst. 'Ik heb een baan aangeboden gekregen.'

Johns hart sloeg over. Ze zou toch niet gaan verhuizen? Charlene had het jaar daarvoor haar bevoegdheid voor schooldirectie behaald en had haar voelhorens her en der in de schooldistricten uitgestoken. Ze mikte op een positie als adjunctdirectrice ergens in Marion. 'Geweldig.' Hij keek haar nieuwsgierig aan en wachtte tot ze verdere uitleg zou geven.

Charlene zette haar vingertoppen tegen elkaar en keek naar de grond. 'Het is een baan in Chicago, John. Iemand van het districtskantoor vertelde de mensen daar dat ik een positie zocht.' Ze keek hem weer aan en hij zag hoe zij met haar vragen worstelde. 'Het is een mooi aanbod.'

Zijn kaken verstrakten en hij voerde een innerlijke strijd. Waarom waren zijn gevoelens voor haar steeds zo extreem? Het ene moment wenste hij dat hij haar nooit had ontmoet en het volgende wilde hij het liefst... 'Is het wat je wilt?' Als dat zo was, mocht hij haar niet in de weg staan.

Ze blies haar adem met een zucht uit en keek droevig. 'Ik wil jou, John Reynolds. Ook al zou ik moeten gaan afwassen om daarvan te leven.'

Alsjeblieft, daar zei ze het. Maar waarom had hij dan het gevoel alsof zijn hart in de mangel werd genomen? Er was iets wat ze er niet bij zei. 'Maar...'

'Maar als jij... geen toekomst met mij voor jezelf ziet...' Ze kreeg tranen in haar ogen en trok een keurig opgevouwen zakdoek uit haar tas om het vocht weg te halen voordat haar perfecte make-up zou uitlopen. 'Dan heb ik geen andere keus dan te gaan en elders een leven zonder jou op te bouwen.'

Heel lang geleden had John eens een film gezien over een man die in een steeds smaller wordende gang opgesloten zat. De muren kwamen langzaam op hem af. Met alles wat er op dit moment in zijn leven speelde, wist John hoe die man zich moest voelen. Hij liet zijn schouders hangen. 'Wat wil je nu dat ik zeg?'

'Zeg me dat je hetzelfde voelt als ik, dat je een toekomst voor ons beiden ziet als de chaos waar je nu doorheen moet eenmaal achter de rug is.' Haar antwoord kwam snel en hij zag in haar ogen dat ze genoeg om hem gaf om welke baan dan ook op te zeggen, om hem thuis op te bellen ook al maakte hem dat kwaad, om het risico te lopen om betrapt te worden terwijl ze elkaar kusten in zijn lokaal – wat een duidelijke overtreding was van de schoolregels. De waarheid was eenvoudig. Zij dacht dat ze verliefd was op hem en als hij dat wilde, zou zij de rest van haar leven rond hem organiseren.

Ze was jong, mooi, intelligent en ongelooflijk in de ban van hem. Als zij er was, voelde hij zich geliefd, gewaardeerd en vol van leven. Waarom greep hij dus niet de kans die ze hem bood?

Werd hij tegengehouden door het feit dat hij officieel nog niet gescheiden was? Was het zijn geloof? Of was het dat ze de laatste tijd nogal manipuleerde en doordramde? Zijn gevoelens waren zo verward dat hij haar geen direct antwoord kon geven. 'Je weet wat ik voor je voel.'

'Dat vraag ik je niet.' Haar toon versprong van bezorgd en oprecht naar ongeduldig. 'Maak ik deel uit van jouw toekomst? *Dat* is wat ik moet weten.'

John dacht na over haar vraag. Hij hield veel van haar... of niet? Was zij niet bereid geweest om te wachten tot hij de details van zijn scheiding zou hebben afgehandeld? Was zij niet altijd zijn vriendin geweest, zijn vertrouwelinge en bondgenote, terwijl Abby de laatste jaren steeds verder van hem vervreemdde? Hij dacht aan de pijn in Abby's ogen toen Charlene hem thuis opbelde. Was Abby daarom opgehouden zijn vriendin te zijn? Omdat ze zich verdrongen voelde door Charlene?

Hij wilde plotseling niets liever dan weg zijn van haar, om in eenzaamheid zijn gevoelens op een rij te kunnen zetten.

'Wanneer moet je hen uitsluitsel geven?' Hij verzamelde de posters en voelde hoe ze hem met haar ogen volgde.

'Eind juli.'

Eind juli. Het had niet mooier gekund. *Zoiets als Abby's dromen inruilen voor die van Charlene.* Hij huiverde inwendig en zette de gedachte van zich af. 'Geef me een beetje tijd, wil je? Ik laat het je voor de bruiloft weten.'

'Als jij mij wilt, blijf ik hier, John.'

Hij kon haar verder niets meer zeggen en keek op de klok aan de muur. 'Ik moet ervandoor.' Scheidingsadvocaten rekenden per uur. Hij stond op, nam zijn papieren bij elkaar, pakte de autosleutels en liet Charlene alleen achter in zijn lokaal zonder zelfs maar afscheid te nemen.

Toen hij in zijn auto stapte, zag John even zijn gezicht in de spiegel en vroeg zich af wat voor man hij was geworden. Zijn oudste zoon zou de volgende dag zijn diploma krijgen en een paar weken daarna zou hij zijn enige dochter over het middenpad van de kerk leiden en haar aan haar bruidegom geven. Maar nu, zo kort voor de mijlpalen waar zijn gezin jarenlang naar had uitgezien, had hij zich plotseling laten meeslepen in een opwelling van hartstocht die slechts geremd werd door zijn zwakke gebed en had kunnen leiden tot... tot wat? Zou hij zijn afspraak hebben afgezegd om met haar mee te gaan naar huis? Zou hij zich door zijn hartstochten hebben laten leiden alsof hij geen verantwoordelijkheden meer had?

Hij dacht weer aan zijn gebed en de metalen intercomstem die de ban had gebroken en hem gelegenheid had gegeven weer helder na te denken. Hij rilde bij de gedachte aan wat er had kunnen gebeuren.

Maar toen drong het tot hem door.

Wat was het verschil eigenlijk? Of hij nu aan Charlene toegaf of later, hij zou hoe dan ook iets vernietigen waarvan hij had beloofd het altijd te koesteren – hij zou de dromen van Abby, Nicole, Kade en Sean voor altijd verwoesten.

Het beeld van Abby's vader en diens laatste wens vulden zijn geest: *Houd van haar... houd van haar.*

Hij drukte het gaspedaal in en de wagen sprong vooruit. De plannen waren al in beweging gezet en het was te laat om nog te veranderen, ondanks de heilige fluisteringen, diploma-uitreikingen, trouwerijen of beloftes aan stervenden om zijn huwelijk in stand te houden. Het was gewoon te laat. Zijn huwelijk was dodelijk ziek en over een paar minuten zou hij de laatste handeling verrichten die nog resteerde.

Hij zou gaan zitten en samen met een advocaat de overlijdens-akte opstellen.

Twintig

Denny Conley was over het algemeen geen erg nerveuze man. Hij had tenslotte ook de moed gehad om voor zijn therapiegroep te gaan staan en het hele ellendige verhaal te doen over hoe hij zijn eerste jaren als vader had verdronken in alcohol en hoe hij Jo en Matt had laten zitten toen de jongen nauwelijks oud genoeg was om zich hem te herinneren. En niet alleen dat, het afgelopen jaar was hij zelfs moedig genoeg geweest om ten overstaan van de hele gemeente te verklaren dat hij, Denny Conley, een zondaar was en een Verlosser nodig had.

Die moed, zo had hij begrepen, kwam van God en niet uit hemzelf, en dat was goed. Het was een kracht die hem nooit in de steek zou laten.

Maar dat alles baatte hem niets nu hij de laatste aanwijzingen volgde naar het huis van Nicole Reynolds. Hij trilde als een espenblad en alleen Gods genade weerhield hem ervan rechtsomkeert te maken en terug te rijden naar het zuiden, terug naar zijn eigen huis.

De ontmoeting was Matts idee.

'Pap, wacht niet tot de trouwdag zelf.' De stem van zijn zoon had zo oprecht geklonken dat Denny een brok in zijn keel had gekregen. 'Kom naar het eindexamenfeest. Er komen heel veel mensen, je zult niet echt opvallen.'

Hij snoof. *Maak me rustig, God, alstublieft.*

Hij had natuurlijk foto's van Matt gezien, maar had hem niet meer in de ogen gekeken sinds de jongen vier jaar oud was geweest. Hij had die jonge armen niet om zijn nek gevoeld, niet met de jongen gestoeid of zijn vingers door zijn haar gehaald. Hij had hem geen liefde gegeven zoals een vader hoorde te doen. Het schuldgevoel overrompelde hem in zijn haveloze Ford en hij schudde zijn hoofd.

'Die jongen is niet goed wijs.' Hij mompelde hardop terwijl hij van rijbaan veranderde. 'Hij zou me het daglicht niet moeten gunnen.'

Dat was ook een van de beloningen van het volgen van Jezus, de zegeningen waar dominee Mark het over had gehad toen Denny zijn grote stap had gezet. De gedachte dat hij werkelijk een tweede kans kon krijgen met die jongen, een kans om hem te leren kennen, hem lief te hebben zoals hij vanaf het begin had moeten doen – het was overweldigender dan Denny zich kon voorstellen.

Dat was ongetwijfeld ook de reden waarom hij tegen zijn zenuwen moest vechten. Na bijna twintig jaar zou hij weer vader worden. En niet alleen dat, hij zou ook kennismaken met het mooie meisje met wie zijn zoon ging trouwen. Ze was slim, net als Matt, en ze kwam uit een goed gezin – ouders die al sinds mensenheugenis van elkaar hielden.

Ouders zoals Jo en hij hadden kunnen zijn als hij de zaken anders had aangepakt.

Toen hij aan Jo dacht, liet Denny het gaspedaal bijna los. Bij alle opwinding over het weerzien met Matt had hij zijn best gedaan niet te denken aan de vrouw die hij ooit eeuwige trouw had beloofd. Hij keek naar de aanwijzingen. Bij de stoplichten rechts afslaan, vier straten richting het meer. Dan links, het huis van Reynolds was het derde aan de rechterkant. Hij zou er binnen twee minuten zijn.

Het beste nieuws was natuurlijk dat Jo ook haar hart aan God had gegeven. Twee decennia nadat ze elkaar los hadden gelaten, hadden alle leden van het gezin Conley de weg naar het huis van hun Verlosser gevonden. Dat feit alleen al toonde aan dat God bestond en luisterde naar de gebeden van zijn volk – zelfs naar de schorre gebeden van mensen zoals hij, die zo weinig te bieden hadden.

Denny was nerveuzer dan ooit in zijn leven, als dat al mogelijk was, maar niets kon op tegen de diepgewortelde vreugde die als een hevig vuur in zijn innerlijk oplaaide. Hij zou zijn zoon en vrouw weer zien! Hij zou hen vasthouden, in zijn armen nemen. Zijn hart bonkte zo hard dat hij bijna verwachtte dat het met elke slag tussen zijn ribben door zou schieten. Hij rondde de laatste bocht en zag een stuk of twintig auto's bij een van de opritten staan.

Het huis van de Reynolds. *Daar ga ik, God. Wees met mij.*

Hij haalde een hand over zijn gladde, donkere haar en bewoog nu snel, alsof hij met elke stap zijn hele oude leven verder achter zich liet en dichter bij een nieuw en gelukkiger bestaan kwam.

Jo Harter had de hele tijd een stoel bij het raam bezet en keek om de minuut naar buiten om te zien of het oude brik van Denny al in de straat verscheen. Matt had de auto beschreven en had het verder aan haar overgelaten. Voor hem geen voor-het-raam-hangen.

Het feest was in volle gang, mensen stonden in groepjes door het hele huis en vierden het diploma van de jonge Kade Reynolds. Die jongen had echt prachtige vooruitzichten, en Jo had hem dat uitvoerig verteld toen ze hem voor het eerst ontmoette. Daarna had ze Matt opgezocht om hem voor de tiende keer te vragen hoe laat Denny zou komen.

'Dat wist hij niet precies, mam.' Matt grijnsde naar haar alsof ze de rollen hadden omgedraaid: hij was de geduldige volwassene, zij het ongeduldige kind.

Schiet op, Denny, kom…

Ze had het nog nauwelijks gedacht of ze zag langzaam een auto voorbijrijden die aan Matts beschrijving beantwoordde. Hij stopte niet ver van het huis. Jo hield haar adem in toen hij uitstapte en naar het huis liep. Hij zag er net zo uit als ze zich hem herinnerde. Hij was niet veel groter dan zijzelf, had donker haar – wat ervan over was – en lichte O-benen waaraan ze hem uit duizenden kon herkennen. Een niet te missen eigenschap.

Zonder aarzeling sprong Jo op, danste bijna door de kamer naar de voordeur en gooide die wijd open. 'Denny!'

Hij bleef als aan de grond genageld staan, keek haar aan en kreeg een brede grijns op zijn gezicht. In zijn wangen verschenen de aandoenlijkste kuiltjes die Jo ooit had gezien en een moment later lag ze in zijn armen, er volkomen van overtuigd dat de geweldige God die zij beiden dienden niets minder dan een wonder had bewerkstelligd.

Hij legde zijn handen tegen haar wangen en bekeek haar alsof ze een winnend lot uit de loterij was. 'Jo... ik heb je gemist, schatje. Ik kan niet geloven dat ik hier nu sta.'

Er waren honderden dingen die Jo had willen zeggen maar ze leken geen van alle juist op dit moment, op een paar eenvoudige woorden na: 'Welkom thuis, Denny Conley.'

En weer liet zijn lach de late middag oplichten. 'Dank je, Jo. En nu heb ik geloof ik een zoon te begroeten.'

Abby keek vanuit de deuropening bij de keuken naar de afnemende menigte gasten en haar blik viel op Jo en Denny, diep in gesprek met Matt en Nicole. Ze zagen er heel gelukkig uit. Was het mogelijk dat de kansen keerden voor Jo en haar zo geliefde Denny, na zo veel jaren? Ze herinnerde zich Jo's monoloog over haar ex-man en hoe ze van plan was tien pond af te vallen voor het huwelijk om zijn aandacht te trekken.

Ze zag Jo's ogen stralen en hoe zij praatte met de man van wie ze duidelijk nog hield. Misschien was ze de afgelopen maanden iets afgevallen, maar het was niet om wat ze was kwijtgeraakt dat Denny Conley aan haar lippen hing.

Het was om wat zij erbij had gekregen.

Abby zuchtte en liep de keuken in. *Hoe komt het dat Jo's geloof zoveel echter lijkt dan het mijne, God? Zij gelooft nog maar een paar maanden.*

Stilte.

Abby pakte een stapel lege borden en begon ze in de gootsteen af te wassen. Het was niet eerlijk. Zij en John waren hun hele leven trouw geweest, hadden hun kinderen geleerd te luisteren naar God, een persoonlijke relatie met Hem op te bouwen, Hem te dienen. Maar nu het er echt op aan kwam, leek hun geloof nog het meest op een versleten, bijna lege accu, waar geen kracht meer uit te halen viel.

Het afwassen gaf haar de gelegenheid naar de gesprekken in de naastgelegen kamer te luisteren.

'Hé, Kade, zeg me alsjeblieft dat het niet waar is van je zus.' Abby herkende de stem van Dennis Steinman, een van Kade's footballvrienden. 'Ze gaat toch niet echt met iemand anders trouwen?'

'Jazeker, over vier weken.' Kade praatte luchtig en lachend. Het feest was al een groot succes, dankzij de aanwezigheid van vrienden, leraren en mensen uit de stad die deel hadden uitgemaakt van Kade's leven sinds hij een kleine jongen was.

'Kom op, zeg. Ik dacht dat ze op mij wachtte. Ze hield van mij, hoor!'

'Nee, Steiner, dat was geen liefde. Dat was... medelijden.'

Er steeg gelach op onder de vrienden en Abby dacht terug aan de ceremonie bij de diploma-uitreiking eerder die middag. John was gevraagd als een van de docenten in de buurt van de leerlingenplaatsen en Abby en de anderen zaten dus apart van hem. Ze had nu en dan naar hem gekeken en gemerkt dat hij met zijn gedachten mijlenver weg was. Hij was volkomen gefixeerd op Kade, zijn oudste zoon, zijn quarterback... en Abby kreeg maagkramp toen ze bedacht wat een verlies John die middag moest voelen. Het deed altijd pijn om een belangrijke speler te verliezen met wie hij drie of vier jaar achtereen had gewerkt.

Maar Kade kwijtraken...

Abby stelde zich hun zoon voor, zoals die er een paar uur eerder had uitgezien, in zijn toga met hoofddeksel, klaar om de wereld te veroveren. Hoe de toekomst er ook uit zou zien, ze zou nooit vergeten hoe hij trots over het sportveld liep om zijn diploma op te halen – hetzelfde veld waar hij en John herinneringen voor het leven hadden opgebouwd, een band die door alle tijden heen zou blijven bestaan. Haar hart raakte overspoeld met nevelige en bleke schetsen van gisteren en beelden uit een vrolijker tijd, toen Kade net naar school ging en alles altijd leek te zullen blijven zoals het was.

Ze waste het laatste bord af en begon af te drogen. Dit had een dag moeten zijn waarop John over zijn gevoelens praatte met haar, een dag waarop ze misschien waren gaan wandelen of ten slotte op de aanlegsteiger zouden zijn beland om elkaar te herinneren aan de keren dat ze precies over deze gebeurtenis hadden gepraat. Over hoe snel Kade's schooljaren voorbij zouden vliegen, net als die van Nicole. Niemand kon precies weten wat John in zijn hart voelde toen hij Kade zijn diploma zag ophalen, zelfs Charlene Denton niet.

Niemand, behalve Abby.

Ze stapelde de droge borden op, veegde haar handen af aan de handdoek en ving Matts stem op.

'Ja, we zijn helemaal klaar. Bloemen, bruidsmeisjes, kleuren-schema's, passende borden en servetten. Kleine pepermuntachtige dingen waarmee de gasten de nasmaak van hun diner kunnen ver-knallen...'

Nicole moest erom lachen. 'Matt heeft gelijk. Niet te geloven wat er allemaal bij komt kijken.'

'Maar dat is natuurlijk wel allemaal voorpret.' De stem van Jo, die klonk alsof ze een geheim moest bewaren. Denny was er nog nauwelijks drie uur en nu al zaten die twee tegen elkaar aan en maakten oogcontact als pasgetrouwden. Jo tetterde door over de kosten en moeiten van grote bruiloften en pauzeerde alleen even om adem te halen.

'Luister, jongens,' zei ze. 'Willen jullie het nieuws niet horen?' Abby had zielsgraag de kamer in willen lopen om naast Nicole te gaan staan, maar ze bleef in de keuken. Iets in de toon van Jo's stem gaf Abby trouwens het idee dat ze er liever niet bij wilde zijn. Niet als dat nieuws zo goed was als die stem deed vermoeden.

'Ik verhuis hierheen.' Denny klonk alsof hij op ontploffen stond. 'Ik pak mijn boeltje op en zoek zo snel mogelijk een baan.' Abby kon Denny's glimlach horen en voelde een vreemde, pijnlijke scheut in haar hart. Het was niet eerlijk. Hoe was het mogelijk dat twee mensen als de ouders van Matt hun moeilijkheden konden overwinnen en dat zij en John – het stel dat iedereen als een voorbeeld beschouwde – niet genoeg gemeenschappelijke interesses meer konden vinden om het gesprek gaande te houden?

Er borrelden geen antwoorden op in Abby's hart.

'Pap… tjonge, meen je dat?' Matts stem klonk zo hoopvol.

'Ja, en dan is er nog iets…'

'Wacht even,' onderbrak Jo hem. 'Nicole, waar is je moeder. Ik wil dat zij dit ook van ons hoort.' Jo's stem kwam dichterbij en Abby draaide zich snel om toen Jo en Denny hand in hand binnenkwamen, Matt en Nicole giechelend in hun kielzog.

'Abby, ik kan de kinderen gewoon niet zeggen wat Denny en ik hebben besloten zonder het ook direct aan jou te vertellen.' Ze keek naar de man naast haar en haalde haar schouders op als een tienermeisje.

De handdoek in Abby's hand hing slap. 'Goed…' Ze ergerde zich in stilte dat ze niet enthousiaster klonk. Het was niet Jo's schuld dat haar leven een puinhoop was. Ze kon toch op zijn minst gelukkig zijn voor haar. Ze glimlachte gemaakt.

Jo boog naar voren en was meer dan opgetogen. 'We gaan trouwen!' De woorden vlogen eruit alsof Jo ze geen moment langer meer in kon houden. Ze gaf een gilletje. 'Kun je het *gelóóóven*? Denny en ik, na al die tijd!'

'Ik sta paf. Gefelici…' Abby's stem ging verloren in het tumult van Matt en Nicole's kreten en felicitaties. Zij hadden het stel al stevig in hun armen.

Abby stond er een beetje onhandig naast en wachtte tot het voorbij zou zijn. Toen het zover was, haalde Jo diep adem en glimlachte van oor tot oor. Ze straalde, en dat was nog zacht uitgedrukt.

'Jij wist het, nietwaar, Abby?' Jo legde haar handen op Abby's schouders.

Er worden spelletjes met me gespeeld... 'Niet echt...' Ze glimlachte weer en hoopte bij Nicole geen argwaan te wekken met haar onderkoelde reactie.

Jo gaf haar een speelse tik op haar arm. 'Kom op, Abby. Jij bent degene die mij over Hem vertelde.'

'Hem?' De vrouw was niet goed wijs. Zij had Denny van haar leven nog nooit gezien.

Jo lachte en zuchtte overdreven. 'God. De Heer, Abby. Weet je nog?' Ze schudde haar hoofd en lachte hartelijk. 'Jij hebt echt de droogste humor aan deze kant van Arizona.' Ze porde Denny in zijn ribben en ontlokte hem ook een lachje. 'Dit is Abby, die mij over God, de hemel en al het andere vertelde.' Ze keek naar Matt en Nicole. 'En toen, bij de begrafenis van je grootvader... toen heb ik voor het eerst mijn hart aan Jezus gegeven. En daarna wist ik dat Hij mij ook iets zou geven. Niet alleen de eeuwigheid bij Hem, maar mijn lieve Denny weer op de plek waar hij hoort.'

Na die woorden plantte ze zonder pardon een langdurige kus op de lippen van de man, die rood aanliep, vanuit zijn nek tot op zijn kalende kruin. 'Eh, liever, laten we even naar buiten gaan, waar het wat rustiger is.'

Abby had het niet voor mogelijk gehouden, maar Jo's glimlach werd zelfs nog breder. Ze nam afscheid van de anderen en was binnen een minuut vertrokken. Matt en Nicole omhelsden elkaar om het te vieren en daarna nam Matt afscheid. Nicole bleef achter met een gloeiend gezicht en stralende ogen vol hoop voor de toekomst.

'Is het niet ongelooflijk, mam? Is God niet geweldig?'

Abby's blik viel op de handdoek die ze nog steeds in haar hand had en begon afwezig de tegels van het aanrecht af te nemen. 'Onvoorstelbaar.'

Nicole aarzelde even en haar glimlach verdween. 'Dat klinkt niet erg overtuigd.'

Verman je, Abby. Geef haar geen redden om te twijfelen aan... Ze keek zogenaamd verbaasd op. 'Overtuigd van wat?'

Nicole sloeg haar armen over elkaar. 'Van God. Ik zei "Is God niet geweldig" en jouw antwoord klonk niet erg overtuigd.'

Abby lachte zo luchtig als ze kon. 'Het spijt me, lieverd. Ik ben nogal moe, het is een lang weekeinde geweest. Eerst Kade's diploma-uitreiking, dit feest, jouw huwelijksvoorbereidingen.'

Nicole keek bezorgd. 'Je bent toch niet ziek, ofzo?'

Ze schudde snel haar hoofd. 'Helemaal niet, lieverd. Alleen een beetje overrompeld door alles wat er om mij heen gebeurt.'

'Maar je bent wel blij voor Jo en Denny, toch?' Nicole's stem was nog steeds een beetje wantrouwend en Abby wilde het zielsgraag over iets anders hebben.

Flink overdrijven. 'Natuurlijk! Ze zijn een prachtig stel. Als iets een mooi voorbeeld is van hoe God te werk gaat, dan zijn zij het wel.'

Nicole's schouders ontspanden en de frons verdween van haar voorhoofd. 'Precies, dat wilde ik dus ook net zeggen. Ik bedoel, dat die twee weer bij elkaar zijn is als... ik weet niet, het is beter dan Matt en ik ons konden voorstellen.'

Haar moeder ontspande, vouwde de handdoek op en legde hem op het aanrecht. Ze omhelsde Nicole en boog achterover om in haar ogen te kunnen kijken. 'Jij en Matt hebben voor hen gebeden, nietwaar?'

Nicole's ogen sprankelden zoals eerder. 'Elke dag.'

Deze keer was Abby's glimlach oprecht. 'Dan is het niet zo verbazingwekkend, mijn liefje.'

Ze stonden nog steeds zo, oog in oog, met Abby's polsen op Nicole's schouders toen John binnenkwam en direct bleef staan. 'O... ik dacht dat Nicole bij Matt was.'

Zijn dochter draaide zich om en glimlachte. 'Hoi, pap. Hoezo, waar is Matt?'

'Buiten bij zijn ouders. Ik dacht...' Hij zag er bezorgd uit.

Wat nu weer? Abby voelde haar lichaam verstarren en liet Nicole los. 'Ga maar naar hem toe, lieverd. Op zo'n moment horen jullie samen te zijn.'

Abby was blij dat Nicole deze keer hun gezichten niet nauwkeurig onder de loep nam of wilde achterhalen waarom John haar moeder alleen zou willen spreken. Ze grijnsde slechts en huppelde weg in de richting van de achtertuin. 'Ze zijn waarschijnlijk bij de aanlegsteiger. Matt weet dat het de plek is waar we alles vieren.'

Voor Abby was het commentaar van haar dochter als een klap in haar maag. *De plek waar we alles vieren... waar we alles vieren...* Ze keek John aan. 'Is iedereen weg?'

Hij slikte en vond het moeilijk haar aan te kijken. 'Ja. Op Jo en Denny na.' Hij zweeg even, maar Abby wilde hem niet uit de brand helpen. *Als je iets te zeggen hebt, zeg het dan. Ik kan de hele avond wachten.*

John schraapte zijn keel. 'We moeten praten.'

Abby haalde haar schouders op. 'Ja, al ongeveer vijf jaar...'

'Luister...' Zijn toon was plotseling ongeduldig, moe en ongeduldig. 'Ik heb geen behoefte aan je sarcasme, Abby. Ik meen het. De bruiloft is er nu voordat je het weet en we moeten... er zijn nog een paar dingen die we moeten bespreken.'

Ze staarde hem aan. 'Ik luister.' Haar stem verried niets.

Hij keek even naar de vloer en toen weer in haar ogen. 'De papieren zijn klaar. Ik heb gisteren met de advocaat gepraat.' Er klonk verslagenheid door in zijn stem – maar ook iets anders. Iets vastbeslotens en onverzettelijks dat er niet eerder was geweest. 'Hij wil dat je volgende week een keer langskomt om de papieren door te nemen voordat we tekenen.'

Haar ogen begonnen te prikken. 'Heb jij ze al gezien?'

John knikte. 'Het is precies zoals we hadden afgesproken. Alles is verdeeld. Jij krijgt het huis. Ik krijg het spaargeld en de auto. Kinderbijslag tot Sean achttien is. Ik blijf sparen voor hun studies. Het staat allemaal van a tot z beschreven.'

Het was alsof ze naar het autopsierapport van hun huwelijk luisterde. Ze probeerde het misselijke gevoel te onderdrukken dat in haar opkwam, maar het lukte niet echt. Ze liet haar hoofd hangen. 'Goed. Als we maar van deze ellende verlost worden.'

Er klonk vaag gelach en Abby begreep dat Nicole, Matt en de anderen nog wel even buiten zouden blijven. Het was een te mooie avond om binnen te blijven zitten.

Behalve wanneer je natuurlijk de details van je scheiding te bespreken had.

John keek haar intens aan. 'De reden dat we in deze puinhoop zitten is dat we op zeker moment... lang geleden... ophielden van elkaar te houden. Ik was niet de enige die daarmee stopte, Abby. We waren het allebei. Jij was druk met de kinderen, en ik was...'

'Druk met Charlene.'

Hij hield zijn hoofd schuin en keek kwaad. 'Nee. Ik was druk met mijn werk. En voor we het wisten, hielden we op met elkaar te praten. Misschien waren we te moe, of hadden we gewoon niets meer om over te praten. Maar één ding staat vast, Abby. De puinhoop is niet alleen mijn schuld.' Hij keek haar aan en even meende ze een glimp van spijt in zijn ogen te zien. 'Ik heb iets geregeld zodat ik bij een van de sportleraren kan blijven na de bruiloft. Ik zorg dat alles ingepakt is, zodat ik na de receptie kan vertrekken.'

Het stekende gevoel was terug. Abby knipperde haar tranen weg en vocht om haar stem normaal te laten klinken. 'Wanneer vertellen we het de kinderen?'

'Nadat Nicole en Matt terug zijn van hun huwelijksreis.'

Abby knikte langzaam en liep naar het aanrecht om door het raam de achtertuin in te staren, met op de achtergrond het meer, de aanlegsteiger en de vrolijke geluiden uit die richting. 'Goed.'

Even zeiden ze geen van beiden iets en Abby vroeg zich af of John al was weggelopen. Haar adem stokte in haar keel toen hij achter haar kwam staan en zijn handen op haar schouders legde. 'Het spijt me, Abby... Dit is niet... ik had nooit gedacht...'

Ze werd verscheurd tussen de tegengestelde verlangens zich los te rukken, of zich in zijn omhelzing te laten koesteren. Maar ze bleef stokstijf staan. 'Ik begrijp het. Het spijt mij ook.'

Hij trok zijn handen terug en schraapte zijn keel. 'Ik houd me wel aan mijn belofte omtrent Charlene. Niet voordat de scheiding definitief is. Je hebt mijn woord.'

Je hebt mijn woord... hebt mijn woord... mijn woord... Een stil, droog lachje welde bij Abby op maar stierf al in haar keel. Ze bleef met haar rug naar hem toe staan en knipperde haar tranen weg. 'Ik wil nu graag alleen zijn, John, als je het niet erg vindt.'

Zonder afscheid te nemen, haar nogmaals aan te raken of te vragen of het wel ging, draaide John zich om en liep weg. Na een minuut hoorde zij de slaapkamerdeur achter hem dicht gaan. Ze dacht aan de honderden keren dat hetzelfde geluid haar had weggelokt bij wat ze ook deed om bij hem te zijn in de intimiteit van hun liefde, zij aan zij fluisterend onder de lakens, of eenvoudig met haar hoofd op zijn schouder om naar zijn ademhaling te luisteren.

Maar deze avond... deze keer markeerde het geluid het einde van een zakelijke bespreking waarin twee collega's de begrafenis van een kantoorgenoot bespraken. Een kantoorgenoot wiens aanstaande dood zoiets als een opluchting zou betekenen.

Eenentwintig

Nog nooit had Nicole zich dicht bij God gevoeld als in de weken voor haar huwelijk. Alles wat haar ouders haar ooit over liefde hadden geleerd, alles wat ze voor haar gebeden hadden en in hun eigen leven als voorbeeld hadden doorgegeven, zou nu concreet worden op de mooiste dag van haar leven.

Het was maandag, een onvergetelijke zomermorgen, een paar dagen voor haar trouwdag, en Nicole kon nauwelijks meer wachten.

Ze maakte een koffer open en zette die op haar bed. Misschien dat de tijd door de kampeertocht wat sneller ging. Nicole wist niet of dat zo zou zijn, maar ze was niettemin blij weg te kunnen. Het was iets waar ze altijd al van had gedroomd: de kans om een paar dagen door te brengen met de vrouwen die haar het meest na stonden, om alles van hen en van God te vernemen over wat het echt betekende om van een man te houden, om partners te zijn in een verbond dat stand zou houden zolang zij leefden.

Een zacht briesje kwam door de hor voor het raam en Nicole keek door het raam naar het meer. Ze had het altijd heerlijk gevonden dat haar kamer aan de achterzijde van het huis lag. Hoe vaak had ze niet 's morgens voor het raam gezeten om haar diepste gevoelens te noteren terwijl ze van het uitzicht genoot? De manier waarop de zon diamanten op het water strooide, bracht haar emoties altijd naar boven, en deze dag was dat niet anders.

Nicole bleef stilstaan en keek naar buiten terwijl ze de zomerlucht opsnoof. Er ging niets boven de zomer in Illinois en zij en Matt hadden tegen elkaar gezegd dat ze graag net zo'n soort huis wilden hebben als haar ouders: een bescheiden huis met uitzicht over een meer en veel ruimte voor... nou ja, voor kinderen natuurlijk, op den duur. Afgelopen week hadden ze de uitslag gekregen dat Matt officieel was toegelaten tot de orde van advocaten, en er waren al aanbiedingen binnengekomen van een paar plaatselijke kantoren en van firma's uit Chicago.

De gedachte aan hun toekomst gaf Nicole een heerlijk licht gevoel van binnen.

Ze stelde zich voor hoe haar ouders over niet al te lange tijd de kans zouden hebben om grootouders te worden en ze glimlachte... maar toen het beeld vastomlijnder werd, veranderde het ook en herinnerde Nicole zich Matts zorgen over Charlene Denton.

Niets om je zorgen over te maken. Ze is gewoon een flirt.

Haar stemming bekoelde aanzienlijk. Nicole liep naar haar dressoir en haalde er twee korte broeken uit die ze nodig had voor de kampeertocht. Charlene was geen bedreiging voor het huwelijk van haar ouders. Dat kon gewoon niet. Haar vader hield zielsveel van haar moeder en dat zou altijd zo blijven. Zij waren nog altijd verliefd. Ze hadden het druk misschien, maar voelden toch hun wederzijdse liefde.

Maar hoe meer Nicole het idee van zich af probeerde te zetten, hoe meer ze zich bedreigd voelde door gedachten aan die andere vrouw. Uiteindelijk zuchtte ze diep en liet zich aan het voeteneinde van haar bed op haar knieën vallen.

'Goed.' Ze liet haar hoofd hangen en begon een gebed te fluisteren dat alleen God en zij konden verstaan. 'God, ik vind die gedachten vreselijk, maar misschien heb ik ze om een reden. Misschien is er iets met die vrouw dat mijn vader en moeder moeilijkheden bezorgt.' Ze aarzelde even. 'Ik bedoel, in denk het niet, maar toch. Wat dit gevoel ook wil zeggen, ik wil het voor U neerleggen, God. Als Charlene een probleem vormt, zorg dan dat zij weggaat.' Ze wachtte en liet Gods geest de leiding nemen in het gebed. Het was iets dat zij jaren eerder had geleerd, toen ze zich voor het eerst realiseerde hoe vaak ze op Hem vooruit wilde lopen. Als ze wachtte, voelde ze dat ze in een bepaalde richting werd geleid. 'Wat ik eigenlijk wil vragen, God, is dat U met mijn ouders bent. Zij hebben erg veel aan hun hoofd gehad en... vernieuw hun liefde alstublieft. Gebruik mij en Matt als dat kan helpen. Wat er ook voor nodig is, maak alstublieft dat zij voor altijd van elkaar blijven houden. Helpt U mij ook om niet meer tijd te verdoen aan gedachten over mijn vader en die... die vrouw. De liefde komt van U, Vader. En liefde is wat we altijd in dit huis hebben gehad. Laat de liefde alstublieft groeien, zodat zij groter en sterker wordt dan ooit.'

Ze voelde rust in zich terugkomen en haar bezorgde hart kalmeerde. Nicole glimlachte dankbaar en opgelucht. 'Ik kan altijd op U rekenen, God. Dank U bij voorbaat om wat U tijdens deze kampeertocht zult doen.' Ze wilde al bijna opstaan, toen ze nog iets bedacht. 'En maakt u alstublieft dat de tijd omvliegt.'

Abby sleepte haar koffer naar de gang en zette hem bij de andere, terwijl ze met haar ogen naar John zocht. Hij had beloofd de wagen te zullen inladen, maar zoals steeds tegenwoordig was hij weer in de garage aan het rommelen – zijn gebruikelijke schuilplaats voor de uren dat hij absoluut thuis moest zijn.

De anderen zaten al in de woonkamer te praten en herinneringen op te halen aan eerdere kampeertochten. Eigenlijk zouden ze met zijn zessen op stap gaan, maar Nicole's vriendinnen zaten beiden ziek thuis met de griep. Nu waren het dus alleen nog Abby, Nicole, Jo en Abby's zus Beth, die voor de kampeertocht en de trouwdag was overgevlogen en die in een voor haar doen uitzonderlijk vrolijke stemming verkeerde.

Abby liep de gang door en deed de deur naar de garage open. 'We zijn zover.'

Ze wachtte niet op Johns antwoord maar sloot de deur weer en voegde zich bij de anderen in de woonkamer. Een ogenblik later hoorde ze hem buiten met bagage slepen en even later meldde hij zich een beetje buiten adem in de woonkamer. 'Alles is ingepakt.'

Hij weigerde oogcontact met haar te maken, maar zijn toon was opgewekt en zij was er zeker van dat de anderen niets in de gaten hadden. Jo stond als eerste op. 'John Reynolds...' Ze liep naar hem toe en gaf hem een tikje op zijn wang zoals een favoriete tante dat zou doen. '... jij bent geen spat ouder geworden sinds je in Ann Arbor football speelde.' Ze knipoogde naar Abby en richtte zich weer tot John. 'Het zou verboden moeten zijn om er op jouw leeftijd nog zo uit te zien.'

De anderen lachten om Jo's openhartigheid. Een seconde lang ving John Abby's blik voordat ze wegkeek. *Red me hieruit, God. Wat moet ik doen? Moet ik hier soms met haar instemmen?* Wat maakte het uit dat hij er goed uitzag? Zij en John telden de dagen af tot hun scheiding.

Abby liep vooruit naar de auto en de andere vrouwen volgden in haar spoor. Nadat ze waren ingestapt, namen ze afscheid van John. Abby was dankbaar dat Nicole niets zei over het feit dat John en zij elkaar niet hadden gekust. Vijf minuten later reed Abby de snelweg op en greep Jo haar kans tijdens een nauwelijks waarneembare pauze in het gesprek.

'Nou, meiden, ik denk dat ik jullie moet vertellen over het wonder van God.' Ze zat naast Beth op de achterbank, Nicole zat voorin naast haar moeder. Jo tikte Abby op haar schouder. 'Jullie weten dit natuurlijk al, maar Beth hier nog niet, en bovendien...' Ze giechelde hardop. '... Ik kan gewoon niet ophouden om erover te vertellen. Echt waar, het is nog erger dan met mijn visverhalen. Overal waar ik naartoe gaan, sijpelt het als het ware over de hele omgeving...'

Beth onderbrak haar. 'Wat sijpelt waar uit?'

'Nou, mijn liefde voor God en Denny en dat we samen zijn en gaan trouwen, en al die dingen die ik allang had opgegeven voordat...'

Dat wordt nog wat. Abby leunde achterover en concentreerde zich op de weg. Niemand was zo cynisch omtrent de vreugden en deugden van het huwelijk als haar zus Beth, die op haar eenentwintigste was getrouwd, op haar drieëntwintigste twee kleine meisjes had en op haar vijfentwintigste in de steek werd gelaten. Beth zei altijd graag dat levenslang bij elkaar gaan wonen eerder een vorm van psychologische oorlogsvoering was dan een huwelijk en dat ze hoopte dat iemand haar in een gesticht zou laten opsluiten als ze ooit weer in de verleiding kwam zich aan zoiets over te geven. Beth was een van die vrouwen die liever een hond haalden als ze eenzaam werden, en tot nu toe had ze zelfs dat niet gedaan. Elke keer als het onderwerp ter sprake kwam, verklaarde ze dat haar huwelijk van drie jaar de eenzaamheid voorgoed uit haar leven had gebannen.

Pas nu realiseerde Abby zich dat de vonken er weleens vanaf zouden kunnen vliegen als Jo en Beth tijdens het weekeinde over het geloof aan de praat zouden raken. *God, wat er ook gebeuren gaat, laat dit weekeinde alstublieft slagen... voor Nicole.*

Het gebed kwam zomaar in haar op, alsof ze al maandenlang dagelijks bad.

Deze tijd is voor jou gereserveerd, dochter.

Abby's adem stokte in haar keel en ze verstevigde haar greep op het stuur. Dat ze een schietgebedje deed, was tot daar aan toe, maar dat ze zo snel iets als een antwoord zo diep en zeker in haar innerlijk voelde... Ze knipperde met haar ogen en verdrong de woorden. Ze verbeeldde zich dingen. Deze kampeertocht had niet met haar te maken. Abby zette God uit haar hoofd en richtte zich weer op het gesprek van Jo.

'En dus strooi ik het overal min of meer rond hoe goed God is en hoe Hij een groot wonder verrichtte voor Denny en mij, en hoe Hij dat voor iedereen zou kunnen doen die bereid is Hem op zijn woord te geloven.'

Abby keek in de spiegel en zag Jo een mondvol adem ophappen. Beth maakte van de gelegenheid gebruik om haar keel te schrapen. 'Ik wil natuurlijk de algemene feestvreugde niet bederven, zeker niet nu we samenkomen voor Nicole's trouwdag, maar persoonlijk heb ik mijn wonder gevonden in het gescheiden zijn. Iets in het avond aan avond koken voor een man die bij andere meisjes in de buurt zijn gulp niet kon dichthouden, spoorde naar mijn besef niet met het idee van een wonderdoende God, als je begrijpt waar ik heen wil.'

Nicole schoof ongemakkelijk heen en weer op de voorstoel en keek Abby even aan. Haar moeder knikte. *Geweldig.* Ze zou waarschijnlijk het hele weekeinde scheidsrechter mogen spelen. 'Zullen we nog even een kop koffie gaan drinken voordat we naar de hut rijden?'

De rit naar de blokhut duurde twee uur, maar de laatste veertig kilometer gingen door een zo afgelegen gebied dat Abby vreesde dat er in een straal van vijftig kilometer geen levende ziel te vinden was. De blokhut was van een vriend van haar vader en de Reynolds kwamen er zeker één keer per jaar, ook al was het maar om een weekje te gaan vissen. Abby wist dat de plek voor Nicole en de jongens synoniem was met stilte en absolute eenzaamheid en ze was niet verbaasd geweest dat Nicole had gevraagd hierheen te mogen, in plaats van haar vrijgezellenfeest – ze hadden tenslotte ook de barbecue al gehad.

Na aankomst pakten ze hun spullen uit. Abby keek daarop de anderen aan. 'Wie heeft er zin in een wandeling?'

Beth sprong bijna onmiddellijk op. 'Ik.'

Jo gebaarde naar de deur. 'Gaan jullie maar.' Ze sloeg op de omslag van haar Bijbel. 'Ik heb nog wat achterstallig onderhoud te plegen.'

Nicole keek Abby aan terwijl ze languit op de nu lege bank ging liggen. 'Gaan jullie maar, mam. Jo wilde een paar verzen met me bespreken.'

Abby voelde een tinteling in haar buik. Als zij en Beth alleen waren, was het misschien tijd om haar in te lichten. Ze knikte. 'Prima. We nemen het pad rond het meer en zijn over een uurtje terug.'

Ze liepen naar het noorden over het gravelpad rond het meer en zwegen tot de blokhut uit het zicht was.

'Het is hier nog altijd prachtig.' Beth was even verzorgd als Abby, maar wat ruiger en aardser. Ze was manager bij een reclamebureau en had een zo goede positie verworven dat vrijaf krijgen geen probleem was. Hoewel ze slim en briljant kon opereren in zakelijke bijeenkomsten, voelde ze zich veel meer in haar element met wandelschoenen en rugzak, op weg rond Silver Moon Lake.

'Hmmm. Heerlijk, die bomen, vooral in deze tijd van het jaar.' Abby kwam naast haar lopen en al snel hadden ze de blokhut uit het oog verloren. 'Alsof ze het uitbazuinen dat de zomer er is.'

Beth grinnikte. 'Mijn zuster de schrijfster.'

Ze liepen zwijgend verder en bleven later even staan om naar de reeën te kijken die aan de oever van het meer kwamen drinken. De avond werd snel koeler en de nacht viel als een stille deken over de bossen. Abby's hart bonkte zo hard dat ze er haast zeker van was dat ook Beth het moest horen. *Moet ik het haar nu vertellen? Moet ik nog wachten?*

'Beth, ik…'

'En hoe is…'

Ze lachten omdat ze dit al deden sinds ze kinderen waren: exact op hetzelfde moment een gesprek willen beginnen. Abby knikte naar haar zus. 'Begin jij maar.'

Beths glimlach verdween. 'Wat is er aan de hand tussen jou en John?'

Abby's alarmbellen gingen rinkelen. Als Beth een probleem kon bespeuren, wat hadden de kinderen dan gevoeld? Hadden zij en John zich zo blootgegeven? 'Wat bedoel je?'

Beth trok sarcastisch een wenkbrauw op. 'Luister, grote zus, ik heb zelf ook het een en ander meegemaakt. Bij jullie thuis waren jij en John de enigen die nog in de winter zaten. Het leek wel of jullie bang waren iets op te lopen als je elkaar ook maar een seconde zou aankijken.'

Abby zweeg, verbijsterd en bezorgd omdat Beth moeiteloos door hun toneelspel heen prikte. 'We… we hebben veel aan ons hoofd.'

Beth zei niets maar wierp Abby alleen de blik toe van de jongere zus die op het hele verhaal wachtte. Ze wandelden verder. Abby kwam naast haar lopen en worstelde vijf minuten lang met de waarheid. Toen ze niet meer kon, bleef ze staan en liet haar hoofd hangen. De tranen kwamen niet uit een bepaalde gedachte voort, maar waren gewoon een overvloed aan emotie die niet meer binnen te houden was.

Beth zag de eerste druppels op het pad vallen en nam haar zus in een omhelzing die warm, veilig en vertrouwd aanvoelde. Ze merkte hoezeer ze de nabijheid van haar zus in de loop van de jaren had gemist – en besefte plotseling dat het haar schuld was. Toen Beth en haar man gingen scheiden, had Abby haar min of meer afgeschreven. Welke christelijke vrouw kon er niet voor zorgen dat de relatie met haar man functioneerde? Dat had Abby zich afgevraagd. Bovendien had niets in de afgelopen tientallen jaren erop gewezen dat Beth toenadering zocht tot God, zodat Abby de relatie had laten verwateren.

De waarheid omtrent haar oordelende houding was bijna meer dan ze kon verdragen en in Beths armen werden de tranen tot hartverscheurende snikken die de laatste resten vernietigden van haar overtuiging dat alles uiteindelijk goed zou komen.

'Vertel het me, Abby. Het is goed… wat is er aan de hand?' De gewoonlijk zo harde en cynische Beth was nu, in hun privéwereldje aan de rand van het meer, meelevend en zorgzaam als een moeder.

'Je hebt… je hebt gelijk wat mij en John betreft.' Ze hield haar gezicht verborgen tegen Beths schouder. 'We gaan scheiden, Beth.'

Van alle keren dat ze die woorden in de komende maanden en jaren nog zou moeten zeggen, was dit waarschijnlijk de enige keer dat ze er geen tekst en uitleg bij hoefde te leveren.

'O, Abby, wat vreselijk voor je.' Beth streelde het haar van haar zus en zei gelukkig niets dat in de verste verte sarcastisch kon klinken. 'Weten de kinderen het al?'

Abby schudde nee. 'We wachten tot na de bruiloft.'

Beth floot zacht tussen haar tanden. 'Tjonge, Abby, ik benijd je niet.' Ze zweeg en schudde haar hoofd. 'Wie had er ooit gedacht dat...'

Na een paar minuten werd het snikken minder. Abby maakte zich los, veegde haar wangen droog en vermeed oogcontact met Beth. Zou ze het gevoel dat ze nu had elke keer krijgen wanneer iemand naar haar mislukte huwelijk vroeg? Het gevoel dat ze de hele wereld had teleurgesteld?

De liefde is geduldig en vol goedheid... zij zal nooit vergaan.

De woorden uit 1 Korintiërs 13 maalden door haar hoofd, zoals ze de voorbije maanden zo vaak hadden gedaan, en Abby zette ze van zich af. Hoe ze de laatste jaren ook had gebeden voor haar huwelijk, deze keer was de liefde ten einde. Haar man wilde bij iemand anders zijn. Het was voorbij en er was geen weg terug. Er zat niets anders op dan een nieuwe weg te vinden om in te slaan.

'Is er iemand anders?' Beth hield haar hoofd schuin om oogcontact te maken met haar zus. 'Voor jullie allebei, bedoel ik.'

Abby haalde haar schouders op. 'John gaat om met iemand van zijn werk, maar eerlijk gezegd was ons huwelijk al dood voordat zij in beeld kwam.'

Beth scharrelde afwezig met haar voeten door de gravel op het pad. 'En jij? Heb je ook een vriend, bedoel ik?'

Ze dacht aan haar redacteur. 'Nee, niet zoals John.'

Ze liepen zwijgend verder, langzamer dan daarvoor. 'Mannen kunnen zo achterbaks zijn.' Beths uitspraak was niet bedoeld om Abby of het huwelijk dat zij en John jarenlang hadden gehad, te kleineren. Ze was alleen haar hart aan het luchten over de kwestie. 'Maar toch... jij en John? Ik bedoel, ik voelde dat er iets aan de hand was, maar ik had geen idee...' Ze zuchtte en tuurde door de boomkruinen omhoog. 'Je zou Nicole wel willen waarschuwen, nietwaar?'

Abby's verdedigingsmechanisme was onmiddellijk paraat. Nee, ze wilde Nicole *niet* waarschuwen! Het huwelijk was nog altijd iets goeds, het juiste voor de meeste mensen. Wat er met Beth en haar man was gebeurd, en wat er nu met haar en John gebeurde, was nog steeds de uitzondering. Moest dat zijn en blijven. Abby kon zich geen wereld voorstellen waaruit alle hoop op blijvende liefde verdwenen was. 'Nicole en Matt redden het wel.' Abby klonk overtuigd, maar Beth trok een wenkbrauw op.

'Dat dacht ik van jou en John ook.'

'En jarenlang was dat ook zo.' Abby kwam weer naast haar. Ze wilde plotseling graag weer bij Nicole zijn, op een plek waar de jonge liefde nog overliep van beloftes en de scheiding nog weken weg was.

'Wat is er gebeurd, als je me niet kwalijk neemt dat ik het vraag?'

Abby zuchtte en staarde over het meer. Ze had maanden, jaren de tijd gehad om over die vraag na te denken, maar nog steeds was het niet eenvoudig antwoord te geven. 'Ik denk dat het in het jaar gebeurde dat Nicole in de voetbalselectie kwam. John was druk met football en de jongens, en Nicole en ik waren bijna elk weekeinde weg.'

Beth knikte, maar zei niets.

'We waren zo druk met de kinderen, gingen zo op in onze eigen, aparte wereldjes, dat we, als we bij elkaar waren... ik weet niet, het leek wel of we vreemden waren of zoiets. Ik ergerde me als hij niet naar de wedstrijden van de kinderen vroeg, of naar het artikel dat ik schreef; en hij had hetzelfde als ik hem niet naar de training en footballwedstrijden op vrijdagavond vroeg.' Ze viel even stil. 'Ik weet niet. Hij liet overal zijn kleren rondslingeren en ik vergat 's avonds te koken. We begonnen elkaar op de zenuwen te werken. Er was steeds teveel gebeurd sinds de laatste keer dat we bij elkaar zaten, en er was geen gelegenheid om de schade in te halen. De dingen waarvoor ik vroeger naar huis rende om ze hem te vertellen, leken niet meer zo belangrijk... onze gesprekken werden meer functioneel gebabbel dan iets anders.'

Abby voelde de tranen weer opkomen en knipperde om een

heldere blik te houden. 'Ik kan niet precies de vinger op de zere plek leggen, Beth. Het was alsof alle dingen waar we altijd om lachten van de ene dag op de andere niet grappig meer waren. De details die hij me altijd vertelde over football werden niet meer aangeroerd. Onze tijd samen op de aanlegsteiger – waar we altijd met zijn tweeën konden praten – was vergeten. Dat soort dingen. Ik wist het toen al, en dat maakte het erger. Ik wilde niets horen over zijn spelers of trainingen; ik was het beu om erover te speculeren welke leerling naar een universiteitsteam zou kunnen en welke eindexamenleerling het beste schot in de benen had. Het deed er niet toe. Ik wilde dat hij aan *mijn* dag dacht, een beetje interesse toonde voor het artikel dat ik schreef en informeerde welk tijdschrift het zou willen kopen.'

Ze liepen zwijgend verder tot Beth ten slotte diep zuchtte. 'Jij en John hadden iets dat de meeste mensen nooit van hun leven zullen ervaren.'

Een intense droefheid overspoelde Abby. Ze bleef staan, veegde haar tranen weg en probeerde haar gevoelens onder controle te krijgen. 'Als ik terugdenk aan de man die hij was toen ik verliefd werd op hem... ik kan gewoon niet geloven dat dit ervan moest komen.'

'Maar de waarheid is dat jullie niet meer dezelfde mensen zijn als in die tijd. Dat kan zelfs ik zien.' Beth liet het zo zakelijk klinken, alsof mensen zoals zij en John nu eenmaal veranderden en huwelijken als het hunne elke week op klippen liepen. Het maakte dat Abby wel wilde schreeuwen, naar huis wilde rennen om John net zo lang door elkaar te schudden tot zij beiden inzagen dat ze een enorme fout zouden begaan door te scheiden.

Maar was het wel een vergissing?

Hij was nu verliefd op Charlene en had al bijna een jaar niet meer gevraagd hoe haar dag was geweest. De waarheid dat Beth gelijk had, maakte haar nog kwader. 'Laten we teruglopen.' Ze had het gevoeld dat ze met John, Nicole, Kade en Sean op haar schouders rondliep, en ze was zich ervan bewust dat die last de komende dagen alleen maar zwaarder zou worden. Ze veegde haar tranen weg en zette de pas er weer in. 'Nicole vraagt zich vast af waar we blijven.'

'Ik zeg natuurlijk niets.' Beth pakte haar hand en kneep erin. 'Ik ben er voor jou.'

Abby glimlachte geforceerd. Beth bedoelde het goed, en hoewel zij zich een leven lang had voorgehouden dat zij en haar kleine, cynische zus heel weinig gemeen hadden, zouden de overeenkomsten in de komende tijd aanzienlijk treffender worden dan Abby lief was. 'Bedankt.'

Ze liepen de rest van het pad zwijgend af en keerden al snel terug bij de blokhut. Abby deed de deur open en bleef stokstijf staan. Jo en Nicole zaten beiden in kleermakerszit op hetzelfde onderste stapelbed, met de gezichten naar elkaar toe. Ze hielden elkaars handen vast en bogen hun hoofden in gebed. Beth zag hen ook en ging weer naar buiten om een stoel op de veranda op te zoeken.

Abby kon zichzelf er niet toe brengen zich om te draaien. Daar zat haar enige dochter, die zij zelf had leren bidden, het meisje voor wie zei jaar in jaar uit talloze malen had gebeden, in gebed verenigd met een vrijwel onbekende vrouw. Een vrouw die tot voor een paar maanden gescheiden was geweest, en geen idee had gehad wat een persoonlijke relatie met God inhield. En hier zat Nicole met diezelfde vrouw te bidden.

Waarschijnlijk het soort gebed dat zij met Nicole had gebeden voordat... nou ja, toen alles nog anders was. Ze realiseerde zich dat ze iets van zichzelf was kwijtgeraakt, en wel dat deel dat jaren eerder waarschijnlijk had gezeten waar Jo nu zat. *Weer een slachtoffer van ons stervende huwelijk.* Door haar tranen heen vroeg ze zich af hoe het mogelijk was dat zij van rol had geruild met die vrouw. En of er een mogelijkheid bestond dat zij ooit weer uit dat diepe dal kon opstijgen naar de plaats vol genade en vrede die Jo Harter op een of andere manier had gevonden.

Op het moment dat de auto uit het zicht was verdwenen, had John de fiets waaraan hij werkte opzij gezet en zijn handen gewassen. Daarna was hij naar zijn gemakkelijke stoel in de woonkamer gelopen. Sean was op de fiets naar de andere kant van het meer gereden, naar het huis van een vriendje. Kade deed krachttraining op school en probeerde nog tien pond extra te halen voor hij naar de universiteit ging.

Het huis was stiller dan het in dagen was geweest.

Hoe kwam het dat niemand het had opgemerkt? Was het niet overduidelijk dat hij en Abby elkaar al in geen maanden zelfs maar hadden aangeraakt in het bijzijn van de kinderen? John liet de vraag in zijn achterhoofd spelen en voelde dat hij dorst had. Hij liep door de eetkamer naar de keuken, pakte een glas en liet het vollopen. Zijn oog viel op de telefoon.

Ik ben thuis... bel me wanneer je wilt... bel me wanneer je wilt... wanneer je wilt...

Charlene's woorden bleven rondzingen tot hij voelde hoe hij naar de hoorn werd getrokken. *Help me, God... alstublieft. Ik heb het Abby beloofd...*

De liefde verdraagt alles, mijn zoon... zij eindigt nooit.

De gedachte weergalmde door zijn hoofd en zette zijn voeten in beweging. Hij liep terug door de eetkamer, weg van de telefoon. Halverwege zijn stoel zag hij een document op tafel liggen en bleef staan om de titel op het omslag te lezen.

'Eigenschappen van de adelaar – essay door Kade Reynolds.'

Kade had een negen gescoord voor zijn werkstuk en had John al dagen op de huid gezeten dat hij het moest lezen. Hij pakte het stuk op, sloeg het open en nam de inhoudsopgave door. 'Uiterlijk van de adelaar... Wat maakt een adelaar anders... De adelaar zoekt een levenspartner...' Het hele stuk telde tien pagina's en zag er langdradig uit.

Lees het, mijn zoon... lees het.

Hij werd door iets naar het document getrokken, iets wat hij niet kon zien... niet kon verklaren. Ooit was er wel een soort stille stem geweest, als van God, vroeger, toen ze nog met elkaar praatten... maar waarom zou God willen dat hij het verslag van Kade zou lezen?

Een andere stem nam het voortouw.

Sta je tijd niet te verknoeien. Wie interesseert zich voor die adelaar? Over een week ga je verhuizen en nu heb je het huis voor jezelf. Maak er iets van.

Terwijl de gedachte door zijn brein schoot, dwaalden Johns ogen van Kade's werkstuk naar de telefoon.

Ik zal er zijn... bel me, John... ik zal er voor je zijn...

Zonder er nog over na te denken, gooide hij het werkstuk weer op de tafel. Hij wilde er niet meer over denken wat hij Abby had beloofd, wat voor man hij was geworden. John tilde de hoorn op en wilde het nummer van Charlene intoetsen toen het toestel plotseling overging. Hij legde de hoorn snel neer, alsof Abby de kamer kwam binnenlopen. Daarop drukte hij een andere knop in en hield de hoorn tegen zijn oor. Zijn hard ging wild tekeer. 'Hallo?'

'Pap?' Nicole's stem vervulde hem met nostalgie. 'Ik ben het. Ik bel je even met mijn mobiel vanaf onze oude kampeerplek. Onvoorstelbaar dat we hier verbinding hebben, hè?'

Johns verlangen om Charlene te spreken verdween op slag. Hij deed zijn best om zijn stem normaal te laten klinken, alsof hij in de woonkamer televisie zat te kijken. 'Hallo, lieverd. Heb je het leuk daar?'

'Ja, we gaan scrabble spelen en de hele avond praten.' Ze zweeg even en John kon de schittering in haar ogen bijna zien. 'Mam zei dat ik snel even mocht bellen om welterusten te zeggen.'

Er vormde zich een dun laagje zweet op Johns voorhoofd en hij slikte zijn nervositeit in. 'Ik ben blij dat je je vermaakt, lieverd.' *Moest hij het zeggen?* 'Eh, doe mam ook de groeten.'

Nicole zuchtte toen hij haar moeder noemde, en John kreeg de indruk dat ook zij overlegde of ze iets moest zeggen of niet. 'Pap, ik bid voor jou en mam.'

Johns nervositeit verdubbelde. 'Voor... voor ons?' Wat had Abby haar verteld? En waarom juist nu, een paar dagen voordat ze ging trouwen?

Nicole giechelde. 'Ouders hebben ook gebed nodig, hoor. En nu we een paar dagen weg zijn om over de liefde en al dat soort dingen te praten, leek het me goed ook voor jullie te bidden. Misschien dat jullie je ook weer pasgetrouwden gaan voelen als jullie Matt en mij op jullie eigen trouwdag voor het altaar zien staan. En het kon geen kwaad, dacht ik.'

John wilde wel honderd dingen zeggen, maar hij wist niet zeker of hij ze ook kon uitbrengen. Als hij hun huwelijk zou verdedigen, zou hij tegen haar liegen, maar als hij niets zei, was dat zoveel als een bekentenis dat ze moeilijkheden hadden. Hij haalde diep adem. 'Bidden kan nooit kwaad.'

'Nou, ik moet ophangen. Ik kan gewoon niet geloven dat ik over een week op huwelijksreis ben. Ik heb het gevoel dat mijn dagen als meisje ten einde lopen, begrijp je?'

Johns hart voelde alsof iemand het uit zijn borstkas had gehaald en erop sloeg. Dozijnen foto's van Nicole kwamen hem voor de geest: tandeloos op haar eerste dag in de crèche, in blauw en grijs gekleed tijdens een van zijn wedstrijden en schreeuwend tussen de grote cheerleaders, met een mooie actie tijdens haar voetbaltoernooi in groep acht, pianospelend tijdens een recital, een paar uur voor de diploma-uitreiking. Waar was de tijd gebleven? En wat zou er met Nicole's glimlach gebeuren als het nieuws over twee weken bekend zou worden?

John had een brok in zijn keel en weer wist hij niet wat hij moest zeggen.

'Pap? Ben je er nog?' De verbinding werd minder en Nicole klonk bezorgd.

'Ik ben er nog, lieverd. Probeer te onthouden dat het niet zozeer een einde is als... een nieuw begin.'

'Ja... dat zij mam ook.' Gelukkig was ze veel te opgetogen over haar bruiloft om veel herinneringen op te halen. 'We zien je over een paar dagen weer, papa. Ik houd van je.'

283

John deed zijn ogen dicht en liet zich op de dichtstbijzijnde stoel in de eetkamer zakken. 'Ik houd ook van jou, Nick.'

Hij verbrak de verbinding, liet de hoorn op tafel liggen en stelde zich de klap voor die zijn kinderen zouden krijgen. Voordat hij kon bedenken wat hij moest doen, ging de telefoon weer over. *Wat ben je vergeten, Nicole?* 'Hallo, lieverd? Zeg het maar…'

Het bleef even stil, tot aan de andere kant de onderkoelde stem van Charlene klonk. 'Dat is aardig van je… verwachtte je mij of iemand anders?'

Johns hoofd begon te tollen. Hij vond het vreselijk zoals zijn leven tot een bizar web van schijn en intrige was geworden. 'Ik… ik dacht dat het Nicole was.'

'Nicole.' Charlene's stem klonk vlak. 'Maar dus niet Abby, hè?'

Dat was de druppel. 'Alsjeblieft, houd daarmee op. Ik hoef mezelf niet tegenover jou te verantwoorden, Charlene.'

Hij zuchtte, sloot zijn ogen en masseerde zijn slapen. Er ging bijna een minuut in stilte voorbij. 'Het spijt me dat ik zo tegen je uitval. Ik wil nu gewoon even niet met je praten… ik heb tijd nodig.'

Het bleef even stil, tot hij snikgeluiden hoorde. *Geweldig, nu maak ik al twee vrouwen aan het huilen.* Maar vreemd genoeg maakten Charlene's tranen alleen dat hij zich nog meer ergerde. 'Ik moet ophangen.'

Ze schraapte haar keel. 'Bel me wanneer je zover bent… en niet eerder, goed?'

Hij voelde een merkwaardige opluchting. 'Goed.'

Nadat hij had opgehangen, steunde hij met zijn armen op de eettafel en keek naar buiten, de duisternis in. Wat had hij bijna gedaan? Waarom wilde hij haar eigenlijk bellen? En hoe kon het dat hij zich eerst zo sterk aangetrokken voelde, en nauwelijks een minuut later haar stem haast niet verdroeg?

Zo was het met Abby nooit geweest, en in het begin zeer zeker niet. En ook na tien jaar niet. Bij Abby had hij altijd uitgekeken naar hun tijd samen. Ze hadden iets dat niet sleet in de loop der jaren. *Waarom hield je op van me te houden, Abby? Waarom verloor je de interesse in alles waar ik mee te maken had?*

Zijn oog viel weer op het werkstuk van Kade op de tafel en hij hoorde zijn stem weer. *Kijk er eens naar, pap. Ik laat het hier liggen tot je het gelezen hebt.*

Goed. Charlene zou niet meer bellen en hij was deze avond alleen thuis. Waarom niet? Hij pakte het essay op en liep naar zijn makkelijke stoel in de woonkamer. Toen hij eenmaal goed zat, sloeg hij de eerste bladzijde op. Het stuk was goed geschreven en informatief, en ondanks alle andere emoties die in hem opkwamen, voelde John een zeker trots. Kade zou het goed doen aan de universiteit van Iowa, en niet alleen op het sportveld.

Hij las de inleiding, begon daarna aan de hoofdtekst en herinnerde zich hoe God zijn volk opriep te zijn als adelaars... geen kraaien, kippen of fazanten. Adelaars. Sleutelzinnen uit het verslag kwamen hem voor de geest, informatie die Kade hem al maanden eerder had verteld. 'De adelaar eet alleen voedsel dat leven geeft. Als hij iets eet dat hem ziek maakt, vliegt hij naar de hoogste rots die hij kan vinden en gaat met zijn vleugels uitgespreid in de zon liggen. Daar blijft hij tot de zon al het gif uit hem heeft verdreven en hem vrijgeeft om weer met de andere adelaars te vliegen.'

John liet de informatie weer bezinken. Het volgende hoofdstuk ging over het paargedrag van adelaars,

'Vrouwelijke adelaars testen hun mannelijke tegenhangers graag uit.' *Tegenhangers?* Waar haalde Kade een woord als dat vandaan? John las verder:

Als het vrouwtje weet dat het mannetje geïnteresseerd is, leidt ze hem tijdens een achtervolging in de lucht, met snelle wendingen en duikvluchten, hoog boven de heuvels. Als de jacht bijna voorbij is, vliegt ze zo hoog als ze kan en keert zich op haar rug, in een vrije val. Het is nu de taak van het mannetje om boven haar te komen, haar klauwen te grijpen en uit alle macht met zijn vleugels te slaan om haar een wisse dood te besparen. Kort voordat ze de grond bereiken, maakt het vrouwtje zich los en vliegt cirkels om het mannetje. *Omdat hij liet zien zelfs tot in de dood te willen blijven, heeft hij zichzelf als partner bewezen. Vanaf dat moment blijven zij hun hele leven bij elkaar.*

John sloeg het werkstuk dicht en legde het op de tafel naast hem. Hij voelde zich misselijk en worstelde met een schuldgevoel zo zwaar als een muur.

De overeenkomsten waren duidelijk. Natuurlijk waren Abby en hij gedoemd om te gaan scheiden – hij had haar al jaren geleden losgelaten, en nu waren ze niet meer dan twee eenzame adelaars, die een hopeloze vrije val naar de grond maakten. En terwijl hij over hun situatie nadacht, kreeg hij een openbaring zoals nog nooit eerder in zijn leven.

Een openbaring die alleen maar van de almachtige God zelf kon komen.

Tweeëntwintig

De beelden van adelaars die uit de lucht vielen, hielden John nog tot diep in de nacht bezig, zodat hij de volgende ochtend niet alleen zeer bezorgd was, maar ook moe. Hij wachtte tot negen uur voordat hij Charlene opbelde.

'Hallo?' Haar stem klonk vrolijk; kennelijk was ze niet erg terneergeslagen door het telefoontje van de vorige avond. Begreep ze niet hoe kwaad hij was geweest? Baarde zijn reactie haar geen zorgen, zijn beslissing om niet met haar te willen spreken? Er kwam even een gedachte op bij John: misschien was hij maar van voorbijgaand belang in haar leven. Een soort verovering.

Nee... daar kenden Charlene en hij elkaar te lang voor. 'Hoi. Ik ben het.'

'John! Je belt!' De opgetogenheid in haar stem was onmiskenbaar. Het laatste wat hij haar had gezegd, was dat hij haar zou bellen als hij zover was, als hij genoeg tijd had gehad. Zijn hand wreef langzaam over zijn nek. Zij had geen idee wat er intussen was gebeurd.

'We moeten praten. Kun je... zou je vanmiddag hierheen willen komen. Ergens na de lunch?' Hij wilde vriendelijk klinken, maar niet suggestief. Het laatste wat hij wilde, was dat Charlene in een badpak zou komen opdagen om de middag aan het meer door te brengen.

'Ons gesprek van gisteravond was... nou ja... het verliep niet zo prettig. Weet je zeker dat je eraan toe bent om mij te zien?'

John zuchtte beheerst en klemde zijn kaken op elkaar. 'Ja. Eén uur?'

'Prima.' Ze klonk vrolijk en… triomfantelijk. Hoe goed kon ze hem kennen als ze dacht dat hij zo makkelijk van gedachte kon veranderen?

In de loop van de morgen las John verder in Kade's essay. De adelaar had twee natuurlijke vijanden: stormen en slangen. Hij omhelsde de storm en wachtte op de rots tot de juiste thermische luchtstroom en gebruikte die om hoger te komen. Waar andere vogels dekking zochten, zocht de adelaar de stormvlagen op. Hij zou nooit tegen de stormen van het leven vechten.

Zijn vechtlust bewaarde hij voor de slangen, vooral als die zijn jongen bedreigden.

John legde het essay weer weg. Wist Kade dat hij eigenlijk voor zijn eigen vader had geschreven? Had God een beter voorbeeld kunnen geven om hem te laten inzien waar hij tekortgeschoten was?

Hij dacht van niet. En hoewel zijn huwelijk voorbij was en hij een puinhoop had gemaakt van de laatste jaren, voelde hij dat het zaad van de verandering wortelschoot in zijn ziel. Als hij zijn leven maar weer met God in het reine kon brengen… misschien, heel misschien zou hij zich dan kunnen herinneren wat het betekende een adelaar te zijn. Het soort adelaar dat hij altijd had willen zijn. Het type dat de stormen van het leven opzocht en gebruikte.

En het soort dat koste wat kost tegen slangen vocht.

Charlene was stipt op tijd. Ze droeg een witte, korte broek en een nauwsluitend topje. Ze had eenvoudige make-up op en zag eruit als vijfentwintig toen John de deur opendeed. *Geef me kracht, God. Ik heb de woorden niet…*

Ik zal je zeggen wat je moet zegen en wanneer, mijn zoon. Wacht op Mij. Wacht op Mij… wacht op Mij. De woorden weergalmden in zijn hart en deden hem aan een ander vers denken, uit Jesaja, over het wachten op God… hoe was het ook weer? *Wie hoopt op de Heer krijgt nieuwe kracht: hij slaat zijn vleugels uit als een adelaar, hij loopt maar wordt niet moe…*

Alweer die adelaar. Goed, God, ik wacht op U.
Hij deed de deur helemaal open en wenkte haar hem te volgen.
'Bedankt voor je komst.'

John ging op de rand van zijn makkelijke stoel zitten en Charlene nam de fauteuil die het dichtst bij hem stond. 'Ik had gedacht dat je meer tijd nodig zou hebben.' Haar stem klonk zelfverzekerd – ze verwachtte duidelijk dat hij haar zou zeggen dat het nu tijd was, dat hij haar wellicht in zijn armen zou nemen en zou laten zien wat hij voor haar voelde.

In plaats daarvan – in het licht van alles wat God hem had laten inzien door middel van Kade's essay – keek hij haar aan zoals hij een oude vriend zou aankijken voor wie hij niets meer dan platonische genegenheid voelde. 'Charlene, jij hebt nog een heel leven voor je. Je bent... je bent jong en mooi en... wat ik je probeer te zeggen, is dat ik zou willen dat je die baan in Chicago aanneemt.'

Ze lachte nerveus en zette haar benen in een pose die meer dan aantrekkelijk was. John zag het, maar voelde niet de minste verleiding. 'Je bedoelt wij beiden? Je hebt besloten om daar een baan als coach te zoeken? Dat bedoel je toch?'

John schoof achteruit op zijn stoel en boog naar voren. *Help, me, God. Geef me de woorden.* 'Nee... ik bedoel dat het maanden, jaren kan duren, Charlene. Tussen Abby en mij is het misschien uit, maar ik kan niet zomaar een andere relatie met jou aangaan. Nu in elk geval niet.'

Er flakkerde even iets van ongeduld in Charlene's ogen op. 'Ik heb je toch gezegd dat ik op je wacht? Vanwaar deze preek?'

John wist dat hij op eigen kracht van Charlene verloor als het op praten aankwam. Ze had er een handje van elk gesprek volkomen volgens haar bedoelingen te beëindigen. Hij wachtte op Gods wijsheid. 'Je hebt me lang genoeg toegestaan je leven op te houden.' Hij keek haar aan en wilde dat ze het zou begrijpen. 'Dit klinkt je misschien vreemd in de oren, maar als ik volgend jaar alleen woon, wil ik alles eerst op een rij krijgen met God. Dat is belangrijk voor mij.'

Charlene trok een wenkbrauw op en leek zich te moeten beheersen om niet in lachen uit te barsten. 'Op een rij met God? Jij denkt dat je van je vrouw kunt scheiden en het volgende jaar kunt gebruiken om religieus te worden?' Ze liet zich op haar knieën zakken, kwam op hem af en sloeg haar armen om zijn blote benen. 'Jij wilt iets heel anders. Jij wilt mij.'

Er schoot een tintelende sensatie door zijn lijf.

Nee! God, help me. Ik heb al een relatie vergooid, dat wil ik niet nog een keer. Help me.

Voorzichtig en met een kracht die niet uit hemzelf kwam, maakte hij Charlene van zijn benen los tot ze in een soort kleermakerszit voor hem zat. 'Ik kan het niet. Begrijp je dat?'

'Waarom?' Haar ogen stonden vol tranen. 'Jij wilde... wij wilden het allebei sinds de dag dat we elkaar ontmoetten. Je bent alleen maar bang, John. Laat me je beminnen...'

Hij klemde zijn kaken op elkaar. 'Charlene, ik vertel je dat het uit is tussen ons.'

Haar gezicht werd bleek en ze trok zich een meter terug. 'Wat betekent dit plotseling? Ik dacht dat je alleen tijd nodig had.'

'Ik heb tijd voor mezelf en God nodig.' Hoe moeilijk het ook was, hij was ervan overtuigd dat hij het juiste deed. En Charlene kon hem met geen mogelijkheid op andere gedachten brengen, wat ze ook deed.

'Voor God? Kom op, John. Dat interesseerde je ook niet erg op die avond in je klas, of op het sportveld.'

Hij herinnerde zich de openbaring van de avond daarvoor en keek haar ijzig aan. Hoe durfde ze hem dat nu voor de voeten te gooien? 'Ik heb mijn besluit genomen, Charlene. Doe met die baan in Chicago wat je wilt, maar tussen ons is het uit.'

Net toen Charlene iets wilde gaan zeggen, werd er op de deur geklopt.

Johns hart sloeg driemaal over. Waren ze vroeger thuisgekomen? Hoe moest hij verklaren dat Charlene hier was? Hij stond op trillende benen op en gebaarde dat ze weer op de bank moest gaan zitten. Ze deed het en hij beval zichzelf kalm te blijven als hij opendeed.

Dat Matt Conley voor de deur stond, was tegelijkertijd een opluchting en een reden voor bezorgdheid. 'Hallo, Matt. Wat is er aan de hand?'

Matt keek langs hem heen en zag Charlene in de kamer. 'O, het spijt me. Ik wist niet dat je bezoek had.'

Charlene begreep de hint en stond op. Ze greep haar handtas en liep met een vrolijk lachje naar de voordeur. 'Let maar niet op mij, heren. Ik wilde net gaan.'

Ze kwam naast hen staan en keek John recht aan terwijl Matt toekeek. 'En wat jouw raad betreft, ik denk dat je gelijk hebt. Ik kan die baan niet laten gaan.' Ze bleef nog even staan en hij kon in haar gezicht alles lezen wat ze niet zei: de pijn, woede en berusting. 'Ik heb waarschijnlijk nog voor het eind van de maand een woning in Chicago.'

John had zich het einde anders voorgesteld dan al pratend in cryptische zinnetjes, onder het wakend oog van zijn aanstaande schoonzoon. Hij toverde een glimlach op zijn gezicht en deed een stap achteruit om de afstand tussen hen te bewaren. 'Het zal je zeker lukken.' Hij gaf haar een klopje op haar schouder zoals hij bij zijn spelers zou doen na een goede wedstrijd. 'Bedankt voor je bezoekje.'

Er stonden weer tranen in haar ogen toen ze vertrok, maar John was er vrijwel zeker van dat Matt ze niet had gezien. De twee mannen liepen naar de woonkamer en Matt was nerveus. 'Ik wilde haar niet wegjagen, hoor... ik dacht alleen...'

'Maak je geen zorgen. Ze had advies nodig en het was leuk even met haar te praten. Ze krijgt een baan in Chicago.'

'Dat begreep ik, ja.' Matt wrong zijn handen en grinnikte. 'Niets persoonlijks, maar Nicole kan die vrouw niet uitstaan.'

'Charlene?' Johns hart sloeg weer over. Hij had er nooit bij stilgestaan dat Nicole een mening over haar had, goed of slecht.

'Ja, ze denkt dat zij achter u aan zit.'

Johns lach klonk gemaakt maar Matt leek het niet te merken. 'Je hoeft je nergens zorgen om te maken wat Charlene betreft. We zijn een poosje bevriend geweest, maar ze verhuist nu naar Chicago.'

John dwong zijn hart normaal te gaan slaan, verbijsterd over de timing van Matts bezoek en de manier waarop dat het vertrek van Charlene teweeg had gebracht. Hij dacht over Nicole's telefoontje de vorige avond, en de aankondiging uit de intercom op school. Het had zo weinig gescheeld...

God, wat bent U trouw! Ik heb zo lang niets anders gedaan dan voor mezelf leven, en toch geeft U me alle hulp van de wereld. Help mij een adelaar te zijn, God... leer mij weer vliegen.

'Dat is ook min of meer waarom ik hier ben. Ik bedoel, dat vind ik zo geweldig van u, meneer Reynolds. Vrouwen als Charlene lopen achter u aan, maar toch hebben u en mevrouw Reynolds, na al die jaren, nog een perfect huwelijk.'

Goed, even overschakelen, John. Matt was niet hier om hem te bespioneren, maar om advies te vragen. 'Geen enkel huwelijk is perfect, Matt.'

De jongen stond op en begon door de kamer op en neer te lopen. 'Het is niet dat ik ben gaan aarzelen, of iets dergelijks.' Hij bleef staan en keek John serieus aan. 'Ik houd meer van Nicole dan ik ooit voor mogelijk had gehouden.'

John zag een plaatje uit het verleden voor zijn geestesoog. Hij en Abby onder de grote eik op de campus van de universiteit van Michigan. *Ik zal nooit van iemand houden zoals van jou, Abby... zoals van jou... van jou.* 'Ik ken het gevoel.'

'Dat bedoel ik ook. U en uw vrouw zijn dat gevoel nooit meer kwijtgeraakt. Hoe kan ik wat er hier van binnen leeft...' Hij legde een hand op zijn hart, '...behouden en ervoor zorgen dat het nooit verdwijnt?' Zijn arm viel slap langs zijn zij. 'Zoals bij mijn ouders gebeurde.'

John wilde zijn mond opendoen, maar de sissende stemmen waren terug. *Hypocriet, hypocriet, hypocriet! Hoe durf je deze vrome jongen advies te geven terwijl je de simpelste belofte aan Abby nog niet kunt houden?* 'Ik heb geen standaardoplossingen, Matt.'

De jongeman tegenover hem was zo serieus, zo gretig om het geheim van een blijvende liefde te ontdekken, dat John het liefst in een hol zou wegkruipen om nooit meer tevoorschijn te komen. Hoe zou Matt over twee weken over hem denken?

Vertel hem over de adelaar, mijn zoon.

De gedachte kwam als een klaroenstoot in hem op.

Geef mij de woorden, God... alstublieft, nog één keer.

Matt liep naar de bank en ging zitten, zijn benen over elkaar. 'Ik weet dat er geen vaste formules bestaan, maar ik wil in elk geval een hint.' Hij veegde zijn voorhoofd af. 'Ik had het u al veel eerder moeten vragen. Ik wist alleen niet hoe ik erover moest beginnen zonder de indruk te wekken dat ik was gaan twijfelen. Ik bedoel, u bent niet alleen die grote man voor wie ik bewondering heb, maar ook Nicole's vader. Dat maakt het lastiger.'

John stond bijna op het punt om Matt de waarheid te vertellen, de schijnvertoning te stoppen en hem te vertellen wat een beroerde echtgenoot hij was en hoe Abby en hij al jaren daarvoor hadden opgegeven.

Denk aan mijn genade, mijn zoon. Vertel hem over de adelaar...

Daar was die stem weer. Hij kon dit niet, kon Matt niet recht in de ogen kijken en hem dingen vertellen die...

'Misschien een Bijbelvers of iets dergelijks. Ik heb alle verzen gelezen over hoe God scheiding verafschuwt en hoe man en vrouw één dienen te zijn...'

John voelde hoe de spijt hem van binnen verscheurde. *Ik kan dit niet, God... laat hem alstublieft weggaan.* 'Heb je de adelaars ooit bestudeerd?'

Matt grinnikte. 'U bedoelt de Marion Eagles... het meest gevleugelde footballteam van Illinois?'

John voelde plotseling een kracht in zichzelf zoals hij in geen jaren had gekend. 'In Jesaja zegt God dat we als adelaars zullen vliegen.' Hij boog voorover en pakte Kade's essay van de tafel. 'Kade heeft dit essay over de adelaar geschreven, en ik denk dat daar veel van te leren valt.'

Matt keek hem verward aan. 'Over het huwelijk?'

De volgende tien minuten praatte John over de adelaar en diens vermogen om de stormen van het leven te gebruiken en de slangen te bevechten die de jongen konden bedreigen. Hij vertelde hoe de vogels als ze ziek waren, in de zon gingen liggen om het gif uit hun lichaam te laten verwijderen. En bovenal dat het mannetje geboren was om zijn vrouwtje vast te houden, ongeacht de diepte van de val – ongeacht of het zijn dood zou worden.

Toen hij zweeg, leek Matt niet meer zo bezorgd. Op dit moment in zijn leven, op de drempel van nieuwe liefde en verbondenheid, was het idee om zich levenslang aan Nicole vast te klampen eenvoudig en opwindend. John bad dat het altijd zo mocht blijven.

'Fantastisch, dat was precies wat ik nodig had.' Ze babbelden nog wat verder over de bruiloft en hoe snel de komende week zou verlopen. Toen de jongen ten slotte opstond om te vertrekken, was het bijna een uur later.

John voelde zich nog steeds een hypocriet toen hij met Matt naar de deur liep – hoewel hij zeker wist dat de kracht om met hem te praten van boven was gekomen.

'Vier dagen nog, meneer Reynolds. Ik kan het nauwelijks afwachten.' Matt was lang en knap, en met zijn verbale talenten zou hij een goede advocaat en kostwinner worden, wist John. Maar meer nog hoopte hij dat Matt de les van de adelaar ter harte zou nemen en het belang zou inzien van nooit los te laten.

Een les die John graag jaren eerder had willen begrijpen toen hij en Abby aan hun vrije val begonnen.

Abby stond alleen op de oprit, vermoeid en tevreden, en zwaaide Beth en Jo uit. Nicole was al met haar koffer naar binnen gelopen en op haar gelaatsuitdrukking afgaand, was de kampeertocht een groot succes geworden. Ze hadden gelachen, gepraat en zelfs samen gebeden. Ze liep nu om het huis naar de achtertuin en zag

John die in hun aluminium roeiboot midden op het meer dreef. *Voelt zich zeker schuldig. Wilde ons niet onder ogen komen toen we terugkwamen.* Ze bleef even kijken en tientallen herinneringen uit gelukkiger tijden kwamen haar voor de geest. Er konden niet meer dan drie personen in het bootje, maar er waren tijden geweest dat het wel een jacht leek. Tijden dat John en zij er een hele middag in konden doorbrengen met alleen maar drijven op het meer, zonnen, lachen en praten. In datzelfde bootje hadden ze gedroomd over Kade's footballcarrière en had zij hem verteld dat ze zwanger was van Sean.

John roeide niet en aangezien hij met zijn rug naar hen toe lag, vermoedde ze dat hij nog niet wist dat ze terug waren. Het besef drong bij Abby door dat dit misschien de laatste keer was dat ze thuiskwam en hem zo op het meer vond.

Op het meer drijven had iets vredigs en tijdloos, en John besefte maar al te goed dat er met de laatste voorbereidingen en de bruiloft voor de deur weinig tijd meer zou zijn voor iets dat op rust leek. Bovendien moest hij nadenken, zich voorstellen hoe anders het leven had kunnen zijn als hij de scheiding had zien aankomen en er iets aan had gedaan, wat dan ook, om het tij te keren.

Nu was het natuurlijk te laat. Abby hield niet van hem en elke inspanning van zijn kant om te proberen haar vast te houden, was gedoemd te mislukken. In de vrije val van het leven waren ze allebei te pletter gevallen. En nu trok zij verder naar andere territoria.

Hij lag achterover in de boot, met zijn rug naar hun huis en alle vreugde en verdriet die daar de komende weken zouden heersen. Toen hij omhoog keek, zag hij een vogel moeiteloos door de lucht zweven en over het water zigzaggen, op zoek naar vis. John keek beter. Dat was toch niet mogelijk? Niet hier en nu, terwijl er zoveel door zijn hoofd spookte en Kade's essay de aanleiding was geweest voor de grootste verandering die hij in zijn hele leven had meegemaakt?

Maar het was wel zo. Het was een adelaar. Hij keek en voelde zich gezuiverd door Gods genade en vergeving, vervuld van een hoop die geen bestaansrecht had.

John tuurde met tranen in zijn ogen naar de vogel. Iets in het beeld van het koninklijke dier gaf hem kracht. Alsof God hem wilde laten weten dat het mogelijk was om weer te vliegen, zelfs na een zwaar vergiftigd leven. En dat was goed, want niets zou zijn systeem meer vergiftigen dan scheiden van de vrouw op wie hij meer dan twintig jaar daarvoor verliefd was geworden.

John keek naar de adelaar tot de zon onderging en roeide daarop terug naar de oever, en hoewel er nog steeds geen antwoorden waren op zijn belangrijkste vragen, voelde hij een vreemd soort vergeving en doelgerichtheid, een gevoel van genade dat niets met hemzelf van doen had.

God, zeg me alstublieft hoe ik de weg vindt, terug naar de rots waar de zon me van al die vergiftigde jaren kan verlossen. Hoe kan ik met mijn gebroken vleugels ooit weer leren de thermiek van het leven te vangen om op te stijgen?

Drieëntwintig

De volgende drie dagen gingen in een roes van voorbereidingen voorbij. De ceremoniemeesters werkten hard om de tuin voor het feest in te richten. Bloemisten belden om de opdracht voor de kerk en de achterpoort nog eens bevestigd te krijgen. De dj moest een houten podium hebben en had zich niet gerealiseerd dat de tuin schuin afliep. Er werd een timmerman bij gehaald om het podium waterpas te maken en een kleine dansvloer te bouwen – tegen de tijd dat de 'generale' werd gehouden, was Abby bijna te moe om nog iets anders te voelen dan uitputting.

Uitputting en verraad.

Dit had een tijd moeten zijn waarin al haar aandacht op Nicole was gericht. Maar in plaats daarvan had Abby het gevoel dat ze alles mechanisch deed: de bruiloft, de scheiding, Kade's verhuizing – alles. Alsof ze haar gevoelens in het hier en nu uitstelde omdat ze er anders misschien letterlijk aan onderdoor zou gaan.

Dagenlang waren John en zij elkaar als vijandige schepen in de nacht gepasseerd, hadden ze alleen het hoogstnoodzakelijke tegen elkaar gezegd en hadden ze toch op een of andere manier de opmerkzaamheid van hun kinderen weten te vermijden. Kade maakte zich klaar voor zijn vertrek naar Iowa, Sean was druk met zijn vrienden en keek uit naar een zomer vol plezier. Iedereen was bezig met zijn of haar eigen leven, ook John – die ongetwijfeld al plannen had met Charlene voor het moment dat Nicole en Matt na hun receptie zouden vertrekken.

Zij zou ze niet gaan zitten nakijken. Abby begreep dat ze zo snel mogelijk na de bruiloft weg zou moeten gaan. Ze had afspraken gemaakt dat Sean bij een vriendje kon blijven en had een vlucht naar New York geboekt. Ze zou in een hotel in het centrum verblijven en een paar theatervoorstellingen gaan bekijken met haar redacteur. Het werd tijd dat ze elkaar eens ontmoetten, tijd om te kijken of zij iets meer en blijvenders konden delen dan een vriendschap per e-mail. Die dagen in een andere wereld zouden haar goed doen. Het was in elk geval beter dan thuiszitten en erover piekeren waar John en Charlene waren.

Haar vlucht was geboekt voor maandagmorgen, en de retourvlucht op vrijdag. De kinderen zouden het weekeinde daarop terug zijn van hun huwelijksreis en maandag zouden John en zij het nieuws vertellen. Het leek onwezenlijk, als het enge deel van een griezelfilm. Maar deze keer zou ze niet verder kunnen zappen, niet kunnen opstaan en weglopen. De werkelijkheid was onvermijdelijk en samen, misschien voor de laatste keer, zouden John en zij de kinderen moeten helpen om het te begrijpen.

De jongens dachten dat hun vader direct na de bruiloft met een paar vrienden van zijn werk ging vissen en dat hun moeder een zakelijke afspraak had in New York. Het idee dat hun ouders in tegengestelde richtingen vertrokken voor een week, bracht bij hen niet de minste zorg teweeg. Nicole was te druk om erover na te denken – anders zou zij waarschijnlijk wel vragen hebben gesteld.

Die avond, met de bruiloft over nog geen vierentwintig uur, bleef Abby lang in haar kantoor en liep daarna door het huis naar Nicole's kamer. Haar dochter straalde, had alles ingepakt en schreef een brief. Toen Abby de kamer binnenkwam, verstopte ze hem onder haar kussen. 'Het is een verrassing voor Matt.'

'O. Wat leuk.' Abby liep de kamer door en gaf haar een kus. 'Ik ben zo blij voor je, lieverd. Ik wil dat je dat weet.'

De vreugde in Nicole's ogen kon niet gespeeld zijn. Het was de meest oprechte en geruststellende blik die Abby op de avond voor haar dochters bruiloft had kunnen zien. 'Hij is de man om wie we hebben gebeden, mam. Ik houd zo veel van hem.'

Abby ging op de rand van Nicole's bed zitten en liet een hand over haar gouden haar glijden. 'Wat er ook gebeurt in het leven, wat er ook om je heen gebeurt, vergeet nooit wat je deze avond hebt gevoeld. Houd dat vast en zet je huwelijk op de eerste plaats in je leven.'

Nicole knikte en iets van de sprankeling in haar gezicht werd doffer. 'God eerst, en dan mijn huwelijk. Dat bedoel je toch.'

Abby voelde haar gezicht warm worden. Waarom had zij daar niet aan gedacht? Was zij zo ver van God vandaan? Zo ver van…

'Is alles in orde, mam? Je was de laatste dagen een beetje stil, vond ik.'

Concentreer je, Abby. Ze glimlachte en hield haar tranen tegen. 'Ik heb heel wat aan mijn hoofd.' Ze omarmde Nicole en trok haar tegen zich aan. 'Mijn kleine meisje gaat morgen trouwen.'

'Ah, maar mam, tussen jou en mij is dat anders. Dat weet je toch? Dit zal altijd als mijn thuis blijven voelen. Ik bedoel, Matt en ik komen hier nu en dan eten, blijven spelletjes met jullie doen, en op een dag brengen we de kleinkinderen hier en vragen jullie om op te passen.' Nicole's gezicht straalde weer, vervuld van de zekerheid van Gods zegen en goedheid.

Abby vouwde haar handen in haar schoot en dwong zich niet te huilen. Had zij zich de avond voor haar huwelijk niet precies zo gevoeld? Zeker van een lang en gelukkig leven? De waarheid was echter dat Nicole's beeld van haar thuis nooit meer hetzelfde zou zijn na hun scheiding.

De tranen kwamen ongewild toch. Abby boog voorover, kuste Nicole nog een keer en wenste haar welterusten. 'Ik zie je morgenochtend, liefje. Je zult zo'n mooie bruid zijn.'

Nicole voelde haar tranen. 'Mam… je huilt.'

Abby glimlachte en haar blik vertroebelde met de volgende golf tranen. 'Van blijdschap, lieverd. Dat is alles.'

Ze verliet de kamer, vergewiste zich ervan dat alle anderen sliepen en haastte zich naar haar kantoor, waar ze de hele nacht zou kunnen huilen, als het moest. Ze was er bijna toen ze Johns stem hoorde.

'Abby…'

Ze draaide zich om en zag hem in de deuropening van de keuken staan. Hij had nog steeds zijn smoking met witte overhemd aan van de generale repetitie en Abby bedacht hoe weinig ze die avond naar hem had gekeken. Hoewel ze de hele avond naast elkaar hadden gezeten, waren ze voordurend met anderen in gesprek geweest. Tot nu toe had hij niet meer gezegd dan absoluut noodzakelijk was om hun toneelspel overeind te houden.

'Wat is er?' Ze was niet opgewassen tegen een verbale strijd. Niet nu het op het vertrek na afgelopen was. Niet nu ze over vierentwintig uur op verschillende adressen zouden wonen.

'We hebben in lange tijd geen moment meer alleen gehad en… ik weet niet, ik dacht dat we misschien konden praten.'

Abby zuchtte. 'Het is te laat, John. Er valt niets meer te praten.'

Er was een diepte in Johns ogen die ze in geen maanden of jaren meer had gezien. *Het is mijn verbeelding; de weemoed die protesteert tegen het onafwendbare.* 'Goed. Laat maar.' Hij aarzelde. 'Ben jij… ben jij er van de week nog?'

Abby zuchtte weer en voelde de ergernis opkomen. Hoe durfde hij naar *haar* plannen te vragen, terwijl hij bij Charlene zou zijn? Waarom moest hij bij alle dingen waarover hij zou kunnen praten uitgerekend weten wat *zij* die week van plan was.

Zeg het niet, dochter…

'Laat me eens raden, willen jij en Charlene me uitnodigen voor een etentje?'

John kromp in elkaar alsof hij een klap kregen en in zijn ogen groeide weer de harde uitdrukking die zij gewend was. 'Laat maar zitten, Abby.' Hij keek haar even aan. 'Op een dag wil ik graag weten wat er met het meisje gebeurd is op wie ik verliefd werd…'

'Ik…'

Hij stak zijn hand op en onderbrak haar. 'Laat maar. Ik weet dat het mijn schuld is. Het is allemaal mijn schuld en dat spijt mij meer dan je ooit zult beseffen. Maar kijk als we dit over een paar jaar achter de rug hebben nog eens in de spiegel en vraag je dan af of jij jezelf nog wel herkent in wat je ziet.' Zijn toon was niet hatelijk, zoals daarvoor. Er sprak eerder verbijstering uit, en verdriet. Het maakte haar alleen maar kwader.

Ze kon accepteren dat hij eindelijk verantwoording nam voor de mislukking van hun huwelijk, maar hoe *waagde* hij het haar te verwijten dat ze was veranderd? Ze was niet veranderd: ze had moeten overleven. In het begin, toen hun agenda's voor het eerst belangrijker werden dan hun relatie, was de vrouw op wie hij verliefd was geworden nog dicht onder het ijzige oppervlak aanwezig geweest. Ze spreidde haar hand op haar borst en praatte zacht zodat de kinderen haar niet zouden horen. 'Dat meisje zit nog steeds hier ergens van binnen, John. Maar jij bent lang geleden gestopt naar haar om te kijken.' Er brandden weer tranen in haar ogen en ze knipperde om haar blik helder te houden. 'En nu jij verliefd bent geworden op iemand anders, blijft ze misschien wel voor altijd in haar schuilplaats.'

'Ik ben niet...' Zijn stem stierf weg en het protest verdween uit zijn ogen. Hij haalde zijn schouders op. 'Ik ga naar bed.'

Hij draaide zich om en liep de trap op naar de slaapkamer. Toen hij buiten hoorafstand was, ging Abby naar haar kantoor, balde haar vuisten en liet zich langzaam langs de eiken wandkast als een hoopje verdriet op de vloer zakken.

'Ik haat dit, God... wat gebeurt er met me?'

John had gelijk. Het meisje met wie hij was getrouwd, was hard, boos en verbitterd geworden. Ze glimlachte zo weinig dat haar gezicht vreemd aanvoelde als ze het wel deed, alsof de spieren van haar mondhoeken vergeten waren hoe ze hun werk moesten doen. Nu er niemand meer was die haar kon horen, liet ze haar tranen de vrije loop en huilde om alles wat ze de volgende dag zou verliezen.

Haar zij deed pijn, maar haar hart nog meer. Het ging echt gebeuren: John en Abby Reynolds gingen scheiden, verbraken hun grote belofte aan elkaar, aan haar vader, aan Haley Ann, aan de anderen. Aan God. Plotseling wilde ze de hele kwestie het liefst vergeten, John de trap op volgen en bij hem in bed kruipen. Ze kon de warmte van zijn huid tegen de hare voelen, haarzelf horen zeggen dat het haar speet en hem smeken hun nog een kans te geven.

Het idee vervloog even snel als het gekomen was.

John ging al jaren met Charlene om, ongeacht wanneer ze voor het eerst intiem waren geworden. Abby was dwaas geweest om de klucht van hun huwelijk nog zo lang te laten voortduren. De woede over zijn rol in het verwoesten van hun levens vlamde op. *Ik haat je, John. Ik haat je om wat je ons hebt aangedaan, mij hebt aangedaan.* 'Het is niet eerlijk, God,' huilde ze fluisterend. 'Help me...'

Kom bij Mij, dochter. De waarheid zal je bevrijden.

Ze schudde haar hoofd en kwam moeizaam overeind om een papieren zakdoekje te zoeken. Hoe kon de waarheid haar bevrijden? Als zij wist hoe nauw de band tussen John en Charlene in werkelijkheid was, zou haar dat waarschijnlijk teveel worden... Een volgende stortvloed aan bittere tranen brak door en ze werd overmand door een afschuwelijk gevoel van verlies. Verlies van haar huwelijk en haar gezin. Maar vooral het verlies van dat jonge meisje op wie John ooit verliefd was geworden.

Het meisje van wie Abby vreesde dat het zich misschien helemaal niet schuil hield – misschien was ze al te ver weg om ooit nog teruggevonden te worden.

De morgen van zaterdag 14 juli was de mooiste die Nicole ooit had gezien. Ze had meer dan genoeg tijd om zich voor te bereiden, want de trouwplechtigheid was pas om drie uur die middag. Maar ze wilde van de hele dag genieten en dat betekende dat ze eerder dan alle anderen opstond om de dag boven het meer tot leven te zien komen.

Ze had de laatste tijd veel in de Brieven van Paulus gelezen en had geprobeerd om diens boodschap voor de kerk te doorgronden, vooral zijn aansporingen om vanuit liefde en genade te leven, zoals God dat van hen verlangde. Nicole ging in haar stoel voor het raam zitten en keek uit over het meer. *Dank U, Vader... de dag is eindelijk aangebroken.* Haar hart voelde alsof het speciaal voor deze dag was geschapen en ze sloeg haar Bijbel open om naar het dertiende hoofdstuk van 1 Korintiërs te gaan. Ze had de verzen wel tien keer gelezen sinds ze verloofd waren en elke keer had God haar iets nieuws laten ontdekken over de ware liefde, de liefde die zij en Matt een leven lang zouden delen.

Ze las het vierde vers. *De liefde is geduldig en vol goedheid. De liefde kent geen afgunst, geen ijdel vertoon en geen zelfgenoegzaamheid...* De woorden vloeiden vanaf de bladzijde regelrecht in haar hart en ze voelde hoe ze erdoor werd opgebouwd, hoe ze haar voorbereidden om Matt lief te hebben zoals God dat wilde. Nicole dacht eraan dat zij en Matt laat op de avond, als het feest voorbij was, voor het eerst hun liefde ook lichamelijk met elkaar zouden delen. Ze sloot haar ogen en voelde een glimlach over haar gezicht trekken.

Het is ons echt gelukt om te wachten, God. We hebben Uw plan gevolgd, en ik weet met heel mijn hart dat vanavond pas het begin is.

Ze dacht aan de keren dat ze in verleiding waren gekomen en wist dat het Gods kracht was die hen tot hier had gebracht, op de dag dat zij elkaar hun liefde zouden toezeggen in de wetenschap dat zij zuiver waren gebleven. Nicole kon zich geen groter geschenk voor Matt voorstellen, geen betere manier om Hem te eren die hen samen had gebracht.

God, U bent zo goed. Net als pap en mam me altijd hebben verteld, had U al heel mijn leven een plan voor mij, en vandaag wordt het werkelijkheid. Ze deed haar ogen open en zag de passage in de Bijbel waar ze gestopt was met lezen. *Alles verdraagt ze, alles gelooft ze, alles hoopt ze, in alles volhardt ze. De liefde zal nooit vergaan.*

Ze liet haar blik dwalen door de achtertuin van het huis waarin ze was opgegroeid. Dat was het probleem met heel veel stellen. Ze wisten niet wat het betekende om echt lief te hebben. Natuurlijk, er waren de vlinders in de buik als twee mensen elkaar voor het eerst ontmoetten, maar er was nog zoveel meer. Ze dacht weer na over de verzen. *Alles verdraagt ze, alles gelooft ze, alles hoopt ze, in alles volhardt ze. De liefde zal nooit vergaan.*

Het was een handboek voor het huwelijk in minder dan twintig woorden.

Ze dacht aan haar ouders en hoe lang die al samen waren... en een vreemde wolk van bezorgdheid schoof voor de stralende zon van deze morgen. *Hoe komt dat, God? Waarom krijg ik steeds dat vreemde gevoel als ik aan hun huwelijk denk?*

Bid, dochter.

Haar hartslag versnelde en ze voelde de angst diep in haar maag. Bidden? Voor haar ouders? Weer? Het was dezelfde dringende oproep die ze gevoeld had voor de kampeertocht en ze begon zich af te vragen of haar ouders soms iets verborgen hielden. Vandaag was niet het juiste moment, maar wanneer Matt en zij terug waren van hun huwelijksreis zou ze een middag met haar moeder gaan praten en haar op de man af vragen of zij en haar vader soms moeilijkheden hadden.

Wat het ook mocht zijn, het kon niet ernstig genoeg zijn om er op haar trouwdag verder bij stil te moeten staan. Toch?

Bid. Bid serieus, geliefde.

Goed, Heer, ik heb U gehoord. Het gevoel was zo dringend dat Nicole niet meer aarzelde. Wat er ook aan de hand was, haar ouders hadden gebed nodig. Het volgende halfuur zette ze alle gedachten aan haar bruiloft en de vele voorbereidingen van zich af en bad voor de twee mensen die zij op deze wereld het meest bewonderde.

De opwinding in de laatste minuten voor de trouwdienst was zo groot dat Abby voor het eerst in zes maanden niet verteerd werd door gedachten over haar aanstaande scheiding. Ze werd meegevoerd in een scène als uit een droom, de droom die zij tientallen jaren eerder had gehad toen Nicole Michelle nog een pasgeboren baby was. Haar dochter straalde, uiteraard, en haar trouwjurk zat perfect om haar borst en middel, met de opbollende sleep erachter als een wolk van satijn, afgebiesd met kant.

Abby en Jo hadden de kaarsen voor in de kerk al aangestoken en Abby liep nu terug tussen de mannen in smoking en de prachtige bruidsmeisjes door, om naast Nicole te gaan staan. 'Ook al had je vodden aangetrokken, dan had je er vandaag nog stralend uitgezien.'

Nicole hield haar hoofd schuin en lachte. Ze keek haar moeder aan. 'Ik ben zo gelukkig, mam.'

Abby grinnikte. 'Je meent het.' Ze boog naar haar toe en gaf haar een kus en een kneepje in haar wang. 'Kade loopt zo dadelijk naast mij mee naar voren en de volgende keer dat ik je spreek, ben je een getrouwde vrouw.'

'Dat is toch onvoorstelbaar, mam? Eindelijk is het zover!' Nicole kneep in haar hand. 'Jij en pap zien er goed uit. Niemand zal geloven dat jullie oud genoeg zijn om mijn ouders te zijn.'

Ja, het was Abby ook opgevallen. John zag er in zijn smoking met blauwe cumberband nog beter uit dan de bruidegom. Ze glimlachte en verborg hoeveel pijn Nicole's commentaar deed. 'Ik moet gaan. Ik houd van je, lieverd.'

'Ik van jou… en mam?'

Abby bleef staan. 'Ja?'

'Gelukkige trouwdag!' De woorden staken als dolken in haar hart, maar weer glimlachte ze.

'Dankje, meid… lief van je…' De tranen welden op toen Abby zich omdraaide om Kade op te zoeken. Gelukkige trouwdag? Ze was al bijna vergeten dat ze deze dag tweeëntwintig jaar met John getrouwd was.

Misschien dat alle anderen het ook vergeten… anders overleef ik het niet.

Ze zag Kade iets verderop staan praten met een van Nicole's bruidsmeisjes. Toen ze naar hem toe liep, voelde ze dat er iemand naar haar keek en ze wierp een blik over haar schouder. John, ongeveer drie meter verderop, alleen en naast een kerkraam. Lachte hij naar haar? Waarom? Waarom moest hij nog zo hard zijn best doen, nu de schijnvertoning toch over een paar uur afliep? Abby draaide zich om en haakte in bij Kade, die het bruidsmeisje net een dans beloofde tijdens de receptie.

'Ben je nu al met de meisjes aan het flirten, Kade?' Abby probeerde wanhopig het lichte gevoel te behouden dat ze een paar minuten eerder had gehad, voor de gelukwens van Nicole… voordat ze John had gezien.

'Altijd, mam. Je kent me toch?' Zijn grijns verdween en hij bekeek Abby. 'Jij bent de knapste moeder die een jongen zich kan wensen.'

Abby boog haar hoofd. 'Dank u beleefd, meneer.'

'O ja, en gefeliciteerd, natuurlijk.' Hij grinnikte en de pijn in Abby's maag was zo hevig dat ze zich afvroeg of ze het eind van het gangpad zou halen. *Ik kan het niet, God… help me…*

Kade wachtte op haar. 'Ben je zover?'

Ze knikte en dwong zich te gaan lopen toen de kerkdeuren opengingen. Toen ze de kerk van binnen zag, stokte haar adem. Het leek wel een film, met witsatijnen linten aan alle banken en grote bossen roze rozen op het altaar. En dan al die vertrouwde gezichten, waarvan de meesten de Reynolds al kenden toen ze naar Marion verhuisden. Sterker, de kerk leek als twee druppels water op die waarin zij tweeëntwintig jaar eerder naar binnen was gelopen om…

En dat lied. Was het hetzelfde dat al die jaren geleden van de balkons weerklonk? Abby moest stevig met haar ogen knipperen om zich eraan te herinneren waar zij was, wie zij was en dat dit haar dochters trouwdag was, geen herhaling van die van haarzelf. Ze kwamen voor in de kerk, waar Kade haar op de wang kuste en naar haar knipoogde voordat zij op haar eenzame plaats op de eerste rij ging zitten, waar ze de komst van de hoofdrolspelers afwachtte.

De bruidsmeisjes droegen lichtblauw, exact dezelfde kleur als de cumberbands van de mannen. Sean was de jongste bruidsjonker, en toen de hele stoet in de rij stond, viel Abby op hoe mooi ze waren. Plotseling veranderde de muziek en alle ogen draaiden naar de achterzijde van de kerk. Terwijl de gemeente opstond, keek Abby snel het gangpad in. Ze was een van de eersten die Nicole en John over het pad zag aankomen. Halverwege fluisterde John iets tegen hun dochter dat hen beide deed glimlachen. Abby voelde de tranen branden toen ze hen daar zag lopen.

Wie ben je, John Reynolds? Ik ken je niet meer. De man die nog maar een paar maanden geleden naast haar had gestaan en haar stervende vader beloftes had gedaan... de man die haar die avond zo hartstochtelijk had gekust, die haar jaren geleden had gevraagd naar de muziek van hun leven te luisteren, die haar gesmeekt had nooit op te houden met hem te dansen... de man die de herinneringen aan Haley Ann met haar deelde... Was dat dezelfde man die hun kleine meid over het gangpad leidde? Of was dat een toneelspeler die zijn rol speelde tot hij zich van hen allemaal kon bevrijden?

Abby wist het niet meer.

Ze keek naar Matt. Zijn ogen straalden nu hij Nicole voor het eerst in haar bruidsjurk zag. Elke man die met een zo bewonderende blik naar zijn bruid keek, zou haar toch zijn leven lang trouw zijn? Maar hadden Johns ogen destijds ook niet die uitdrukking gehad?

Abby wist het niet meer.

De dominee schraapte zijn keel. 'Wie geeft deze vrouw in huwelijk?'

John glimlachte naar Nicole in een moment dat voor hen alleen was, ondanks de bijna tweehonderd familieleden en vrienden die toekeken. 'Haar moeder en ik.' John hield zijn ogen op Nicole gericht nadat hij het had gezegd, tilde haar sluier op en kuste haar op haar wang. Honderd beelden schoten door Abby's hoofd. John die Nicole's babywang kuste, en dezelfde wang toen ze op die vreselijke middag door een auto was aangereden. Altijd papa's kleine meid. Nicole had die rol gekoesterd en nu Abby naar hen keek, besefte ze het met een schok: de John Reynolds die zij kende, zou enorm met dit moment geworsteld hebben. Het zou zijn hart hebben verscheurd. De afgelopen dagen, weken en maanden had Abby zich afgevraagd of John uitzag naar de bruiloft. Ze dacht van wel, omdat die het einde zou markeren van zijn pogingen bij Charlene uit de buurt te blijven. Maar de waarheid was – althans ten dele – dat John van binnen verscheurd werd. Hij vreesde de komst van deze dag vanaf het uur dat Nicole bezit nam van zijn hart, direct na haar geboorte.

Ben je verdrietig, John? Doet het echt zo veel pijn als je vreesde, of ben je al te ver weg voor zelfs dit moment?

Haast alsof hij antwoord wilde geven, keek John haar even aan toen hij naast haar kwam zitten. Zijn ogen waren al vochtig, en de plechtigheid was nog niet eens begonnen. Abby bedacht dat zij en John deze zes maanden alle gelegenheid zouden hebben gehad om naar elkaar toe te groeien, als de dingen anders hadden gelegen. Ze hadden hun gevoelens over Nicole's trouwen kunnen delen en herinneringen aan hun eigen trouwdag kunnen ophalen. Ze hadden samen kunnen vaststellen hoe snel de kindertijd voorbij gaat en zich kunnen afvragen waar de tijd bleef.

Abby zuchtte en staarde naar haar handen, naar de trouwring die ze nog steeds droeg. John zei niets, maar ging zo zitten dat zijn schouder de hare bijna raakte. Ze kon de warmte van zijn lichaam voelen en probeerde zich voor te stellen wat Beth zou denken, die een paar rijen achter hen zat. Waarschijnlijk hetzelfde wat alle anderen een paar dagen later ook zouden denken.

Dat Abby en John Reynolds hypocrieten van de bovenste plank waren.

John klemde zijn kaken op elkaar toen dominee Joe de aandacht van de gemeente vroeg en begon te spreken over toewijding en Gods bedoelingen met het huwelijk. De voorganger was een man die de familie Reynolds goed kende. Hij was de tweede dominee van de kerk en de man die de jeugdgroepen begeleidde toen Nicole een tiener was.

Waren Nicole en Matt bij hem geweest om dit allemaal zo op te zetten? En waarom was John daar niet meer bij betrokken geweest? Hij had toch op zijn minst een gesprek met een van hen kunnen hebben over welke Bijbelpassages ze wilden lezen of welke kant de preek wellicht op zou moeten gaan. Was hij zo ver van zijn dagelijkse omgang met God afgedwaald? John voelde zich langzaam wegzakken in een nevel van schaamte en hij bad in stilte tot God of Hij die weg wilde nemen. *Het spijt me, Vader... ik zal U nooit meer loslaten. Het maakt mij niet uit wat er verder gebeurt, ik kan niet zonder U.* Hij dacht aan Abby en het feit dat ze er in geen weken in geslaagd waren een fatsoenlijk gesprek te voeren. *God, is er een weg? Ooit, over een jaar of twee, misschien? Zou het mogelijk zijn dat ze me vergeeft en zelfs...*

'Als twee mensen trouwen, is dat een band voor het leven.' Dominee Joe glimlachte naar de gemeente. 'Ongeacht wat er verder onderweg gebeurt, door die belofte zijn zij voor altijd aan elkaar verbonden...'

John herinnerde zich een vage vriend van zijn vader die als dertiger gescheiden was en zijn vrouw twintig jaar later hertrouwde. En dan waren daar natuurlijk Matts ouders, Jo en Denny. Als zij na zo veel jaar een weg terug konden vinden, dan...

Misschien vergaat het ons op een dag ook zo, God. John dacht na over het idee. *U bent de Enige die het kan laten gebeuren.* Hij bedacht hoe kil Abby's ogen waren geworden, hoe haar lach, glimlach en gevoelens verborgen bleven als hij in de buurt was.

Een verzoening leek even waarschijnlijk als sneeuw in juli.

Bij Mij is niets onmogelijk...

John genoot ervan dat de stem was teruggekeerd. God was meer dan trouw, porde hem op, gaf hem moed en overspoelde hem met genade sinds de avond dat hij Kade's essay over de adelaar had gelezen. Wat hij het diepst betreurde, was dat zijn herstelde relatie met God te laat kwam voor Abby en hem. Hij was zelfs begonnen zijn gevoelens in een dagboek op te schrijven – hij schreef zijn tekortkomingen op en analyseerde wat hij allemaal had gedaan wat hun huwelijk had beschadigd. *Misschien, op een dag dat ze niet zo kwaad is... misschien zal ze het lezen, God. Het is allemaal mijn schuld...*

Beken je zonden tegenover elkaar; praat met haar, zeg het haar.

Een ogenblik lang speelde hij met die gedachte – maar hij wist dat het geen goede weg was. *Abby heeft haar besluit genomen, God. Zij heeft... andere plannen.* Johns vingers kromden zich tot een vuist en ontspanden weer toen hij een jaloerse steek voelde. Kade had eerder die morgen gezegd dat het stil zou zijn in huis, met mam en Nicole op reis. Een paar vragen later wist John de waarheid. Abby ging voor zaken naar New York, en dat kon maar één ding betekenen: ze ging haar mailvriend opzoeken, de redacteur.

Niet dat hij het haar kwalijk kon nemen. Het was nu eenmaal voorbij.

Dominee Joe was van toewijding naar eer overgestapt en leek aan vuur te winnen. 'Ik wil mijn preek afsluiten door even stil te staan bij het leven van de adelaar.' Hij grijnsde in de richting van John, en die voelde het bloed uit zijn gezicht wegtrekken. Had iemand de dominee ingelicht? Zijn ademhaling leek stil te vallen toen de voorganger verder ging. 'De familie van de bruid noemt zichzelf al een leven lang adelaars. Marion Eagles.' Er werd vriendelijk gegrinnikt in de kerk. 'Maar God noemt ons ook adelaars. Waarom? Nou, eigenlijk om allerlei redenen.'

Kade keek John bevreemd aan en trok een wenkbrauw op. Hij had de dominee dus duidelijk niet over zijn essay verteld. Hij keek even naar Abby en zag aan haar neutrale uitdrukking dat de boodschap bij haar geen persoonlijke snaar raakte. *U probeert me echt iets duidelijk te maken, nietwaar God?*

Wie deze woorden van Mij hoort en ernaar handelt, kan vergeleken worden met een verstandig man, die zijn huis bouwde op een rots.

John voelde een enorme leegte diep vanbinnen. Hij was bekend met de Bijbelpassage die zich door zijn gedachten vlocht, maar het was te laat om nog iets te ondernemen. Althans waar het Abby betrof.

De dominee glimlachte naar Nicole en Matt. 'Maar de hoofdreden waarom ik iets over de adelaar wil zeggen is dat Matt iets met mij deelde – iets wat hij van zijn aanstaande schoonvader John Reynolds leerde.'

Abby keek sceptisch in zijn richting en hij richtte zijn aandacht weer op de dominee. *Dat geeft niet. Zij weet niet wat er in mijn hart is gebeurd.*

'Voordat adelaars een partner kiezen...' De voorganger zweeg even om er zeker van te zijn dat hij ieders aandacht had, '...grijpt het mannetje de klauwen van het vrouwtje terwijl zij op de rug een vrije val maakt. Op dat moment moet het mannetje haar uit de val omhoog trekken of samen met haar sterven. Met andere woorden, hij grijpt haar vast en weigert nog los te laten, ook al betekent het zijn dood.' Hij glimlachte weer naar het echtpaar. 'En daarom, Nicole en Matt, roept God jullie op adelaars te zijn. De belofte die jullie elkaar vandaag hier geven, is namelijk van dezelfde orde. Tot de dood jullie scheidt. Laat ons bidden.'

John wist niet precies wanneer de tranen in zijn ogen waren gekomen, maar tegen het einde van de preek prikten ze op zijn wangen. Toen hij ze wegveegde, zag hij Abby hetzelfde doen. Waar dacht zij aan? Realiseerde ze zich dat zij de adelaarstest niet hadden doorstaan? Dat zij de laatste jaren alles hadden gedaan *behalve* elkaar vasthouden? Dat zij, toen de agenda's voller werden en die van de kinderen nog voller, elkaar niet hadden vastgegrepen maar beide volkomen andere vliegpatronen waren gaan volgen? En als zij de boodschap begreep, waar dwaalden haar gedachten dan nu heen? Haatte ze hem nog steeds, zoals ze hem had gezegd op die avond nadat Kade hem met Charlene in zijn klaslokaal had gezien?

Het was tijd voor de trouwgeloftes. Dominee Joe vroeg Matt om zijn woorden te herhalen, en John bedacht hoe dankbaar hij was dat Matt met Nicole trouwde. Matt was een goede jongen – man. Hij zou een geweldige echtgenoot zijn voor Nicole. Matt gaf zijn antwoord en toen was de beurt aan Nicole.

'Ik, Nicole Reynolds, neem jou, Matt Conley, tot mijn echtgenoot.' Het verbaasde John hoe kalm Nicole leek en zijn gedachten gingen terug naar een vrijwel identieke dag waarop Abby dezelfde woorden tegen hem zei. *Waren wij ook zo, tweeëntwintig jaar geleden? Er stellig van overtuigd dat onze relatie altijd stand zou houden?*

Dominee Joe ging verder met de ringen van het bruidspaar en John keek even naar zijn eigen gouden trouwring. Hoe vaak had hij die niet afgedaan om 's morgens vroeg samen met Charlene te kunnen trainen? Natuurlijk, hij had zichzelf wijsgemaakt dat het uit veiligheidsoverwegingen was. Hij wilde de ring niet beschadigen of zijn vinger bezeren bij het gewichtheffen. Maar in werkelijkheid – en voor minder deed hij het op dit moment niet – had hij zich ongebonden willen voelen. Ook al was het maar voor een uur.

Dat was ook weer een aantekening in zijn dagboek waard. *God, er is zoveel om berouw over te hebben...*

En er is een belofte die gehouden moet worden...

Een belofte? Welke belofte?

'Nu, op grond van het gezag dat de staat van Illinois aan mij heeft verleend, heb ik de eer aan u voor te stellen, de heer en mevrouw Matt Conley...' de dominee grijnsde naar het echtpaar en zwaaide naar de gemeente, '...wier geloften ten overstaan van alle aanwezigen hier vandaag het begin markeren van een levenslange liefde.' Hij keek het bruidspaar aan. 'Je mag nu de bruid kussen.'

Tijdens die kus herinnerde John zich de belofte, en het besef was als een dolkstoot in zijn hart. Het was de belofte die hij aan Abby's vader had gedaan. Een belofte die niet afweek van wat Nicole en Matt elkaar zojuist hadden beloofd.

Dat hij Abby Reynolds zou liefhebben zolang hij leefde.

Hoe afschuwelijk Abby de weken daarna ook zou vinden, niets kon de vreugde in haar hart verminderen toen het bruiloftsfeest van Nicole en Matt goed op gang kwam. Het huis stond vol met bloemen en klapstoelen en de cateraar had een aantal witte tafels opgebouwd voor de buffetten. Op het moment dat de feestgangers achter het huis aankwamen, had de dj de perfecte achtergrond- muziek paraat. De ondergaande zon zette het meer in een gouden gloed en hoewel het warm bleef, werd het niet benauwd omdat de lucht droog was. Een zacht briesje speelde door de boomkruinen en de ondergaande zon beloofde een plaatje als een schilderij op te leveren. Nicole en Matt zaten het dichtst bij het huis, terwijl familie en vrienden zich verspreidden rond de tafels die aan de andere kant van de kleine dansvloer op het gras stonden.

Abby keek naar de gasten en het viel haar op dat veel stellen gelukkiger leken dan anders, alsof ze geraakt waren door de herinnering dat ook zij ooit het stralende middelpunt waren geweest van een trouwdag. En hoewel dergelijke herinneringen voor Abby een grenzeloos verdriet meebrachten, weigerde ze daar deze avond door te laten beheersen.

Het hele diner lang zat Abby naast John en praatte vooral met Jo en Denny, die haast ontploften van opgetogenheid over alles wat er de week daarop zou gaan gebeuren.

'Als het aan mij lag, zou ik het liefst de muziek laten stoppen, op de dansvloer gaan staan en hier en nu mijn jawoord geven.' Jo wees naar het meer. 'En dan zouden Denny en ik daar heengaan en doen wat we altijd het best konden.'

Ze stootte Denny in zijn ribben en hij grijnsde schaapachtig. Toen hij de bevreemde blikken van de anderen aan tafel zag, schraapte hij zijn keel. 'Vissen. We zouden gaan vissen; dat is wat we altijd het best konden.'

'En een bezigheid die de Heer zelf ook beviel, moet ik erbij zeggen!' Jo knikte naar Abby. 'Ik heb gedaan wat je zei. Ik ben het boek Johannes gaan lezen en heb van alles geleerd over God. Toen het over dat vissen ging, moest ik even stoppen om in mijn handen te klappen. Ik bedoel, ik wist vanaf het begin al dat ik van God hield. Ik wilde alleen dat ik er niet zo lang over had gedaan om dat uit te vinden. Trouwens, wat was het ook weer wat ik laatst las, Denny, over die…'

Het gesprek vertoonde nog geen zwakke momenten en hoewel het misschien leuk was geweest om nog andere gasten aan de tafel te spreken, leidde de doorlopende conversatie tussen Denny en Jo tegelijkertijd de aandacht van John en Abby af, zodat niemand zich leek te herinneren dat het hun trouwdag was. En niemand leek zich te realiseren dat zij nauwelijks met elkaar hadden gepraat sinds ze uit de kerk terug waren.

Het diner liep ten einde en de dj riep het gezelschap naar de dansvloer. Abby zag de jongeren lachen en zwieren, volkomen opgaand in de vreugde van het moment. Toen het nummer afliep, hoorde ze de eerste noten van *Sunrise, sunset* en wist ze dat het tijd was voor John om met Nicole te dansen.

'Ik kom zo terug,' zei John tegen de tafelgasten. Hij liep naar voren en sprong op de dansvloer toen de muziek vragen begon te stellen die in Abby's lege hart weergalmden. Wat was er gebeurd met het kleine meisje dat Nicole was geweest? Wanneer was ze zo oud en volwassen geworden? Was ze gisteren niet nog dat kind dat naar binnen kwam rennen vanaf het meer om een handdoek te vragen en een glas sinaasappelsap?

Ze kreeg weer tranen in haar ogen toen ze haar footballspelende echtgenoot het oeroude nummer zag dansen met hun dochter.

En plotseling kon Abby alleen nog maar Johns stem horen die zei: *dans met me, Abby, dans met me* – zoals hij tientallen malen had gevraagd en nu nooit meer zou vragen.

Toen de receptie rustiger begon te worden, vergeleek Abby deze avond met die van zes maanden eerder, toen John en Kade het kampioenschap in de wacht hadden gesleept. De hele tijd bleef ze zichzelf voorhouden dat dit de laatste keer was dat John en zij gasten ontvingen en zich onder hen begaven als getrouwd stel. Na al die jaren van frustratie, pijn en naar hun scheiding groeien, waren ze dan hier beland en bracht elke minuut het einde dichterbij. Ze wist dat de kleinste details van deze avond, net als van het footballfeest, voor altijd in hun geheugens gegrift zouden staan. Maar er was natuurlijk wel een verschil: deze keer waren er geen winnaars.

'Geweldige bruiloft, Abby, zeg Nicole dat ze er fantastisch uitzag…'

'Gefeliciteerd, jullie ook… jullie zien er als altijd weer verliefd uit…'

'Matt gaat haar gelukkig maken, dat voel ik gewoon aan. Bedankt voor de geweldige avond...'

'Schitterend feest, Abby, bel me binnenkort...'

Een voor een vertrokken de vrienden en familieleden, tot Beth aan de beurt was. Zij en haar dochters zouden de nacht in een hotel in Chicago doorbrengen en de volgende dag een vlucht naar de oostkust nemen. Abby had al afscheid genomen van de meisjes en nu trok Beth haar mee naar een plek op de achterveranda, waar niemand hen kon horen. 'Nou, grote zus, ik benijd je niet als je die geweldige kinderen van je de waarheid moet vertellen. Maar je moet wel, er is geen andere mogelijkheid. Ik heb jou en John vandaag in de gaten gehouden.' Beth hield haar hoofd schuin en keek triest, terwijl ze een haarlok van Abby's voorhoofd veegde. 'Het is afgelopen tussen jullie, Abby. Je maakt de juiste keuze.'

Abby wilde dat ze iets van een overwinning kon ervaren in Beths woorden, maar dat gevoel ontbrak ten enenmale. Het feit dat zij gelijk had, vormde geen verzachting van de werkelijkheid die Abby voor zich zag – het leven van een gescheiden moeder met drie grote kinderen. Die omschrijving maakte het haar zo koud om het hart dat ze er kippenvel van kreeg toen ze Beth omhelsde en haar een goede vlucht wenste.

'Ik bel je volgende week als ik in New York ben.' Buiten de kinderen, was Beth de enige die Abby over haar reis had verteld.

Haar zus knikte. 'Ik weet dat we niet altijd een even nauwe band hebben gehad, maar ik ben er als je me nodig hebt.' Ze kneep nog eens in Abby's hand en zocht daarna haar dochters op. 'We gaan onze spullen in de auto zetten. Zeg Nicole en Matt dat ik over vijf minuten klaar ben om te vertrekken.'

Abby keek op de klok aan de muur. Kwart over tien en alleen de naaste familie en Jo en Denny waren er nog. Nicole en Matt verdwenen het huis in en kwamen even later terug in makkelijker kleding.

'Lieve allemaal,' kondigde Nicole vanaf de veranda aan. 'Wij vertrekken naar het vliegveld.' Abby had de twee geholpen met de organisatie van hun huwelijksreis. Beth zou hen naar een hotel in de buurt van het vliegveld van Chicago brengen, waar de bruid en bruidegom de bruidssuite zouden betrekken. Net als Beth zouden ze de volgende morgen een vliegtuig nemen, maar zij gingen dan op weg naar een all-inclusive vakantieparadijs op Jamaica.

John had in de buurt van de aanlegsteiger met Denny staan praten, maar toen Nicole het afscheid aankondigde, kwamen beide mannen terug naar het huis.

'Zorg dat je lekker bruin wordt.' Kade omhelsde zijn zus en gaf haar een kus op haar wang. 'Ik houd van je.'

Nicole's ogen glansden van de tranen. 'Ik ook van jou, Kade.'

Abby's volwassen zoon draaide zich naar de bruidegom toe en gaf hem een speelse tik op zijn arm. 'Zorg goed voor mijn zusje, Matt.'

Matt glimlachte, maar de blik in zijn ogen was serieuzer dan Abby ooit had gezien. 'Reken maar. Altijd.'

Een voor een namen alle anderen met soortgelijke woorden afscheid van Matt en Nicole, tot Matts ouders aan de beurt waren.

'Ik weet niet wat jij doet, lieverd, maar als ik jou was, zou ik naast mijn Bijbel ook een mooi hengeltje inpakken. Wat jij, Denny?' Jo was volkomen serieus en ondanks de weemoed van het afscheid van Nicole en Matt en de ellende die na die tijd op het programma stond, moest Abby een grijns onderdrukken.

'Jo, ik heb erover nagedacht en…' Nicole keek Matt aan en haar gezicht straalde van liefde voor hem. 'Ik dacht dat we misschien niet genoeg tijd zouden hebben om te gaan vissen. Niet tijdens deze reis in elk geval.'

Abby zag een mooie blos op haar wangen komen, maar Jo was perplex. 'Niet genoeg tijd om te vissen. Jullie zitten daar midden in de warme Atlantische Oceaan. Luister eens, als jullie toch nog van gedachte veranderen, kun je altijd nog huren…'

Denny legde voorzichtig een hand over Jo's mond en schudde nee tegen bruid en bruidegom. 'Wat ze eigenlijk wil zeggen is: een prachtige reis gewenst en we zien jullie weer als jullie terug zijn.'

Jo gaf toe en lachte vrolijk toen Denny zijn arm om haar middel sloeg en haar tegen zich aan trok. 'Goed, jongens, vertrekken maar. We gaan later wel vissen.'

Abby zag hoeveel Denny van Jo hield en Matt van Nicole. Het maakte haar eenzamer dan ooit, alsof ze in een zee van verlatenheid wegzonk. *Help me erdoorheen, God, alstublieft.*

Zoek Mijn koninkrijk en die andere dingen zullen je erbij gegeven worden.

Ze zuchtte. *Later, God. Laat me eerst deze nachtmerrie achter de rug hebben, en dan kom ik weer terug. Na volgende week zal ik U harder nodig hebben dan ooit.*

Er kwam geen antwoord meer en Abby's gevoel van eenzaamheid werd nog groter. Zelfs God was haar niet goed gezind.

John was de volgende. Hij nam het initiatief, stapte naar voren en legde zijn handen op de schouders van het bruidspaar. Die diepe gloed was weer terug in zijn ogen toen hij begon te praten. 'Als jullie het goed vinden, zou ik graag willen bidden voor jullie vertrek.'

Bidden? Een naar gevoel liep als een rilling langs Abby's rug. Hoorde het bij zijn toneelspel om Matt en Nicole te laten denken dat thuis alles in orde was terwijl zij hun huwelijk vierden op Jamaica? Behalve voor footballwedstrijden kon Abby zich niet heugen wanneer John voor het laatst had aangeboden voor te gaan in gebed.

'Heer, geef Matt en Nicole deze week een veilige reis, maar laat hen bovenal de schoonheid ontdekken van de belofte van toewijding die ze elkaar hebben gegeven. Help hen te leven als adelaars, God... nu en altijd. Amen.'

De schoonheid van de belofte van toewijding? Abby liet de woorden van John door haar hoofd spelen en was verbijsterd. Had hij het feit dat hij zijn belofte aan haar had gebroken zo diep verdrongen? Hoe kon hij voor Matt en Nicole bidden dat ze als adelaars moesten leven en elkaar altijd vast moesten houden, terwijl hij jaren eerder al had besloten haar en alles wat zij deelden los te laten?

Ze zette de gedachten van zich af. Wat maakte het nog uit? Hun lot was maanden, jaren eerder al bezegeld. Zij hadden hun huwelijk niet in stand kunnen houden en zelfs hulp en bemiddeling hadden niet geholpen. Waarom moest ze John kapittelen omdat hij bad dat Matt en Nicole een andere weg zouden volgen?

Abby was aan de beurt. Ze omhelsde Nicole en Matt en glimlachte door haar tranen heen. 'Het was een prachtige bruiloft.'

Nicole boog naar haar moeder toe en keek haar met oprechte ogen aan. 'Dank je voor alles, mam. Zonder jou en pap hadden we het niet gered.'

Abby knikte. 'En nu wegwezen. Vermaak je, met zijn tweeën.'

Nicole omhelsde haar nog een keer. 'Ik houd van je, mam.'

'En ik van jou.'

Snel fluisterde ze nog iets in Abby's oor. 'Herinner me eraan dat ik je vertel wat God me op het hart drukt de laatste tijd. We praten erover als ik terug ben, goed?'

Als ze terug zijn... dat zou dus zijn wanneer iedereen samen zou komen en zij en John hun kinderen eindelijk de waarheid over hun huwelijk zouden vertellen. Wat Nicole ook wilde zeggen, het zou waarschijnlijk volkomen naar de achtergrond verdwijnen.

'Goed, lieverd. We praten er dan over.'

In een roes van beweging verlieten Mat en Nicole het huis en stapten bij Beth in de auto. Ze zwaaiden uit de ramen toen ze wegreden. Sean was al naar zijn beste vriend Corey, waar hij de hele week zou blijven. Nu de bruid en bruidegom waren vertrokken, namen ook de anderen afscheid. Kade vertrok met een paar vrienden. Jo en Denny waren de laatsten die afscheid namen.

'Abby, bedankt voor alles.' Jo had tranen in haar ogen toen ze Abby langer dan gewoonlijk omhelsde. 'Zonden jou en John, jullie huwelijk en geloof, had ik nooit geweten wat echte liefde inhoudt.'

De brok in Abby's keel was zo groot dat ze alleen nog maar kon knikken. John gaf Denny een hand. 'En nu zijn jullie aan de beurt. Wanneer is de grote dag?'

'Over twee weken. Het wordt een kleine trouwerij, niet zoals deze, maar we zouden het fijn vinden als Abby en jij erbij zouden zijn.'

De spanning begon bij Abby op te lopen en ze slikte moeilijk.

'En gefeliciteerd met jullie trouwdag.' Jo kneep eerst haar en daarna John in zijn wang.

Denny knikte naar zijn aanstaande. 'Als we ze nu eens een beetje tijd voor henzelf gunden, zouden ze misschien nog aan het vieren daarvan toekomen. Kom mee, Jo, ik breng je naar huis.'

'Tot ziens! Bedankt voor alles...' Jo praatte nog steeds terwijl Denny haar bij de arm nam en naar de auto bracht. Abby en John bleven in de deuropening achter.

De gasten waren weg, het huis werd stil en de nagalm van het gelach en gepraat stierf weg in de gang. Abby deed een stap achteruit en leunde tegen de muur voor steun. Een overweldigend gevoel van angst overspoelde haar, hun huis, de lucht tussen hen.

John schraapte zijn keel en draaide zich naar haar toe. 'Het is zover, vrees ik.'

De treurigheid in zijn ogen werd haar teveel en ze wendde haar blik af. 'Ga, John. Maak er geen langdurig drama van. Ga gewoon.'

Zijn koffer stond al in de auto en Abby wist zeker dat hij de sleutels in zijn zak had. Maar in plaats van te vertrekken, kwam hij een paar stappen dichterbij. 'Abby, ik weet dat je kwaad op me bent, en ik kan het je niet kwalijk nemen.' Hij kwam nog dichterbij en tilde zacht haar kin omhoog zodat ze hem moest aankijken. De tranen die al in haar ogen stonden, liepen over haar wangen en ze moest een golf van snikken onderdrukken. 'Het spijt me, Abby.' Zijn stem was teder, nauwelijks meer dan een fluistering. 'Het spijt me meer dan wat ook in mijn leven.'

Abby had geen vechtlust meer over. Ze keek weer naar de vloer en knikte. 'Mij ook.'

'Je hoeft me niet te geloven, maar laatst – toen jullie met Nicole die kampeertocht maakten – heb ik Charlene gezegd dat ze verder moest gaan met haar leven.' Hij zweeg even. 'De vijand van mijn ziel wilde me in die narigheid meetrekken, maar God en ik... nou ja, we hebben gepraat, zal ik maar zeggen. Ik heb er een punt achter gezet met Charlene, Abby. Ze verhuist over een paar weken naar Chicago.'

Abby bleef naar de grond staren en wist niet precies wat ze moest zeggen. Ze wist ook niet zeker of ze hem geloofde. Toen ze de kracht vond om hem weer aan te kijken, zag ze ook tranen op zijn wangen. 'Abby, ik heb een paar afschuwelijke fouten gemaakt en dat spijt mij. Ik heb Charlene tweemaal gekust, wat ik nooit had moeten doen...'

Abby snoof in stilte. Dit was geen tijd voor bekentenissen. Ze wilde niets over Charlene horen. *Ga, John. Maak er een eind aan.*

Maar in plaats daarvan liet hij zijn vingers langs haar gezicht glijden en praatte door. 'Er is nooit meer tussen ons geweest, Abby. Nooit.'

'John, dit is niet het moment...'

'Wacht... laat me uitspreken.' Zijn stem klonk oprecht en Abby wist weer niet wat ze ermee aan moest. *Waarom doet hij dit? Waarom verbreekt hij zijn relatie met Charlene — als dat waar is — en praat hij zo teder met mij? Waarom op dit moment, nu het te laat is?*

Hij haalde diep adem en ging verder. 'Luister, Abby, ik weet dat je me niet gelooft, en dat is iets waarmee jijzelf in het reine moet komen, maar voor mij is het belangrijk dat ik je dit toch zeg. Ik heb fouten gemaakt, maar ik heb nooit een verhouding gehad met Charlene en ik ben ook nooit verliefd op haar geweest.' Hij zuchtte, met zijn hand nog steeds om haar gezicht. 'Voor wat het waard is, ik geloof dat God wilde dat ik je dit zei.'

Ze had het gevoel dat haar ziel gesmoord werd en bleef roerloos staan. *Hoeveel moet ik nog verdragen, God? Wat doet hij met mij?*

Hij liegt tegen je, Abby. Hij houdt je voor de gek.

Het antwoord kwam snel, kwaad, uit een duistere diepte in Abby's wezen en haar rug verstarde terwijl ze er in stilte mee instemde. Natuurlijk loog hij. Al die ochtenden en middagen dat ze samen waren, net als in het weekeinde, als zij het druk had? Hij moest haar wel voor erg goedgelovig houden als hij dacht zij zou accepteren dat er niets dan een paar kusjes tussen John en Charlene had gespeeld.

'Ik zal altijd van je houden.' Hij tilde haar kin weer omhoog en keek regelrecht in haar ziel. 'Dat weet je toch, hè?'

Als hij zo veel van haar hield, waarom had hij het dan met Charlene aangelegd? Haar tranen drupten nu op de grond en haar stilzwijgen vergrootte de pijn in Johns ogen.

Hij ving een traan van haar wang op en vermengde die met zijn eigen tranen. 'Wij worden geacht één te zijn. Dat hebben we elkaar tweeëntwintig jaar geleden beloofd. Ongeacht wat de toekomst zou brengen.'

Zie je wel, daar had je het! De verwijzing naar Charlene en de toekomst die zij samen hadden. Ze liet haar hoofd hangen en de tranen stroomden vrijelijk. Bijna een minuut lang zeiden ze niets meer tegen elkaar. Toen ze zichzelf eindelijk weer kon beheersen, hield ze de hordeur open. 'Vaarwel, John.'

Hij knikte en kon bijna niet praten. 'Vaarwel.'

En daarop liep hij weg uit hun huis, uit het leven dat ze hadden gedeeld. In de jaren die kwamen, zou hij weinig meer zijn dan een vreemde, iemand van wie ze ooit had gehouden, lang, lang geleden.

Met een gevoel alsof haar armen werden afgerukt keek ze hem na, zag hem in de auto stappen en wegrijden. Ze bleef staan tot de achterlichten verdwenen waren en ze de motor niet langer kon horen. Daarop deed ze de deur dicht en op slot en liep het huis in als een oorlogswees, gewond en tot in haar diepste wezen gekwetst. Ze keek naar de achterdeur en wist waar ze nu naartoe moest: naar de aanlegsteiger. Ook al was ze nu helemaal alleen, ze moest daarheen.

De lucht was wat frisser geworden en dus liep ze eerst naar boven om een trui te pakken. De tranen stroomden nog steeds over haar wangen toen ze de inloopkast binnenstapte. Hij was een stuk leger nu, zonder de spullen die John al had meegenomen. Binnenkort zou het allemaal weg zijn, alles wat haar kon herinneren aan Johns plaats in dit huis. Zijn voormalige plaats.

Haar oog viel op zijn Marion Eagles trainingsjack met ritssluiting. Ze pakte het jack en begroef haar gezicht in de zachte stof. Een nieuw golf van tranen kwam op. Het kledingstuk rook nog naar hem. Ze haalde het van de hanger, trok het over haar jurk aan en koesterde zich erin alsof ze Johns armen om haar schouders voelde.

'God...' Ze kon nauwelijks praten. 'Ik kan niet geloven dat hij weg is...'

Weer werd ze naar de aanlegsteiger getrokken. Met haar armen strak om zich heen liep ze uit de kast hun slaapkamer in... en bleef staan. Op Johns nachtkastje lag een bruin notitieboekje. Ze knipperde tweemaal met haar ogen. Wat was dat? Ze had het nog nooit eerder gezien.

Ze liep er bijna voorbij, maar iets weerhield haar, dwong haar ernaartoe en ze pakte het boekje op om het aarzelend open te slaan. Het was Johns handschrift. Ze bladerde even en zag verschillende notities. Was het een dagboek? Was het mogelijk dat haar echtgenoot een dagboek had bijgehouden waar zij helemaal niets van wist? Ze bladerde terug naar de eerste bladzijde en begon te lezen.

9 juli 2001: Ik heb de grootste vergissing van mijn leven begaan en ik...

Abby deed haar ogen dicht. Was het een bekentenis over wat hij met Charlene had gedaan? Als dat zo was, kon ze het op dit moment niet aan om het te lezen. Ze deed haar ogen weer open, bang voor wat ze zou zien. Maar ze kon zich niet beheersen en las toch verder.

... ik heb niemand om mee te praten, niemand om mijn gevoelens mee te delen. Daarom schrijf ik dit nu. O, God, wat U mij hebt laten zien door Kade's essay. Over de adelaar en hoe die tot het einde toe zijn partner vasthoudt. Tot in de dood. Mijn fout is dat ik Abby heb losgelaten. Het spijt me, God... als U luistert, laat Abby dan weten hoezeer het me spijt.

Haar hart werd onrustig. Wat was dit? Wat had hij gedaan dat hem zo berouwvol maakte? Een waarom had hij haar dat niet zelf verteld? Plotseling zag ze het beeld voor zich van John die de avond daarvoor met haar probeerde te praten en ze beet op haar lip. Hij had het *wel* geprobeerd, maar zij was er te moe voor geweest, te zeker dat hij loog, en had niet willen luisteren. Ze slikte haar snikken weg en veegde haar ogen droog met de mouw van Johns trainingsjack. De volgende notitie stond op dezelfde bladzijde.

10 juli 2001: Abby gelooft mij absoluut niet meer, wat ik ook zeg of doe. Ik heb fouten gemaakt, God, dat weet ik. Maar ik heb niet tegen haar gelogen over Charlene en mij. De gedachte aan alle momenten met Charlene maken me misselijk van ellende...

De kamer draaide en Abby moest op de rand van het bed gaan zitten om niet om te vallen. Was dat mogelijk? Had John haar al die tijd de waarheid verteld?

Ze zag de beelden voor zich van de tientallen keren dat ze hem belachelijk had gemaakt, tegen hem had geschreeuwd en hem een leugenaar had genoemd. En als zij nu geen gelijk had gehad? Stel dat hij wel de waarheid had gesproken?

Ze las de andere aantekeningen en was verbluft over Johns nederigheid en helderheid. Had hij het dagboek met opzet laten liggen, in de hoop dat zij het zou vinden? De laatste aantekening was een antwoord op haar vraag:

13 juli 2001: Nicole gaat morgen trouwen, op dezelfde dag dat ik alles zal kwijtraken wat belangrijk voor mij was. Op een dag... misschien over tien jaar... zal ik het juiste moment vinden om deze gevoelens met Abby te delen. Maar nu... kan ik niets meer doen. Het is voorbij tussen ons en dat is mijn schuld.

Abby sloeg het boekje dicht en legde het terug. Een ander soort verdriet greep haar nu om het hart, met het verstikkende besef dat ze John verkeerd had beoordeeld. Ja, hij had fouten gemaakt. Dat hadden ze beiden. Maar hij was duidelijk niet verliefd op Charlene en hij had niet gelogen over zijn verhouding met haar. Integendeel.

Hij had geprobeerd haar, zijn vrouw, alle details te vertellen en haar te laten delen in de gevoelens van zijn hart, maar zij had niet willen luisteren.

Met de tranen over haar wangen en schokkend van intens verdriet liep ze het vertrouwde pad over de vochtige grasheuvel langs de lege tafels en dansvloer naar de oude, houten aanlegsteiger waarop twee stoelen stonden. Abby ging zitten en deed haar best om haar zelfbeheersing terug te krijgen. Geen wonder dat hij was weggegaan.

Ze had al jaren niet meer echt naar hem geluisterd, was niet meer zijn beste vriendin geweest bij wie hij alles kwijt kon.

Kom, Abby. Hij is weg. Het is voorbij. Je kunt nu je ogen wel opendoen.

Ze had het koud en was alleen en het leek alsof de pijn in haar hart haar dood zou worden. John Reynolds, de man op wie zij verliefd was geworden toen ze nauwelijks meer was dan een meisje, was uit haar leven verdwenen. En dat, althans ten dele, omdat zij niet naar hem wilde luisteren en weigerde hem te geloven. *God, wat heb ik gedaan?*

Vertrouw op Mij, dochter… kijk naar Mij. Bij God is alles mogelijk.

Maar het is te laat… ik heb hem van mij weggeduwd en nu is er niets meer over.

De wind in de bomen klonk alsof God zelf een vinger voor zijn mond hield. *Sssst,* leek Hij te zeggen. *Het is goed. Vertrouw op Mij, dochter… kom tot Mij…*

Dat wil ik ook, God, ik wil het… Maar ik heb zo'n puinhoop gemaakt van mijn leven.

Abby had geen idee hoe lang ze daar zat te snikken en wist niet hoe ze de verliezen in haar leven te boven moest komen. Toen ze uiteindelijk geen tranen meer over had, gingen haar gedachten terug naar de bruiloft en Nicole als de mooie bruid die ze was geweest.

God, laat haar en Matt altijd bij elkaar blijven; laat hun geluk niet overschaduwd worden door wat er tussen John en mij gebeurt.

Ze staarde over het water en stelde zich voor hoe Haley Ann eruit had kunnen zien als ze Nicole's bruidsmeisje had kunnen zijn. Ze keek in de diepte van het water. 'Haley Ann, lieverd, we hebben je vandaag gemist. Ik heb je gemist.'

Achter haar klonk geritsel van struiken en gras en Abby draaide zich met een ruk om. Ze had zich hier nooit angstig gevoeld, op deze plek waar ze bijna haar hele huwelijksleven had doorgebracht. Maar nu ze alleen was, leek elk geluid extra te worden versterkt. Ze zag niets en besloot dat het een ree moest zijn geweest dat zich een weg baande.

Ze keek weer naar het water en stond op. Haar vaalblauwe jurk waaide op onder Johns trainingsjack. Ze liep naar de rand van de aanlegsteiger, knielde en liet haar vingers door het water glijden. *Mama houdt van je, mijn lieve babymeisje.* Haley Ann was daar natuurlijk niet, maar dat ze haar hand door het water haalde waarin haar as was uitgestrooid, gaf haar het idee van nabijheid.

Het was alles wat ze aan deze kant van de hemel kon doen om de band met Haley Ann in stand te houden en op dit moment was het zelfs het enige dat nog een gevoel van rust in Abby's hart kon geven. Terwijl ze daar op haar knieën lag en het water tussen haar vingers door stroomde, dacht ze weer aan Johns laatste woorden in de gang. Hij had dus toch de waarheid gesproken…

Dat besef liet een wee gevoel achter dat nooit helemaal zou verdwijnen, wist Abby. Het einde van hun huwelijk was niet langer iets dat ze alleen John kon verwijten. Het was ook haar schuld. *Waarom heb ik dat niet eerder gezien, God?*

De liefde bedekt vele zonden, mijn dochter.

Als het maar niet te laat was…

Abby keek naar de zomerse sterrenhemel en daar, alleen in de nacht, werd ze overweldigd door Gods aanwezigheid.

Heb elkaar lief zoals ik jullie heb liefgehad… heb lief met heel je hart, Abby.

De onuitgesproken woorden bleven in haar hoofd spelen en ze verlangde naar een gelegenheid om John te kunnen vertellen dat ze zijn dagboek had gevonden. Ze bedacht dat alles wat hij had gezegd de waarheid was geweest, dat hij geen verhouding had gehad en niet met Charlene had geslapen... en dat het waarschijnlijk haar eigen spottende commentaren waren geweest die hem juist in Charlene's armen hadden gedreven. Het was de schuld van hen *beiden* geweest, omdat ze weigerden te praten en toekeken hoe hun liefde doofde.

Jaar na jaar na jaar.

Het was een verstikkend besef en ze trok haar hand uit het water terug, verstard in die knielende pose op het eind van de aanlegsteiger. *God, vergeef het me. Wat heb ik gedaan? Ik had hem kunnen geloven, maar in plaats daarvan overtuigde ik mezelf ervan dat hij een leugenaar was, een bedrieger. En zo behandelde ik hem jarenlang. O God, wat voor vrouw ben ik geweest?*

Keer terug tot de liefde van je jeugd, Abby... Heb elkaar lief zoals ik jullie heb liefgehad.

Maar hoe kon zij nu naar God terugkeren, nu zij niets verdiende dan veroordeling? Als in antwoord op haar vraag voelde ze een enorme genade, kostbaar en onverdiend. *Het spijt me, God. Hoeveel van wat er gebeurd is, was mijn schuld, zonder dat ik het inzag? En waarom kon ik U niet zo horen voordat het te laat was. O God, vergeef me alstublieft...*

Een krachtige stem vol liefde en vrede weergalmde in haar ziel. *Ik ben voor jou gestorven, kind, en Ik heb je liefgehad met een eeuwigdurende liefde... alles is vergeven, alles is vergeten... ga nu, keer terug naar de liefde van je jeugd...*

Terugkeren naar...? Abby had gedacht dat de woorden in haar hart op God duidden. Maar misschien... kon het zijn? Zou God willen dat ze met John sprak, op een of andere manier vrede met hem sloot en hem zou zeggen hoezeer het haar speet dat ze hem valselijk beschuldigd had?

Verdriet en spijt vervulden haar ziel, maar Abby besefte ook dat zij op die geheiligde momenten gezegend werd met een soort wonder, een privéontmoeting met de Almachtige. Ze deed haar ogen open en keek weer over het meer uit. Wat God ook met haar ziel had gedaan, haar perspectief was fundamenteel veranderd, in één goddelijk moment.

'Haley Ann zou het een prachtige bruiloft hebben gevonden, denk je niet?'

Abby's adem stokte toen ze Johns stem hoorde. Ze sprong overeind en draaide zich om. Hij liep over de aanlegsteiger naar haar toe en Abby moest met haar ogen knipperen om zich ervan te overtuigen dat het echt was wat ze zag. 'John? Wat doe jij... waarom...?'

Duizend vragen schoten door haar hoofd, maar ze vond niet de kracht om er een te formuleren. Hij kwam steeds dichterbij, tot zijn voeten de hare bijna raakten. Zijn ogen glansden van de tranen, maar er was een rust in zijn trekken, een zekerheid die Abby niet kon verklaren, maar die haar met hoop vervulde.

Kon het zijn dat God in zijn hart een soortgelijk besef had bewerkstelligd als in het hare?

'Abby, geef me je handen.'

Ze was zo verbluft dat ze niets anders kon bedenken dan te doen wat hij haar vroeg. Voorzichtig stak ze haar handen naar voren en was verbaasd over haar lichamelijke reactie op zijn aanraking, toen hij ze met de palmen naar boven draaide en zijn vingers in de hare haakte.

Hij knipperde zijn tranen weg. 'Ik was drie kilometer onderweg toen ik besefte dat iets in mij voor altijd dood zou gaan als ik verder zou rijden, weg van dit alles, van mijn leven met jou.' Hij keek haar intens aan. 'Dat kon ik niet, Abby. En dus ben ik gestopt en teruggelopen.'

Abby moest zichzelf eraan herinneren dat ze door moest ademen. 'Je... je bent terug *gelopen*?'

Hij knikte en bleef haar aankijken. 'De hele weg. Ik wist eerst niet wat ik zou gaan zeggen, maar wel dat ik het moest doen.'

Ergens in de door God verlichte diepten van Abby's gekwetste hart begon het zaad van de hoop wortel te schieten. 'Ik begrijp het niet...'

Johns kaakspieren spanden en ontspanden weer. 'Ik moet je over de adelaar vertellen.'

'De adelaar?' Haar hart sloeg over. Waar wilde hij naartoe? Werd dit een bekentenis of weer een verontschuldiging?

'Ja.' Hij sprak langzaam, met oprechte ernst. 'Lang geleden heb ik de fout begaan jou los te laten, Abby.' Hij verstevigde de greep op haar vingers. 'Ik was dwaas en ik neem het je niet kwalijk als je het me nooit vergeeft. Ik begon tijd door te brengen met Charlene en… het was alsof alles tussen ons uit elkaar viel. Alsof we een vrije val maakten naar de dood van ons huwelijk, zonder dat een van ons er iets aan kon doen.'

Hij masseerde haar vingers en hield zijn ogen strak op haar gericht. 'Pas toen jij met Nicole die kampeertocht maakte, had ik tijd om het essay te lezen dat Kade had geschreven.' Abby knipperde met haar ogen en probeerde het verband te begrijpen. 'Kade's essay?'

'Over de adelaar, weet je nog, Abby?' Hij zweeg. 'Toen ik het las, sprak God tot mij zoals ik het … heel lang… niet meer had gehoord. En ik begreep dat ik nooit samen kon zijn met een vrouw als Charlene. Of welke andere vrouw dan ook.'

Er kwamen nieuwe tranen in haar ogen. 'Ik heb je dagboek gevonden.'

Johns wenkbrauwen trokken op. 'Wat zeg je? Ik had het ingepakt… het ligt bij mijn kleding in de auto…'

Abby schudde haar hoofd. 'Het ligt op je nachtkastje.'

'Dat kan niet, Abby. Ik heb het ingepakt en…'

'Het maakt niet uit…' Haar stem brak en er kwamen nog meer tranen in haar ogen. 'Ik heb het gelezen, John. Hoe kon ik ooit denken dat je loog…?' Ze liet haar hoofd tegen zijn borst zakken. 'Het spijt me zo.' Ze keek hem weer aan. 'Al die dingen waarvan ik je beschuldigde… en jij sprak de waarheid, hè?'

'Ja.' Hij keek haar intens aan terwijl er een traan over zijn wang liep. 'Ik deed veel dingen waar ik niet trots op ben, Abby, en ik heb beloftes gebroken die ik had moeten houden, maar ik heb nooit tegen je gelogen.'

'Het spijt me dat ik je niet geloofde. Het...' Haar keel was te verstikt om verder te praten.

John schudde zijn hoofd. 'Het is goed, Abby. Het was mijn schuld en daarom ben ik nu hier. De waarheid is... ik houd nog steeds van jou.' Hij kwam dichter bij haar, hun handen nog steeds verstrengeld. 'Ik kon deze laatste dagen niet de juiste tijd of de juiste manier vinden om je dat te vertellen, maar...' Hij streelde haar handpalm met zijn vingers. 'Ik wil je nooit meer loslaten, Abby. Nooit. Het maakt me niet uit of het mijn dood wordt. Ik wil van je houden zoals een adelaar van zijn partner houdt. Zoals God *wil* dat ik van je houd, door je vast te houden tot de dood ons zal scheiden.'

Het duizelde Abby en haar hart klopte zo snel dat ze nauwelijks adem kon halen. 'Wat zeg je, John...'

'Ik zeg dat ik niet van je kan scheiden, Abby, ik houd teveel van je. Ik houd van de geschiedenis die we delen en de manier waarop je met de kinderen omgaat; ik houd van de manier waarop je een kamer opfleurt door alleen maar binnen te komen. Ik houd van je omdat je alle belangrijke momenten van mijn leven met mij deelde, omdat je van mijn vader hield en ik van jouw vader...' Er liepen weer twee tranen over zijn wangen, maar hij negeerde ze. Met een gebroken fluisterstem ging hij verder. 'En ik houd van... de manier waarop alleen jij kunt begrijpen wat ik voor Haley Ann voel.'

Hij hield zijn hoofd schuin en keek haar smekend aan. 'Alsjeblieft, Abby, blijf bij me. Houd voor altijd van mij zoals ik van jou wil houden. Neem de tijd voor ons en praat met me. Laten we samen lachen en samen oud worden. Alsjeblieft.'

Johns woorden braken de laatste resten van de muren rond Abby's hart af. Langzaam kroop ze tegen hem aan, drukte haar lichaam tegen het zijne en legde haar hoofd tegen zijn borst, terwijl ze tranen van onuitsprekelijke vreugde huilde. 'Meen je dat... echt?'

Hij maakte zich los en keek haar aan. 'Ik ben van mijn leven niet serieuzer geweest. God werkte in mijn hart, Abby. Ik wil weer met jou naar de kerk gaan, de Bijbel met je lezen en met je bidden. Voor altijd.' Hij keek haar warm aan. 'Ik houd van je, Abby. Verstop je alsjeblieft niet meer voor mij. Jij bent de mooiste vrouw die ik ken, van binnen en van buiten.' Hij aarzelde. 'Denk je dat... zou je me kunnen vergeven, opnieuw met mij kunnen beginnen en me nooit meer loslaten?'

Een geluid dat half lach en half snik was, ontsnapte aan Abby's mond. 'Ja, dat kan ik. Ik houd ook van jou. Ik begreep vanavond pas dat ik nooit was opgehouden van je te houden, zelfs... zelfs toen ik je haatte.'

'Het spijt me, Abby.' John fluisterde de woorden in haar haar en hield haar vast zoals een drenkeling een reddingsboei. 'Waarom hebben we elkaar dit aangedaan?'

Abby vroeg zich hetzelfde af. Waarom hadden ze dit gesprek niet maanden eerder gehad, jaren eerder, voordat ze uit elkaar waren gegroeid?

Ze voelde een angstige huivering en kroop nog dichter tegen John aan. Stel je voor dat ze zijn dagboek niet had gevonden. Stel je voor dat hij was doorgereden... Stel je voor dat zij Gods genade niet hadden aangenomen, hun trots niet terzijde hadden geschoven en niet hadden toegegeven dat scheiden het slechtste was wat ze konden doen...

Dank U, God, dank U... Abby huilde nu tranen van dankbaarheid en was diep onder de indruk van de liefde van Christus, de kracht die hen van een wisse ondergang redde en op het spoor terug naar elkaar zette.

Ze zou haar reisje afzeggen, hij zou zijn koffers naar huis halen en de kinderen zouden niet beseffen hoe dicht hun ouders langs de afgrond waren gegaan. Nu niet in elk geval. Ooit, als de tijd daar was, zouden ze iets vertellen van wat ze hadden doorgemaakt. Zodat hun kinderen zouden beseffen dat geen enkel huwelijk perfect is en dat twee mensen alleen bij elkaar bleven dankzij Gods genade – hoe goed ze misschien ook bij elkaar leken te passen.

Abby en John praatten bijna een uur over alles wat er was gebeurd. Ze gaven hun vergissingen toe en spraken hun liefde voor elkaar uit zoals ze nooit meer verwacht hadden te zullen doen.

Toen ze uiteindelijk zwegen, begon John langzaam, met zijn armen om haar middel, heen en weer te wiegen.

'Hoor je het, Abby?' Zijn stem was zacht, vervuld van een liefde die alles verdroeg, alles vergaf. Een liefde die nooit zou eindigen. Ze sloot haar ogen en luisterde naar het zachte kraken van de aanlegsteiger in het water, genoot van het tjirpen van de krekels, van het regelmatige bonzen van Johns hart tegen haar borst. In de bomen voerde de bries de herinneringen aan langvervlogen dagen mee. De omroeper die zei: *Dames en heren, de kampioenen van 2000, de Marion Eagles!...* het dierbare geluid van Haley Ann... Nicole's lieve, warme stem die haar jonge echtgenoot een leven van liefde beloofde... haar vader die zijn laatste adem gebruikte om het stokje aan John door te geven. *Houd van haar... houd van haar.*

Het was muziek, dezelfde muziek waar zij al die jaren geleden naar geluisterd had toen John het haar vroeg. 'Ik hoor het.'

John boog zich en kuste haar, teder, liefhebbend en met een niet te ontkennen verlangen. Het was dezelfde manier waarop hij haar tweeëntwintig jaar eerder had gekust, en Abby voelde op een of andere manier dat zij weer door het vuur waren gegaan om er aan de andere kant sterker uit te komen.

Ze gingen op in het moment en toen John haar over de aanlegsteiger leidde op het ritme van de muziek van hun leven, fluisterde hij haar de woorden toe waarvan ze gedacht had dat zij ze nooit meer zou horen.

'Dans met me, Abby.' Hij drukte zijn lippen weer op de hare en ergens in het midden vermengden zich hun tranen. 'Alsjeblieft, Abby... dans voor de rest van mijn leven alleen nog met mij.'

Nicole en Matt stonden bij de receptie van het hotel om zich voor het eerst van hun leven in te schrijven als meneer en mevrouw Conley toen Nicole's adem stokte.

Ze wachtten tot de receptionist hun de sleutel zou geven. 'Wat is er?' vroeg Matt.

Nicole glimlachte. 'Ik kreeg plotseling een heel warm gevoel, alsof iemand me wilde laten weten dat mijn gebeden verhoord waren.'

Matt legde een arm om haar schouders. 'Natuurlijk zijn je gebeden verhoord, lieverd,' plaagde hij. 'Kijk eens met wie je getrouwd bent...'

Ze lachte en schudde haar hoofd. 'Nee, ik denk dat het om mijn gebeden voor mijn ouders ging.'

'Je ouders? Je maakte je toch niet echt zorgen om hen, of wel?'

Nicole dacht aan de zorg die ze had gevoeld, aan de hemelse aansporingen die aan haar gebeden voor haar ouders waren voorafgegaan. 'Ja, toch wel. God legde me die zorg op het hart en ik bleef voor hen bidden.'

'Dan heb je het goed gedaan.' Matt glimlachte. 'Beter teveel dan helemaal niet.'

'Denk jij dan ook dat God me liet weten dat mijn gebeden verhoord zijn?'

'Heel goed mogelijk.' Hij haalde zijn schouders op. 'Maar er kan niet echt iets ernstigs aan de hand zijn geweest, niet bij jouw ouders.'

Nicole grinnikte en voelde een diepe vrede in haar hart en ziel. 'Je hebt waarschijnlijk gelijk. En wat het ook was, God heeft het opgelost.'

Aan de andere kant van de receptiebalie verscheen een man met sleutels. 'Alstublieft, meneer. Kamer 852, de bruidssuite.' Hij gaf de sleutels aan Matt. 'Een prettig verblijf gewenst.'

Matt pakte Nicole's hand en leidde haar naar hun kamer – en naar het begin van een huwelijk dat God zelf gesmeed had. Daar was Nicole heilig van overtuigd. Een huwelijk waarvoor zij bad dat het altijd zo heerlijk en verbazingwekkend zou mogen blijven en dat met hulp van God alles zou overwinnen wat er in hun leven zou gebeuren, om hen alleen maar mooier en sterker te laten worden.

Een huwelijk zoals dat van haar ouders.

Nawoord

De vele scheidingen in de huidige maatschappij maken mij altijd erg droevig, en zullen dat blijven doen. Talrijk zijn de slachtoffers die onze harde, egocentrische en zelfgenoegzame samenleving maakt. Mannen en vrouwen met gebroken harten die zich eenzaam door het leven worstelen; kleine kinderen die hun levens verdelen tussen twee huizen, twee slaapkamers en twee paar ouders; tieners die er geen idee van hebben wat het betekent elkaar te respecteren of beloftes te houden.

Zo heeft God de liefde nooit bedoeld.

Ik hoop dat *Laatste dans* u op zijn minst meelevend heeft gemaakt. Meelevend voor de mensen die door een scheiding heen gaan, voor kinderen wier ouders gescheiden zijn. Meelevend jegens uw partner, van wie u wellicht vervreemd raakte.

Er zijn natuurlijk uitzonderingen, zoals scheiding in geval van mishandeling, ontrouw of verlating – voor de slachtoffers van dergelijke omstandigheden bid ik om wonderen en heling. Niettemin blijft scheiding iets dat God zeer ter harte gaat. De Schrift zegt dat God het zelfs haat, dat niemand hoort te scheiden wat Hij heeft samengevoegd. Dat zijn harde woorden, hard genoeg om ons erbij te laten stilstaan hoe graag de vijand van onze ziel onze relaties wil vernietigen.

Maar voor elk huwelijk dat een pijnlijke dood sterft, zijn er ook huwelijken als dat van Abby en John. Huwelijken die wij al te snel overboord willen gooien en waarin een vreugdevolle, grenzeloze, herstelde en vernieuwde liefde ontdekt kan worden als we maar diep genoeg willen graven om die te ontdekken. Als we maar bereid zijn nederig naar God te luisteren, voor wie dit onderwerp zo belangrijk is.

Als u of iemand die u liefhebt in een scheiding verwikkeld is, lees dan deze brief alstublieft niet als een veroordeling. Luister naar het medeleven, naar de hoop en, bovenal, naar de liefde. Want waar God is, is geloof, hoop en vooral liefde.

Liefde die bestendig is. Liefde die nooit zal eindigen.

Vecht voor uw huwelijken, vrienden en vriendinnen. Bid om wijsheid en Goddelijke leiding; zoek God en probeer een weg terug te vinden naar waar de liefde begon, naar een plek waar zij opnieuw kan opbloeien.

Voor sommigen van u kan dat een vernieuwing van uw relatie met uw Schepper en Verlosser inhouden, voor anderen het begin van een dergelijke relatie, waar die er nooit was. Het is een eenvoudig proces. Het grootste voorbeeld van liefde ooit was Christus die voor ons stierf, om de prijs voor mijn en uw zonden te betalen. Door dat te doen, gaf Hij ons de keus voor het overvloedige eeuwige leven als alternatief voor de hel. Misschien is het tijd dat u toegeeft een Verlosser nodig te hebben en uw leven aan Hem te geven. Zoek een Bijbelvaste kerk op en bestudeer wat de Schrift zegt over een persoonlijke relatie met Jezus Christus.

Zodra u die liefde en genade begrijpt, wordt het makkelijker om de mensen om u heen lief te hebben – en voor hen om u lief te hebben.

Wees er ten slotte van verzekerd dat ik voor u allemaal gebeden heb en God heb gesmeekt om u op te zoeken waar u bent, uw tranen te drogen en schoonheid uit het puin te laten verrijzen. Dat Hij u en uw man of vrouw mag helpen een plaats te vinden voor een liefde die groter is dan welke andere ook. Heb lief met heel uw hart. Hoe onvoorstelbaar ook, God staat voor u paraat, kijkt toe, wacht af. Hij staat klaar om u te helpen, als u Hem de gelegenheid maar geeft. Als u of iemand die u liefhebt, gescheiden is van een partner die het niet wilde proberen, weet dan dat God er ook voor u of uw dierbare is. Blijf bidden. Zoals God Nicole's gebeden voor haar ouders wilde verhoren, zal Hij ook uw gebeden beantwoorden. Zijn genade en barmhartigheid kennen geen grenzen en met uw hand in de Zijne, zal Hij u ooit naar de plaats brengen waarnaar u verlangt.

Een plaats van overweldigende, grenzeloze en onvoorstelbare liefde.

Dank u dat u de reis door de bladzijden van *Laatste dans* wilde meemaken. Gods zegen voor u en de uwen toegewenst en tot onze volgende ontmoeting.

In Christus,
Karen Kingsbury

PS Zoals altijd vind ik het erg leuk om van u te horen. Schrijft u naar mijn e-mailadres: rtnbykk@aol.com.